# Ancient Light

John Banville

# いにしえの光

ジョン・バンヴィル
村松 潔 訳

CREST BOOKS
Shinchosha

# いにしえの光

ANCIENT LIGHT
by
John Banville



Illustration by Michiko Samizo
Design by Shinchosha Book Design Division

キャロライン・ウォルシュを偲んで

蕾は花のなかにある。泥は茶色い。わたしは生気にあふれている。
まずいことになるかもしれない。

——キャサリン・クリーヴ、こどものころに

# I

ビリー・グレイはわたしの親友だったが、わたしはその母親に恋をした。恋というのは強すぎる言葉かもしれないが、それに当てはまるもっと弱い言葉をわたしは知らない。すべては半世紀も前に起こったことで、そのときわたしは十五歳、ミセス・グレイは三十五だった。こんなふうに言うのは簡単である。言葉には羞恥心というものがなく、けっして驚いたりしないからだ。彼女はまだ生きているかもしれない。生きていれば、そう、八十三か四になっているはずだが、最近ではそんなに高齢だとも言えないだろう。彼女を捜そうとしたら、どうだろう？　それははるかな探求の旅になるにちがいない。わたしはもう一度恋をしたい。もう一度だけ、恋に落ちたい。彼女といっしょに、猿の睾丸の移植手術を受けて、もう一度五十年前の状態に、どうしようもない恍惚状態に戻ることだってできるかもしれない。彼女はどうしているだろう。まだこの地上にいるとしての話だが……。あのころ、彼女はとても不幸だった。あのじつに果敢で無尽蔵な陽気さにもかかわらず、とても不幸だったにちがいない。その後もずっとそうでなかったことを、わたしは心から祈っているが。

わたしは彼女の何を覚えているのか、いま、過ぎ去っていく年のこの穏やかな淡い日々のなかで？　頭のなかには、はるかな過去のイメージがひしめいているが、それが記憶なのか想像したものなのか判然としないことが多い。どちらでも――実際に、そのふたつにすこしでも差があるとしてだが――たいした違いはないかもしれないけれど。時の経過とともに、わたしたちはそれとは知らずに過去を潤色し、美化し、すべてをでっちあげてしまうという説があるが、たしかにそのとおりかもしれない。というのも、記憶の女神は大胆かつ巧妙に事実を隠蔽することがあるからだ。過去を振り返ると、すべてが始まりもなく終わりもなく流れているように見える。少なくとも、最終的な終止符を除けば、わたしにそれと感じられるようなかたちでは。流されていくさまざまな漂流物――人生はゆっくりと難破していく船以外の何だろう？――のなかからわたしが拾い上げるものは、ガラス製の陳列棚に入れれば、必然的な様相を呈するかもしれないが、じつはたまたまそうなったにすぎない。それは典型的に、有無を言わせぬほど典型的に見えるかもしれないが、偶然の産物であることに変わりはない。

ミセス・グレイが初めて現れたときのことは、数年を隔てて二度、鮮明に記憶している。最初のときは彼女ではなく、いわば、単なる予告みたいなものだったのかもしれないが、あのときも彼女だったのだとわたしは思いたい。それはもちろん四月だった。若いころ、四月がどんな季節だったか覚えているだろうか？　液体がごうごうと流れ、風が空の青をすくい取り、芽吹きかけた木々のなかで小鳥たちが有頂天になるあの季節を？　わたしは十か十一で、いつものように俯いて――リディアによれば、わたしは永遠の懺悔者みたいな歩き方をするという――無原罪聖母マリア教会の門を入ったところだった。自転車に乗ったその女性が出現する最初の予兆はシューッというタイヤの音だった。この音は、なぜかはわからないが、こどものころには、いや、いまでもまだ、ぞくぞくするほどエロティックに聞こえる……。教会は坂の上にあり、わたしが顔を上げると、ちょうどその瞬間に空から舞い降りてきたかのように、尖塔を背にして女性が近づいてくるのが見えて、どきりとした。聞こえたのはアスファルトを擦るタイヤの音ではなく、はばたく翼の音だったのだろうか。彼女はまっすぐわたしに向かってきた。悠然と上体を反らせ、片手放しで運転しながら、惰性で坂を下りてきた。ギャバジンのレインコートの裾が、背後で左右にひろがって、パタパタと、そう、翼みたいにはためいていた。白い襟のブラウスに青いセーター。いまでもじつにくっきりと目に浮かぶ！　たぶんでっち上げにちがいないが。つまり、そういうディテールはわたしの想像力の産物だろうけど。幅広い、ゆったりとしたスカートだったが、ふいに春の風が吹きつけて、それを舞い上げ、腰まですっかり剝きだしになった。そう、そうだったのだ。

　最近では、男女が世界を体験する仕方にはこれっぽっちの差もないと信じられている。けれども、かつて秘所という古風な呼び方をされていた女性の部分が、偶然にも――つまり幸運にも――いきなり公衆の目にさらされたりすれば、幼児から九十代までどんな年代の男の血管にもひそかな歓喜が駆けめぐるものだが、賭けてもいいが、そういう感覚を経験したことのある女性はいないにちがいない。女性の想像とはうらはらに――本人はがっかりするかもしれないが――、男の足をその場に釘付けにし、口を渇かせ、目をかっと見ひらかせるのは、ちらりと見える肌そのものではない。そうではなくて、女性の裸と男たちの食い入るような視線のあいだの最後の障壁、あのシルクの小片なのだ。奇妙なことではある。しかし、たとえば、夏のある日、混雑する海辺で、なにかしら黒魔術みたいなもので、女性の水着がいきなり下着に変化したら、その場にいる男たちのすべてが、丸いおなかの、ちんちんを剥きだしにした素っ裸の幼児から、ズボンの裾をまくり上げハンカチを頭にのせて結んだ恐妻家の亭主まで、まさにだれもかもが、一瞬のうちに、目を血走らせて獲物に襲いかかろうとするサテュロスに変身するだろう。

　わたしが考えているのは自分がまだ若かったはるかむかし、女性たちがドレス――奇妙ないでたちのゴルフ娘やプリーツ入りのパンツ姿の興醒めな映画スターを別にすれば、あの当時、ドレスを着ていない女性がいただろうか?――の下に船具商が用意したありとあらゆる索具や帆、船首の三角帆《ジブ》や最後檣の縦帆《スパンカー》、帆脚索《シート》や支索《ステー》をまとっていた時代のことである。あのとき、ぴんと張ったガーターと真珠色のサテンのパンティのわが自転車の婦人は、激しい北西風に果敢に立ち向かう装備の整ったスクーナーの威勢のよさと優雅さを兼ね備えていたが、そよ風が自分の慎ましさに仕掛けた仕業にわたしとおなじくらい驚いた顔をした。彼女は自分自身を見下ろし、それから、わたしの顔を見ると、眉を吊り上げ、口をOの字にまるめ、ガハハと笑って、空いているほうの手の甲でさっと無造作にスカートを撫で下ろし、そのまま快活に走りすぎた。一瞬、女神が出現したのかと思ったが、振り返って後ろ姿を見ると、黒い大型の自転車をガタガタ漕いでいる女性にすぎなかった。コートの肩にはあのころ流行っていた折り返し《フラップ》ないしは肩章《エポーレット》を付け、ナイロン・ストッキングのシームはねじ曲がっていて、わたしの母とそっくりの箱形のヘアスタイルをしていた。門のところで慎重にスピードをゆるめ、前輪をぐらつかせて、門を出る前にチリンチリンとベルを鳴らしてから、左に曲がってチャーチ・ロードを下っていった。

わたしはその女性を知らなかった。どう考えても、見たことのない顔だった。その狭苦しい町の住人には、だれにでも少なくとも一度は会っているはずだと思っていたのだが……。実際、わたしはこの女性にふたたび会ったのだろうか？　彼女が事実ミセス・グレイで、四、五年後に、きわめて重大なかたちで、わたしの人生に侵入してくる当人だったのだろうか？　その自転車の女性の顔立ちをはっきりとは思い出せないので、わが家庭的な美の女神《ヴィーナス・ドメスティカ》を初めて見たのがほんとうにそのときだったのかどうか、確かなことは言えないのだが、わたしはやるせないほど必死にその可能性にしがみつこうとしている。

教会の境内でのあの出会いにそんなにも深く感じるところがあったのは、その刺激そのものにくわえて、わずか一秒か二秒でしかなかったけれど、女というものの世界を覗き見て、大いなる秘密を教えられたような気がしたからだった。わたしがぞくぞくし夢中になったのは、形のいい脚やすばらしく複雑な下着が見えたからだけではなかった。彼女がわたしを見下ろしたときの、あの気取りのない、面白がっている、鷹揚なまなざし、あの野太い笑い声、風でふくらんだスカートを手の甲で押さえつけた無造作な、それでいて優雅な仕草のせいだった。だからこそ、わたしの頭のなかで、その女性がミセス・グレイとひとつになり、彼女とミセス・グレイが貴重な一枚のコインの両面になったのにちがいなかった。なぜなら、優雅さと鷹揚さこそわたしがなによりも大切にしてきた、あるいは大切にすべきだと考えてきたものであり、ときおり、疚しさを感じながら思うのだが、それこそ——リディアには済まないが——わたしが人生でただひとつ本気で愛したものだからである。このやさしさ、かつては慈しみと呼ばれたやさしさこそ、ミセス・

グレイのどんな身ぶりにも認められる透かし模様だった、と言ってもけっして褒めすぎではないだろう。わたしは彼女に値しなかった。いまではそうとわかっているが、当時はそんなことがわかるはずもなかった。わたしはまだ羽の生えそろわない、なんの経験もない、ほんのこどもにすぎなかったのだから。そう書いたとたんに、そのなかから狡猾に泣き言を言う声が、弱々しく自己弁護する声が聞こえた。ほんとうのところを言えば、わたしは彼女を充分に愛さなかったのである。若かったからだろう、わたしは自分のなかにある愛情のすべてを注ごうとはせず、彼女はそのせいで苦しんだにちがいない。このことについて言うべきことはそれだけなのだ。とはいえ、まだまだ多くを語るのをやめるつもりはないけれど。

彼女の名前はシーリアだった。シーリア・グレイ。どうもしっくりとこない組み合わせだ。違うだろうか？　女性の結婚後の名前にはかならず違和感がある、というのがわたしの意見である。彼女たちはみんな間違った男と、少なくとも間違った姓の男と結婚するのだろうか？　シーリアとグレイを組み合わせると、あまりにもだらけた響きになる。シーというまだるこい擦過音に鈍くて重たい音がつづき、グレイのGにはあるべき鋭さの半分もない。彼女はだらけているどころか、むしろその正反対だったけれど。彼女は豊満だったと言えば、この古いすてきな言葉は誤解されて、文字どおりにも比喩的な意味でも、そこばかりが強調されることになるだろう。美人ではなかったと思う。少なくとも、型どおりの美人では。もっとも、十五歳の少年に黄金のリンゴを授けるパリスの役を担わせるのは、そもそも無理があるだろうが（ギリシャ神話のパリスの審判で、パリスは三人の女神のうちいちばん美しい女神に黄金のリンゴを与えるようにゼウスから指示される）。わたしは彼女を美人だともそうでないとも思わなかった。初めのころの新鮮さが薄れると、そのあとは彼女のことを考えもせず、どんなに気持ちよくても、当然のことだと思っていた。

彼女の記憶、思い出そうとしたわけでもないのにふいに浮かんでくるイメージ。わたしが記憶の小道をよろよろたどりだしたのはそのせいだった。彼女が着けていたもの、たしかハーフスリップと呼ばれるもの——そう、またもや下着である。すべすべした、シルクかナイロン製の、スカートとおなじ丈の、サーモンピンクの下着だった。それを脱ぐと、お腹や横腹の柔らかい銀白色の肉に——それほどはっきりとではないが、背中側の、あのすばらしいお尻の両半球、ふたつの深いえくぼとその下の、坐るところの、ちょっと出っ張っている、かすかにザラザラした部分の上側にも——ウエストバンドのゴムのピンク色の跡が残った。ウエストを一周しているこのバラ色の帯は、わたしを深く感動させ、やさしい懲罰を、えも言われぬ苦痛を——わたしはたぶんハーレムを、焼き印を押された美女たちを想像していたにちがいない——連想させたものだった。彼女のみぞおちに頭をのせて横たわり、そのしわの寄った線を指先でゆっくりなぞっていると、わたしの息が下腹の艶やかな黒い毛をそよがせ、耳には彼女の内臓が、カトリック教理でいう実体変化の絶え間ない作業をするポロンポロンキューンという音が聞こえた。ゴムが残したこの凹凸のある細い跡は、それを守ろうとして皮膚の表面に血が集まってくるせいか、いつもほかの場所より熱かった。それはまるで茨の冠を暗示しているようで、わたしは冒瀆的な快感まで味わっていた。というのも、わたしたちがやっていたことには、いつもかすかに、ごくかすかにだが、青白い宗教性が染みこんでいたからである。

ここで一休みして、昨夜の夢を記録して——少なくともそれにふれて——おこう。妻がわたしを見捨てて別の女のもとに走った夢だった。それがどんな意味をもつのか、そもそも意味があるのかどうかもわからないが、強烈な印象を残したのは確かである。夢のなかではいつでもそうだが、この夢に出てきた人間はあきらかにその人でありながら、同時にその人ではなかった。たとえば、主人公であるわたしの妻は背が低く、金髪で、やけに偉そうにしていた。現実の妻とはすこしも似ていないのに、どうして妻だとわかったのだろう？　わたしもやはりわたしらしくなく、重苦しい肥満体で、まぶたはたるみ、動作は鈍くて、いわば老いたセイウチか、なにかほかのぶよぶよした、体を引きずって移動する水生哺乳動物みたいだった。ごわごわした灰色の斜面みたいな背中が、ズルズル滑って岩の背後に姿を消すような感覚があった。そんなふうにして、わたしたちはそこにいた。たがいにもはや相手とは関わりのない、彼女ではない彼女とわたしではないわたしとして。

わたしが知っているかぎり――とはいっても、どれだけ知っているというのだろう？――、妻には同性愛の傾向はなかったが、夢のなかでは、彼女は陽気で、威勢のいい、男っぽいレズビアンになっていた。彼女が愛情を移した相手は奇妙な小男みたいな女で、ちょろりと伸ばしたもみあげに薄い口ひげ、尻はないも同然で、いま考えてみると、エドガー・アラン・ポーにそっくりだった。夢そのものについては、細かいことをくどくど説明して読者を――それに、わたし自身も――うんざりさせるのはやめておこう。いずれにせよ、すでに言ったように、わたしたちがディテールをきちんと覚えているとは思えないし、たとえ覚えていたとしても、大幅に編集され、検閲され、全体が潤色されて、まったくの別物になっているのだから。夢が目覚めているときの体験を変形するように、もとの夢が変形されて、夢の夢になっているにちがいない。だからといって、夢にさまざまな心霊的・預言的な意味合いが含まれることを否定するわけではないけれど。それにしても、いまさらわたしと別れるには、リディアはあきらかに歳をとりすぎている。はっきりしているのは、けさ、夜明け前に目を覚ましたとき、わたしはなにかを奪い取られた喪失感に、世界中に悲しみが満ちているような重苦しい感覚に包まれていたことで、なにかが起ころうとしているのではないかという気がした。

彼の母親との恋に溺れる前に、わたしはビリー・グレイにちょっと恋をしていたのだと思う。またもや、恋という言葉が出てきた。なんと容易にペンからこぼれ出ることか。こんなふうにビリーのことを考えるなんて、奇妙なことではある。彼はいまやわたしと変わらぬ歳になっているだろう。当時からわたしと同年代だったのだから、すこしも驚くべきことではないけれど、それでもやはり、わたしにはショックだ。自分がいきなり老化の階段をもう一段のぼって——それとも、下りてか?——しまったような気がするからである。会っても、彼だとわかるだろうか? そして、向こうにもわたしだとわかるだろうか? スキャンダルが発覚したとき、彼はひどく動揺した。公然たる恥辱を被ったショックは、わたしも彼とおなじくらい、あるいは彼以上に感じていたが、彼があそこまで激しくわたしを拒否したことには驚かされた。結局のところ、彼がわたしの母と寝ていたとしても、わたしはそんなに嫌だとは感じなかったろうと思うからだ。もっとも、そんなことを想像するのはむずかしかった。だれにせよ、わたしの母と、あの哀れな年老いたもの——わたしにとって、母は哀れな、年老いた、モノでしかなかった——と寝るところはわたしには想像できなかった。ビリーがあんなに苦しんだのはそのせいだったのかもしれない。

自分の母親が他人の欲情の対象になる女だったということ、しかも、その他人というのがわたしだったという事実を直視しなければならなかったからだろう。たしかに、わたしたちがコッターの館の床の、あの汚いマットレスに裸で寝転がっているところを想像するのは、ひどく辛いことだったにちがいない。おそらく彼は服を着ていない母親を見たこともなかったろう——少なくとも、本人の記憶にあるかぎりでは。

コッターの館を最初に見つけたのは彼だった。だから、そのうちいつか彼が、そこで母親とわたしがいちゃついているところを見つけてしまうのではないかという不安があった。ビリーがあの場所を知っていたことにミセス・グレイは気づいていたのだろうか？　もし気づいていたのなら、彼女の恐怖はわたしの不安とは比べものにならなかったろう。枯れ葉の散らばる汚れた床の、古色蒼然たる不潔さのなかで、息子の親友とセックスしているところを当の息子に見つかってしまうかもしれなかったのだから。

わたしはその館を初めて見た日のことを覚えている。ビリーとわたしは川沿いの小さなハシバミの森のなかにいた。彼はわたしを小高い場所に引っ張っていくと、木々の梢越しに見え隠れする屋根を指差した。そこから見えるのは屋根だけだったし、スレートが周囲の木立とおなじ緑色に苔むしていたので、初め、わたしにはなにも見えなかった。だからこそ長いあいだ見つからずにいたのだろうし、やがてミセス・グレイとわたしにとってあんなに安全な密会の場所になったのだが。わたしはすぐに下りていって、そこに入ってみたかった——何といっても、わたしたちは男の子であり、いつも隠れ家を見つけたいと思っている年ごろだったからである。けれども、ビリーはあまり乗り気ではなかった。彼がそこを発見し、すでになかに入ったこともある——少なくとも、彼はそう言っていた——のだから、ちょっと奇妙な気がした。もしかすると、怖かったのかもしれないし、悪い予感がするか、館がなにかに取り憑かれていると思っていたのかもしれない。実際、その後まもなく、そこは——幽霊ではなく、わが美神とその好色なボーイフレンドに——取り憑かれることになったのだが。

奇妙なことに、まだ四月だったにもかかわらず、四月でなければおかしいのに、わたしたちのポケットは森でひろったハシバミの実でふくらみ、あたりは金箔のような枯れ葉でおおわれていた。実際には、木の葉が青々と枝を彩り、ハシバミはまだ実をつけてはいないはずだったが、いくら考えても、目に浮かぶのは春ではなく、秋の景色なのである。わたしたちふたりは、そのあと、黄金色ではなく緑色の葉のあいだを、ポケットを木の実でふくらませることなく、苦労して下りていき、コッターの館には向かわずに家に帰ったにちがいなかった。けれども、木々のあいだに埋もれた、そのたわんだ屋根が頭から離れず、愛という差し迫った現実的な必要に導かれて、わたしはすぐ翌日、そこに舞い戻り、その荒れ果てた館にミセス・グレイと自分にりってつけの隠れ家を見つけた。そのころには、わたしたちはすでに——できるだけ上品な言い方をするとすれば——ごく親密な間柄になっていたのである。

ビリーには生来やさしいところがあり、それが大きな魅力になっていた。顔立ちはよかったが、肌はたぶん母親似で、あばただらけできれいだとは言えず、ニキビができやすかった。目も母親に似て、澄んだ赤褐色がかった色で、すばらしく長い立派なまつげは一本一本がはっきりと見分けられ、細密画家が使う特別の絵筆、クロテンの毛の絵筆を思わせた、あるいは、いまそう思わせる。がに股の、体を妙に左右に揺する歩き方で、両腕を輪を描くように振るので、歩きながら眼前の空中からなにか目に見えない束を集めているみたいに見えた。その前年のクリスマスに、彼は豚革のケース入りのマニキュアセットをプレゼントしてくれた——そう、マニキュアセットである。ハサミと爪切りとヤスリ、それに片方の先が小さい平らなスプーンの形をした、つやつやした象牙の棒。母は疑わしげな目でそれを見ると、甘皮押し《キューティクル・プッシャー》——甘皮押しだって？——か、爪のゴミを掃除する道具だろうとつまらなそうに宣言した。わたしはその女の子っぽい贈り物に当惑して、落ち着かない気分になったものの、それでも快く受け取った。わたしのほうからは贈り物をしようとは考えもしなかったが、彼はなにも期待していなかったようで、すこしも気にしているようには見えなかった。

いま、ふと思ったのだが、もしかするとマニキュアセットを買ったのは彼の母親で、それを彼の手でプレゼントさせたのかもしれない。代理人によって届けられた、控えめな秘密の贈り物。ほんとうは自分が贈ったことをわたしが察するはずだと思ったのだろう。これは彼女とわたしがまだ——さあ、何をぐずぐずしているんだ、思いきって言ってしまうがいい！——恋人同士になる数カ月前だった。彼女はもちろんわたしを知っていた。その冬のあいだ、ほとんど毎日、わたしは学校に行く途中、ビリーを迎えに行っていたのだから。わたしはクリスマス・プレゼントにマニキュアセットを欲しがるような男の子に見えたのだろうか？　ビリー自身の衛生状態は完璧からはほど遠かった。彼がときおり放つあの内密な、茶色がかった悪臭からもあきらかなように、風呂にはわたしたちの大半より稀にしか入っていなかったし、小鼻の毛穴には黒っぽいものがたまっていて、思わず両の親指の爪でギュッとはさみつけるところを想像して——そのあとには、あの小さな象牙の掃除道具が必要になるにちがいなかった——、快感と嫌悪が入り交じる身震いをせずにはいられなかった。セーターには穴があき、シャツの襟が清潔なことはなかった。彼は空気銃をもっていて、それでカエルを撃っていた。ほんとうにわたしの親友であり、わたしは――どんなふうにかはともかく――彼を愛していた。わたしたちが友情を誓い合ったのはある冬の夕べ、家の外に駐車してあった一家のステーションワゴン――この車については、諸君はまもなくもっとよく知ることになるはずだ――の後部座席で、ひそかに一本の煙草を分けあったときで、そのとき彼は告白した。自分の名前は――みんなにはそう思わせているが――ウィリアムではなく、じつはウィルフレッドで、さらにミドルネームは、故人のフロー叔父さんの名前から取ったフローレンスなのだと。ウィルフレッド！　フローレンス！　わたしは秘密を漏らさなかった。たいしたことではなかったが、それは断言できる。それにしても、ああ、彼はどんなに泣いたことか。自分の母親とわたしのことを知ったあと、わたしに出会ったあの日、苦痛と憤激と屈辱に駆られて、どんなに泣いたことか。しかも、その悲痛の涙の根本的な原因はわたしだったのである。

自転車の女性がそうでなかったとすれば、ミセス・グレイに初めて会ったのがいつだったのかは思い出せない。母親というのはわたしたちがあまり意識しない人種だった。兄弟はそうではなかったし、姉妹ならなおさらそんなことはなかったが、母親は目に入らなかった。いつも後ろのほうでなんだか忙しそうに、パンの焼き型とかソックスとかをどうとかしているだけだった。ミセス・グレイの存在をはっきり意識するようになるまでに、わたしはおびただしい回数、彼女のそばにいたはずだった。紛らわしいのは、記憶違いにちがいない記憶があることだ。冬、ズボンでこすれてひりひりするわたしの腿の内側の、ピンク色にてかてかしている部分に、彼女がタルカムパウダーを塗っている記憶。これはまずありえないことだった。なぜなら、ほかのことはともかく、そのときわたしは半ズボンを穿いていたが、十五歳なら、それはありえないからである。どんなに遅くても十一歳か十二歳には、待望の長ズボンに穿き替えていたはずだから。それなら、あれはだれの母親だったのだろう？　タルクを塗ってくれたあの女《ひと》は？　ひょっとすると、わたしはもっと早熟な初体験のチャンスを逃してしまったのだろうか？

いずれにせよ、目もくらむような啓示の瞬間があったわけではない。あるときふいに、家庭生活の労苦と束縛から抜け出したミセス・グレイが、貝殻に乗り、春の豊饒な西風《ゼピュロス》に運ばれて、わたしのほうに滑ってきたわけではなかった。わたしたちが寝るようになってだいぶ経ってからでさえ、彼女を正確に描写しろと言われたら、わたしはひどく苦労したにちがいなかった。むりにそうしたら、おそらく自分そっくりの人間を描いたことだろう。なぜなら、彼女を見ると、まず目に入ったのは——わたしは彼女を鏡にしてしまったので——そのすばらしい鏡に映る自分の姿だったからである。

ビリーが母親について話したことはなかった——どうして話したりするだろう？　わたしも長いあいだそうだったが、彼も母親のことなどまったく気にも留めていないようだった。ビリーはのろまで、朝、学校に行くとき迎えにいくと、準備ができていないことが多く、雨が降っていたり寒さがひどいときには、よく家のなかに入って待つように言われた。わたしにそう言ったのはビリー本人ではなかった——自分が家族と水入らずでいるところを友だちに目撃されたときの、あの無言の憤激と燃えるような羞恥を思い出してみるがいい——から、ミセス・グレイだったにちがいない。にもかかわらず、エプロン姿で、袖をまくり上げた彼女が玄関に現れ、なかに入って一家の朝食のテーブルに加わるように勧めてくれた記憶は一度もない。それでも、テーブルはいまでも覚えているし、そのテーブルだけでいっぱいだったキッチンも目に浮かぶ。色も手ざわりも凝乳《カード》みたいなアメリカン・スタイルの大型冷蔵庫、流しの水切り板の上に置かれた麦わら製の洗濯かご、間違った月が表示されている食料品店のカレンダー。ずんぐりしたクロムめっきのトースターの肩が、窓から射しこむ陽光にキラキラ光っていた。

ああ、よその家のキッチンの朝の匂い。真綿のようなぬくもり。ガタガタいう物音とあわただしさ。だれもがまだ半分寝ぼけて不機嫌でいる。そういう家庭的な親密さと無秩序の瞬間ほど、生きることの新鮮さと不思議さがあざやかに浮かび上がるときはない。

ビリーには妹がいた。小妖精《ピクシー》みたいな顔をした不気味な女の子で、長い、ちょっと脂っぽいおさげ髪、細く尖った真っ白な顔、その上半分は拡大鏡みたいに分厚いレンズの、巨大な角縁《つのぶち》の丸い眼鏡の背後でぼやけていた。わたしのことをたまらないほど面白いと思っているらしく、通学カバンを持ったわたしがセムシ男みたいに足を引きずってキッチンに入っていくと、服のなかで体をもじもじさせた。キティと呼ばれていたが、わたしに向かって目を細めて笑いかけ、唇を細い血の気のない弓形にキュッと結んで、複雑な渦巻き形の、半透明の、突き出したピンクの耳から耳まで引き延ばす様子には、たしかにネコ科の動物を思わせるところがあった。いまから考えてみると、ひょっとするとわたしに気があったのかもしれない。あんなふうに鼻を鳴らして面白がったのは、それを隠すためだったと思えなくもない。それとも、それはわたしのうぬぼれにすぎないのだろうか？　結局のところ、わたしは役者なのだから、あるいは、だったのだから。この子にはちょっと問題があった。だれも表立っては口にしなかったが、当時の言い方をするなら

「ひ弱な」ところがあった。わたしは不気味だと思っていたし、たぶん、ちょっぴり怖がってもいた。もしもそうなら、わたしには先見の明があったことになるだろうが。

夫で父親であるミスター・グレイは背が高く、痩せていて、娘とおなじく近視だったが、それでいて商売は眼鏡屋だったから、その皮肉に気づかない者はいなかった。蝶ネクタイにフェアアイルのヴェストといういでたちで、もちろん、当時は、髪の生え際のすぐ上に、妻を寝取られた男のしるしとして、二本の太くて短い角を生やしていた――残念ながら、それはわたしのせいだったけれど。

わたしがミセス・グレイに熱を上げたのは、少なくとも初めのころは、あの年ごろにはだれにでもある、友人の家のほうが自分のそれよりずっとすてきで、優雅で、面白い――つまり、望ましい――にちがいないという確信が昂じただけのことだったのだろうか？　少なくとも、ビリーには家族がいたが、うちにはわたしと未亡人の母がいるだけだった。母は下宿屋をやっていたが、客は巡回セールスマンやそのほかの短期的な滞在者で、下宿しているというよりは、しきりに出たがる幽霊みたいに、やけに頻繁に出没するだけで、わたしはできるだけ関わりをもたないようにしていた。グレイ家は午後遅くにはだれもいないことが多く、放課後、ビリーとわたしはよく家でぶらぶらしていた。そういうとき、ほかの人たちは、ミセス・グレイやキティはどこに行っていたのだろう？　ネイビーブルーの制服のブレザーに、染みのあるスクールタイを片手で引き抜いたばかりの薄汚れたワイシャツという恰好のビリーが、ドアをあけた冷蔵庫の前に立ち、ぼんやりとした目つきで、テレビに目を吸いつけられるみたいに、明かりのついた庫内を見つめている姿が目に浮かぶ。実際、二階の居間にはテレビがあって、わたしたちはときどき上がっていっては、その前にだらしなく坐りこみ、ズボンのポケットに手を突っこんだまま、両足を通学カバンにのせて、エプソムとか、チェプストウとか、ヘイドックパークとか、海の向こう側の奇妙な名前の場所からの、午後の競馬中継を観戦したものだった。電波の受信状態が悪かったので、たいていの場合、幽霊みたいな騎手が幽霊みたいな馬にまたがって、空電による電波干渉の猛吹雪のなかでやみくもにもがいているのが見えるだけだったが。

そういうどうしようもないほど暇なある日の午後、ビリーがカクテル・キャビネット——そう、グレイ家はその町でもわりと裕福な階級に属しており、この一家にはそういうめずらしいものがあったが、家族のだれかがカクテルを飲んでいたとは思えない——の鍵を見つけ出し、わたしたちは彼の父親の十二年物のウィスキーを取り出して、その高価なボトルに手をつけた。カットグラスのタンブラーを片手に窓際に立つと、相棒とわたしは、摂政時代の放蕩者がつまらない謹厳実直な世界を高みから見下ろしているような気分になった。ウィスキーを飲んだのは初めてだったし、その後好きになったわけでもないが、その日、そのくすんだ苦みのある刺激臭と舌が焼けるような感覚には、未来の先触れのような、人生がわたしのために用意してくれているにちがいない豊かな冒険の約束のような味わいがあった。外の小さな広場では、ものうい早春の陽光が桜の木を黄金色に染め、関節炎にかかった枝先を光らせていた。荷馬車に乗ったくず屋のブッシャー老人が通りすぎ、セキレイが房飾り付きの馬のひづめを避けてチョコチョコ走った。そういうものを眺めていると、わたしはなにかを——それが何かはわからなかったが——切望する、身を切られるような疼きを、手足を失った人がないはずの手足に感じる架空の痛みみたいに、はっきりと感じた。そのとき、わたしはすでに見ていたのだろうか、感じていたのだろうか？　時間のトンネルの向こう側に、遠く小さく、しかし着実に現実になっていく、わたしの未来の恋人、グレイ家の女主人の姿を？　あのうわの空の、ぶらぶらしているような歩き方で、こちらへ近づいてくる彼女を？

わたしは彼女を何と呼んでいたのだろう？　何と呼びかけていたのだろう？　名前を呼んだことがないはずはないが、一度も呼んだ記憶がない。彼女の旦那はときどきリリーと呼んでいたが、わたしには彼女の愛称は、ラヴネームはなかったと思う。しかし、完全には捨てきれない疑念がある。ひょっとすると、激情に駆られて、一度ならず、母さん！　と叫んだことがあったのではないか。ああ、何ということか。どう考えればいいのだろう？　べつに、どうすべきかを教えてほしいわけではないが。

盗み飲みしたことがばれないように、ビリーはウィスキーのボトルをバスルームに持っていって、減った分だけ水道の水を足し、わたしは自分のハンカチでグラスをできるだけきれいに拭いて、カクテル・キャビネットのもとの場所に戻した。共犯者になったビリーとわたしは、ふいにたがいに相手が疎ましくなり、わたしはそそくさと通学カバンを取り上げて逃げだした。ふたたびソファに坐りこみ、雷を伴う吹雪のなかを突き進む、見るに耐えない競走馬を眺めだした友だちをその場に残して。

ミセス・グレイと初めて、ほんとうに、会ったのはその日だった、と言えればいいのだが。というのも、その瞬間をわたしは特別によく覚えているからである。玄関で、たぶん彼女は入ってきたところ、わたしは出ていくところだったのだろう、外の身震いするような風で彼女は顔を赤く染め、ウィスキーのせいでわたしはまだ神経がチリチリしていた。偶然彼女の手がふれて、わたしは驚いてじっと見つめ、喉が詰まり、心臓がすこしだけドキリと鳴った。だが、しかし、そんなことはまったく起こらず、玄関はがらんとしていて、ビリーの自転車と、キティのだろうが、ローラースケートの片方がころがっているだけだった。わたしは玄関ではだれにも、まったくだれにも会わなかった。外に足を踏み出すと、舗道が頭からやけに遠くにあって、しかも傾いているように見えた。ぐにゃぐにゃしたバネ付きの竹馬に乗っているような気分だった――要するに、酔っ払っていたのである。そんなひどくではなかったが、酔っていることに変わりはなかった。だから、ミセス・グレイに会わないほうがよかったのかもしれない。そんなふうに酔ってふわふわした状態では、何をしでかしたかわからないし、そうなれば、まだなにもはじまらないうちに、すべてがぶち壊しになっていたかもしれないのだから。

だが、見るがいい！　わたしが広場に出ていくと、ありえないことだが、季節はまたもや春ではなく、秋になっていた。日射しはすでに弱まって、桜の木の葉は錆色になり、くず屋のブッシャー老人は死んでいた。なぜ季節はこんなにも強情なのだろう？　なぜわたしに逆らおうとするのだろう？　文芸の女神《ミューズ》たちの母はなぜいつまでもわたしを小突きまわし、見当違いの目配せをして、あやまったヒントを与えようとするのだろう？

たったいま、妻がはるばる屋根裏のわたしの鷹の巣までやってきた。日頃から忌み嫌っている、ぐらつく急な階段をしぶしぶのぼって、電話があったと言いにきた。初め、低い戸口から顔を突き出したとき――猥褻な絵を描いていた生徒みたいに、わたしはどんなにすばやく片腕でこのページを隠したことか――、彼女が何を言っているのかわからなかった。わたしは極度に集中して、過去の失われた世界に没入していたのだろう。いつもなら、階下の居間で鳴っている電話のベルが聞こえたはずだった。遠くで鳴っている、妙に物悲しいその音が聞こえると、ずっとむかし、娘がまだ赤ん坊だったころ、夜中に泣き声で目を覚ましたときみたいに、心臓がかすかにドキリとするのだが。

電話をかけてきたのは女性だった、とリディアは言った。アメリカ人にちがいないが、名前は聞き取れなかったという。わたしはその先を待った。いま、リディアはぼんやりとわたしの向こう側を、机の前にある傾斜した窓から見える遠くの山々を、薄いラベンダー色の絵の具で空に描いたみたいな、淡いブルーの平べったい山々を眺めていた。この町の魅力のひとつは、ちょっと背伸びしさえすれば、この穏やかな、処女のように汚れのない——とわたしはむかしから思っている——山並みが見えない場所はほとんどないことだった。電話の女性はわたしにどんな用があったのかね、とわたしはやさしく訊いた。リディアは苦労してその風景から視線を引き剝がした。映画のこと、映画の主役をやらないかということだったという。なかなか興味深い話だった。何というタイトルの、何についての映画なのか、とわたしは訊いた。リディアはぼんやりした、それまで以上にぼんやりした顔をした。その女性はタイトルを言わなかったような気がする。伝記映画らしかったが、だれの伝記なのかはわからない——ドイツ人だったような気がするけれど。わたしは黙ってうなずいた。その女性はこちらからかけなおせるように電話番号を言わなかったかい？　そう訊かれると、リディアは俯いて、眉間にしわを寄せ、厄介な難問を突きつけられて答えに窮したこどもみたいに、じっと黙りこんで上目づかいにわたしを見た。気にしなくてもいい、とわたしは言った。だれであるにせよ、その女性はまた電話してくるにちがいない。

かわいそうなリディア。ひどい夜を過ごしたあと、彼女はいつもこんなふうにちょっとぼうっとした状態になる。ちなみに、彼女の名前はほんとうはリーアで、わたしの聞き違えが定着してしまったのだ。彼女の旧姓はリーア・マーサーだったとわたしの母なら言ったにちがいない。大柄で、きりっとした目鼻立ちで、肩幅がひろく、横顔が印象的だった。髪は近ごろでは——かつてはごま塩頭と呼ばれた——ツートンカラーになり、すこしだけ、下生えみたいに、黄ばんだ黒っぽいメッシュが残っている。初めて知り合ったころには、この髪はカラスの濡れ羽のようにつややかで、すばらしい銀色の房が一筋、白熱する炎みたいに輝いていた。その銀色がひろがりはじめるとまもなく、彼女は〈カールアップ・アンド・ダイ〉のエイドリアンのおだてに乗って、月に一度、この髪染めの達人のもとに通うようになり、ほとんど別人になって戻ってきた。キラキラ光る黒い瞳は——砂漠の娘の瞳だ、とわたしは思ったものだったが——最近では色褪せて、薄膜がかかっているように見え、白内障のおそれがあるのでは、とわたしは案している。若いころには、アングルのオダリスクみたいにふくよかな曲線の持ち主だったが、いまやその栄光は地に墜ちて、控えめな色合いの、ゆったりとした、ふくらみのある服しか着ようとせず、カムフラージュだと言って、悲しげに笑う。ちょっと酒を飲みすぎるきらいがあるが、それはわたしもおなじである。すでに十年もつづくわたしたちの大きな悲しみは、いくら踏みつけて地面の下に押しこめておこうとしても、掻き消すことができない。彼女は煙草も吸いすぎるし、言葉も刺々しくなっており、わたしは警戒を強めている。ときどきは衝突したり、喧嘩して口をきかないこともあるが、わたしは彼女がとても好きだし、彼女もわたしが好きなのだと思う。

わたしたちはふたりとも、じつに恐ろしい夜を過ごしたばかりだった。わたしはリディアの愛情が両性具有的なゴシック小説家に移ってしまう夢を見た。そして、リディアはこの十年来不規則な間隔でやってくる、夜の躁病発作に襲われていた。彼女はいきなり目を覚まし、あるいは、少なくともベッドから跳ね起きて、暗闇のなかに突進し、娘の名前を呼びながら、階上と階下の部屋から部屋へと走りまわる。一種の夢中歩行、というよりは夢中走行で、そのあいだ、キャサリンが、わたしたちのキャスがまだ生きていて、もう一度こどもに戻り、家のなかのどこかに置き去りにされていると彼女は信じこんでいる。そういうとき、わたしはよろよろ起き上がり、寝ぼけたまま彼女についていく。こういう状態の人には手出しをしてはいけないという古くからの言い伝えを守って、引き留めようとはせず、すぐあとからついていく。彼女がなにかにつまずいたとき、倒れる前に受けとめて、怪我をするのを防げるかもしれないと思うからだ。明かりをつける勇気はないが、暗い家のなかをちょこちょこ走り、どんどん逃げていく人影を追いかけまわすのは薄気味わるい。無数の影が無言の合唱隊みたいにわたしたちを取りかこみ、ときおり窓から射しこむ月明かりや街灯の明かりが薄暗いスポットライトみたいにわたしたちを照らす。あのギリシャ悲劇の痛ましい女王、真夜中に行方の知れぬこどもの名前を絶叫しながら、夫である王の城のなかを走りまわる女王をわたしは思い出す。しまいには、リディアは疲れ果てるか正気を取り戻すか、昨夜みたいにその両方になって、階段の途中でくずれ落ち、その場にうずくまって、おいおい泣きながらおびただしい涙を流す。袖無しの黒い寝間着のまま、がっくりとうなだれて、両手を髪に突っこんでいる姿は、不定形な塊にしか見えず、わたしはどうすれば彼女の体に腕をまわせるのかわからず、ただおろおろするばかりである。暗闇のなかでは、彼女の髪は初めて会ったときみたいに真っ黒だった。彼女が父親のホテルの回転ドアから夏のなかへ出てきたあのときみたいに。幸せな記憶の古きよき日々よ。丈の高いガラスのドアが何度も炸裂する青と金色の輝きを放っていたあのころ——そう、そうだった、幸せの絶頂にいたあのころ！

この苦悩に満ちた大騒ぎの、わたしにとって最悪の部分は最後に来る。彼女はすっかり後悔して、自分の愚かさを責めたて、こんなに乱暴にわたしをたたき起こして、不必要なパニックを招いたことを許してほしいと懇願するのである。夢中遊行しているときには、キャスが生きていることが——生きている娘がこの家のどこかの部屋に閉じこめられ、恐怖に震えて助けを呼んでいるのに、だれにも聞こえないということが——あまりにもリアルに感じられるのだという。昨夜は、羞恥心と憤激のあまり、彼女はぞっとするような言葉で自分を罵りはじめ、わたしがそばにしゃがみこんで、不器用な猿みたいに抱いてやるまでやめなかった。抱いてやると、頭をわたしの肩のくぼみにもたせかけて、彼女はようやく口をつぐんだ。鼻水が垂れていたので、パジャマの袖で拭かせてやり、ブルブル震えていたので、ガウンか毛布を取ってこようかと訊いたが、彼女はわたしにギュッとしがみついて離れようとしなかった。かすかに饐えた髪の匂いが鼻につき、剝きだしの肩の丸い骨が、そっと抱いているわたしの手のなかで、大理石の玉みたいに冷たくすべすべしていた。わたしたちのまわりでは、廊下の家具が、ショックを受けて口もきけずに立ち尽くす顧客係みたいに、暗がりにぼんやりと佇んでいた。

リディアを苦しめているのが何なのか、わたしは知っているつもりでいる。娘が死んでから十年という長い歳月、リディアはずっと癒されることのない悲嘆を抱えているのだが、それだけではない。彼女は、わたしとおなじように、来世をすこしも信じていないが、それでも、生と死の法則に残酷な抜け穴みたいなものがあって、キャスは完全には死んでおらず、まだどこかに存在していて、影の国に閉じこめられて苦しんでいるかもしれないと怖れているのではないかと思う。ザクロの種がまだ半分呑みこまれずに口のなかにあって、母親がやってきて、ふたたび生者のあいだに連れ戻してくれるのを待っているのかもしれないと。いま彼女が怖れているものは、しかし、かつては彼女の希望だった。〈あんなに生き生きしていた子がどうして死ぬなんてことがありうるの？〉と、キャスの遺体を引き取りにいったイタリアのホテルで、あの晩、彼女は言ったものだった。その語気があまりにも激しく、有無を言わせぬ顔つきだったので、わたしまでが一瞬、これはなにかの間違いで、その小さな飾り気のないサン・ピエトロ教会の下の、波に洗われた岩場に身を投げてこなごなになったのは、識別不可能なほかのだれかの娘かもしれないと思わずにはいられなかった。

すでに言ったように、わたしたちは、リディアもわたしも、霊魂の不滅を信じたことはない。ほかの人たちがいつかふたたび故人に会える希望について語ったりしても、わたしたちは控えめにそっと微笑むだけだった。しかし、一人っ子を失うことほど確信を封印していた蠟を溶かしてしまうものはない。キャスが死んだあと――いまになっても、信じがたいショックなしにはこういう言葉を書きつけられないし、自分でそう書きながらも、そんなはずはないとしか思えないのだが――、わたしたちはいつの間にか、おずおずと、恥じ入りながら、来世そのものではないが、この世とつながっているもうひとつの世界、もはやこの世のものではないが、まだ完全に消滅しているわけではない人々の魂がさまよっている世界があるかもしれないと考えるようになっていた。そのしるしに、わたしたちはごく漠然としたきざしに、ほんのかすかな兆候に気づくようになった。偶然の一致はもはやそれまでそうだったものではなく、それがなければなんの面白味もないのっぺりとした現実の表面にできた単なるひだではなく、大規模かつ緊急な信号体系の一部、向こう側から必死に送られてくる手旗信号のようなものだった。ただ、じつに腹立たしいことに、わたしたちはそれを解読できないのである。いまや、人中で、だれかに先立たれたと話している人たちがいると、わたしたちはほかのすべてをわきに置いて耳を澄ます。息を詰めて彼らの言葉に耳をそばだて、貪るように顔色をうかがって、死んだ者が完全に消え去ったわけではないと本気で信じているかどうかを知ろうとする。一般に偶然だとされるある種の配置に、わたしたちは古代北欧のルーン文字みたいなパワーを感じる。とりわけ、決まった日に、海上に集まってくるあの小鳥たち——ムクドリだと思う——の大群は、アメーバみたいに急降下したり旋回したり、群れ全体が完全にひとつになって瞬時に方向転換したりしながら、わたしたちだけに向けられた表意文字を空に書きつけているように見える。だが、あまりにもすばやく流れ去るので、わたしたちにはそれが読み取れず、そんなふうになにも読み取れないことが苦痛なのである。

わたしたち、とは言ったが、もちろん、彼岸からの仄めかしにまつわるこの哀れな希望について、わたしたちが話し合ったことはない。肉親を失うと、残された者たちはたがいに妙に気兼ねするようになる。このほとんど困惑とでも言うべきものは、容易には説明がつかない。そういうことを口にすると、その重みが増して、負担が大きくなるのを怖れているからだろうか？　いや、かならずしもそうではないだろう。たがいの嘆き悲しみがリディアとわたしに強いた寡黙や気配りは、ある程度は寛大さ——死刑囚が最後の夜に眠っている独房の前を通るとき、看守が足音を忍ばせるような——であり、同時に、わたしたちを苦しめることを特別任務とするあの悪魔的な拷問者を刺激して、さらにもっと独創的な拷問へと走らせることを怖れているからだろう。だが、たとえ口には出さなくても、相手が何を考えているかはわかっているし、どう感じているかはもっと敏感に感じとっている――それはわたしたちが分かち持った悲しみ、この共感、この哀悼のテレパシーによってもたらされた結果なのである。

わたしが考えているのは、一回目のリディアの夜の大騒動――死んで間もないキャスがまだ生きていて、この家のどこかにいると信じこんで、彼女はベッドから跳ね起きた――の翌朝のことである。パニックが過ぎ去り、重たい体を引きずってベッドに戻ったあとも、わたしたちは寝付けなかった。まともには眠れずに――リディアは泣いたあとのシャックリが止まらず、わたしは心臓がいつまでもトクトク鳴っていた――、そのうちわたしたちがそうなるはずの死体になった練習をしているみたいに、長いことベッドに仰向けに横たわっていた。分厚いカーテンがぴっちり閉まっていたので、夜が明けたことにすぐには気づかなかったが、やがて頭上に明るく揺らめく映像が現れて、ほとんど天井全体にひろがった。初めは、睡眠不足とまだ半分のぼせている意識から生まれた幻覚だろうと思った。まったく訳のわからない映像だったが、それは驚くべきことではなかった。まもなくわかったのだが、逆さまの映像だったからである。どういうことかというと、カーテンにピンホール・サイズの隙間があり、そこから細い光が射しこんで、部屋が暗箱《カメラ・オブスキュラ》になり、天井に夜が明けたばかりの外の世界が逆さまに映し出されていたのである。窓の下の道路があって、ブルーベリー色のアスファルトの車道が見え、その手前のピカピカ光っている黒い塊はわたしたちの車の屋根の一部だった。通りの向こう側に白樺の木が一本だけ、裸の娘みたいにほっそりと震えていた。その向こうには湾が、南北両側の桟橋で、親指と人差し指で挟まれたように見える湾があり、その先の淡いブルーの海は、目に見えない水平線の彼方でいつのまにか空に連なっていた。すべてがなんとあざやかで、輪郭がくっきりとしていたことか！北の桟橋沿いにある小屋が見え、そのアスベストの屋根が朝日に鈍く光っていた。南側の桟橋の風下には、押し合うように碇泊しているヨットの琥珀色のマストが林立している。海面のさざ波やところどころにある泡立つ灰色の斑点までが見えるような気がした。依然として夢か幻覚ではないかという気がしていたので、この光り輝く蜃気楼がリディアにも見えるかどうか訊いてみると、見えるわ、見えるわ、と彼女は答えて手を伸ばし、わたしの手をギュッとにぎりしめた。自分たちの声の動きで、頭上のこの光と虹の色のはかない寄せ集め《アサンブラージュ》が崩壊してしまうのを怖れるかのように、わたしたちは声をひそめて話していた。映像は内側から震えており、すべてが小刻みに揺れていて、光の粒子そのもの、流動する光子が群がり集まったものを見ているような気がしたが、厳密に言えば、たしかにそのとおりだったのである。にもかかわらず、これは単なるひとつの自然現象ではない、とわたしたちは感じていた。最初にちょっと咳払いして、最後には弁解がましくエヘンと付け加えられる、単純明快な科学的説明では片付けられないはずだと。これはわたしたちに与えられたもの、贈り物であり、挨拶であり、言うなれば、わたしたちを慰めるために贈られた確かなしるしにちがいなく、わたしたちは畏敬の念に打たれて、じっと横たわったまま眺めていた。そう、どのくらいそうしていたのかはわからない。日が高くなるにつれて、頭上の逆さまの世界は傾きはじめ、天井に沿って退却していって、やがてその一端が折れ曲がり、反対側の壁をじりじり滑りおりて、最後には絨毯に吸いこまれて消えた。そのあとすぐにわたしたちは起き上がり――ほかにどうすることができただろう？――、日々の雑事に取りかかった。わたしたちは慰められ、心が軽くなったのか？　たぶん、すこしは。その光景を見た驚きがやがて拡散しはじめ、ふだんどおりの繊維質の日常のなかに滑りこんで、吸収されてしまうまでは。

わたしたちの娘が死んだのも海辺だった。ここは別の、ポルトヴェーネレの海辺。ご存じない方のために言っておけば、ジェノヴァ湾に突き出した小さな岬の先端にある、リグーリア州の古い港町で、詩人シェリーが溺死したレリチの対岸である。古代ローマ人はポルトゥス・ウェネリス（ヴィーナスの港）と呼んでいた。というのは、そのむかし、現在サン・ピエトロ教会が建っている荒涼たる岬に、あの魅惑的な女神を祭る神殿があったからである。ビザンティン帝国は湾内のポルトヴェーネレを艦隊の母港としたが、その栄光は絶えて久しく、いまではかすかに憂鬱な、潮風で漂白された、観光客や結婚式の参列者に人気のあるだけの町になっている。死体置き場で見せられたとき、娘の顔は目鼻がはっきりしなかった。サン・ピエトロの岩場や海の波に削り取られて、顔のない匿名の存在になっていたのである。しかし、それはたしかに彼女だった。人違いであってほしいという母親の必死の願いにもかかわらず、疑問の余地はなかった。

なぜキャスがよりによってリグーリアにいたのか、わたしたちにはわからずじまいだった。彼女は二十七歳で、情緒不安定——こどものころからマンデルバウム症候群というめずらしい精神疾患に苦しめられていた——ではあったが、いちおう学者のようなものだった。人は他人について何を知っているのだろう？　たとえ自分の娘だとしても？　名前は忘れたが——わたしの記憶はいまや笊《ざる》と化している——、ある聡明な男が難問を提起した。海岸線の長さはどのくらいか？　プロの測量士なら、たとえば小型望遠鏡と巻き尺があれば、簡単に答えられる問題だと思えるかもしれない。だが、ちょっと考えてみてほしい。あらゆるくぼみや隙間を測るのに、いったいどのくらいの精度の巻き尺が必要になるか？　くぼみにはさらにくぼみがあり、割れ目には割れ目があって、それが無限に——あるいは、少なくとも、物質がいつの間にか希薄な空気になっていくあの曖昧な境界線まで——つづいているのである。人生のサイズについても同様で、あるところで立ち止まって、これだ、これが彼女だったのだと言うしかないだろう。当然、じつはそうではないことを知りながら。

死んだとき、娘はこどもを身ごもっていた。これはわたしたち親にとってはショックだった。娘の死という大惨事のあとに追い打ちをかけられたようなものだった。父親は——父親になりそこねたのは——だれだったのか、わたしはぜひ知りたいと思っている。

あの謎めいた映画の女性からまた電話がかかってきた。今度はわたしのほうが——膝をまるで肘みたいに動かして屋根裏からの階段を駆け下りて——先に電話に出た。そんなに乗り気になっているとは自分でも思っていなかったので、すこしだけ恥ずかしかった。女性の名前はマーシー・メリウェザー。カリフォルニア海岸のカーヴァー・シティから電話しているのだという。若くはない喫煙者の声だった。俳優のミスター・アレキサンダー・クリーヴ本人かどうか、と彼女は訊いた。わたしは知人のだれかが悪ふざけをしているのではないかと疑った——演劇界の連中はときには苦痛になるほど悪ふざけが好きなのだ。こちらから電話をしなかったことに腹を立てているような声だったので、わたしはあわてて妻が名前を聞き取れなかったのだと説明した。すると、ミズ・メリウェザーはうんざりした皮肉な口調で、わざわざ自分の名前のスペリングを言った。わたしの言いわけを信じていないか、それとも、自分の流麗かつちょっぴり滑稽な名前を一度できちんと覚えられないような不注意またはいかがわしい人間にスペリングを教えるのには飽き飽きしていただけなのか。彼女はペンタグラム・ピクチャーズ社の幹部で――しかも有力な幹部にちがいない、とわたしは直感した――、この独立系の映画会社がアクセル・ヴァンダーなる人物の生涯をもとにした映画を製作する予定なのだという。この人物の名前も――ずっと俳優たちのあいだで仕事をしてきた人間ならばむりもないが、いまやうすらばかを相手にしているのだと覚悟したかのように――彼女はゆっくりと発音した。アクセル・ヴァンダーが何者か、何者だったのか知らないと白状すると、そんなことはすこしも重要ではないと言わんばかりにそれを無視して、この人物に関する資料を送ると彼女は言った。そう言いながら、面白くもなさそうに笑ったが、なぜ笑ったのかはわからなかった。映画のタイトルは『過去の発明』になる予定だという。あまり受けそうなタイトルではないと思ったが、口には出さなかった。監督はトビー・タガートだという。そう宣言したあと、長い期待するような沈黙がつづき、なにか言うのを期待されているのはあきらかだったが、わたしはなんとも言えなかった。トビー・タガートという名前も聞いたことがなかったからである。

あきらかになにも知らないわたしみたいな人間には見切りをつけてもおかしくなかった。だが、そうするどころか、このプロジェクトの関係者全員がわたしといっしょに仕事ができることに興奮しており、この役にはもちろんわたしが第一候補として指名されたのだと彼女は言った。その褒め言葉にわたしは義理堅く喉を鳴らしたが、そのあとで遠慮がち――ではあっても、弁解的にではなく、と自分では思ったが――に映画の仕事はまだ一度もしたことがないと告白した。受話器の向こう側から聞こえたのがハッと息を呑む声だったのかどうか？　ミズ・メリウェザーのような経験豊かな映画関係者が、主役をオファーする俳優についてそんなことも知らないなんてことがありうるだろうか？　それはかまいません、べつにかまわないんです、と彼女は言った。じつは、トビーは映画には未経験な人を、新顔を――断っておくが、わたしは六十代である――を探していたんです、と彼女は言ったが、わたしはもちろん、彼女もそんなことは信じていないにちがいなかった。それから、目をパチクリさせるような唐突さで、彼女は電話を切った。受話器を置く間際に、しゃがれ声の、湿った咳の発作がはじまるのが聞こえた。ふたたび、すべてが冗談だったのではないかと思えて、落ち着かない気分になった。にもかかわらず、べつにこれという証拠があるわけでもないのに、冗談ではないと見なすことにした。

そうか、アクセル・ヴァンダーか。

ミセス・グレイとわたしとの初めての——何と言えばいいのだろう？　出会い《エンカウンター》？　そもそも肉体的な出会いではなかったのだから、それではあまりにも親密で直接的すぎるし、同時に、あまりにも散文的すぎるだろう。まあ、何であったにせよ、それがあったのは水彩で描いたような四月のある日、突風とにわか雨と雨に洗われた広大な空の一日だった。そう、またもや四月である。この物語では、ある意味では、いつも四月なのだ。そのころ、わたしはまだ未熟な十五歳の少年、ミセス・グレイは三十代半ばの女盛りの人妻だった。わたしたちの町では、かつてこんな関係はなかったろう、とわたしは思っていたが、それは間違いだったかもしれない。すべての始まりにエデンの園で起こったあの破局的な事件を除けば、これまですでに起こらなかったことはなにもないのだから。とはいえ、長いあいだ、町の人々はそれを知らなかったし、ある出しゃばりの好色で飽くことを知らぬお節介がなければ、永遠にわからなかったかもしれないのである。ともかく、わたしが覚えているのは、いまでも忘れていないのは次のようなことだ。

わたしは躊躇する。やめたほうがいいかもしれないとも思う。取り澄ました過去がわたしの袖を引っ張ってやめさせようとしているかのように。だが、あの日のちょっとした戯れ——まさにこの言葉がぴったりだ!——はその後に起こったことに比べれば、ほんのこどものお遊びにすぎなかった。

ともかく、こういうことだった。

ああ、十五歳に戻ったような気分だ。

土曜日ではなく、もちろん日曜日でもなかったから、祭日、すなわち聖日——もしかすると、男根で表される豊饒の神、聖プリアポスの祝日?——だったにちがいない。ともかく、学校がなかった日に、わたしはビリーを迎えにいった。どこかに行って、なにかをする計画だったのだろう。グレイ一家が住んでいた小さな砂利敷きの広場では、桜の木が風に震え、のたくる波状に吹き寄せられた花びらが、おびただしい数の淡いピンクの羽毛襟巻きみたいに舗道をころがっていった。くすんだ灰色やぎらつく銀色の雲が飛び交い、その大きな割れ目から湿った青空が顔を出していた。忙しい小鳥たちはあちこちへ飛びまわり、屋根の棟に並んで羽毛をふくらませ、淫らなおしゃべりやさえずりをつづけていた。わたしを家に招じ入れたのはビリーだった。いつものように、彼はまだ支度ができていなかった。服を着ている途中で、シャツとセーターは着ていたが、下は縞模様のパジャマのズボンを穿き、まだ裸足で、乱れたベッドのもやもやした匂いを漂わせていた。わたしは彼のあとについて、二階の居間に上がった。

あの当時は、特別に裕福な家でなければセントラル・ヒーティングはなかった。だから、その日のような春の朝には、家のなかには、一夜のうちに空気が水ガラスに変わったかのような、特別な冷気が漂っていて、それがあらゆるものにくっきりとした、ニスのつややかさを与えていた。

ビリーは服を着にいき、わたしは部屋のまんなかに立っていた。わたしは何者でもなく、ほとんどわたし自身ですらなかった。そんなふうに、いつの間にか自分が中間的な存在になり、なにも気にせず、なににも気づかず、生き物としては実質的に存在しないような瞬間がある。しかし、その朝のわたしは、そこにいない気分というよりは、いまから考えてみるとだが、すべてを受動的に受けいれようとする気分、あまり意識的にではないが、一種の待機状態にあったような気がする。そこの長方形の鉄枠の窓は、全面に空が輝いていて、じっと見つめるには明るすぎたので、わたしは目をそらして、部屋のなかをぼんやりと見まわした。自分の部屋ではない部屋にあるものは、いつだってたちまちなにかの前兆のように見えてくる。チンツのカバーの肘掛け椅子は身構えているようで、いまにも怒ってもぞもぞ立ち上がりそうだったし、じっと佇んでいるフロアランプは苦力《クーリー》の笠の下に顔を隠していた。アップライトピアノは、ふたが均一に埃をかぶって灰色になり、だいぶ前に家族の寵愛を失った大形の不恰好なペットみたいに、見捨てられたうらみで壁にギュッと体を押しつけていた。家の外からは、淫らな小鳥たちが女性を冷やかす口笛を吹いているのがはっきりと聞こえた。弱い光線で照らされたり、頬に生温かい息をかけられたりしたときみたいに、体の片側がかすかに縮んだような気がして、部屋の入口にさっと目を向けたが、だれもいなかった。たったいま、そこにだれかいたのだろうか？　消えていく笑い声のかすかな残響が聞こえるような気もしたが？

　わたしは速歩でドアに向かった。外の廊下に人影はなかったが、だれかがいたような気配が、一瞬前までだれかがいた空気のかすかな乱れがあった。どこにもビリーの気配はなかった——ベッドに戻ってしまったのかもしれないが、そうだとしても驚かなかった。わたしは意を決して廊下を歩きだした。絨毯が――何色、あれは何色だったろう？――足音を吸いこみ、自分がどこへ行こうとしているのか、何を探しているのかわからなかった。煙突のなかで風がささやいていた。世界はなんとよく――夢見るように、ごくひそかに――独り言を言うことか。半びらきになったドアがあったが、ほとんど通りすぎるまで、わたしはそれには気づかなかった。そこにいる自分の姿が、いま、わたしの目に浮かぶ。わたしは横を見たり後ろを見たりしていたが、突然ガツンという衝撃があり、ふらりとして、なにもかものろのろした動きになった。

絨毯は、いま思い出したが、淡い青か灰青色で、たしかランナーと呼ばれる、廊下のまんなかに細長く伸びているタイプのものだった。両わきの床板には不快な焦げ茶色のニスが塗られ、しゃぶったあとのべとべとのタフィみたいに光っていた。ほら、思い出せた。意識を集中すれば、どんなことでも思い出せるのだ。

とはいっても、時間と記憶は小うるさいインテリア・コーディネイターみたいなもので、絶えず家具を動かしたり、室内の装飾を変えたり、部屋の位置まで変えたりする。磁器や亜鉛の冷たい輝きをはっきりと覚えているから、半びらきのドアの内側はバスルームだったにちがいないが、わたしの視線をとらえたのは、当時よく女性のベッドルームにあった化粧台の鏡みたいなものだった――上端が丸く、両側に動かせる鏡が付いているいわゆる三面鏡で、側面の鏡の上部には小さな三角形の折り返しまで付いていて――そんなものがあるのだろうか？――、それを前に倒すと、化粧台に坐った女性が上からも自分を見られるようになっていた。さらに紛らわしいことに、その部屋には鏡がもう一枚あった。これは全身を映せる姿見で、内びらきのドアの外側に付いており、わたしに見えたのはその鏡に映った室内で、そのまんなかに鏡の付いた化粧台らしきものがあったのである。したがって、わたしの目にとまったのは、厳密に言えば、バスルーム――あるいはベッドルーム――ではなくて、それが鏡に映ったもの、鏡に映ったミセス・グレイではなくて、鏡のなかの鏡に映っている彼女だった。

まあ、我慢して、この鏡の迷路のなかを付いてきてほしい。

というわけで、わたしはそこの、ドアの外側に立って、内側に半びらきになったドアの――ありそうにもないことだが――外側に付いている姿見を斜めから見ていた。そこに映っているのが何なのか、すぐにはピンと来なかった。そのときまでは、間近から見たことがあったのは自分の体だけだったし、まだ発育途上のその実体についてさえあまり詳しくは知らなかった。服を着ていない女性がどんなふうに見えると想像していたか、わたしはよく覚えていない。もちろん、古い絵画の複製に熱っぽい視線を向けて、あれこれの古《いにしえ》の巨匠の、牧神を追い払おうとするピンクの太腿をしたおばさんや、こどもたちの――ジョフラン夫人の絶妙な表現を借りれば――フリカッセ（鶏や仔牛などを炒めてホワイトソースで煮た料理）のなかに堂々と鎮座する古典的な既婚婦人をしげしげと見つめたことはあったにちがいないが、漏斗形の胸と完全に無毛で割れ目のないデルタをもつ、そういう大柄な女たちのすべてをさらけ出した姿でさえ、ありのままの女性の自然な姿からほど遠いことは知っていた。学校では、ときおり、古臭い猥褻な絵葉書が机の下で手から手へと手探りでまわされたが、体の一部を剥きだしにして見せびらかす銀板写真《ダゲレオタイプ》の娼婦たちは、しばしば指紋や白い折れ線の陰になってよく見えなかった。実際には、わたしにとって、成熟した女性の理想像は、わが町のメイン・ストリートの外れ近くにあった、ミス・ダーシーの小間物雑貨店の下着売り場のカウンターに置かれていた、高さ一フィートの厚紙の切り抜きでできたカイザー・ボンダー・レディ（英ストッキング・メーカーのキャラクター）だった。ラベンダー色のイヴニングガウンをまとって、ごく薄手のナイロンで包んだ、すてきな、ありえないほど長い脚の上に、ぞくぞくする慎み深いペチコートの縁を覗かせている、このすらりとした洗練された女性が、しばしば、わたしの夜の夢想のなかに衣擦れの音をさせながら否応なく侵入してきたものだった。どんな生身の女性がこんな風貌に、かくも華麗な風姿に対抗できるだろう？

　鏡のなかの、鏡に映った鏡のなかの、ミセス・グレイは裸だった。ヌードというほうが女性にとっては親切な言い方になるだろうが、この場合、裸のほうがぴったりだった。最初の一瞬の混乱とショックのあと、わたしが強烈な印象を受けたのは、その肌がざらざらしているように見えたこと――そこに立ち尽くしていたので、鳥肌が立っていたにちがいない――と、くもったナイフの刃みたいに鈍く光っていたことだった。想像していたピンクや桃色――その理由はルーベンスに訊いてもらいたい――ではなく、驚いたことに、彼女の肌は一連のさまざまなくすんだ色合いに見えた――マグネシウム・ホワイトから銀や錫色、ぼやけた黄色、淡い黄土色、場所によってはかすかに緑がかってさえいて、くぼみには苔みたいな藤色の影が差しているようにさえ見えた。

　わたしに見えたのは三連の祭壇画みたいな彼女で、いくつかに分割された、あるいは分解されたとでもいうべき体だった。中央のパネルには、つまり、化粧台の――それが化粧台だったとすればだが――三面鏡の中央の鏡には彼女の胴体が、胸とお腹とその下の黒っぽい陰の部分が切り取られ、両側のパネルには腕と奇妙に折れ曲がった肘が映し出されていた。どこか上のほうに目がひとつだけ、じっとわたしに向けられていて、〈そうよ、わたしはここにいるわ。で、あなたはわたしをどうするつもり？〉とでも言うかのように、かすかに挑むような光を浮かべていた。こんなごちゃ混ぜの配置が、不可能ではないとしても、ほんとうらしくないのはよくわかっている――まず第一に、そんなふうに映っている姿が見えるためには、彼女は鏡のすぐ近くに、こちらに背を向けて、そのすぐ前に立っていなければならなかったが、彼女はそこにはおらず、鏡に映っているだけだった。すこし離れた、部屋の反対側に立っていて、半びらきのドアに隠されてわたしからは見えなかったのだろうか？　だが、その場合には、あんなに大きく鏡からはみ出るように映っているはずはなく、もっと遠くに、ずっと小さく映っているはずだった。ふたつの鏡が、彼女が映っている化粧台の鏡とその鏡が映っているドアの鏡が、組み合わされることで拡大鏡の働きをしていたのでもないかぎり。そんなことはないだろう。だが、それでは、この変則的な事態を、とてもありそうにもないことを、どうすれば説明できるのだろう？　わたしが描写したのは自分の記憶の目に映ったとおりの、わたしが見たとおりの光景である。のちに、わたしがミセス・グレイに質したとき、彼女はそんなことはなかったと否定した。そんなふうに家のなかで他人に、しかも少年に、息子の親友に、自分を見せびらかしたりすると思うなんて、わたしをずいぶん恥知らずな女――彼女の言葉だ――だと思っているのね、と彼女は言った。だが、彼女は嘘をついたのだ、とわたしは確信している。

それだけだった。断片化された女体がちらりと見えただけのことだった。そのすぐあと、わたしは腰の後ろをぐいと押されたかのように、よろめく足で廊下を歩きだした。何だって、とあなたは叫ぶかもしれない。それだけのことを出会いだとか戯れなどと呼んだのかと。だが、しかし、こんな特権のあと、こんなもてなしを受けたあと、少年の心のなかにどんな嵐が荒れくるうかを考えてほしい。いや、しかし、そうではなかった。それは嵐ではなかった。そうなっても当然だったようには、わたしはショックを受けても、興奮してもいなかった。いちばん強く感じたのは、静かな満足感だった。人類学者か動物学者が、幸運な偶然から、まったく予期しないときに、生物種全体の本質に関するある理論の証拠になる外観と属性をそなえた生き物を発見したかのようだった。わたしはいまや二度と頭から消し去ることのできないあることを知っていた。それをあざ笑って、結局は、裸の女がどう見えるかを知っただけだろうと言う人たちがいるとすれば、それは若いということがどういうことであり、どんなに切実に体験をもとめているか、一般に恋と呼ばれるものにどんなに憧れていたかを忘れてしまった証拠だろう。わたしに見つめられても、その女性はひるむこともなく、ドアに走り寄ってピシャリと閉めようともせず、手で体を隠そうとすらしなかったが、無神経だとかふてぶてしいとは感じなかった。ただ、不思議な、とても不思議な気がして、わたしは長いあいだ考えこまずにはいられなかった。

　しかし、最後まで恐怖に襲われずに済んだわけではなかった。階段の下り口まで行ったとき、背後から早足の足音が聞こえた。彼女かもしれないと思うと、振り返れなかった。依然として一糸まとわぬ姿で、なにかしら狂気じみた底意があって、バッコスの信女《マイナス》みたいに追いかけてきたのかもしれなかった。うなじの皮膚が縮まるのがわかった。むずと両手でつかまれて、爪を立てられ、歯を立てられるかもしれないとさえ思った。わたしをどうするつもりなのか？　わかりきったことがわかりきったことではなかった――忘れないでほしいが、わたしはまだ十五だった。階段に頭から飛びこんで、その家から逃げだし、二度と敷居をまたぎたくないという衝動と、それとは正反対に、そこにじっと踏ん張って、振り返り、両腕を大きくひろげて、その惜しみない予想外の贈り物を、農夫ピアズ（中世の寓意詩に登場する高潔な主人公）の当意即妙な言葉を借りれば、針みたいに素っ裸な一人前の女を、息を切らせ、胸をときめかせ、欲望のよだれを垂らしながら飛びこんでくる女を受けとめたいという欲求の板挟みになっていた。けれども、わたしの背後にいたのはミセス・グレイではなく、その娘、ビリーの妹だった。おさげと眼鏡の不気味なキティが、息をハアハアいわせクスクス笑いながら、わたしのわきをすり抜けて、階段をドカドカ下りていった。そして、下まで行って立ち止まると、こちらを向いて、身の毛のよだつ知ったかぶりの薄笑いを浮かべ、それからさっと姿を消した。

わたしは一度深く、なぜか苦しげに息を吸い、それから慎重に階段を下りていった。玄関はがらんとして、キティの姿は見当たらず、わたしはほっと胸を撫で下ろした。そっとドアをあけて、広場に出る。睾丸があのきれいな磁器製の碍子みたいにブンブンうなっていた。そのむかし電柱の腕木に付いていたあの小さい小肥りの人形みたいなもの、電線を通したり巻きつけたりしてあったものを覚えているだろうか？　ビリーはわたしがどこへ行ったのか不審に思うだろうが、こんなことになったからには、少なくともすぐには、彼とは顔を合わせられなかった。彼はとても母親に似ていたが、そのことにはもうふれただろうか？　しかし、奇妙なことに、その翌日会ったときも、そのあとでも、わたしが家から逃げだしたことについて、彼はなんとも言わなかった。わたしはときどき不思議に思うのだが——いや、何を不思議に思うのかはよくわからない。家族というのは奇妙な制度で、その構成員たちはしばしば、知っているとは意識せずに、いろいろと奇妙なことを知っている。その後、ビリーが自分の母親とわたしのことを知ったときの彼の憤激は、あの猛烈な泣きわめき方は、たとえあまりにも腹立たしい事態に巻きこまれていたことをいきなり悟ったのだとしても、ちょっと大げさだったのではないかという気がするが……。わたしは何を言いたいのだろう？　べつに、なにも。立ち止まらないで、立ち止まらないで。事故や犯罪の現場でよく言われるように。

何日かが過ぎた。半分の時間は、記憶の鏡に映し出されるミセス・グレイに見とれ、あとの半分は、すべては自分の想像だったのではないかと想像していた。ふたたび彼女に会ったのは一週間かそれ以上経ってからだった。郊外の河口近くにテニスクラブがあり、グレイ家が家族会員だったので、わたしもときどきビリーとボールを打ちに行ったけれど、安物のズック靴と擦りきれたタンクトップでは恐ろしく目立つような気がした。ああ、昔日のテニスコートよ！　いまでもまだあのうっとりとするようなコートを思い出す。メルローズ、アシュバーン、ウィルトン、ザ・ライムズといった名前でさえ、わたしたちが住んでいたむさ苦しい田舎よりはるかに優雅な世界を示唆していた。河口近くのこのクラブはコートランズと呼ばれていたが、名前が語呂合わせになっていたのはわざとではなかったろう。そこでミセス・グレイがプレイするのを見たのは一度きりで、旦那と組んでダブルスの試合をしていた。相手のカップルはいまや失われた過去のなかで、不気味に音もなく跳ねたりかがんだりする白ずくめの幽霊にすぎないけれど。ミセス・グレイはネット側でプレイしていたが、お尻を威嚇するように突き出して中腰にかまえ、パッと伸び上がっては、サムライが敵を袈裟がけに切るみたいにボールを斜めに打ち下ろした。彼女の脚はカイザー・ボンダー・レディほど長くはなく、実際、なによりもがっしりした印象だったが、すてきに日焼けしていて、足首がとてもきれいだった。あのうんざりする短いスカートではなくてショートパンツを穿き、半袖のコットンシャツの腋の下には染みができていた。

その日、その出来事――出来事だって！――が起こった日、家に帰ろうとして歩いていると、ミセス・グレイの車がわたしを追い越して停まった。ダブルスの試合をしていた日だったのかどうか？　思い出せない。もしそうなら、旦那はどこにいたのだろう？　もしわたしもクラブから帰る途中だったのなら、ビリーはどこにいたのだろう？　ふたりとも恋の女神に引き留められ、遅れさせられ、わきに逸らされ、トイレに閉じこめられて、大声でむなしく出してくれとわめいていたのだろうか――ともかく、ふたりはそこにはいなかった。日は傾きかけていたが、にわか雨が降ったあとで、淡い陽光が降りそそいでいた。ところどころに湿った斑点のある道路が線路沿いに伸びて、その向こうの河口はどんどん変化する不穏な紫色の塊であり、水平線からは真っ白な雲が湧き上がっていた。わたしは本格的なテニスプレイヤーみたいに、セーターをはおり、両袖を前でゆるく結んで、プレスに入れたラケットをいい加減な角度でわきに抱えていた。背後でエンジンが減速する音が聞こえたとき、どうしてかはわからないが、彼女だとわかり、わたしの心臓の鼓動も遅くなって、引っかかりのある不規則なリズムを打った。わたしは立ち止まって、振り向くと、驚いた顔をして眉間にしわを寄せた。ハンドルをまわして窓をあけるため、彼女は助手席越しに大きく体を伸ばさなければならなかった。車はふつうの乗用車ではなく、艶のない灰色のくたびれたステーションワゴンだった。エンジンは付けたままだったので、その大きな醜い背中の丸い代物はあえぎながら、風邪をひいた老いぼれ馬みたいにシャーシーを震わせ、尻から咳をするみたいに青い煙を吐き出していた。ミセス・グレイは上体を低くかがめて、あいている窓のほうに顔を上げ、物問いたげな笑みを浮かべた。一九三〇―四〇年代に流行ったスクリューボール・コメディのヒロイン、矢継ぎ早に気の利いた冗談を飛ばし、愛人たちには威張りちらし、無愛想な親父の無尽蔵の財産をスポーツカーやばかげた帽子に無頓着に費やす、あの愛想よく人を小ばかにするヒロインを思わせた。彼女の髪がオーク色で、なんとも形容しがたいカットだったことは言っただろうか？　片側に垂れているカールを絶えず耳の後ろに撫でつけていたが、それはけっしてその場所に留まってはいなかった。「ねえ」と彼女は言った。「わたしたち、おなじ方向に行こうとしているんじゃないかしら」というわけで、わたしは車に乗せてもらった。そのまま家に向かったわけではなかったけれど。

彼女の運転はせっかちで、ペダルを踏み外したり、小声で悪態をついたり、ステアリングコラムに付いているシフトレバーを乱暴に動かしたりするので、左腕はポンプの関節式ハンドルみたいな動きをしていた。彼女は煙草を吸っていただろうか？　そう、吸っていた。その煙草をしばしば窓の上部の一インチほどの隙間にさっと持っていくのだが、そのたびに灰の大部分が車内に吹き戻された。前部シートのまんなかにはアームレストがなく、ソファみたいに幅がひろくて、たっぷり詰め物がされ、彼女がブレーキを踏んだり、ギアをがくんと替えたりするたびに、わたしたちはいっしょにちょっと跳びはねた。ミセス・グレイは長いあいだなにも言わずに、眉間にしわを寄せて前方の道路を見つめ、なにかほかのことを考えているようだった。わたしは両手を膝にのせ、指先がかすかにふれあっていた。わたしは何を考えていたのだろう？　記憶にあるかぎりでは、なにも考えていなかった。わたしはまたもや起こるべきことが起こるのをただ待っていた。あの日、グレイ家の居間で、鏡のなかの出会いの前に待っていたように。今度はもっと興奮していたし、もっと緊張してもいたけれど。彼女は白いテニスウェアから黄色い花模様の軽い生地のドレスに着替えていた。ときおり、いくつかの彼女の匂いがない交ぜになったものがかすかに漂い、唇から斜めに洩れた煙草の煙がわたしの口に流れこんだ。ほかの人間の存在をそのときほど強烈に意識したことはなかった。わたしとは切り離された存在を、おなじ基準では計れないわたしでないものを。空気を押しのけている容積を、ベンチシートの反対側を押し下げている柔らかい重さを、動いている心を、鼓動している心臓を。

車は町の周辺部をまわって、空積みの石の壁ときらめく白樺の森に沿った、木漏れ日でまだらになった田舎道を走っていた。そこはわたしがめったに行かないこの町の後背地だった。奇妙なもので、わたしたちの町のようなごく狭い範囲に限定された土地でも、人があまり足を踏み入れない場所がある。日は大きく傾いていたが、まだかなり明るく、かたわらの木々の隙間から走ってついてくる太陽が見えた。そういえば、またもや季節が移ろい、まだ四月のはずなのに、木々があまりにも青々と茂りすぎていた。低い丘にのぼると、森が遠のいて、いきなり明るく照らされた高台から海へとつづくパノラマが展開した。それから今度は陰になった谷間に下りていったが、泥道のカーブに差しかかると、ミセス・グレイは突然うなり声を洩らしてハンドルを切り、車を左に横滑りさせて、草だらけの森の小道に乗り入れた。そして、アクセルから足を離すと、車はでこぼこの地面を数メートル酔っ払いみたいにガタガタ走って、うめき声をあげながら揺れて停まった。

彼女がエンジンを切ると、小鳥たちの鳴き声が静寂を満たした。依然として両手をハンドルに置いたまま、彼女は前かがみになって、斜めのフロントガラス越しに頭上の象牙色や褐色の枝の狭間飾り《トレーサリー》を見上げた。「キスしたい？」と、目を斜め上に向けたまま、彼女が訊いた。

誘いというよりはごく一般的な質問みたいに、ただ答えを知りたいから訊いているみたいに聞こえた。わたしはかたわらの薄暗い茂みを見つめた。驚いたのはそういうすべてに自分がすこしも驚いていないことだった。それから、そんなふうにしているうちに、わたしたちは同時に首をまわした。彼女はふたりのあいだの柔らかいシートの上にこぶしを置いて体を支え、片方の肩を上げて顔を突き出すと、かすかに斜めに傾けて目をつむった。わたしは彼女にキスをした。それは実際じつに罪のないキスだった。彼女の唇は乾いていて、甲虫の羽みたいにざらついていた。一、二秒してから、わたしたちは体を引き離した。わたしはシートの背にもたれかかって、咳払いをせずにはいられなかった。小鳥たちの鳴き声がうつろな森の空気を切り裂いて、とんなに甲高く響いたことか。「そうよね」と、ミセス・グレイは確認するようにつぶやいて、エンジンをかけた。首をひねって後部ウィンドウを振り返ると、首の横の腱がギュッと引っ張られた。片腕をシートの背に沿って置き、ガリガリッという音をさせてギアをバックに入れると、車体をガタガタ揺すりながら小道をバックして道路に出た。

　わたしは少女についてはごく《プレシャス》わずかなことしか知らず——したがって、わたしの知っているわずかなことはじつに貴重《プレシャス》だったが——、大人の女についてはほとんどなにも知らなかった。十か十一のころ、夏の海辺で、鳶色の髪をした同年配の美少女がいて、わたしは遠くから憧れたし——だがしかし、蜂蜜色のもやに包まれた少年時代、海辺で鳶色の髪の美少女に憧れなかった人間がいるだろうか？——、ある冬には町で、ヘティ・ヒッキーという赤毛に心を奪われた。名前はかわいいとは言えなかったが、この娘はマイセンの人形みたいに繊細で、幾重ものレースのペチコートを着けて、ジャイヴを踊るときには脚を見せつけ、忘れもしないが三週連続で土曜日の夜、アルハンブラ館《キーノ》の後方の席にいっしょに坐って、わたしがドレスの前部から手を差しこみ、その驚くほどひんやりした、どきどきするほど弾力のある、柔らかい小さな胸に手のひらをカップにしてあてがうのを許してくれたものだった。

　愛の女神の稲妻がひらめいたこういういくつかの瞬間と、教会の境内で風にスカートを吹き上げられたあの自転車の女性——もちろん、このときもいたずらな女神がちょっかいを出したのだろうが——を見たことが、自分の孤独な営みを勘定に入れないとすれば、それまでのわたしの性的な体験のすべてだった。それだけに、車のなかでのキスのあと、わたしはまともに生きている気がしなかった。ブルブル震える可能性のなかに宙吊りになって、昼間はヘマばかりしでかし、夜は汗だらけの悪臭を放つベッドで悶々としながら、自分にはその勇気が、彼女にもその勇気があるのだろうかと自問しながら、ふたたび彼女と会うための、ふたたびふたりきりになって、現実だとはほとんど信じられないことを確かめるための計略ばかりを考えていた。わたしが強引に出れば、ひょっとすると彼女は——彼女はどうするというのだろう？　その点になると、すべてがふいに曖昧になった。いったいどちらが差し迫った欲求なのかしばしばわからなくなった。彼女の肉体を探求する——というのも、あのキスのあと、それまでの受動的な思いが能動的な意図の段階に達していたからだが——のを許してもらいたいという欲求か、それとも、そういう探求や行為がどんな結果をもたらすかを具体的に知りたいという要求か。知るべき動詞のカテゴリーのあいだに混乱があった。要するに、自分がそれをするため、彼女がそれをされるために何が必要なのかはなんとなくわかっていたが、経験がなかったとはいえ、単に手順を知っているだけではどうにもならないのはよくわかっていた。

確かだと思えたのは、ミセス・グレイとの二度の出会い――姿見のつらなりの向こう側での出会いと、木の下のステーションワゴンのなかでのこちら側での出会い――がまったく新しい次元の体験だということだった。わたしは期待と警戒心の入り交じる、目もくらむほど強烈な感情にとらわれていた。たとえどんなに過激な行動が必要になるとしても、差し出されたものは、たとえどんなものでも、両手で受け取るつもりで目を光らせていた。いまや自分の血管がドクドク脈打っていることがわたしには驚きであり、ちょっとショックでもあった。それなのに、そういうあいだじゅうずっと、そんな激情、そんな苦しみにもかかわらず、妙に離脱しているような感覚が漂っていた。完全には心に刻みこまれていないような感覚、そこにいると同時にいないような感覚、依然としてすべてが鏡の奥底で起こっていて、自分はその外側にいて、なんの影響も受けずに覗きこんでいるような感覚があった。まあ、こういう感覚は、わたしだけの特殊なものではなく、だれでも身に覚えのあることだろうが。

白樺の森でのあの一瞬の接触のあと、一週間は沈黙がつづいた。初め、わたしは失望し、それから憤激し、しまいには意気消沈して不機嫌になった。わたしは欺されたと思った。あのキスは、そして鏡のなかでの見せびらかしも、ミセス・グレイにとってはなんでもないことだったのだろう。わたしは見捨てられ、辱められて放り出されたように感じた。ビリーを避けて、学校にはひとりで行ったが、わたしの冷淡さや新たな警戒心に彼は気づいていないようだった。わたしはひそかに彼を観察して、母親とわたしのあいだであったことについて、彼がなにか知っている兆候がないかどうか探ろうとした。落ちこんでいるときには、ミセス・グレイが手のこんだいたずらを仕組んで、わたしをばかにしているのだと信じこみ、こんなにやすやすと欺されたことが恥ずかしくてたまらなくなった。彼女がお茶のテーブルでわたしとのあいだに起こったことを面白おかしく語って聞かせ——「そうしたら、あの子はやったのよ。わたしにキスをしたの！」——、一家四人が、いつもはむっつりしているミスター・グレイまでが、肘で小突きあいながらヒーヒー笑っているという、ぞっとする場面が目に浮かんだ。わたしがあまりにもひどく落ちこんでいたので、慢性的な無気力状態の母までがそれに気づいたが、なにやらブツブツ質問されたり気乗りうすに心配されたりすると、わたしはいよいよ激昂して、なにも答えずにつかつかと家を出て、たたきつけるようにドアを閉めたものだった。

苦しみ悩んだ二週間の末に、ようやく偶然通りでミセス・グレイに会ったとき、まずわたしが考えたのはすこしも気づかないふりをして、言葉もかけずそのそぶりも見せず、グサリと刺さるような傲岸さで、そのまま通りすぎてやろうかということだった。春だったが、まだ冷たい烈風が吹きつけ、みぞれがぱらつく日で、フィッシャーズ・ウォークにいたのはわたしたちふたりだけだった。駅の花崗岩の高い壁の下に、漆喰塗りの小さな家が並んでいる通りだった。彼女は頭を低く下げ、傘をパタパタいわせて、風に逆らって歩いていた。わたしの膝から上は見えなかったので、わたしが行く手に立ち塞がらなかったら、彼女のほうが気づかずに通りすぎていたにちがいない。そんな図太い態度をとる大胆さ、厚かましさがいったいどこから湧いてきたのだろう？　彼女は一瞬だれかわからないようだったが、わたしだと悟ると、狼狽した顔をした。もう忘れていたのだろうか？　忘れたふりをすることに決めていたのだろうか？　鏡のなかで見せつけたことや、ステーションワゴンのなかでのキスを？　帽子をかぶっていなかったので、髪に解けた氷の粒がちりばめられて光っていた。「おお」と彼女は言って、ためらいがちに笑みを浮かべた。「なんて恰好をしているの！　凍えきっているじゃないの」たぶん、わたしはブルブル震えていたのだろう。寒さからというよりは、むしろそんなふうに偶然に出会ったことに浅ましくも興奮して。彼女は防水のオーバーシューズ、くすんだ灰色の透明なビニール・レインコートというでたちで、喉元まできっちりボタンをかけていた。いまではそういうレインコートを着る人はいないし、オーバーシューズも見かけないが、なぜなのだろう？　彼女の顔は寒さで赤くまだらになり、あごは赤らんでてかてか光り、目には涙がたまっていた。わたしたちはそこに、風にもまれて、別々の意味でそれぞれどうしていいかわからずに、立ち竦んでいた。川沿いのベーコン工場から悪臭のする突風が吹きつけていた。かたわらの濡れた石壁が光って、湿った漆喰の匂いを漂わせていた。差し迫った欲求に駆られて、わびしげに懇願するわたしの顔を見なければ、彼女は一歩横に寄って、そのまま通りすぎたかもしれない。わたしの顔をじっと見つめながら、彼女は長いあいだ考えていた。おそらくいろんな可能性を天秤にかけ、リスクを計算していたにちがいないが、やがてようやく心を決めたようだった。

「いっしょに来なさい」と彼女は言うと、くるりと向きなおって、わたしたちはいっしょに彼女がもと来たほうへ歩きだした。

それは復活祭の週で、その午後、ミスター・グレイはビリーと妹をサーカスに連れていっていた。わたしは彼らが寒さのなかで木のベンチに坐って体を寄せ合っている姿を想像した。膝のあいだからは踏みつぶされた草の匂いが立ち昇り、周囲ではテントがバタバタと大きな音を立て、楽団がけたたましい音で演奏しているだろう。そう思うと、わたしはビリーやその妹にだけでなく、その父親に対してさえ優越感を抱いた。わたしは彼らの家のキッチンにいて、あの大きな四角いテーブルの前に坐って、ミセス・グレイがいれてくれたミルクたっぷりの紅茶を飲んでいた。油断なく警戒していたのは確かだが、雨から守られ、暖かくして、猟犬みたいに期待で身を震わせていた。曲芸師が、うらぶれた道化師の一団が、きらめく衣装の裸馬乗りでさえ何だというのだろう？　そこに坐っていると、大テントが風でつぶれて、彼らがみんな、演技者と観客もろとも押しつぶされる音が聞こえても満足したにちがいない。片隅の鉄製の薪ストーブが、煤だらけのガラスの小窓の背後でパチパチシューシューいっており、高くて黒い煙突が熱で震えていた。わたしの背中では、大型冷蔵庫のモーターがいましがた重苦しいうめき声を洩らして止まったところで、それまでは聞こえていなかったブーンという音がしなくなると、うつろな静寂がひろがった。レインコートとゴムのオーバーシューズを脱ぎにいっていたミセス・グレイが、両手を擦りあわせながら戻ってきた。斑点ができていた顔はいまやピンク色に輝いていたが、髪はまだ濡れていて、大釘みたいに突き出していた。「鼻の先から鼻水が垂れているって教えてくれなかったのね」と彼女は言った。

　ちょっぴり自棄《やけ》になっているような、恨みながらも面白がっているような顔だった。結局のところこれは、わたしにとってとおなじくらい、彼女にとっても未知の領域だったのだろう。わたしが少年ではなく、大人の男だったなら、どうすればいいかわかったのかもしれない。冷やかしたり、いたずらな笑みを浮かべたり、じつはその反対のしるしである嫌がっているふりをしたり、すべていつもどおりにすればよかったのだから。だが、キッチンテーブルにヒキガエルみたいにへばりついているわたしを、どうすればよかったのか？　雨に濡れたズボンからかすかに湯気が立ち昇り、断固として目を伏せて、両肘を木のテーブルにギュッと押しつけ、両手でマグをにぎりしめて、恥ずかしさと押し殺された欲望のせいでじっと黙りこんでいる少年を。

実際には、彼女は楽々と快活にやってのけたのだが、当時、なんの経験もなかったわたしには、そのありがたさがわからなかった。キッチンから切り離された狭苦しい部屋に、上から洗濯物を入れる方式の、大きな金属製の羽根がまんなかに突き出している洗濯機や、石製の流し、カマキリみたいにひょろ長くピンと立っているアイロン台、そんなに低くなければ手術台にでも使えそうな、金属製のキャンプ用ベッドがあった。いや、考えてみると、あれはベッドだったのだろうか？　馬巣《ばす》織りのマットレスが床に投げ出してあっただけなのではないか。漫画の囚人服みたいな縞柄や剝きだしの膝にザラザラする感触があったことを覚えているのだから。それとも、わたしはそれをその後の、コッターの館の床に敷いたマットレスと混同しているのだろうか？　ともかく、わたしたちはその横たわる場所に横たわった。最初は横向きになって向かい合い、まだ服を着たままだった。彼女は全身をわたしの体に密着させて、わたしの口に激しく、そしてなぜか不機嫌そうに――わたしにそう思えただけかもしれないが――キスをした。相手のこめかみの向こう側をちらりと横目で見ると、やけに高い天井が目に入り、ほかの物といっしょに深い貯水槽の底に沈んでいるような気がして、一瞬パニックに陥りそうになった。

ベッドの上の、壁のまんなかくらいの高さに、くもりガラスの窓がひとつだけあって、そこから柔らかい、灰色の、落ち着いた雨の日の光が射しこんでいた。それと洗濯物の匂いと、ミセス・グレイが顔につけていた石けんかクリームの匂いは、わたしの幼年期の遠い過去から漂ってくるかのようだった。実際、わたしはどうしようもないほど大きくなりすぎた赤ん坊で、このいかにも既婚婦人らしい温かい女の上で、身をくねらせ、弱々しい泣き声を洩らしているような気分だった。というのも、事態は先に進んでいた、そう、急速に展開していたからである。もしかすると、彼女はしばらくのあいだ服を着たままそこに横たわり、たがいの唇や歯や腰骨を擦り合わせる以上のことをするつもりはなかったのかもしれない。しかし、もしそうなら、十五歳の少年の凶暴な一途さを見損なっていたと言わなければならないだろう。身をよじらせてズボンとパンツを脱ぎ捨てると、剝きだしの肌にふれた空気があまりにもひんやりとして滑らかだったので、わたしは自分の全身がにやにや笑いだすのではないかと思った。まだ靴下を履いていたのだろうか？　ミセス・グレイはわたしの胸に手をあてがって、わたしのはやる気持ちを押しとどめ、立ち上がってドレスを脱いで、スリップを引き上げ、下着からするりと抜け出して、その動きの流れのままふたたび横になり、わたしがふたたび触手を彼女の体に絡ませるのを許した。そして、わたしの耳元で何度もノーと繰り返した。ノー、ノー、ノー、ノ――ッ！　けれども、それはいまわたしがやっていることをやめるように懇願する声というよりは、むしろ低い笑い声みたいに聞こえた。

わたしがやっていたことはじつに簡単なことだった。なんの苦労もせずに泳ぎを覚えたようなものだった。もちろん、底知れぬ深みの上に立つ恐怖もあったが、それよりはるかに強烈だったのは、ついに、しかもこんなにも早く、輝かしい人生の転換期に達したのだという感覚だった。事を終えるやいなや――そう、たしかにそれはあっと言う間だった――、わたしはミセス・グレイの体から降りて仰向けになった。彼女は壁とのあいだに体を挟まれていた。わたしは片脚を曲げ、狭いマットレスの縁にぐらつく体をのせて、なんとか息を整えようとしていたが、すでにプライドがふくらみはじめていた。すぐに走っていって、だれかに教えたかった――だが、だれに教えられただろう？　もちろん、親友には言えなかった。それははっきりしていた。わたしはこの秘密をしっかりと胸の内にしまいこんで、だれにも明かさずに満足しなければならなかった。わたしは若かったけれど、この抑制のなかにこそある種の力が、ミセス・グレイはもちろん、自分自身をも支配する力がひめられていることを理解できるくらいの年齢にはなっていた。

わたしが恐怖にとらわれ、必死に泳いでいたとすれば、彼女はどう感じていたのだろう？　実際にサーカスで大惨事があって、ショーが中止になり、キティが走って帰ってきたとしたら、空中ブランコの青年がバーをつかみそこね、暗闇のなかを真っ逆さまに墜落して、リングのまんなかにおが屑の雲を舞い上げて首を折ったと報告しようとしたら、自分の母親が半裸になって兄の滑稽な友だちと不可解なアクロバットを演じているところに遭遇したとしたら、どうだったろう？　ミセス・グレイが冒したリスクを思うと、いま、わたしは呆然とせざるをえない。彼女は何を考えていたのだろう、どうしてあんなことができたのだろう？　わたしは自分が成し遂げたことにプライドを感じていたけれど、ミセス・グレイがただわたしのために、あんなにも多くのものを失う危険を、いとわなかったどころか、みずから進んで冒したとはすこしも思っていなかった。自分がそんなに大切にされているとは想像もしなかった。そんなに愛されているとは思ってもみなかった。べつに自分に自信がなかったからでも、自身の存在に意味がないと感じていたからでもない。そうではなくて、その正反対だった。わたしは自分自身のことで精一杯で、彼女がわたしをどう感じているかを測る物差しをもっていなかったのである。他人を通して自分自身を発見するときには、いつもそういうものなのだろうが。

苦しいほどに欲していたものを手に入れてしまったいま、わたしはどうやって彼女から離れるかという微妙な問題に直面していた。ありがたいと感じていなかったわけではなく、彼女に好意を抱いていなかったわけでもない。それどころか、彼女へのいとおしさと信じがたいほどの感謝の気持ちで頭がぼうっとして、ふわふわ漂っているような感じだった。自分の母とおなじ年ごろではあったが、それ以外はまったく似ていない、大人の女性が、こどものいる既婚婦人が、自分の親友の母親が、ドレスを脱いで、ガーターを外し、ショーツ――白い、ゆったりとした、良識的な――から足を抜いて、片脚のストッキングはそのまま、もう一方は膝までずり落ちた状態で、両腕をひらいてわたしの下に横たわり、自分のなかでわたしがみずからを迸らせることを受けいれ、いままた満足げに震えるため息を洩らして横向きになり、わたしの背中に体を押しつけて――スリップは腰のまわりに束になり、下のほうの縮れ毛がわたしの尻にざらりと温かく感じられた――、わたしの左のこめかみを指の腹で愛撫しながら、やさしい淫らな子守唄みたいなものを耳元でくちずさんでいた。どうして自分がこの町で、この国で――この世界で!――いちばん恵まれた息子、惜しげなく祝福された少年だと思わずにいられただろう?

　口のなかにはまだ彼女の味が残っていた。彼女のわき腹や二の腕の外側のざらっとした冷たさのせいで、両手が依然としてちりちりしていた。いまでもまだ、かすれたあえぎ声が耳に残っていたし、体を弓なりに反らして激しくわたしに押しつけながら、そのくせわたしの腕のなかからどこまでも落ちていくような感触があったことを覚えていた。だがしかし、彼女はわたしではなく、まったく別個の人間だった。わたしは若く、そういうすべてが初体験だったにもかかわらず、いまや彼女を世界に、無数のわたし自身ではないもののなかに押し戻してやるという、細心の注意を要する仕事をしなければならないことを無慈悲なほど明瞭に理解していた。実際、依然として彼女の腕に抱かれ、うなじに温かい息を感じていたにもかかわらず、わたしはすでに彼女から離れ、すでにその悲しみと寂しさを思いやっていた。むかし、交尾のあとつながっている犬を見たことがある。尻と尻とでつながって、たがいにそっぽを向き、雄は退屈して憂鬱そうにあたりを見まわし、雌はしょんぼりとうなだれていた。神よ、お許しあれ。だが、その低いベッドのへりでバネみたいにぐらぐらしながら、わたしはそれを思い出さずにはいられなかった。早くどこかへ行って、女のサイズの女の腕に抱かれた、この惜しみない、驚くべき、ありえない、幸せな十五分間のことを考えたくてたまらなかった。あまりにも若かった、アレックス、あまりにも若く、しかもすでにじつに残忍だった！

やがて、わたしたちはようやく手探りで立ち上がり、リンゴを食べたあとの楽園でのアダムとイヴみたいに恥じらいながら、自分たちを服のなかに閉じこめた。いや、そうではなかった。恥ずかしがっていたのはわたしのほうだった。あんなに突いたり抉ったりしたのだから。彼女の内側は傷ついているにちがいないとわたしは信じていたが、それにもかかわらず、彼女は平然としていたし、なにかほかのことを考えているようでさえあった。ひょっとすると、家族がサーカスから戻ってきたとき、何を出そうかとか、あるいは、まわりの様子から連想して、次にわたしの母が洗濯をする日に、あきらかにそれとわかる下着の染みに気づくかどうかとか考えていたのだろうか。まず愛があり、と冷笑家は言うだろう、勘定書はあとから来る。

わたしもほかのことを考えていた。たとえば、なぜ洗濯室にベッドが、あるいは剥きだしのマットレスだったかもしれないものがあるのか不思議だった——その理由は結局わからずじまいだった——が、それを訊くのは不作法だと思ったり、ひょっとすると、そこに彼女と横たわったのはわたしが初めてではなかったのかもしれないという疑念が脳裏をかすめたりもした。もっとも、たったいま起こったことや、そのあとふたりのあいだに起こることになったすべてにもかかわらず、彼女が尻軽な女ではないことは確かだったので、それは事実無根の疑念にすぎなかったけれど。それに、股ぐらのあたりがべとべとして気持ちわるかったし、そういう運動をしたあとの若者なら当然だったが、空腹でもあった。雨はすこし前にあがっていたが、いままたベッドの上の窓をパラパラいわせはじめ、くもった灰色のガラスの上で、ぼんやりした雨滴が風に吹かれて震え、流れだすのが見えた。外の黒光りする桜の木の濡れた枝や、散っていくびしょ濡れの花びらのことを思うと、なんだかやけに悲しかった。これが恋をするということなのだろうか、とわたしは思った、こんなふうにいきなり心のなかに物悲しい音が鳴り響くのが？

ミセス・グレイは、ドレスの裾を大きくまくって、ガーターを留めていた。わたしは彼女の前にひざまずいて、ストッキングに締めつけられわずかにふくらんで丸みをおびた、その剝きだしの真っ白な太腿に顔を埋めるところを想像した。彼女はわたしが見ていることに気づくと、寛大な笑みを浮かべた。「あなたはほんとうにいい子ね」と彼女は言って、体を起こすと、服のラインを落ち着かせるため、肩から膝にかけて体を揺すった。自分の母親もよくする動作であることを悟ると、一瞬、わたしは後ろめたさを感じてうろたえた。それから、彼女は手を伸ばして、わたしの顔にふれ、手のひらで頬を包むようにしたが、その頬笑みにふと影が差し、ほとんど怒っているような顔になった。「これからあなたをどうすればいいのかしら？」と、まるですべてがうれしい驚きであるかのように、小さな笑い声を抑えきれずにつぶやいた。「――まだひげを剃りはじめてもいないのに！」

わたしは彼女がかなり年取っていると思っていた――なんといっても、自分の母とおなじ歳ごろだったのだから――が、それをどう感じるべきかよくわからなかった。そんな成熟した女性が、ちゃんとした人妻で母親でもある女性が、わたしに、不潔で、髪はぼさぼさで、よい匂いとはほど遠いわたしに、抗いがたい魅力を感じ、夫とこどもたちがなにも知らずに道化師ココのおどけに腹を抱えて笑い、小さなロクサンヌと青い顎をしたその兄弟たちが高い綱の上にぴたりと立って跳ねるように進むのをはらはらしながら感嘆して見上げているあいだに、ベッドに連れこまずにはいられなくなったなどと、うぬぼれてもいいものだろうか？　それとも、わたしは単なる気晴らしで、退屈した主婦がなんの奇もないけだるい午後に弄び、終わればさっさと放り出して、本来のあるべき自分に立ち戻り、わたしのことや――わたしの腕のなかでもだえて恍惚の叫びを上げたとき、わたしたちふたりが変身したように思えた――あの神々しい生き物のことはすっかり忘れてしまうのだろうか？

ついでながら、サーカスのイメージが、あのきらびやかなお祭り騒ぎのイメージが、何度も執拗に顔を出していることに、わたしが気づいていないわけではない。それこそミセス・グレイとわたしがたったいま繰り広げたあわただしい見せ物にふさわしい背景ではないだろうか。実際には、観客は洗濯機とアイロン台と洗剤タイドの箱だけだったけれど。もっとも、もちろん、女神たちやきらめく妖精たちが、姿こそ見えなくても、ちゃんと見ていたはずではあるが。

わたしはおそるおそる家を出た。ビリーの父親のウィスキーを飲んだときよりもっとふらふらして、老人みたいに膝がぐらつき、依然として顔がかっとほてっていた。わたしがそのなかに足を踏み出した四月の一日は、もちろん変貌していて、満ち足りたわたしののろのろした動きとは対照的に、すっかり生気に満ちあふれ、ブルブル震えて、かすめ飛ぶように軽やかだった。そのなかを移動していると、歩いているというよりは、むしろ大きなたるんだ風船みたいに、ゆらゆら揺れている感じだった。家に着いたとき、わたしは母と顔を合わせるのを避けた。ついさっき――一時的にすぎないとしても――満たされた肉欲の青黒い刻印が、燃えるような自分の顔にはっきり見てとれるにちがいないと思ったからだ。まっすぐ自分の部屋に行って、ベッドに身を投げ出し、文字どおり身を投げ出して、仰向けになって前腕で目をおおい、内側のスクリーンに、ほんの小一時間前、罪のない家電機器たちが驚き畏れて見守るなか、もうひとつのベッドで起こったすべてを一コマずつ、マニアックなほど遅いスローモーションで再生した。びしょ濡れの庭では、ブラックバードが小さな滝のような唄声で喉をすすいでいるみたいに鳴きだしたが、それを聞いていると、目に熱い涙がこみ上げた。「おお、ミセス・グレイ！」とわたしは低い声で叫んだ。「おお、マイ・ダーリン！」そして、自分を抱きしめると、ズキズキする包皮の刺すような痛みを味わいながら、甘美な悲しみにひたった。

その日彼女とわたしがやったことをいつかもう一度やることになるとは考えてもみなかった。一度起こっただけでもすでに充分信じがたいことであり、それが繰り返されるとは想像もできなかった。したがって、あらゆる細部を思い出し、確かめ、分類し、鉛の内張をした記憶のキャビネットに入れておくことがきわめて重要だった。しかし、そこでわたしは挫折を味わわされた。快楽は、苦痛もそうだろうが、再体験するのはむずかしい。この挫折は、わたしたちが想像力のもつ現実の再現力から保護されていることの代償にちがいない。なぜなら、ミセス・グレイに乗っかって跳びはねていたあいだじゅうわたしが感じていたことを、それを思い出すたびに、おなじくらい強烈に感じることが許されたりすれば、命がもたないにちがいないからである。同様に、ミセス・グレイ自身についても、わたしは充分に明瞭で一貫性のあるイメージを呼び起こせなかった。思い出せないわけではなかった。もちろん思い出すことはできたのだが、一連のちぐはぐな断片的な記憶としてでしかなかった。あの古いキリスト磔刑図みたいに、釘やハンマー、槍や海綿といった拷問の道具は大きく丹念に描かれているのに、十字架上で死んでいくキリストのほうはわきにぼんやりとしか描かれていないようなものだった。高貴なる神よ、お許しあれ。こんなふうに姦淫と神への冒瀆をいっしょくたにするなんて。彼女の濡れた琥珀色の瞳が目に浮かぶ。ビリーの目を思い出させるのが困ったところだったが、蛾の羽みたいにひくひく動く、なかば閉じたまぶたの下の、涙をたたえた瞳。額から後ろに撫でつけた、すでに一房か二房白いものが交じっている、じっとり汗ばんだ髪の生え際。豊かでつややかな胸の側面のふくらみがわたしの手のひらに垂れかかる感触。陶然とした叫び声も聞こえたし、かすかに卵の匂いのする息もよみがえった。だが、女そのものは、彼女の全体像はあらためて思い浮かべられなかった。しかも、自分自身も、彼女といっしょにいた自分自身さえ思い出すことができず、わたしはしがみつく腕、痙攣する脚、熱狂的に上下運動をする背中でしかなかった。これはまったくの謎であり、わたしはそれに悩まされた。わたしはまだ、なにかをすることとやったことを思い出すことのあいだに口をあけている深い裂け目に馴れていなかったのだ。彼女の全体を頭に浮かべ、その全体をひとつにして、さらにいっしょにいる自分を思い浮かべられるようになるには、訓練とその結果としての馴れが必要だった。それにしても、全体とか、ひとつにしてとかいうのは、どういう意味なのだろう？　わたしが取り戻したのは自分ででっち上げた空想にすぎないのではないだろうか？

これはさらに大きな謎であり、その乖離の謎がさらにわたしを悩ませた。
その日、母と顔を合わせたくないと思ったのは、罪悪感が全身にありありと書かれているにちがいなかったからだけではない。じつは、女のひとを、たとえ母でも、もはや二度とおなじ目では見られないと思ったからだ。それまでは女の子と母親がいたところに、いまやそのどちらでもないものがいて、それをどうすればいいのか皆目わからなかった。

その日家から出てくるとき、ミセス・グレイは玄関のドアマットのところでわたしを立ち止まらせて、わたしの魂の状態について質問した。彼女はぼんやりしたかたちではあったが信仰心をもっていて、われらが主、とりわけ、彼女がとくに崇拝していた聖母マリアとわたしがうまくやっていけるように願っており、わたしがすぐに告解に行くことを切望していた。彼女がこの問題についてすでにある程度考え済みだったのはあきらかで——洗濯室のあの間に合わせのベッドの上で、わたしたちがまだ取っ組み合っているときに考えたのだろうか？——、わたしが犯した罪をただちに告白しなければならないのは確かだが、相手の名前を明かす必要はない、と彼女は言った。彼女ももちろん、わたしの名前は告げずに、告白するつもりだということだった。そういうことを言いながら、彼女はてきぱきとわたしの襟をなおしたり、逆立っている髪を指で梳いて、できるだけ整えようとしたりした——わたしがビリーで、これから学校に送り出そうとしているかのように！　それから、両手をわたしの肩に置き、腕を伸ばして、慎重に値踏みするような目で、頭から爪先までじっくりと眺めた。そして、にっこり笑みを浮かべると、額にキスをして、「あなたはハンサムな男になるわ、知ってる？」と言った。冷やかすような口調だったにもかかわらず、そんなふうにおだてられると、たちまち血がふたたびドクドク脈打ちはじめ、わたしにもっと経験があるか、家族がいまにも戻ってくる心配がなければ、彼女を階下の洗濯室に押し戻して、衣服を剝ぎ取り、自分の服も脱ぎ捨てて、あの間に合わせのベッドかマットレスに押し倒し、もう一度すべてをはじめたかもしれなかった。わたしが急に黙りこむと、彼女はそれを苦々しい懐疑のしかめ面と誤解して、いい男になると本気で言ったのだから、わたしは喜ぶべきだと言った。なんと答えていいかわからずに、わたしは激しく揺れる感情を抱えたまま、後ろを向いて、胸が張り裂けそうになりながら雨のなかによろめき出た。

　わたしは実際に告解に行った。教会の土曜の午後の薄暗がりのなかで、顔をほてらせて長らく悩んだすえ、わたしが選んだ神父はすでに何度も告解したことのある人物だった。大柄で、喘息もちで、猫背の、陰鬱な雰囲気の男で、じつにお誂え向き《ハッピー・チャンス》なことに――本人はあまり喜《ハッピー》んでいなかったかもしれないが――プリーストという名前だったので、司祭《プリースト》神父と呼ばれていた。それまで何度か告解していたので、わたしだとわかってしまう怖れはあったが、抱えている罪の重荷が大きすぎたので、自分が馴れていて、向こうも馴れている聴き手が必要だと思ったのである。いつもそうだったが、格子の背後の小さなドアをあけると――いきなりパシッという音がして、かならずギクリとさせられる――、この神父は、気が進まない務めに耐えようとしているかのように、まず重々しくため息をつく。それを聞くと、わたしはすこし安心した。わたしは告白するのがものすごくいやだったが、神父もそれを聴くのをおなじくらい厭わしく思っている証拠だという気がしたからだ。わたしは手順どおりあれこれの軽罪――嘘や下品な言葉や規則違反――をひと通り列挙してから、声を落とし、かぼそいささやき声で、本題に、永遠の死を招く大罪に取りかかった。告解室はワックスと古びたニスと綾織りの毛織物《サージ》の匂いがした。プリースト神父はわたしがためらいがちに話すのを黙って聞いていたが、いまやもう一度、今度はいかにも嘆き悲しんでいるようなため息をついた。「不純な行ないかね？」と彼は言った。「なるほど。自分自身でか、それともほかの人とかね、わが子よ？」

「ほかの人とです、神父様」

「それは少女か、それとも少年かね？」

わたしは口をつぐんだ。少年との不純な行為——それはどんなものなのだろう？　それでも、まだ巧みにはぐらかす答え方——だと自分では思っていたもの——が可能だった。「少年とではありません、神父様、違います」とわたしは言った。

ここで神父はすかさず攻撃に出た。「——姉妹かね？」

たとえいたとしても、姉妹だって？　シャツの襟が息苦しいほどきつくなったような気がした。

「いいえ、神父様、姉妹ではありません」

「では、べつのだれかなんだな。なるほど。裸の肌にふれたのかね、わが子よ？」

「そうです、神父様」

「脚に？」

「はい、神父様」

「脚の上のほうかね？」

「ずっと上のほうです、神父様」

「ああ」こっそり巨体を移動して——馬小屋の仕切りのなかの馬が目に浮かんだ——、神父が格子のそばに近づくのがわかった。告解室の木の壁で隔てられていたにもかかわらず、いまやわたしたちはたがいに腕を組んで、ひそひそ汗臭い対話を交わしているようなものだった。「つづけなさい、わが子よ」

わたしはつづけた。わたしがどんなふうに事実をねじ曲げてごまかそうとしたかは知る人ぞ知るだが、結局のところ、イチジクの葉を微妙にすこしずつ横にずらしながら、わたしが不純な行為に及んだ相手が既婚女性だったことをこの神父は突き止めた。

「あなたのものを彼女のなかに入れたのですか？」と彼は訊いた。

「入れました、神父様」とわたしは答えたが、自分がつばを飲む音が聞こえた。

正確には、それを入れたのは彼女だった。わたしがあまりにも興奮しすぎていて、しかも不器用だったからだが、そのくらいは無視してもいいだろうと思った。

そのあと長いあいだ、重苦しい荒い息だけが聞こえる沈黙がつづいたが、やがてプリースト神父は咳払いをすると、さらにこちらに近づいた。「わが子よ」と、彼は熱っぽい口調で言った。斜め横向きの大きな頭が、仄暗い格子窓いっぱいにひろがった。「これは重大な罪、きわめて重大な罪ですぞ」

神父はそのほかにもいろんなことをこんこんと語って聞かせた。婚姻の褥《しとね》の神聖さについて、わたしたちの体が聖霊の宮であることについて、わたしたちが肉の罪を犯すたびに、われらが救世主の手にあらたに釘が打ちこまれ、わき腹に槍が刺さるのだということについて。しかし、赦罪の冷たい軟膏を全身に塗りたくられたわたしは、ろくに聞いてもいなかった。二度と罪を犯さないことを誓い、神父に祝福を授けてもらうと、わたしは祭壇の前に行ってひざまずき、頭を垂れて手を組み合わせ、敬虔な気持ちと快い安心感で熱くなった胸を抱えて——若いというのは、免罪を与えられた直後というのは、なんという気分だったことか！——、悔い改めの祈りをとなえた。けれども、ほどなく、ぞっとしたことに、小さいまっ赤な悪魔が飛んできて、わたしの左肩に止まり、あの日あの低いベッドでミセス・グレイとわたしがやったことを、どぎつい解剖学的に正確な言い方でわたしの耳にささやきはじめた。聖体ランプの赤い目がどんなに激しくわたしをにらみつけ、周囲の壁龕《ニッチ》に安置されている石膏の聖人たちの顔がショックを受けて、どんなに苦々しく歪んだように見えたことか！　もしもわたしがその瞬間に死んだら、地獄に直行するのは明白だと思われた。あんなに下劣な行為をしたばかりか、神聖な場所でこんなに下劣なことを思い出していたのだから。けれども、小悪魔の声はあくまでも執拗で、言っていることがあまりにも心地よかったので——なぜかこの悪魔の物語はわたしがそれまでに試みたどんな回想よりも詳細で、説得力があった——、わたしは耳を貸さずにはいられず、しまいにはふいに祈りを中断して、暗さの募る夕闇のなかにこっそり逃げださずにはいられなかった。

次の月曜日、学校から帰ってくると、ひどい興奮状態の母が玄関で待ちかまえていた。そのこわばった表情と怒りに震える下唇を一目見るなり、わたしは厄介なことになっているのを悟った。プリースト神父がじきじきに訪ねてきたのだという！　ウィークデイの、午後のまんなかに、母が家計簿をつけている最中に、神父はなんの予告もなしにやってきて、帽子を片手に背中をまるめて玄関に立った。だからわたしの母は、彼を裏手の居間に、宿泊客さえ入ることが許されない居間に通して、お茶を出さないわけにはいかなかった。もちろん、告解の内容について熟慮した結果、神父はわたしのことを話すためにやってきたのである。わたしは恐怖と同時に激しい憤りを感じた──あのご自慢の告解の秘密はどうなったのか？　権利を踏みにじられた悔し涙が目にこみ上げた。おまえはいったい何をやったんだ、と母が訊いた。わたしはかぶりを振って、罪のない手のひらを見せたが、脳裏にはミセス・グレイの姿が浮かんだ。裸足の足から血を流し、頭を丸刈りにされた彼女が、敵愾心に燃える悪態をつきながら棍棒を振りまわす憤激した母親たちの一団に、通りを追い立てられていく姿が。

わたしはキッチンに引き立てられた。家庭の危機はすべてそこで処理されることになっていたのである。すぐにはっきりしたのは、母はわたしが何をしたかを問題にしているわけではなく、宿泊者がいない午後の静寂のなかで家計簿をつけていたところへ、いきなりプリースト神父が闖入してくる原因をつくったことに腹を立てているだけだった。母は聖職者を相手にしている暇はなく、たぶん、彼らが代弁する神を相手にしている暇もなかった。彼女は、いわば、自分ではそうとは知らない異教徒みたいなもので、母の信仰心はもっぱら万神殿《パンテオン》のあまり重要でない聖人たちに向けられていた。たとえば、落とし物を見つけてくれる聖アントニウスとか、親切な聖フランチェスコ。なかでもいちばんのお気にいりがシエナの聖カタリナで、この聖人は処女で、外交的手腕があり、熱狂的信者で、なぜかふつうの人間の目には見えない聖痕をもっていた。「放り出せなかったんだよ」と母は腹立たしげに言った。「そこのテーブルに坐ってお茶をすすりながら、キリスト教修士会について話しだした」初め、彼女はまったく訳がわからず、神父の意図がつかめなかった。彼はキリスト教修士会の神学校のすばらしい施設について語った。緑の芝生の運動場やオリンピック規格のプール、強靭な骨格と逞しい筋肉のもとになる栄養豊かなたっぷりとした食事、そして、もちろん、理解が速く受容能力のある若者──お宅の息子さんはそうなるにちがいないと信じている——にたたき込まれる比類ない知識の宝庫。ようやく彼女は理解して、憤激した。

「息子を聖職者の道に入れろと言うのかい、キリスト教修士会へ！」と彼女は憎々しげにあざ笑いながら言った。「——たとえ司祭になれるとしてもごめんだね！」

というわけで、わたしの罪が暴かれることはなく、わたしは無事だった。わたしはもはや二度とプリースト神父には、いや、ほかのだれに対しても、告解しに行くことはなかった。その日以降、背教者になったからである。

マーシー・メリウェザーが資料と呼んだもの——わたしの耳には、どういうわけか、死体解剖の残り滓と言ったように聞こえたが——は、きょう、アメリカの陽光あふれる向こう側の海岸からはるばる特別配達便で到着した。しかし、なんという大騒ぎをして到着したことか！　郵便馬車のひづめをパカパカいわせ、ラッパでファンファーレを吹き鳴らしたとしても場違いではなかったにちがいない。スキンヘッドで、全身光沢のある黒ずくめ、向こう脛のまんなかまで靴紐を編み上げたコマンドブーツのようなものを履き、バルカン戦争の戦争犯罪人みたいないでたちをした配達人は、ベルを押すだけでは満足せず、すぐさまドアをこぶしでたたきだした。しかも、クッション入りの大きな封筒をリディアに渡すことを拒否して、指定された受取人にじかに渡す必要があると主張した。憤慨したリディアに呼ばれて、意を決して屋根裏のねぐらから下りていったわたしは、写真付きの身分証明書の提示を要求された。それはどう考えてもやり過ぎだろうと思ったが、男はすこしも動じる気配がなく——あきらかに自分自身や自分の義務についてとんでもない勘違いをしているようだったが——、わたしはしまいにはパスポートを取りにいった。

彼は鼻から荒い息を吐きながら、たっぷり三十秒はそれを見つめ、それからさらに三十秒、わたしの顔を疑わしげに凝視した。そのいわれなき攻撃性にひどく脅かされて、クリップボードの書類に名前をサインしたとき、わたしの手は震えていたのではないかと思う。映画スターになるつもりなら、こういうことには、つまり、特別配達便やこういうごろつきに馴れなければならないのかもしれない。

爪で破いて封筒をあけようとしたが、突き通せないビニールの覆いがかぶせてあったので、キッチンに持っていって、テーブルの上に置き、リディアが面白がって見ている前で、パンナイフであけなければならなかった。ようやく開封すると、一束の書類がこぼれ出して、テーブルの上に散らばった。新聞の切り抜きや雑誌のエッセイの抜き刷り、小さな活字の長ったらしい書評。筆者はどこかで聞いたことがある、印象的でしばしばむずかしい名前で——たとえば、ドゥルーズ、ボードリヤール、イングレイ、なぜかわたしのお気にいりのポール・ド・マンなど——、全員がアクセル・ヴァンダーの作品や意見を取り上げて、たいていは激しく異議をとなえていた。

このヴァンダーという男はどうやら文学者であり、批評家で、教育者で、あきらかに大喜びで論争をしかける人物だったようである。大手の映画作品のわかりやすいテーマだとはとても言えないだろう。自分の机で午前中いっぱいかけて、反対者や中傷者の言い分を読みあさった——彼には友人はほとんどいなかったようだ——が、あまり前進できたとは言えなかった。ヴァンダーの専門は難解な暗号化された分野らしく——〈脱構築〉という言葉が頻繁に出てきた——、娘のキャスならよく知っていたにちがいない。綴じられていない書類といっしょに送られてきたのは映画の台本ではなく、『過去の発明』という分厚い本——そうか、映画のタイトルはこの本から来ているのか――で、じつに見上げた厚かましさだったが、アクセル・ヴァンダーの非公式な伝記と銘打っていた。それはわきにのけて、あとで目を通すことにした。こういう事実と虚構の――というのは、どんな伝記にも、わざとではないとしても、かならず虚構が含まれているからだ――濁った井戸に飛びこむには、その前にたっぷりと深呼吸する必要があるからである。このヴァンダーという男はとらえどころのない人物だったようだ――ちなみに、彼の名前はわたしには文字の並べ替え《アナグラム》に見えて仕方がなかった。なんとなく聞き覚えがあるような気がするのだが、ひょっとすると実際にキャスから聞いたことがあるのかもしれない。

その夜、またもやマーシー・メリウェザーから電話があって――長の年月使っている受話器が、オルフェウスの竪琴みたいに、彼女の手にくっついているところが目に浮かんだ――、資料がちゃんと届いたかどうかと訊いてきた。そして、ある人物――彼女の言うところのスカウトのひとり――をわたしに会いにいかせるつもりだとも言った。ビリー・ストライカーという名前だという。奇妙な名前だが、うんざりするほど頭韻を踏んだ名前ばかりだったので、少なくともひとつの変化にはなりそうだった――マーシー・メリウェザー、トビー・タガート、ドーン・デヴォンポート。そう、ドーン・デヴォンポートなのである。『過去の発明』でわたしは彼女の相手役を務めることになっているのだが、それはもう話しただろうか？　諸君は感服しただろう。じつを言うと、こんな華々しいスターと共演するのは恐ろしかった。彼女の名声の輝きを前にしてわたしは縮み上がってしまうにちがいない。

このわくわくするが不安でもある問題から気をそらすため、わたしは書類の余白を利用して、ちょっとした計算をしているところだった。アイロン台というアイギスの盾の下でのミセス・グレイとの最初の密会《あいびき》は彼女の誕生日の一週間前で、彼女の誕生日はたまたま四月三十日だった――彼女が生きているなら、いまでもそうだろう。ということは、わたしたちの情事？　のぼせ上がり？　無謀ないちゃつき？　何とでも呼ぶがいい――はちょうど五カ月、つまり百五十四昼夜つづいたことになる。いや、そうじゃない。百五十三昼夜だ。最後の夜には、彼女はすでに永遠にわたしの前から姿を消していたのだから。もっとも、夜のことを言うなら、いっしょに夜を過ごしたことは一度も、一晩もなく、いや、夜の一部を過ごしたことさえなかった。どこで夜を過ごせばよかった――過ごせた――というのだろう？　たしかに、わたしは夢想したものだった。グレイ一家がみんなでどこかへ泊まりにいき、ミセス・グレイだけがそっと戻ってきて、わたしを家に招じ入れ、二階のベッドルームに連れていって、窓辺のブラインドの下からそっと侵入してくるバラ色の指の夜明けに追い立てられるまで、一晩中熱烈な営みをつづけられないものかと。愛しい人から引き離されている空虚な時間に、わたしはよくそんなことを空想して気を紛らわせたものだった。それはもちろん空想にすぎなかった。なぜなら、ミセス・グレイが家族から抜け出すのは至難の業だったし、わたしが家で寝なかったことがばれたら、母が何と言うかわからなかったし、当然ながら、ミスター・グレイの問題もあったからだ。彼が疑いを抱いて急いで家に戻ってきて、妻が年下の愛人と婚姻の褥を汚している現場に踏みこんだら、いったいどうなっただろう？　あるいは、家族がみんないっしょに帰ってきて、ミスター・グレイとビリーとビリーの妹が、わたしたちが寝ているところを見つけたら？　彼らがベッドルームの入口に立ち、踊り場からの不気味なくさび形の光を浴びている姿が目に浮かぶ。ミスター・グレイがまんなかに、ビリーとキティが両わきに立って、たがいにしっかりと手をにぎりあい、呆然として口をあけて、罪を犯した愛人たちを、恥ずかしい大騒ぎの最中に不意を突かれて、最後になるだろうみだらな抱擁から身を振りほどこうとしている愛人たちを凝視することになるだろう。

初めのころは、グレイ家の古いステーションワゴンの後部座席――いまはっきりと思い出したが、や象の皮膚の色だった――や、わたしの欲望が遅延を許さないときには前部座席でさえも、熱烈な愛人とその恋人にとっては、充分ゆとりのある至福の閨房になった。快適だったとは言えないが、欲情に燃える少年にとって快適さが何だろう？　わたしたちが次に会ったのは、そう言われるまで彼女の誕生日だとは知らなかったが、四月三十日だった。もっと観察力があり、あんなに性急に事をはじめることばかり考えていたのでなければ、彼女がどんなに静かで、思案深く、穏やかな悲しみを漂わせていたか、初めて寝たときのあの快活さや陽気さとはどんなに対照的だったかに気づいたかもしれない。やがて、彼女はその日が何の日かを打ち明けて、年齢を感じさせられると言い、深いため息を洩らした。「三十五歳よ」と彼女は言った。「――考えてもごらんなさい」

ステーションワゴンは森のなかの小道に、いつかの夕暮れのときとおなじ場所に停めてあった。彼女は後部座席に横たわって、折りたたんだピクニック・バスケットに頭と肩を窮屈そうにもたせかけて、ドレスを腋の下まで引き上げていた。わたしは彼女の上に重なって、さしあたりは欲望を遂げて、左手で彼女の股のあいだのしとど濡れそぼったくぼみを掻きまわしていた。傾いた日射しが弱々しく射しこんでいたが、雨も降っていて、張り出した木の枝から大粒のしずくが頭上の金属製の屋根にポタポタと、ブリキをたたくような音を立てて不規則なリズムで落ちていた。

彼女は煙草に火をつけたが——お気にいりはカスタード色のすてきなパック入りのスウィート・アフトンだった——、わたしが一本欲しいと言うと、ショックを受けたかのように目を見ひらいて、とんでもないと答え、わたしの顔に煙を吹きつけて笑い声をあげた。

彼女はこの町の生まれではなく——これはすでに言っただろうか？——、彼女の夫もそうではなかった。結婚したばかりでまだビリーが生まれる前にどこかからやってきて、ミスター・グレイがヘイマーケットの角にあった店舗を借り、そこで眼鏡店を開業したのである。彼女のもうひとつのふつうの生活、わたしたちふたりとは——たがいにとっての、たがいのなかでのわたしたちとは——切り離された彼女の生活についてのあれこれは、わたしにとってはあるときは退屈であり、他のときにはひたすら苦痛な話題でしかなく、彼女が——しばしばしたように——そういう話をはじめると、わたしは焦れったそうにため息をつき、すぐに話題を変えようとしたり、もっと別のことに注意を向けさせようとしたりした。そうやって抱かれているとき、わたしは彼女がミスター・グレイの奥さんであることや、ビリーの母親であることを忘れ、あの猫みたいなキティさえ忘れていて、彼女がきちんとした家族をもっていることや、自分が結局のところ闖入者でしかないことは思い出したくなかったのである。

グレイ家がもといた町は——訊いたことがあったかもしれないが、どこだったかは覚えていない——わたしたちの町よりはるかに大きくて立派だった。彼女はそう言っていた。そのひろい通りやすてきな店や豊かな郊外の様子を描写して、彼女はわたしをからかうのが好きだった。住民はもっと如才なく、洗練されていて、ここの住人とは違っていた。ここでは閉じこめられているような気分で、ひどく欲求不満を感じる、と彼女は言った。閉じこめられている気分？　欲求不満？　わたしがいるのに？　わたしの顔を見ると、彼女はかがんで両手でわたしの顔をはさみ、引き寄せてキスをして、わたしの口に笑い声と煙を吹きこんだ。「こんなにすてきな誕生日プレゼントをもらったことはなかったわ」と、彼女はかすれた小声でささやいた。「わたしのかわいい坊や！」

彼女のかわいい坊や。たしかに彼女はわたしをそんなふうに思っていたか、思おうとしていたのだろう。いわば、ずっとむかしに失った息子みたいなものに。大喜びで帰ってきた放蕩息子。野卑な男たちのあいだに逗留して野性にもどり、彼女が女らしい、既婚夫人らしい気づかいでなだめ、文明化してやる必要のある息子みたいに。もちろん、彼女はわたしを甘やかした。思春期の少年ののぼせ上がった空想以上にわたしを甘やかしたが、同時に、監視の目で見ることも怠らなかった。彼女はわたしにもっと頻繁かつ叮嚀に風呂に入ることや、定期的に歯を磨くことを約束させた。わたしは毎日清潔な靴下に取り替え、自分の母親に頼んで――ただし疑惑をもたれないようにする必要があったが――見苦しくない下着を買ってもらわなければならなかった。ある日の午後、コッターの館で、彼女はまんなかを革紐で結んであるスエードのフォルダーを取り出すと、それをひらいて、鈍く光る散髪道具をマットレスの上に並べた、鋏、西洋剃刀、鼈甲の櫛、そして、小さなとても鋭い刃が重なって銀色に光っている大鋏。それはビリーからクリスマスにもらったマニキュアセットの兄貴分みたいなものだった。彼女はむかし美容師の講座を取ったことがあり、家では、自分自身のも含めて、みんなの髪を切っているのだという。わたしの哀れっぽい抗議にもかかわらず――母にどう説明すればいいというのか？――、彼女はわたしを日当たりのいい玄関の古い籐椅子に坐らせると、プロ並みの手際よさでわたしのもじゃもじゃの頭に取りかかり、鼻歌をうたいながら作業を進めた。そして、終わると、自分のコンパクトの小さな鏡でわたしに自分の頭を見せてくれた。ビリーそっくりの頭になっていた。ちなみに、わたしの母については心配する必要はなかった。いつものようにぼんやりしていて、わたしの髪がいつの間にか短くなっていても、気づきもしなかったからである――いかにも母らしいことではあったけれど。

いまふと思い出したのだが、そういうものが、マニキュアセットや散髪道具のセットやたぶんあのコンパクトまでが、どこから来たのかといえば、もちろん、ミスター・グレイの店で売っていたのである。どうして忘れていたのだろう？　だとすれば、すべて原価で入手できたはずだった。最愛の女《ひと》がけち臭いことをしていたのかと思うと、ちょっとがっかりすると言わなければならない。いまになってさえ、わたしはなんときびしい目で彼女を見ていることか。

いや、しかし、じつはすこしもそんなことはなく、彼女はむしろ寛大そのものだった。これはすでに言ったことだが、もう一度言っておこう。たしかに、彼女は自分の体を完全にわたしの自由にさせてくれた。あの豊満な快楽の園で、夏の盛りのマルハナバチみたいに、わたしは気が遠くなるほど吸ったりしゃぶったりしたものだった。ただ、そのほかのことについては限度があり、それを逸脱することは許されなかった。たとえば、ビリーについては何を言ってもよかった。彼をばかにしても、そうしたければ、彼の秘密をばらしてもよかった――彼女はふいに見知らぬ人間になった自分の息子についてのそういう話に、古の旅人が中国に関する信じがたい便りを持ち帰ったかのように、まばたきもせずに耳を傾けた――が、気むずかしいキティや、とりわけ哀れなほどの近視の夫については、どんな皮肉を言うことも許されなかった。そう言われると、そのふたりについて、彼女に聞こえるところで、冷やかしたりばかにしたりしたくてたまらなくなったが、わたしはそうはしなかった。自分にとって何が得かをよく心得ていたからである。ああ、もちろん、わたしは何が得かを心得ていた。

いまから振り返ると、彼女や彼女の人生について自分がいかになにも知らなかったかに驚かされる。わたしは聞いていなかったのだろうか？　というのも、彼女がおしゃべり好きだったのは確かなのだから。ときおり、彼女の愛し方がふいに激しくなる――わたしの肩胛骨に爪を立てたり、耳元であえぐようにセクシーな言葉をつぶやいたり――のは、いつもより早くわたしを終わらせて、仰向けに横たわり、幸せそうにくつろいでおしゃべりしたいからではないか、とわたしは疑ったものだった。彼女の頭にはありとあらゆる種類の不可解かつ奇妙な情報がちりばめられていた。大衆週刊誌『ティット＝ビッツ』や新聞の漫画コラム『リプリーの信じられないような本当の話《ビリーブ・イット・オア・ノット》』などを、幅広く読みあさって拾い集めた知識だった。たとえば、蜜を集めているときミツバチがするダンスのことや、大昔に筆写をしていた人たちがどんなインクを使っていたかなど。ある午後、コッターの館で、高みにあるひび割れたガラス窓から射しこむ日の光のなかで、彼女は家主のもつ採光権《エインシェント・ライト》――たしか記憶違いでなければ、反対側の壁の基部から見たとき、窓の上端に空が見えなければならないとされる――について説明してくれた。というのも、彼女はかつて不動産鑑定士事務所で働いていたことがあったからである。彼女は死手《しゅ》譲渡の定義を知っていたし、黄道帯に並ぶ星座の名前を順番にとなえることもできた。砂糖漬けサクランボ《グラセ・チェリー》は何でできているでしょう？　海藻なのよ！　タイプライターの最上段のキーで打てるいちばん長い単語は？　Typewriter（タイプライター）よ！「知らなかったでしょう、どう、うぬぼれ屋さん？」と彼女は叫んで、いかにも楽しそうに笑い、肘でわたしのわき腹をつついた。しかし、自分自身について、通俗的な心理学者なら彼女の内面生活と呼んだにちがいないものについて、彼女は何を語ったのだろう？　わたしは忘れてしまった、すべてすっかり忘れてしまった。

いや、すべてではない。完全にすべてでは。ある日、彼女とわたしがこんなに頻繁にやっていることを彼女とミスター・グレイがまだやっているなんて考えられない、とわたしがいい気になって言ったとき、彼女が何と答えたかは覚えている。彼女は初め、わたしが何を言っているのか理解できずに顔をしかめたが、やがて、とてもやさしく笑いかけると、悲しげに首を振った。「でも、わたしは彼と結婚しているのよ」と彼女は言った。あたかもその一言で、わたしが憎み蔑《さげす》もうとしている男と彼女の関係について、わたしが知るべきすべてが言い尽くされたとでもいうかのように。わたしはみぞおちに――まぐれ当たりではあったが――速くて強烈なパンチを見舞われたかに感じた。初め、わたしはむくれ、それから泣きだした。彼女はわたしを赤ん坊みたいに胸に抱えて、わたしのこめかみに向かってシーッシーッと言いながら、ゆっくりと左右に揺すった。わたしはしばらくそうやって抱かれたままじっとしていたが――愛の苦痛の背後にはなんと悪意に満ちた快楽がひそんでいることか――、やがて猛烈な怒りを爆発させて身を引き剝がした。

わたしたちはコッターの館の、かつてキッチンだった場所に敷いたマットレスの上にいた。ふたりとも裸で、彼女はあぐらをかいて足首を重ねて坐っていた。わたしは気が動転していたとはいえ、彼女の両脚のあいだの茂みに自分がふりまいた真珠みたいな露がキラキラ光っていることに気づかないほどではなかった。涙と鼻水だらけの顔を嫉妬に歪め、彼女の裏切りを金切り声でなじりながら、わたしは彼女の前にひざまずいていた。彼女はわたしが疲れてしまうのを待った。それから、依然として洟をすすっているわたしを抱いて横たわらせると、うわの空でわたしの髪――彼女があの床屋の鋏をふるったにもかかわらず、あの当時、わたしはなんという巻き毛、なんとふさふさした髪をしていたことか――を弄びはじめた。そんなふうにしながら、何度もためらったり口ごもったりしたあと、深いため息と不安げなつぶやきを交えて、彼女は言った。こういうすべてが彼女にとってどんなに大変なことなのかを理解してくれなくちゃいけない。彼女は結婚していて、母親であり、夫は好い人で、善良なやさしい人で、傷つけるくらいなら死んだほうがマシなくらいなのだからと。お気にいりの女性雑誌のそんな恋愛に関するたわごとの受け売りに対して、わたしは憤激して拒否するように体を揺すっただけだった。彼女は口をつぐんで、長いあいだなにも言わず、わたしの髪をいじっていた指も離れていった。外では、ツグミたちがその躁状態のさえずり声で周囲の森を鳴り響かせ、壊れた窓枠から射しこむ初夏の太陽がわたしの裸の背に熱かった。さぞかしすばらしい構図の絵になったことだろう。罰当たりなピエタ。心配そうな女が、息子ではないが息子みたいな、悲嘆にくれた若い雄の動物を抱きかかえてあやしている。ふたたび口をひらいたとき、彼女の声は遠くから聞こえる別人の声に聞こえた。あたかも彼女が別の人間に、物思わしげで冷静な他人に、つまり、油断ならない大人になってしまったかのように。「じつは、わたしは若いときに結婚したの」と彼女は言った。「十九になるかならないころに――いまのあなたと、そう、わずか四つしか違わなかった。売れ残るのが心配だったのよ」ひどく後悔しているような笑い声がして、首を横に振っているのがわかった。「それがいまじゃこんなありさまなんだから」

それは自分の結婚生活がきわめて不幸であることを認めたことになると解釈して、わたしは機嫌をなおしてやってもいいという気になった。

この辺で、わたしたちの逢い引きの場所についてちょっと説明しておいたほうがいいだろう。その館を見せるために初めてミセス・グレイを連れていったとき、わたしは自分自身や自分の才覚をどんなに誇りに思ったことか。彼女に会ったのは、約束どおり、ハシバミの森を見下ろす道路際だった。映画に出てくるあきらかによからぬことを企んでいる男みたいに、わたしは満足げに木陰から出ていった。彼女は例の無造作なやり方で運転してきた。それを見ると、わたしはいつもぞくぞくするのだが、擦りきれててかてかした大きなクリーム色のハンドルを片手で軽くにぎり、もう一方の手には煙草を持って、下ろした窓からそばかすのある肘を突き出し、あの耳の後ろの巻き毛がクルクル風に舞っていた。

彼女は少し離れた場所に車を停めて、反対方向に行く車が通りすぎるのを待った。どんよりと曇った五月の朝で、雲が鉛色に光っていた。わたしは学校をサボって、こっそりそこに行き、通学カバンは茂みの下に隠してあった。あとで歯医者の予約があるから、きょうは一日学校に行かなくていいのだ、とわたしは彼女に説明した。彼女は事実上わたしの愛人だったにもかかわらず、大人でもあり、わたしはしばしばそんなふうに、母親に嘘をつくのとおなじように、小さな嘘をついていた。彼女は軽い、花柄の、スカートの部分がふわりとしたワンピースを着ていた。わたしは彼女がそれを脱ぐ――両腕をまっすぐ伸ばして頭から脱ぐとき、白いホールターのなかの胸がまんなかに寄せられて盛り上がる――のを見るのが大好きだったが、そのころには、彼女はそれをよく知っていたからである。黒いビロードのパンプスは、森のぬかるみから守るため、脱いで手に持たなければならなかった。彼女はきれいな足をしていた。真っ白で、思いがけないほど長く、ほっそりとした足がすぐさまわたしの目に浮かぶ。かかとはとても細く、それが爪先に向かって上品にひろがっていた。足指はまっすぐで、ほとんど手の指とおなじくらい自由に、一本ずつ独立して動かせた。いま、歩きはじめた彼女は、その足指を小刻みに動かしながら、腐葉土や湿った黒土に深々と差しこんで、快感にかすかなキイキイ声をあげていた。

見せるべきものを見せたときの驚きを強めるために目隠しをしようかとも考えたが、彼女がなにかにつまずくのが怖かった。いっしょにいるときに彼女が怪我をして、だれかを、たとえば、わたしの母や、とんでもないことだが、ミスター・グレイをさえ呼びにいかなければならなくなるのが怖かった。彼女はこどもみたいに興奮して、わたしがどんな驚きを用意しているのか知りたがったが、わたしは教えなかった。訊けば訊くほど、ますます頑固に口を閉ざして、あまりのしつこさに苛立ちさえ感じはじめ、大股でどんどん先に歩いたので、裸足の彼女はほとんど小走りにならなければならなかった。小道は葉を落としかけた木々――ほら、ありえないことだが、またもやいきなり秋になっている！――の下の薄暗がりをくねくねとつづき、わたしはいまや苛立たしい不安でいっぱいだった。いまから振り返ってみると、彼女といっしょにいたとき、いかにわたしの気分が変わりやすかったかに驚かされる。ささいなことで、ほとんどなんの理由もなしに、わたしはたちまち激昂した。執拗な怒りがくすぶる穴の上に永遠に吊されていて、その煙で目が痛み、息が苦しいような気がしていた。絶えずわたしを悩ませていた、欺されて不当に利用されているのではないかという重苦しい感覚はどこから来ていたのだろう？　わたしは幸せではなかったのか？　いや、そんなことはなかった。けれども、その下に、いつでも怒りがくすぶっていた。もしかすると、彼女はわたしには荷が重すぎたのかもしれない。愛そのものやそれがわたしに要求するすべてが、わたしには重荷だったのかもしれない。だから、彼女の腕のなかで有頂天になって身をくねらせているときでさえ、心のひそかな片隅ではむかしの自己満足を、彼女の愛撫によって変質してしまう以前の、むかしの気軽で凡庸な諸々を切望していたのかもしれない。ひょっとすると、心の底では、わたしは――彼女への欲望によってわたしが何になったにせよ、それであることをやめて――またこどもに戻りたかったのかもしれない。なんという矛盾を抱えた存在だったことか。哀れな、混乱したピノキオだったことか。

しかし、それにしても、わたしに連れていかれた場所を、森のなかのその古いコッターの館をようやく見たとき、彼女はなんと沈鬱な顔をしたことか。たじろいだのはほんの一瞬にすぎず、すぐさま元気を取り戻して、満面に、派手やかな、首席の女生徒の笑みを浮かべたけれど。その瞬間、たとえわたしのように自分のことばかりにとらわれた注意散漫なやからでさえ、頰の肌に細かいしわが寄り、口がすぼまって、目尻がさがった、彼女の深い悲嘆の表情に気づかずにはいられなかった。あたかもいま眼前に突きつけられたもの――かつては堅固で堂々としていたが、いまや時の経過によって廃墟になり、壁はくずれ構造材は剝きだしになった建物――が、息子と言ってもおかしくないほど年若い男を愛人にすることで、わが身をさらしてきたあらゆる愚かさや危険のイメージそのものであるかのように。

その落胆から気をそらそうとしたのだろう、片方のくるぶしをもう一方の脚の膝にあてがって、人差し指を靴べら代わりに、彼女はその滑稽なほど優雅な靴を履くのに忙しかった。片手でわたしの腕をつかんで体を支えていたが、その手が震えていたのはバランスを保とうとする努力のためだけではなかったろう。彼女の幻滅に影響されて、いまやわたしも幻滅しており、その崩壊した古屋敷がありのままに見え、そんなところに彼女を連れてきた自分を呪っていた。わたしは彼女の手を振り払って、邪険に体を引き離し、前に進んで、白カビだらけの玄関のドアを怒ったように乱暴に押しあけ、ドアを支えているひとつだけの蝶番に金切り声をあげさせてなかに入った。壁はところどころ下地の板が剝きだしになって、くずれかけた石膏の塊がこびりついているだけで、壁紙は大部分が細長い帯状になり、蔓植物みたいに垂れさがっていた。腐った木と石灰と古い煤の匂いが漂っていた。階段はくずれ落ち、天井にはいくつも穴があき、二階の寝室の天井にも、その上の屋根にも穴があって、見上げると、ふたつの階と屋根裏を通して、スレートの瓦にあいたいくつもの穴から、光っている空が見えた。

コッターという人物についてわたしが知っていたのは、彼がとっくに死んでいること、コッター家のほかの人たちももうこの世にはいないことだけだった。

背後で床のきしる音がして、彼女がそっと咳払いをした。わたしは不機嫌にむくれたまま、振り返ろうともしなかった。わたしたちはその埃っぽい静寂のなか、頭上から射しこむ青白い光を浴びて立っていた。わたしはがらんとした家に向かい、彼女はわたしの背中に向かって、まるで教会のなかにいるかのように。

「すてきな場所ね」と、静かな抑制された声で、彼女が弁解するように言った。「こんなところを見つけられるなんて、あなたもなかなかやるじゃない」

わたしたちは真面目な、思慮深い態度で、たがいの目を避けながら、なにも言わずに歩きまわった。退屈した不動産屋が外の階段で煙草をふかしているあいだ、自分たちの新居になるかもしれない建物のなかを半信半疑で歩きまわる新婚夫婦みたいに。その日は、わたしたちはキスさえしなかった。

あとになって、ごつごつした、染みだらけの古いマットレスを見つけたのは彼女だった。階段下のじめじめした悪臭のする戸棚に、ふたつに折って押しこまれていたのである。わたしたちはふたりでそれを引きずり出して、空気に当てるため、キッチンの椅子をふたつ並べた上に掛けわたし、窓ガラスが残っているただひとつの窓の下に置いた。そこがいちばん日当たりがいいと思ったからである。「なんとか使えそうね」とミセス・グレイが言った。「この次にはシーツを持ってくるわ」

実際、その後の数週間に、彼女はいろんなものを持ってきた。石油ランプ——これは一度も点けたことはなかったが、古のモスクワ大公国を思わせるすばらしいファイバーグラスの球根形のほやが付いていた。ティーポットと、ふぞろいなカップと受け皿が二組——これも使うことはなかった。石けんとバスタオルとオーデコロン。いろんな食料品、たとえば肉の瓶詰やイワシの缶詰、クラッカーまであった。「まんいち」と彼女は低く笑いながら言った。「あなたがお腹を空かせた場合に」

彼女はこの家庭作りの真似事をおおいに楽しんでいるようだった。こどものとき、ままごと遊びが大好きだった、と彼女は言った。実際、買い物かごから玩具みたいなものを次々に取り出して、部屋中のたわんだ棚に並べるのを見ていると、ふたりのうち彼女のほうがずっと若いような気がした。彼女がひとつずつ集めていくこの家庭的な幸せの弱々しいまがいものを、わたしは軽蔑しているふりをしていたが、わたしのなかにもまだ依然としてこどもっぽいところが残っていたからか、やがて手を出さずにはいられなくなり、いわば手を取り合って、彼女のこの幸せな遊戯に参加することになった。

たいしたお遊びだった。彼女は、単に法律上の意味だけにしても、レイプの責任を感じていたのだろうか？　法律上、女性がレイプするということはありうるのだろうか？　十五歳の、おまけに童貞の、少年をベッドに連れこむことは、法律上かなり重大な罪を犯したことになるのではないか。彼女はそれについて考えたことがあるにちがいなかった。もしかすると、差し迫った惨事のことを考える能力が、いずれ将来のいつの日にかこれが明るみに出て、家族の前だけでなく、町全体、いや、国中の目の前で恥辱を味わうことになる可能性――というより、残念ながら、必然性――によってくもらされていたのかもしれない。ときおり、彼女がふいに黙りこみ、わたしから目をそらして、まだ遠くからではあるが、恐ろしさがわからないほど遠くはないところから、それが近づいてくるのを見つめているような顔をすることがあった。そういうとき、わたしは彼女を慰めたり、彼女の気を紛らわせたり、そういう恐ろしい見通しから目をそらせてやろうとしただろうか？　そうはしなかった。わたしは無視されたことにむっとして、辛辣な言葉を投げつけ、腐った床板の上のマットレスからさっと立ち上って、足音も荒く別の場所に行ったものだった。長時間、心配になるほど――だとわたしは信じていたが――姿を消すことによって、彼女が犯した罪を罰してやりたいと思ったそういうとき、わたしがよく腰をおろしにいったのは、裏庭の漆喰塗りの屋外便所――便座のない染みだらけの玉座があり、隅には百年分の蜘蛛の巣がたまっていた――だった。そこで膝に肘をつき、手で顎を支える古典的なポーズを取って、わたしは何を考えていたのだろう？　わざわざギリシャへ行くまでもなく、わたしたちの悲劇的な運命はトイレットペーパーに書かれていた。外から独特な匂いが漂ってきた。強烈な、青臭い、饐えた匂い。それが貯水槽の後ろの壁の、高い場所に取り付けられた四角い穴から流れこんできた。夏の湿気の多い日にはいまでもときどきその匂いがよみがえり、わたしの内部でようやくなにかが――過去から顔を突き出しかけている、成長を妨げられていた一輪の花が――開花するのを促そうとする。

わたしがそんなふうに荒々しく飛びだしたとき、彼女はあとを追おうとも宥めようともしなかったが、それがわたしの憤懣に油をそそいだ。実際に戻っていくとき、わたしは冷たい石のような無関心を装いながら、目の端で彼女が嘲笑したり面白がったりしている兆候はないかうかがった――唇を噛んで笑いを押し殺したり、さっと視線をそらしたりすれば、即座にトイレに戻ってしまうつもりだったが、彼女はいつも落ち着いた真剣なまなざしで、かすかに申し訳なさそうな表情をして待っていた。二度に一度は、いったい何に対してあやまらなければならないのかわからず、途方にくれていたにちがいない。そういうとき、彼女はどんなにやさしくわたしを抱きしめてくれたことか、どんなにわたしの言いなりになってあの汚れたマットレスに横たわって体をひらき、ふくれ上がったわたしの憤怒を、欲望を、困惑を自分のなかに取り込んでくれたことか。

わたしたちが実際より早く人目に留まらなかったのは驚くべきことだった。できるかぎり用心はしていたし、初めのころは、いつも別々にコッターの館に行くように気をつけていた。彼女は半マイル離れた木陰の小道にステーションワゴンを停め、わたしはハシバミの森の小道沿いのキイチゴの茂みの下に自転車を隠した。横道に逸れて木々のあいだを縫い、ひそかに館のある窪地に向かうのは、おっかなびっくりだったがぞくぞくすることでもあった。ときどき立ち止まっては耳を澄まし、レザーストッキング物語（『モヒカン族の最後』を含むジェイムズ・クーパーの歴史小説シリーズ）の主人公みたいに、森の不穏な静寂に警戒を怠らなかった。

自分が先に着いて、手のひらに汗をかき心臓をどきどきさせながら――彼女は今度も来るだろうか、ひょっとすると正気に返って、わたしと即刻縁を切る決心をしたのではないか？――待つほうがよかったのか、それとも、先に着いた彼女が、ネズミが怖いからひとりではなかに入れないと言って、いつものように玄関の外で不安そうにしゃがんでいるのを見つけたほうがよかったのか、わたしにはよくわからなかった。いつも最初の一、二分は、ふたりのあいだに妙な気兼ねがあって、どちらも黙っているか、礼儀正しい他人同士みたいに堅苦しい話し方をするだけで、目を合わせようともしなかった。自分たちがたがいにとって何なのかを考え、自分たちがやっていることの重大さを思うと、あまりにも畏れ多かったからだろう。それから、彼女がなにげないやり方でわたしの体にさわる。偶然のように手と手をふれあわせたり、髪の一房をわたしの顔のほうになびかせたりする。すると、突然、まるで掛け金が外れたかのように、わたしたちはたがいの腕のなかに倒れこみ、キスをしたり爪を立てたりしはじめ、彼女は甘美な苦境に陥った女《ひと》の低いうめき声を洩らすのだった。

わたしたちは抱き合ったまま服を、少なくともその大部分を、脱ぐ達人になった。それから、彼女の驚くほどひんやりとした、かすかにざらつく肌がわたしの全身にぴったりと押しつけられ、わたしたちは間に合わせのベッドまで横歩きして、卒倒した人みたいにゆっくりといっしょに倒れこむ。マットレスの上でも初めのうちは膝や腰や肘ばかりが幅をきかせているが、しばらく取っ組み合いをするうちに、ふたりとも全身の骨の力が抜けて、曲がり、溶け合うようになる。彼女がわたしの肩に口をあて、長々と震えるため息をついて、わたしたちはあらためてもう一度最初からはじめるのだった。

母親とわたしが嬉々としてこの柔軟体操に興じているあいだ、友だちのビリーは何をしていたのか、していなかったのか、とあなたは疑問に思うだろう。それはわたし自身がしばしば、おおいにはらはらしながら、みずからに問いかけた問いだった。当然ながら、彼と顔を合わせるのは、いつも気楽でのんびりした彼と目を合わせるのはむずかしくなっていた。というのも、わたしが放っている——にちがいないと自分では信じていた——罪悪感のほてりに彼がきづかないはずはなかったからだ。学期が終わって、夏休みがはじまると、この難題は多少軽減された。休みに入ると、仲間同士の忠実度は変化する。新しい興味が生まれ、必然的に新しいあるいは少なくとも異なる組み合わせの仲間たちと関わるようになる。ビリーとわたしのあいだでは、わたしたちが依然として親友であることに疑問の余地はなかったが、以前ほど頻繁には会わなくなった。学校から離れると、たとえいちばん仲のいい友だち同士でも、かすかな遠慮を意識する。内気さというか、ぎごちなさというか、なんの束縛もない無限の自由というあらたな摂理のもとで、偶然、恥ずかしいことをしている相手——滑稽な水着を着ていたり、女の子と手をつないでいたり——を見てしまうのを怖れるかのように。というわけで、あの夏、ビリーとわたしは、ほかのみんなとおなじように、慎重に距離を置くようになっていった。彼のほうはいま述べたようなごくふつうの理由から、わたしのほうは——そう、わたしだけの、すこしもふつうでない理由から。

ある朝、彼の母親とわたしはとてつもない恐怖におそわれた。夏の初めの霧に包まれた土曜日だった。木々の隙間から垣間見える白っぽい太陽が、その日もうだるような暑さになることを請け合っていた。ミセス・グレイは買い物に行ったことになっていて、わたしもなにか——何だか忘れたが——やっていることになっていた。わたしたちは粉っぽい壁に背を向けて、肘を膝にのせる恰好で、マットレスに並んで坐り、彼女がわたしにちょっとだけ煙草を吸わせてくれていた——わたしはすでに一日十本か十五本吸っており、彼女もそれを知っていたが、わたしたちのあいだではわたしは煙草を吸わないことになっていた。と、そのとき、彼女がいきなりさっと体を起こして、おびえたようにわたしの手首をにぎった。それまではわたしにはなにも聞こえなかったが、いまや聞こえた。頭上の尾根のほうから人の声が聞こえる。わたしがとっさに思い出したのは、ビリーといっしょに尾根に登って、樹木の頭越しに苔むした迷彩色のコッターの館の屋根を指差した日のことだった。今度も彼がそこに登って、ほかのだれかにここを教えようとしているのだろうか？　わたしたちは肺のほんの上端だけで息をしながら、緊張して耳をそばだてた。ミセス・グレイは横目でわたしを見ていたが、その白目を恐怖がよぎった。木々のあいだからこぼれ落ちてくる声はうつろに反響して、鉄製の撥《ばち》でリズミカルに木をたたいている——というよりは、運命の女神が面白がってフィンガードラムをたたいているみたいに聞こえた。ありとあらゆる途方もない思いつきが脳裏をよぎった。ビリーでないとすれば、大ハンマーとバールを持った作業員で、くずれかけたこの家を取り壊しにきたのかもしれなかったし、行方不明者を捜している捜索隊かもしれなかった。それとも、ふしだらな妻とその早熟な愛人を逮捕するために、ミスター・グレイが派遣した警官隊だろうか。

ミセス・グレイの下唇が震えだした。「ああ、かみさま！」彼女は大きく息を吸いこみながらささやいた。「ああ、イエスさま」

しかし、ほんのしばらくすると、人声は消え、尾根にふたたび静寂が戻った。それでもわたしたちは身じろぎできず、それでもミセス・グレイの指は鉤爪みたいにわたしの手首にくい込んでいた。それから、彼女はふいに立ち上がり、ぎごちない手つきであわてて服を着はじめた。わたしはそれを見守りながら、高まる恐怖を感じていた。もはや発見される恐怖はなかったが、それよりずっと悪いことになる怖れがあった。つまり、このショックが原因で彼女がすっかり怯え、ここから逃げだして、二度と戻ってこないのではないかと思ったのだ。わたしはしゃがれ声で、何をしているのかと訊いたが、彼女は答えなかった。その目を見れば、彼女がすでにほかの場所に行ってしまっているのがわかった。たぶん、ひざまずいて、夫のズボンにすがりつき、必死になって赦しを請うているのだろう。わたしはなにか決定的な言葉を、厳粛な警告を――〈いまここから出ていくなら、もう二度と……〉――発したいと思ったが、適当な言葉を思いつけなかったし、たとえ思いつけたとしても、それを口に出す勇気はなかったにちがいない。いまや、わたしは初めからずっと足下にあった深淵を覗きこんでいた。彼女を失うことになったら、どうやってそれに耐えればいいのか？　すぐさま跳ね起きて、彼女を抱きしめるべきなのはわかっていた。安心させるためではなく――彼女の恐怖心などどうでもよかった――、ここから出ていくのを力ずくで阻止するために。にもかかわらず、わたしは奇妙な無力感に襲われていた。逃げまわるネズミが怯えて空を見上げ、空中に静止しているタカが見えたとき襲われると言われる、あの恐怖による無力感に襲われて、なにもせずに坐ったまま、彼女がドレスの下にショーツを引き上げ、体をかがめてビロードの靴を取り上げるのを見守っていた。彼女は振り返ってわたしの顔を見ると、「どう見える？」と小声で訊いた。「ちゃんとしているように見えるかしら？」わたしの返事を待たずに、バッグに走り寄ってコンパクトを取り出し、パチリとあけて、小さな鏡を覗きこんだ。いまや心配性のネズミになったかのように、鼻腔をふるわせ、かすかに重なっている二本の前歯を剝きだしていた。「見てよ」彼女は狼狽して息を吸った。「『宵の明星号《ヘスペラス》の難破』みたいなひどさだわ！」

自分でも驚いたことに、わたしは泣きだした。本気で泣きわめいた。それはこどもの、無防備な、抑えようのない号泣だった。ミセス・グレイは手を止めると、振り向いて、ぞっとしたような顔をしてわたしを見た。それ以前にも、わたしが泣くのを見たことがあったが、それはかっとしたり彼女を思いどおりにさせるためであり、こんな哀れなほど無防備な泣き方ではなかった。結局のところ、わたしがどんなに若かったか、わたしをどんなに遠くまで連れ出してしまったかを、そのとき、彼女はあらためて確信したのだろう。彼女はふたたびマットレスにひざまずいて、わたしを抱擁した。服を着ている彼女に裸のまま抱かれるのはぞくぞくするような感覚で、相手にもたれかかって悲しみに泣きわめきながらも――われながら驚くと同時に内心ほくそ笑んでいた――、わたしは自分がふたたび興奮しはじめていることに気づいて、彼女を引き寄せながらマットレスに倒れこんだ。そして、彼女が身をくねらせて抗議したにもかかわらず、服の下に手を入れて、もう一度あらためて事に及んだ。わたしのこどもじみた不安と苦悩のすすり泣きは、いまやいつものしゃがれた荒い息づかいになり、独自の弧を描いてどんどん激しさを増していき、最後にはお馴染みのあの勝利と激しい解放のうめき声に達した。

わたしが彼女を妊娠させてやるつもりだと告げたのはその日だったと思う。眠気を誘うような真昼どきで、わたしたちは汗まみれの手足を絡ませたまま、静かに横たわっていた。割れたガラス窓の片隅でスズメバチがうなり、屋根の穴のひとつから渦巻く煙の刃みたいな日光が急角度に射しこんで、すぐそばの床に突き刺さっていた。よくあることだったが、わたしは消し去ることのできない彼女の夫、ミスター・グレイという不愉快かつ不可避な事実について考えていたが、抑えつけていた憤怒がどんどん膨張していって、旦那に対する究極的な復讐になるにちがいない考えが頭に浮かぶやいなや、思わず口に出していた。あとは実行すればいいだけだと言わんばかりの口ぶりで。初め、ミセス・グレイは理解できないようだった。わたしが言ったことの意味がわからないようだった。無理もないだろう——ふつう以上に危険をはらんだ情事の最中に、とても未成年の愛人の口から洩れるとは思えないことだったからである。油断していて不意を突かれたとき、すぐには呑みこめないことを言われたとき、おなじような反応を示す女性はほかにもいるが、彼女はじっと止まって身じろぎしなくなる。まるで突然身の危険を感じて、危険が過ぎ去るまでじっと伏せていようとするかのように。そうやって、しばらくのあいだ、背中と温かいお尻をわたしの体の前に押しつけたまま、彼女は動かなかった。わたしの片腕は彼女の体の下で痺れかけていた。やがて、彼女は荒々しく体の向きを変えて、わたしのほうに向きなおり、信じられないという顔でじっと見つめ、ものすごい勢いで両手でわたしを突き飛ばした。わたしはマットレスの上を後ろ向きに滑って、肩胛骨から壁にぶつかった。「あなたは虫酸が走るようなことを言うのね、アレックス・クリーヴ」と、彼女は低い恐ろしい声で言った。「自分が恥ずかしいとは思わないの、そんなことを言いだすなんて」

彼女が失ったこどものことを話したのはそのときだったろうか？　女の子で、ビリーと妹のあと、最後に生まれた子だったという。その赤ん坊は病弱で、ほんの一日か二日生きただけで死んでいった。しかも、死そのものは突然だったので、そのおちびちゃんは洗礼を受けておらず、したがって〈リンボ〉をさまよっているはずであり、それがミセス・グレイを苦しませていた。このこどもの話はわたしを落ち着かない気分にさせた。母親にとってはいつまでも鮮やかな存在感のある、理想化され寵愛されているこども。ミセス・グレイが愛おしげなため息をつきながら、低いささやくような声でこのこどものことを話すとき、わたしはプラハの幼児キリストの金色に輝く小像を思い出す。その王冠とケープ、笏《しゃく》と宝珠。母の家の玄関のドアの上の、扇形の採光窓の背後に、ミニチュアながら華やかかつ冷然として鎮座していたその小像を、わたしはこどものころには怖がっていたが、いまでもちょっと薄気味わるい。キリスト教の終末論については、ミセス・グレイはあまり詳しくは把握していなかった。彼女の理解によれば、リンボは洗礼を受けていない魂が永遠に幽閉される場所ではなく、苦痛のない煉獄みたいなところで、地上の生と至福にみちた超越者の報いと歓びのあいだの中間施設みたいなものだった。彼女の赤ん坊はいまでもそこで、いつの日か——たぶん最後の審判の日に——天なる父の御前に引き出されるのを忍耐強く待っており、そのときには彼女たちふたりは、母親とこどもは喜びにあふれた再会を果たせるはずだった。「あの子にはまだ名前さえ付けていなかったのよ」とミセス・グレイは言い、悲しげに息を呑んで、手の甲で洟を拭いた。わたしが妊娠させると脅したとき、激しく動揺し憤激したのも無理はなかった。

しかしそれでも、その日、彼女とわたしのあいだに実際にこどもができたら、リンボの入口でじりじり順番を待っている胎児の天使に代わる存在がこの地上にできるかもしれない、と仄めかすこともできたかもしれない。けれども、死んだ赤ん坊の話を聞いているうちに、早熟な父親になろうとするわたしの意気込みはかなりしぼんでいた——いや、実際のところ、完全に消え失せていた。

あとから考えてみると、わたしが彼女を妊娠させるつもりだと言ったとき、彼女の反応について注目すべきだったのは、かならずしも全面的に驚いた顔をしなかったことかもしれない。彼女は当然ながらショックを受けたし、もちろん憤激したが、かならずしも驚いたわけではなかった。もしかすると、女性は妊娠するかもしれないという予想にはけっして驚かないのだろうか。いつでもその可能性があることをある程度覚悟しているのだろうか。これについては、リディアの意見を訊いてみるべきだろう。リディア、わたしのリディア、わたしの百科事典。あの日、ミセス・グレイはなぜこどもが欲しいのかとは訊かなかった。こどもを欲しがるのはごく自然で当然なことだと言わんばかりに。もしも理由を訊かれたら、わたしは答えに窮していただろう。彼女がわたしのこどもを身ごもれば、彼女の夫は傷つくだろうし、それは愉快だったろうが、わたしたちも、彼女とわたしも、かなりの深手を負うにちがいなかった。わたしは自分が言っていることを理解していたのだろうか？　理解していて、本気でそう言ったのだろうか？　そうではなかったにちがいない——結局のところ、わたし自身がまだほんのこどもでしかなかったのだ。そう言ったのは、単に彼女にショックを与えるため、彼女の注意を自分に、自分だけに惹きつけるためであり、わたしはそのためには努力も工夫も怠らなかったからである。にもかかわらず、わたしたちのあいだに、彼女の目とわたしの手足をもつ、頭のいい立派な男の子、あるいは、生気あふれる女の子、ミニチュア版の彼女、形のいい足首とほっそりとした足指、耳の後ろには言うことを聞かないカールをもつ女の子が生まれていたかもしれないと思うと、いまではほんとうに残念な気がして胸がうずく。いや、ばかげた考え、まったくばかげた考えである。考えてもみるがいい。いまになって、その彼か彼女と、わたしとおなじくらい年老いた息子か娘と顔を合わせたときのことを。恋愛の偶発性と少年の悪意によってそんなグロテスクかつ滑稽な苦境に投げこまれていたら、わたしたちは困惑のあまり口をきくこともできなかったろう。しかも、わたしが死なないかぎり、その苦境からはけっして脱出できず、死んだあとでさえ、その笑うべき汚点は記録から消し去れないのである。だがしかし、だがしかし。わたしの頭は混乱してグルグルまわり、わたしの心臓は縮んだりふくらんだりする。ばかげたことだ。わたしを見るがいい。いま、老齢の瀬戸際でおろおろして、いまだに子をつくらなかったことを悔やんでいるなんて。慰めてくれるかもしれない息子、愛することができたかもしれない娘。いつか自分の弱った腕を支えて、行き着く果てにはダビデ王がおごそかにも〈永遠の家〉と呼んだものが待っている最期の道をいっしょに歩いてくれたかもしれない息子か娘。

もちろん、どちらかといえば、娘のほうがよかった。いや、絶対にそうだった。

実際のところ、ミセス・グレイが妊娠しなかったのは驚くべきことではある。あれだけ頻繁に、エネルギッシュに事に及んでいたのだから、そうなってもすこしもおかしくなかったろう。彼女はどうやってそれを避けたのだろう？　あの当時この国では、禁欲以外には、妊娠を予防する合法的な手段はなかったし、たとえあったとしても、信仰上の理由から、彼女はそういうものは受けいれなかったはずだ。なぜなら、彼女は神を――愛の神はどうかわからないが、復讐の神はたしかに――信じていたのだから。

いや、ちょっと待った。もしかすると、彼女は妊娠していたのかもしれない。わたしたちの関係が表沙汰になったとき、だからあんなにあわてふためいて逃げだしたのかもしれない。ひょっとすると、どこかへ行って、わたしには言わずに、赤ん坊を、女の子を、わたしたちの子を産んだのかもしれない。もしそうだとすれば、その子はいまでは大人の女に、五十歳くらいになっているはずで、夫やこどもがいるかもしれない――ほかの、だれとも知れない人たちが、わたしの遺伝子を受け継いでいるのかもしれない！　ああ、神さま。わたしは何ということを考えているのだろう。いや、そんなことはない。ありえない。わたしが知り合ったころには、発情した自信過剰のわたしが知り合ったころには、彼女はすでにこどもができなかったにちがいない。

ペンタグラム・ピクチャーズ社のスカウトは、わたしの友だちのビリー（Billy）とは違うビリー（Billie）で、ストライカー（Striker）ではなくてストライカー（Stryker）だった――そう、この名前のスペリングを電話で言わなかったのはたぶんマーシー・メリウェザーのジョークだったのだろう。しかも、わたしがそうと決めこんでいた男では断じてなくて、女性だった。彼女の荒無稽な小型車がウンウンパタパタいいながら広場に入ってきて、ドア・ベルの音が鳴り響いたとき、わたしはいつものようにこの屋根裏部屋にいた。だれかがリディアに会いにきたのだろうと思って、わたしは気にも留めなかった。実際、リディアは彼女を引き留めて、キッチンに連れこんで坐らせ、煙草や紅茶やビスケットをしつこく勧めた。わたしの妻は不運な人や変わった人が、とりわけそれが女性である場合には、大好きなのだ。ふたりは何を話したのだろう？　わたしはあえて問い質そうとはしなかったが、それはいわば一種の気づかい、あるいは気後れ、あるいは懸念からだった。たっぷり二十分も経ってから、リディアが上がってきて、ドアをたたき、わたしへの客だと告げた。わたしは階下に下りるつもりで机から立ち上がったが、彼女は狭い戸口の片側に寄ると、ごく小さい帽子から大きなウサギを取り出す魔術師みたいに、狭い戸口からその若い女性を前に出し、そっと部屋のなかに押し入れて、立ち去った。

ビリー・ストライカーは女性だっただけではなく、わたしが予想していた人間とはまったく違っていた。わたしはどんな人間を予想していたのか？　頭の回転の速い、きびきびした、いかにもアメリカ的な人間だったのだと思う。しかしながら、ビリーはあきらかにこのあたりの出身の、背の低い、丸々と肥った女性で、たぶん三十代なかばから後半というところだった。じつに驚くべき体形で、まるでいろんなサイズの段ボール箱を雨に濡らしておいて、それをずぶ濡れのまま積み重ねたみたいに見えた。彼女が穿いていた極端にぴっちりしたジーンズが全体のイメージを改善しているとは言えなかったし、黒いポロネックのセーターも、大きな頭をあやうく積み上げられた段ボール箱の上にのせたゴムボールみたいに見せていた。たくさんの余剰な肉のまんなかに小さなかわいらしい顔があり、赤ん坊みたいなえくぼのある手首は、つなぎ目にきつく糸を巻いて、腕の先に取り付けた——もしかすると差しこんだ——みたいに見えた。左目の下には紫と黄色の隈があり、一週間前にはおそろしく目立つ黒痣だったにちがいなかった——どこで、どうしてそんな痣をつけたのだろう、とわたしは首をかしげた。

客をこんなところに連れてこないでほしかったのに、とわたしは思った。なぜなら、ここはわたしの隠れ場所であり、しかも天井が斜めになった小さな部屋なのに、ビリーは小さくはなかったからで、体を横にして彼女のわきにまわりこんだとき、わたしはまるで大きくなったアリスが白ウサギの家に落ちたような気分になった。わたしは彼女を緑色の古い肘掛け椅子に坐らせた。それが仕事——わたしはそれを仕事と呼んでいる——をしている机と自分が坐っている椅子を別にすれば、このスペースに運びこめた唯一の家具だった。初めにここに引っ越したとき、リディアはわたしを説得して、階下の空き部屋のひとつにちゃんとした書斎を設けさせようとした――家は広かったし、わたしたちはふたりきりだった――が、わたしはここで満足だったし、きわめて稀な、いまのような場合を除けば、窮屈でも気にならなかった。ビリー・ストライカーは、どっしりしているくせになぜか侘しそうな風情で、そこに坐ると、ハアハア穏やかに息をして、わたし以外のすべてを見まわしながら、丸々とした指をひねくりまわしていた。ちょっと独特な、だらしない坐り方で、クッションの前端に尻をのせ、大きな膝をだらりとひらいて、靴下の伝線した足を内側に曲げ、足首の外側が床にふれる恰好で、坐っているというよりは椅子から垂れさがっているみたいだった。わたしは、ライオン使いが慎重に自分の椅子とピストルに近づくみたいに、笑みを浮かべてうなずきながら、自分の机ににじり寄って、腰をおろした。

彼女はわたしとおなじくらい、自分がなぜここにいるのかわからないようだった。わたしの聞き違いでなければ、彼女は調査員だということだった。映画会社の調査員はスカウトと呼ばれているのだろうか？　わたしには学ばねばならないことがたくさんあった。アクセル・ヴァンダーの生涯について調査しているのかと訊くと、わたしが――すこしも面白くない――冗談を言ったような顔をして、マーシー・メリウェザーから教わったかのような、人を小ばかにした笑い方をした。たしかに、ヴァンダーに関する仕事もした、と彼女は言った。仕事をした？　心配になるほど大変な仕事だったように聞こえた。彼女の非社交的な態度に困惑して、どう話をつづければいいのかわからず、わたしたちは重苦しい沈黙に包まれて長いあいだそのまま坐っていた。わたしの頭にぼんやりと浮かんだのは、彼女は調査員で、そういうことのやり方を心得ているはずなのだから、ひょっとするとフリーランスで雇って、ミセス・グレイを探してもらうこともできるかもしれないということだった。まったく、なんと取り留めのない考えが浮かんでくることか。それにしても、行方の知れないわが恋人の居所を突き止めるのは、そんなにむずかしいことではないだろう。あの町にはまだグレイ一家のことを覚えていて——結局のところ、一家が町を出ていってからまだ五十年しか経っていないのだし、彼らが突然出ていった原因は忘れがたいはずだから——、彼らがどうなったかを知っている人たちがいるにちがいなかった。そして、ビリー・ストライカーは、匂いを追跡する段になれば、おそらく容赦ないブラッドハウンドになるのではないかという気がした。

わたしたちがふたりとも関わっているはずの映画のプロジェクトについて、ひとつふたつ質問をしてみたが、彼女はまたもやちらりと、信じられないと言いたげな——とわたしは思った——目つきをした。彼女の視線はせいぜいわたしの膝あたりまでしか上がらずに、そのまままた不機嫌そうにカーペットをじっと見つめだす。これはなかなかむずかしい仕事で、わたしは忍耐心を失いかけた。わたしはそれとなく指を机の縁に這わせて、鼻歌をうたいながら、窓の外に目をやった。広場の角の向こう側に、運河がちらりと見える。その整然とした穏やかな人造の川が、最近では、わたしに耐えられる最大限の水面だった。キャスが死んだあと、わたしたちは以前のように海辺には住みつづけられなかった。岩に砕ける波を見ていられなかったからである。なぜ、どういう目的で、マーシー・メリウェザーはこの無口なずんぐりとした生き物を送りこんできたのだろう？　そして、階下でいっしょに過ごした長い幕間に、リディアは彼女といったい何をやっていたのだろう？　ときどき、女たちが画策した、あきらかに示し合わせた、そのくせなんの目的もない陰謀に自分が巻きこまれているような気がすることがある。「すべてになにかの意味があるわけじゃないのよ」と、リディアは好んで言う。謎めかした口調でそう言うと、断固笑うまいと決意しながらそれを守るのに苦労しているみたいに、ちょっぴり得意げな顔をするのである。

なにか飲みものを持ってこようか、とわたしはビリー・ストライカーに訊いた。階下のキッチンで、リディアにお茶とビスケットをしつこく勧められた、と彼女が言ったときである。キッチンについてはちょっと断っておく必要があるだろう。屋根裏部屋がわたしの場所であるように、キッチンはリディアの場所だった。最近では、彼女は大半の時間をそこで過ごし、わたしはめったに入ることはない。そこは天井が高く、ごつごつした石壁が剥きだしになっている、洞窟みたいな部屋だった。シンクの上に大きな窓があるものの、すぐ外側にそのむかしは一本のバラの木だったイバラの藪があり、ほとんど日が射さないので、部屋は陰鬱な薄暗がりに支配されている。新聞と煙草を持ち、チェルケス紫のショールを肩にかけ、たくさんの細い金銀の腕輪をジャラジャラはめて、拭きこまれたモミ材の、背の高い、四角形のテーブルに鎮座している姿ほど、少なくともわたしにとっては、リディアの祖先が砂漠の民であることをあきらかに物語るものはない。こんなことを言うべきではないだろうが、もっと別の時代なら、リディアは魔女と見なされたかもしれない、とわたしはしばしば思う。彼女とビリー・ストライカーは、ふたりは階下でいったい何を話していたのだろう？

そろそろはじめなければ――いったい何を、とわたしは思った――と彼女は言ったが、いっこうにそうする気配はなかった。困惑は隠せなかっただろうが、彼女の訪問は喜びであり、会えてうれしく思っている、とわたしは言った。だが、そのあとも、さらに沈黙とゆるやかな見つめ合いがつづいただけだった。そして、しばらくすると、ほとんど自分でも気づかないうちに、わたしは娘のことを話しだしていた。じつに奇妙だったし、すこしもわたしらしくなかった。最後にキャスのことをほかの人間に、リディアに対してさえ、話したのはいつだったか思い出せなかった。失われた娘の記憶は用心深く保護して、強い日光から守らなければならない繊細な水彩画みたいに、幾重も覆いをかけておいたはずだった。ところが、いまやわたしは、この無口で用心深い他人に、キャスとキャスがやったことについてベラベラしゃべっていた。もちろん、若い女を見るたびに、わたしはキャスを思い浮かべる。みずから命を絶ったときのキャスではなく、十年経ったいま、彼女がなっていたはずの姿を。彼女はビリー・ストライカーとおなじ年ごろになっているはずだった。もっとも、ふたりのあいだの共通点はせいぜいそのくらいしかなかったけれど。

それにしても、キャスを思い出させられることと彼女について話すこととのあいだには、こんなに類似点が乏しければなおさらだが、千里の径庭があるはずだった。しかも、出し抜けに、猛然たる口調で話しだすなんて。キャスのことを考えるとき——わたしがキャスのことを考えていないときがあるだろうか？——、周囲のすべてが轟々と音を立てて突進しているような感じがする。滝の真下に立って、ずぶ濡れになっているはずなのに、なぜかすこしも濡れていないどころか、からからに干からびているみたいなのだ。わたしにとって、死者を悼むということはそういうこと、常時からからに焼かれながらずぶ濡れになっているということだった。それに、遺族になるということにはどこかしら恥ずかしさがつきまとう。いや、恥ずかしさとはすこし違う。むしろ、ある種のぎごちなさ、ばつの悪さとでも言うべきか。キャスが死んだ直後の数日間、わたしは公衆の面前では泣いてはならない、何があっても落ち着きを、少なくともその見かけを、保たなければならないと思っていた。わたしたちが、リディアとわたしが、泣いたのはふたりきりになったときだけだった。笑みを浮かべて弔問客を送り出し、玄関のドアを閉めてから、すぐさまたがいの首にしがみついて、わたしたちは大声で泣きわめいたものだった。それなのに、いまビリー・ストライカーに向かって話していると、わたしは泣いているような気分だった。どういうことかは説明できない。もちろん、実際に涙を流していたわけではなく、言葉がとめどなく流れ出しただけだったが、にもかかわらず、心の底から泣き叫ぶときの、あのなす術もなく真っ逆さまに落ちていくような、ほとんど官能的な感覚があった。そして、もちろん、ようやく言葉を吐き尽くしたとき、わたしには悔いが残り、全身が軽い火傷を負ったみたいにまっ赤になった。どうしてビリー・ストライカーは、一見なんの努力もせずに、わたしに語らせることができたのだろう？　彼女には目に見える以上のなにかがあるにちがいなかった。目に見える部分にはあまり好感がもてなかったので、よけいにそうであってほしいと思うのだが。

わたしは彼女に何を語り、何を告白したのだろう？　思い出せない。覚えているのはベラベラしゃべったことだけで、何をしゃべったかではないからだ。わたしの娘が学者で、めずらしい精神病を患っていたことは言っただろうか？　彼女がまだ幼くて、病名がはっきりしなかったころ、病気の兆候が消えかけたかと思うと、それまでよりはっきりとした、手の施しようのないかたちで再発し、そのたびに母親とわたしが不安な希望と血の気を失う落胆のあいだをどんなふうに揺れ動いたかを説明しただろうか？　あの当時、わたしたちは、たった一日でもいいから、ふつうの日を過ごしたい、とどんなに思っていたことか。朝、目を覚まして、とくになにに気をかけることもなく、新聞をたがいに読み聞かせたり、その日の予定を立てたりしながら、朝食をとり、ほどなく散歩に出かけて、無心な目で景色を眺め、それから一杯のワインを分け合って、そのあといっしょにベッドに入り、たがいの腕のなかに安らかな気持ちで横たわって、いつのまにか穏やかな眠りにつくという一日を。だが、しかし、キャスとの生活は絶えざる警戒態勢であり、最後に彼女がわたしたちの目を逃れて、とつぜん姿を消したとき——自殺することを自分自身を使い果たすという言い方があるが、これほど正確な表現はないだろう——、その悲哀のさなかでさえ、わたしたちは自分たちの警戒に彼女がもたらした結末が不可避だったことを認めざるをえなかった。そして、わたしたちの警戒そのものがそういう結末を早めることになったのかもしれないと——そんなことを考えている自分たちに愕然としながら——考えていた。実際には、彼女はずっと以前からわたしたちの目を逃れていた。彼女が死んだとき、わたしたちは彼女がオランダかベルギーで難解な研究に没頭していると思っており、はるか南のポルトヴェーネレから知らせが、心の底ではいつかは来ると覚悟していた恐ろしい知らせが来たとき、わたしたちは肉親を失っただけでなく、自分たちが裏をかかれた、容赦なく一杯食わされたと感じたものだった。

だが、待て、ちょっと待ってくれ——なにか引っかかるものがある。ビリー・ストライカーがきょう調査しにきたのはこのわたしだった。彼女があんなふうに曖昧な受け答えをしたり躊躇したり、重苦しい沈黙を守ったりしたのは、そのためだったのではないか。すべては時間稼ぎ戦術で、そのあいだ彼女はじっと我慢して、わたしがしゃべりだすのを、彼女が苦心してつくりだした真空のなかに、わたしがぶちまけずにいられなくなるのを待っていたのではないか。なんと巧妙なことだろう。陰険とまでは、姑息とまでは言わないにしても。だが、それでわたしについて何がわかったというのだろう？　わたしにはかつてひとりの娘がいて、その娘が死んだということだけではないか？　キャスについてそんなにも長々と話してしまったことを詫びたとき、彼女は肩をすくめて笑みを浮かべ――ちなみに、彼女はとてもしみじみとした笑みを、悲しげで、やさしく、どこか傷つきやすそうな笑みを浮かべる――、それはべつにかまわないし、すこしも迷惑ではない、耳を傾けるのが自分の仕事なのだから、と答えた。「それがわたしなのよ」と彼女は言った。「わたしは人間湿布剤みたいなものなの」

ほんとうにミセス・グレイを捜してもらおうか、とわたしは思った。そうして悪い理由があるだろうか？

いっしょに階下に下りて、玄関まで彼女を送った。リディアはどこにいるのか、姿が見えなかった。ビリーの車は非常に古びた錆だらけのシトロエン２ＣＶ《ドゥー・シュヴォー》だった。ハンドルの前にもぐり込んでから、車の外に上体を出して、一見あとから思いついたかのように、来週の初めにロンドンで台本の読み合わせをすることになっている、と彼女は告げた。出演者は全員出席する予定で、もちろん、監督と脚本家も来るはずだという。この後者はジェイビーとかなんとかという名前だった――わたしはちょっと耳が遠くなってきているが、人々に年がら年中言ったことを繰り返すように頼むのがいやになっていた。

ビリーは焦げ茶色の排気ガスの渦を巻き上げて走り去り、わたしは彼女の車が広場を出ていくまで見送った。わたしは困惑し、途方にくれ、かすかだが明白な不安に苛まれていた。彼女がわたしにキャスのことをしゃべらせたのはなにかの魔術だったのか、それとも、わたしはもともとそういう機会を待っていただけなのか？　これから先の数カ月、ああいう人間たちと付き合わなければならないとすれば、何というものに巻きこまれてしまったことか？

その日の午後いっぱいかけて、わたしはアクセル・ヴァンダーの分厚い伝記『過去の発明』を熟読——という言い方でよかったのだと思うが——した。まず第一に目についたのは文体だった。それはじつに強烈で、実際、わたしはほとんど圧倒されかけた。気取りなのか、わざとそういう態度を取っているのか？　全体がひとつの皮肉なのか？　極端なほど美辞麗句を連ねた、芝居じみた文章で、不自然きわまりなく、人工的で、凝り固まっていた。まるでビザンティン帝国の小廷吏がひねり出した——というのがぴったりの表現だ——かのような文体だった。以前は奴隷だったのだが、主人が寛大にも厖大かつ雑多な蔵書を自由に使わせてくれたので、それをあまりにも熱心に利用しすぎた哀れな男とでも言えばいいだろうか。われらが著者は——どうも語り口が伝染するようだ——われらが著者は、系統的ではないが幅広い読書家で、あらゆる本から拾い集めた面白い話で教養のなさ——ラテン語が少々、ギリシャ語はさらにちょっぴり、ハハハ——を埋め合わせようとしていたが、実際には逆効果で、あらゆる華麗なイメージや入り組んだメタファー、まがい物の知識や見せかけの学識をひけらかすたびに、自分が——現実にそうだったにちがいない——熱烈な独学者であることを否応なく暴露していた。見かけの華やかさ、わざとらしい優雅さ、ダンディに見せかけた尊大さの背後で、この男は恐怖と不安と苦々しい憤懣に苛まれていたが、それでもときにはピリッとする機知や、美の下腹部とでも呼ぶべきものを見抜く目をもっていたりする。アクセル・ヴァンダーに惹かれてもすこしも不思議ではなかった。

ヴァンダーという人物は、人並み外れて奇妙な男だと言えるだろう。まず第一に、この男はそもそもアクセル・ヴァンダーではなかったようなのだ。本物のヴァンダーはアントリープ生まれだが、戦争の初期に謎の死を遂げており——ぞっとするほど反動的な政見の持ち主だったにもかかわらず、レジスタンスに参加したという、かなり広まっているが、ほとんど信じるに足りない噂がある——、このもうひとりの、履歴不明の贋者がその名を名乗って、巧妙にヴァンダーになりすましたというのである。この贋者のヴァンダーはジャーナリスト兼批評家だった本物の仕事を受け継いで、ヨーロッパからアメリカへ逃れ、結婚して、カリフォルニアのアーカディという快い響きの町に落ち着き、そこの大学で長年教鞭をとっていた。やがて、妻が亡くなると——彼女は早発性の痴呆になったのだが、じつはヴァンダーが殺したのかもしれない——、そのすぐあとにヴァンダーは仕事を辞めて、トリノに移転し、一年か二年後にそこで死んだ。というのが、前書きのあとに挿入されている有用な年譜からひろいだした事実だが、わたしがこんなになんの小細工もせず飾り立てもせずに紹介したことを知ったら、著者は憤慨するかもしれない。アメリカ時代に書いた本、なかでも『顕著な事実としての別名——自己の探求における主格について』という難解なタイトルのエッセイ集によって、ヴァンダーの名前は偶像破壊主義者、知的懐疑論者として、批判もあったものの、かなりひろまった。「彼の著作全体に意地悪さが脈打っている」と、幻滅した伝記作者は、口を歪めているのがありありとわかる筆致で、書いている。「彼の口調はしばしばつむじ曲がりの、毒を含んだオールドミスのそれになる。こどもたちが間違って庭に蹴りこんだボールを没収したり、夜な夜な香りつきの便箋に村の隣人たちを匿名で中傷する手紙を書いたりするタイプである」わたしが文体について言ったことの意味がわかるだろう。

わたしが演じることになっているのがこのヴァンダーなのである。いやはや。

とはいえ、ある意味では、なぜこれが映画の題材になると思ったかは理解できないわけでもない。ヴァンダーの生涯にはある種の毒気のある魅力がある。わたしは暗示にかかりやすいのかもしれないが、つい最近ビリー・ストライカーがちょこんと坐って息をはずませていた古い緑色の肘掛け椅子に坐って読んでいると、いつの間にかそっと手が伸びてきて、みごとに捕まえられてしまったような気がした。頭上の斜めの窓から見える十月の空には銅色の雲が浮かび、部屋のなかの光は青白い濃密なガスになって、静寂さえも濃さを増し、飛行機のなかみたいに耳がツーンと遠くなる。まずぼんやりと最初の本物のアクセル・ヴァンダーが揺らめいて音もなく倒れ、その僭称者がするりとそのなかに入りこんで歩きだすと、そのまま未来にやってきてわたしに襲いかかり、すると今度は、わたしがやはり一種の彼になって、一連の成り代わりと欺瞞の連鎖のなかの実体のないもうひとつの輪になっていくのが見えるような気がした。

散歩に出かけよう。そうすれば、本来の自分自身を回復できるかもしれない。

わたしは歩くのが好きだ。というより、わたしは歩く、と言って、それだけにしておくべきなのかもしれない。これは、キャスが死んだあとの悲嘆にくれた最初の数カ月に身につけた古い習慣である。外に出てぶらついていると、そのリズムや目的のなさに、なんとなく心がなだめられる。わたしのような仕事では、マーシー・メリウェザーによってフットライト——あるいはアーク灯、あるいは何とでも呼ぶがいいが——の前に呼び戻されるまでは引退したつもりでいたが、むかしから昼間に自由になる時間があった。ほかの人々が室内に閉じこめられて働いているとき、戸外をぶらぶらするのには、ある種の生ぬるい満足感がある。午前のなかばや午後の初めの通りには、はっきりした目的があるのにそれがまだ果たされていないような、なにか重要なことが起きるはずなのにまだ起きていないような雰囲気がある。足が不自由な人たちは昼間外の空気を吸いに出るし、年寄りも、もはや雇われていない人たちも、たぶん、わたしとおなじように、失われたものをそっと抱えて、無為な時間をやり過ごすために外に出る。彼らはみんな用心深く、ほんのすこし後ろめたそうな様子をしている。ぶらぶらしているのを責められるのが心配なのかもしれない。急いでやるべきことがないという状態に馴れるのはむずかしい。わたし自身、この最後のアーク灯が消えて、セットが取り払われたときには、それがどういうものか実感することになるのだろう。彼らの世界には活動の原動力になる刺激がない。だから、忙しそうにしている人たちをうらやみ、配達中の郵便配達夫や買い物かごを下げた主婦や必要品を配達するヴァンの白衣の男たちを妬ましげに眺める。彼らは意に反した怠け者、道に迷った者たち、途方にくれた人々なのである。

わたしは浮浪者を観察する。これもわたしのむかしながらの気晴らしだが、最近ではもはやむかしとおなじではない。長年のあいだに、浮浪者は、本物の浮浪者は、質量ともに確実に減少した。実際、むかしからの古典的意味でいまでも浮浪者という言葉を使えるのかどうかさえもはや定かではない。いまでは通りをぶらついたり、棒の先に荷物をくくりつけて担いだり、色物のネッカチーフをひけらかしたり、ズボンの膝下を紐で結んだり、側溝の煙草の吸い殻を集めて缶にためたりしている者はいない。いま歩きまわっているのはすべて酔っ払いか麻薬をやっている連中で、道路におけるむかしからのしきたりなどすこしも気にかけていない。とりわけ新しいのが麻薬常習者で、彼らはいつも急いでおり、いつもどこかに行く途中で、混雑する舗道をまっすぐ小走りに急いだり、車のあいだを無頓着に縫って歩いたり、骨張った尻と平らな足で、プレーリードッグみたいに体をそらし、若い男たちはどんよりした目にキイキイ声、ふらふらついていく女たちは悲しげな目をした赤ん坊を抱いて、訳のわからないことを叫んでいる。

わたしがトリニティ大卒のトレヴァーと名づけて、かなり前から観察しているひとりの浮浪者がいる。非常に気位の高いタイプで、この人種の貴族階級と言えるかもしれない。五、六年前だったと思うが、初めて姿を見かけたとき、彼は体調もよく、しらふで、元気旺盛だった。ギラギラする夏の午前中で、川に掛かっている橋のひとつを渡っているところだったが、まばゆい光のなかで腕を振りながらスキップを踏み、紺のピーコートに分厚いクレープゴム底付きの、黄色いスエード製の新品のデザートブーツを履いていた。非常に粋なコーデュロイのつばつきキャップをかぶり、夏の暑さにもかかわらず、首にトリニティ・カレッジのスカーフを巻いていた——わたしの付けたニックネームの所以である。半白のあごひげはきれいに刈りこんで先をとがらせ、目は澄んでいて、顔には健康そうな赤みがあり、破れた静脈の網目模様はかすかに見える程度だった。彼の何がわたしの注意をひいたのかはよくわからない。おそらくどこか恐ろしい場所から戻ってきて、健康と活力が回復した人間みたいに見えたからだろう。というのも、セント・ヴィンセンツ病院かセント・ジョン・オブ・ザ・クロス病院でアルコールの禁断療法をやってきたにちがいなかったからである。マルタとマリアが墓地から連れ戻して、経帷子をすっかり脱がせ、立ち上がらせ、身なりをこぎれいに整えてやったあとのラザロは、たぶんこんなふうに見えただろう。そのあとも何度か通りで見かけたが、まだ溌剌として上機嫌で、ある朝、新聞売り場で彼がタイムズを買っている後ろに並んだときには、朗々とした声をしていることに気づいた。

それから、災厄が襲いかかった。秋の朝早く、まだ八時か八時半ごろだった。わたしは初めて彼を見かけたときとおなじ橋を渡っていた。すると、そこに、オフィス・ワーカーが急ぎ足で流れていくなかにぽつんとひとり、スカーフと粋なキャップに黄色いブーツ姿の彼が立っていた。斜めに吊り下げられているような姿勢で、操り人形のようにだらりとして、危ういほどにゆらゆら揺れ、目は眠っているみたいにつぶったまま、赤い下唇を垂らし、左手には茶色い紙袋に入れた大きなボトルをにぎっていた。

この恩寵からの転落が、しかし、彼の最期になったわけではない。まったくそうではなかった。そのあとも、彼は何度かあらためて酒を断った。そして、いつもふたたび転落し、そのたびにますますひどく健康を損なっていった。何度となく彼が復活するたびに、わたしは元気づけられ、一度など不吉なくらい長く姿を消していたあと、目を輝かせ、スエードのブーツにはブラシをかけ、よだれで汚れていない洗いたてのトリニティ・スカーフをして、通りを勢いよく歩いてくるのに出くわしたときには、思わず歓迎の笑みを洩らしたものだった。もちろん、彼はまったく気にも留めず、その姿を執拗に追うわたしの視線を感じたことなど一度もなかったにちがいないが。

酒を飲んでいるとき、彼は物乞いをする。そのやり方には磨きがかかっていて、感嘆するほどいつもおなじだった。カップ状にまるめた手を突き出して、疲れて喉が渇いていることもみたいに、哀れげにぶつぶつぶやきながら、顔の片側を大きく歪め、充血した目に涙をためているような顔をして、カモになりそうな連中にすり寄るのだが、すべては演技にすぎなかった。ある日、いつになく太っ腹な気分になって――昼食のあとで、わたしも自身も飲んでいた――、十ポンド札をあげたことがあった。すると、この予期せぬ賜物に驚いて、彼はとっさに自分の役柄から抜け出すと、じつににこやかな笑みを浮かべて、朗々たるウースター（ウッドハウスのユーモア小説シリーズに登場するドジな金持ちの紳士）風アクセントで心からのお礼を言った。わたしがそれを許したなら、両手でわたしの手を取って、同志としての感謝と愛情をこめてギュッとにぎりしめたにちがいない。けれども、わたしが通りすぎてしまうと、すぐにまた自分の役柄に戻って、手を前に突き出し、顔をしかめてぶつぶつ言いだしたのだった。

いい日にはかなりの金額になるようだった。一度、思いも寄らないことに、銀行で彼を見かけたことがある。窓口のカウンターにぶちまけたコインを紙幣に換えているところだった。窓口の制服の若い女性がいかに忍耐強かったことか。彼が放っている息もつけないほどの悪臭さえ気に留めないそぶりで、いかに寛容で愛想よかったことか。彼女がコインをかぞえるのを落ち着いて見守り、代わりに差し出された数枚の紙幣を優雅に受け取ると、彼はいまや擦りきれて染みだらけのピーコートの懐にしまった。「ありがとう、お嬢さん、あんたはほんとうに親切だ」と彼は低い声で言って――そうさ、わたしは彼のすぐ後ろに忍び寄って、聞き耳を立てていたのである――、感謝のしるしに汚い指のほんの先っぽでその若い女性の手の甲にふれた。

彼が歩きまわる範囲はひろく、かなり遠方に及ぶ。なぜなら、町のいたるところで見かけるし、郊外で見たこともあるからだ。ある凍りつくような春の朝、早朝の便に乗ろうとしたとき、空港への道路で彼を見かけたことがある。決然たる足取りで町へ向かっているところで、白い息を吐き、年老いて哀れにもひしゃげた鼻の先の水滴が、ピンクがかった冷たい陽光のなかで、カットされたばかりの宝石みたいに光っていた。どこからやってきて、そんなところで何をしていたのだろう？　外国に行っていて、夜明けの便で帰ってきたということも考えられるのだろうか？　じつは彼が国際的な名声のある学者——たとえばサンスクリットの専門家とか能楽の並ぶ者のいない権威——でないとどうして言えるだろう？　あの偉大なプラグマティスト、チャールズ・サンダーズ・パースはパンを乞わねばならなかったし、一時は道路で寝起きしていたこともあったのである。どんなことだって考えられなくはないだろう。

歩きぶりについて言えば、足になにか問題があるにちがいなく——おそらく血の循環が悪いのだろう——、ズルズル引きずるようにして歩く。いわば、引っかかりのある速歩とでもいうべき歩き方だが、そのくせ驚くほど速い。手も悪いようで——これも血の循環の問題だろう——、だれかが編んでくれたにちがいない、薄汚れた白い毛糸の指なし手袋をするようになっている。歩くときには、両腕を上げ肘を曲げて、その手袋をした手を前に突き出し、パンナをくらってふらついているボクサーがスローモーションでウォーミングアップをしているみたいに歩く。

この男がわたしより少なくとも二十は若いにちがいないと思うと、ショックを受けずにはいられない。

きょうの午後、散歩に出かけたとき、わたしは期待に違わず彼と出くわした。いまや、彼はわたしのお守りのようなものである。わたしはドッグレース場の近くの、古いガスタンクの残骸が依然として建っているあたりまで足を伸ばした。わたしが好んで歩くのはそういううらぶれた気取りのない界隈で、十九世紀の都市を散策する紳士淑女の散歩者《フラヌール》とはちがって、立派な並木道や都市のなかの広々とした緑地をそぞろ歩くことはない。トリニティ大卒のトレヴァーはバス・ターミナルの向かい側のくずれた塀の断片に満足そうに坐っていた。膝に透明なプラスティックの箱をのせ、たぶん通りの先のガソリンスタンドで買ったのだろうが、そこからなにかを取り出して食べていた。なにかのパイか、嚙りかけみたいに見えるあのゴツゴツしたソーセージ・ロールだろうと思ったが、近づいたときによく見ると、なんとクロワッサンだった。トレヴの旦那はさすがに人生のささやかな贅沢を味わうことを知っている！　彼は紙コップ入りのコーヒーも持っていた——紅茶ではなく、コーヒー豆の芳醇な香りが漂っていた。にもかかわらず、酔っ払っていて、しかもかなり泥酔しているらしく、食べながら独り言を言い、パン屑をボロボロ体の前にこぼしていた。わたしは立ち止まって、彼の隣に腰をおろそうかと思った。実際に歩調をゆるめて、そうしようかどうか躊躇したが、ふいに気後れがして、悔やみながらそのまま通りすぎてしまった。いつものように、彼はわたしには目もくれなかった。上物のツイードのオーバーを着て、絞殺魔のキッドの手袋をした、半白の色褪せた二枚目俳優がこそこそ通っていくのに気づくには、あまりにも気分がよすぎたのだろう。

わたしは彼が何者なのか、何者だったのか知りたいし、どこに住んでいるのかも知りたい。寝る場所があるのは確かだし、だれかが世話をしているにちがいない。だれかが彼の面倒をみて、ブーツが擦りきれたら新しいのを買ってやり、スカーフを洗濯し、体からアルコールを抜くために病院に連れていっている。たぶん彼の娘だろう、とわたしは思う。そう、とても親孝行な娘にちがいない。

さて、わたしと銀幕だが、これについては諸君もすべてを知りたいとお思いだろう。もちろん、スクリーンはいまではもう銀色ではなく、けばけばしい色合いになっているが、わたしの意見では、これは退化以外のなにものでもない。アクセル・ヴァンダーの役をオファーしたのはわたしが初めてだ、とマーシー・メリウェザーは請け合ったが、じつは、わたしと同年代の少なくとも三人の役者にオファーして、その全員から断られていた。あとになってわかったことだが、わたしに電話をかけて、この老いた怪物を演じる話をもちかけてきたとき、マーシー・メリウェザーは自棄になっていたらしい。わたしはなぜ引き受けたのだろう？　これまでずっと舞台俳優をやってきて、新しい針路に転じるにはちょっと遅すぎると思ったのに。たぶん、気をよくしたから——そう、もちろん、気分はよかった。またもや虚栄心、わたしがけっして脱却できない罪である——、だから、やるとしか答えられなかったのだ。映画での演技は、実際のところ、舞台での毎晩のきつい仕事と比べれば、とても簡単に思えた——大部分の時間はただ突っ立っているだけで、メーキャップを絶えず新しくしたり直したりしてもらっているだけなのだから。それこそ楽《ジャム》をしてぼろ儲け、いや、だれかさんが言っていたように、大根役者《ハム》でぼろ儲けだった。

台本の読み合わせは、そのために特別に借りられた、テームズ河畔の新グローブ座に近い、大きな、白い、不気味な、がらんとした建物で行なわれた。白状すれば、新奇な、ちょっぴり油断ならない世界に足を踏み入れるということで、わたしはかなり緊張していた。舞台で共演して知っている出演者が何人かいた。ほかの人たちも映画でよく見かける顔だったので、なんだか知っているような気になった。その結果、わたしにとっては、長い夏休みのあと学校に戻った一日目みたいな雰囲気だった。これから立ち向かわなければならない新しいクラスと新しい教師。新顔が大勢いて、前の学期から知っていた顔もみんな微妙に変わり、すこしだけ大きく、粗暴に、危ない存在になっている。ビリー・ストライカーもいたが、ふくらんだジーンズとハイネックのセーターというでたちで、それまで以上に濡れた段ボール箱そのものに見えた。警戒しながらわたしに手を振って、めずらしく、おずおずと、うんざりした憂鬱そうな笑みを浮かべた。彼女の姿を見たことで、わたしの気分は落ち着いたが、それはわたしがどんなに落ち着く必要を感じていたかを示す証拠だった。

その建物は、巨大な頭蓋骨をくり抜いて漂白したような、灰白色の洞窟だった。あらゆる種類の通路や小部屋や曲がりくねった階段があり、わたしたちの声が奥のほうまで反響し、交ざり合いぶつかり合って、頭が痛くなるほどワンワン響いた。この日の天気も奇妙だった——十月にはときおりそういう日があるものだが、まるでまったくのいたずら心から、季節が一時的に逆戻りして、一日だけ春になったような、やけにせわしない一日だった。黄褐色の陽光がぎらついているわりには暖かくなく、強靭な風が川面を吹き上げて、水を掻きまわし、泥褐色の波を立てていた。

ドーン・デヴォンポートは、わたしたちのなかでもいちばんスターらしいスターだったので、当然のことながら、最後に到着した。彼女のリムジンは、あの特別製の黒光りしたやつで、たぶん装甲されているのだろう、窓は色つきで不透明、エンジングリルは威嚇的で、入口の前に停まったとき、強化されたサスペンションに支えられた車体が重たそうに揺れた。紫がかった灰色のピシッとした制服に、光沢のあるつばの付いた帽子の運転手が、がっしりしているくせにバレエみたいに優雅な動きで跳び出して、さっと後部ドアをあけると、貴婦人は手馴れた巧みさで深い後部座席から抜け出し、長い蜂蜜色の片脚をちらりと見せた。身を切るような風のなかで数十人のファンが舗道に群がり、挨拶しようと待ちかまえていた――どこに来ればいいのか、彼らはどうして知っているのだろう、それとも、わたしがなにも知らないだけなのか？　ふぞろいな拍手が沸き起こったが、わたしの耳には讃嘆ではなく嘲笑の拍手に聞こえた。そのなかを通り抜けていく彼女の姿は、歩いているというよりはむしろ不可侵な美しさの泡に包まれて漂い流れていくように見えた。

彼女の本名はスタッブズ、あるいはスクラッブズだったか、なにかそういうすこしも似つかわしくないがさつな名前で、彼女が急いで変えたのも無理はなかった。しかし、それにしてもなぜ、いったいなぜデヴォンポートなのだろう？　業界では、これは不可避的なことではあるが、彼女はキャスティング・カウチ（配役担当者の事務所のソファで、役を与える見返りとしてここでセックスを要求されることがよくあったとされる）のスターとして知られている。そんな慣習はメトロ社やゴールドウィン社やメイヤー社とともに消え去ったはずで、最近の若い人たちがそんなことを知っているほうがむしろ驚きなのだけれど。彼女はほんとうに蠱惑的で、その愛らしさのなかにわたしが見つけたただひとつの欠点は、全身の肌をおおうかすかな、非常にかすかな、灰色がかったうぶ毛だった。これはカメラの下では、桃の震える和毛《にこげ》を思わせるが、実際には、浮浪児みたいに垢じみて見える。急いで断っておけば、このどことなくスラムを思わせるところが、どんなふうにかは説明できないが、わたしを興奮させるのだ。もしもわたしがもっと若かったら――そう、もしももっと若かったら、どんなことでもやってしまったろうし、おそらくとんでもない物笑いになっていただろう。彼女がその建物のひろい、隙間風の入る玄関ホールで待っていたわたしたちのあいだに分け入ると、男たちはいっせいに咳払いをした――発情の頂点に達したウシガエルの群れみたいに。それから彼女は、タツノオトシゴを思わせるやや前傾ぎみの姿勢で、まっすぐ滑るように監督のトビー・タガートに歩み寄り、片手の二本の指を彼の手首に置いて、どこへともなく目をそらしながら、あの有名な微笑をちらりと浮かべ、彼だけに聞こえる早口で息もつかずに一言二言ささやいた。

彼女がほっそりしていると知れば、諸君は驚くことだろう。スクリーンのなかでは、彼女は三叉路の女神ディアナの壮大さと威厳をもつ巨大な輝きのなかに登場するが、それよりはるかに細いのは確かである。最近はだれもがそうでなければならないようだが、彼女はありえないほど細く――「あら、わたしは食べないのよ」お昼の休憩のとき、サンドイッチを取ってこようかとわたしが親切に申し出ると、彼女は鈴のような笑い声をあげて、そう言った――、とりわけ、二の腕の内側はそれとわかるほどへこんでおり、青白い肌の下に気味わるいほど腱が浮き出して、言いたくはないのだが、羽根を毟られた鶏を連想させる。彼女の残りの部分がどうなっているのか言うのはむずかしい。もちろん、実物がという意味だが。というのも、当然ながら、すでに公衆の目にさらされていない部分はほとんどなく、とりわけこの世界を取り仕切る遊び疲れたマンモスどもに自分の持ち物を見せつけるのに熱心だった初期の役柄ではそうだったが、大スクリーンのなかでは肉体はすべて当たり障りのないものになり、口当たりがよくなって、プラスティックみたいに密度の高い耐性のあるものになってしまうからである。彼女には奔放な現代娘的なところがあるが、これは本人が意図的につくったイメージにちがいなかった。彼女が好むのは爪先の尖った、厚底の、前部をボタンで留める靴、シーム入りの古いタイプのストッキング、それに半透明のチュニックのようなドレスで、ドレスの内側では、柔軟で重さがないかに見える肉体が、なんの束縛もなさそうに、しなやかで神経質な独自のリズムで動く。彼女の手がクローズアップされることがないことにお気づきだろうか？　これが彼女のもうひとつの欠点——わたしは好きなのだが——だった。手が大きいのである。ほっそりした手首にはあきらかに大きすぎる手で、静脈が太く、指関節も太く、指はヘラ形をしている。

ファンの前ではとてもかよわいイメージを演出しているが、彼女にはちょっと男っぽいところがあり、これもまたわたしの好みだった。彼女は無造作なやり方で煙草を吸う——そうなのだ、ご存じだったかな？——。顔を前や横に突き出し、唇を尖らせて煙草を吸っているところはじつに庶民的で、照明係や道具方とすこしも変わらない。坐って、両肘を膝に置き、紅茶のマグやまるめた台本をしっかり両手でにぎっていると、ぴんと張った、艶のある大きなこぶしが、ただの指関節というよりはナックルダスターでも嵌めているかに見える。それに、声も、高さによっては、あきらかにハスキーすぎる。たとえば運動をやりすぎれば筋肉が発達しすぎるように、映画業界での生活には女優を粗野にし、感受性を硬化させるものがあるのだろうか？　もしかすると、観客の半数を占める男たちの大部分にとって、そしてたぶん女性客の半数にとっても、女優たちが人の心を掻き乱すほど魅力的に見えるのは、圧倒的な、難攻不落の、第三の性であるかのように見えるのは、そのせいかもしれない。

しかし、あの顔、ああ、あの顔は。わたしにはとても描写できない。つまり、わたしは描写するのを拒否するということだ。そもそも、あの顔のあらゆる面を、陰影を、毛穴を知らない者がいるだろうか？　熱に浮かされた夢のなかで、その厳粛な、灰色の目をした、あまく悲しい、なにもかもがエロティックな顔を見つめなかった若い男がいるだろうか？　鼻梁の両側にはうっすらとソバカスがある。小豆色と古金色と濃いチョコレート色。スクリーンでは特別に厚いメーキャップで隠しているが、ほんとうは隠すべきではないだろう。ソバカスはとても繊細なチャームポイントで、非常に心を揺さぶられる、というのがわたしたち男優の共通意見なのだから。ご想像どおり、彼女は泰然として沈着冷静に見えるが、わたしが見たところ、心の奥底には、彼女の存在の根っこには、根源的な恐怖心が脈打っている。神経に伝わるその震えはあまりにも速く、かすかなので、ほとんどそれとわからない。業界のだれもが――わたしの知るかぎり、業界以外の人たちもおなじだと思うが――抱いているあの不安から来る震え。単純な、純然たる、耐えがたい、見つかってしまうのではないかという不安。

よたよた歩きのトビー・タガートが彼女の肘を取って――なんというコントラスト！――、わざとらしく指の爪を点検しながらぶらついていたわたしのところへ連れてくると、老齢で退職していたこの主演男優に紹介したが、その瞬間から、わたしは彼女が好きになった。こちらに近づきながら、わたしを見たとき、なかば落胆しなかばぎょっとしながらも面白がって、眉のあいだの白い完璧な肌にしわを寄せたのも、ほんのかすかに肩を不快そうにすくめるのを抑えきれなかったのも、わたしは見逃さなかったが、気分を害したわけではなかった。台本では彼女とわたしが激しく取っ組み合うことになっていたが、こんなに愛らしく、繊細で、はなはだしく若い女にとって、それが美味しいと思えるはずはなかった。トビーから紹介されたとき、自分が何と言ったのか、口ごもったのかは覚えていない。彼女は、たしか、寒さについて愚痴を言ったような気がするが、トビーは聞き違えたにちがいなく、おもむろに、高らかな、自棄じみた笑い声をあげた。絨毯を敷いていない木の床の上で重たい家具を押している音みたいな声だった。そのころには、わたしたちはみんな軽いヒステリー状態に陥っていたのである。

握手はいつもわたしをぞっとさせる。いわれのない、じっとりとした親密さ。自分からなにかがポンプで汲み出されているような不快感。おまけに、いつ相手の手を放して、自分の哀れな、縮み上がった手を引っこめるべきかわからない。しかし、ドーン・デヴォンポートはすでに経験から学んでいたにちがいなく、彼女の静脈の浮き出た手はわたしの手にふれるかふれないかのうちに、さっと勢いよく引っこめられた——いや、勢いよくではなかった。手を放す瞬間、四分の一秒ほどためらって、滑るようにすっと離れていった。ちょうど空中ブランコ乗りが、空中でたがいの指先から離れるときの、あの物憂げな、一見名残惜しそうなやり方で。トビーにしたのとおなじように、彼女はちらりと横を見ながら笑みを浮かべ、一歩後ろへ下がった。そのあと、わたしたちはみんなでぞろぞろと、スターのなかのスターのあとに付いて、目に見えない足枷でつながれ、たがいのかかとを踏んづけながら行進する囚人みたいに、一階の天井の高い、窓の多い部屋へ入っていった。

部屋は全体が白塗りで、床板までが白色粘土《パイプクレイ》みたいなもので塗り固められ、曲げ木細工の安っぽい木の椅子が数十脚、四方の壁際に並べられているほかはなにもなかった。だだっ広いまんなかのスペースは処罰のための空間みたいで、台詞を忘れたり小道具につまずいたりしたのろまな役者が、狼狽と恥辱にまみれてつまみ出され、そこに立たされるような気がした。三つの、高い、サッシのがたつく窓は川に面していた。トビー・タガートが、わたしたちの気分を楽にしてやろうと思ったのだろう、四角い大きな手を振って、どこにでも好きなところへ坐ってくれと言った。わたしたちはぶつかり合いながら、群れをなして、だれもがいちばん目立たない隅に行こうとしたが、そのあいだに、玄関ホールでうごめいていたときにはだれもが束の間抱いていた魔術的な可能性の予兆が急速にしぼんで、夢物語がこれからはじまるというよりは、もう終わって意気消沈しているかのような雰囲気になった。わたしがこれまでやってきたこの商売は、ほかの人間のふりをする、とりわけ、自分自身でないふりをするという荒唐無稽な商売は、いかに脆いものであることか。

まず初めに脚本家から、われわれの物語の背景——と彼が言うところのもの——を説明してもらうことにする、とトビーが言った。われわれの物語。上流階級的なムードになっているときの、まさに彼らしい言い方だった。ご存じのように、彼の母親はじつに高貴な、名前は忘れたが、なんとか伯爵だか侯爵だかの家系だった。父親の俳優〈暴れん坊タガート〉——その世代でもっとも愛された、伝説的な、最悪の役者にイエロー・ペーパーが嬉々として献上した愛称だ——とはなんと対照的なことか！　すでにご推察のように、これからの数週間ないし数カ月いっしょに仕事をする主要人物たちについて、わたしはできるかぎりの情報を集めてきていたのである。

トビーが脚本家に言及すると、だれもが、まさに鶴みたいに首を伸ばした。大部分の人たちは彼が来ていることを知らなかったのである。わたしたちはすぐに彼を見つけた。神秘的なミスター・ジェイビーは片隅にひとりこっそり隠れていたが、わたしたちに見つかると、蜘蛛が出てきて驚いたミス・マフェット（マザーグースの童謡に出てくる臆病な女の子）みたいに、あわてふためいた顔をした。じつは、このとき気づいたのだが、わたしはまたもや聞き違えをしていて、彼はジェイビー（Jaybee）ではなくて、ＪＢだった。というのも、アクセル・ヴァンダーの伝記作者は、多少でも本人を知っている人々には、ＪＢとして知られていたからで、しかも、わたしたちの台本を書いた張本人は伝記を書いた男と同一人物だった――わたしはそうとは知らなかったのだが。それはわたしと同年配の、なんとなくこそこそした、おもてに出たがらない男で、この場にいることに居心地のわるさを感じているようだった――自分はそこらへんの映画人より数段上の人間だと思っていたのかもしれない。それが狂乱状態のウォルター・ペイターみたいな文章を書く男なのだ！　トビーが苦しそうな善意の笑みを浮かべて待っているあいだ、しばらくウーとかエーとか口ごもってから、やがてようやくわれわれの物語の語り手が話しはじめた。話の内容はすでに台本にある以外のことはごくわずかで、その代わり、アントワープで――「注意深い人たちは記憶しているはずだが、そこが本物の、ええと、ヴァンダーの生地なんだが」――贋者の、つまり贋のヴァンダーの正体をあばいたと主張する学者と偶然に知り合ってから、アクセル・ヴァンダーの伝記を手がけることになるまでの経緯を、だらだらと取り留めもなく話した。この部分そのものはけっこう面白い話ではあるのだが。この学者というのはネブラスカ大学のポストパンク研究を専門とする名誉教授で、ファーゴ・デウィンター――「いや、たしかにそのとおり。多くの人たちが勘違いしているが、ファーゴという町があるのはネブラスカ州ではない」――という人だったが、彼が熱心にこつこつと調べた結果、戦争中にヴァンダーが対独協力紙『ヴラームシェ・ガゼット』に寄稿したおびただしい反ユダヤ的な記事を発見して、公表した。デウィンターはヴァンダーが罰も受けずにやり遂げた犯罪行為にショックを受けたというよりは面白いと思ったと告白しているが、ヴァンダーはいまや廃刊になっている新聞にひどい記事を書いただけでなく、病弱で足手まといだった配偶者まで殺害したか安楽死――だとこの悪党は主張したにちがいないが――させていた。この後者の悪事はずっと闇に埋もれたままで、JBがビリー・ストライカーにヴァンダーが放つ悪臭の源を追跡させ、事件の全貌――これがすべてだと決まったわけではないし、たとえそうだとしても、それが公表される見込みがあるわけではないが、とJBは嫌みたらしい笑いを浮かべながら言った――が掘り起こされたとき、初めてあきらかになったのだという。しかし、そのときにはこの言語道断のヴァンダーはすでに故人になっており、本人には危害は及ばなかったが、死後の名声はほぼ完全に地に墜ちた。

わたしたちは昼頃まで仕事をした。わたしはめまいがして、頭のなかでブーンという音がしていた。いたるところに白い壁があり、外の強風は窓枠をうならせ、川面が波打って、揺れ動く水面に冷たい陽光がきらめいていた。なんだか、船上の戯れに参加しているような気分だった。たとえば、大型帆船のなかで行なわれている素人芝居に。出演者は乗組員で、水夫たちは上陸用の衣装でめかしこみ、キャビンボーイたちは鬘飾りで飾り立てているというような……。二階の部屋にサンドイッチと水のボトルが用意されていた。わたしは紙の皿と紙コップを持って、大きな張り出し窓のひとつに避難して、ピリピリしている神経を外の光に浸した。高い場所にあったので、急な角度からひろい範囲の川面が見わたせ、めまいがしていたにもかかわらず、わたしはこの切り立った場所からの川の景色にじっと目を凝らして、間に合わせのランプが用意されているトレッスルテーブルのまわりをうろついているほかの人たちには背を向けていた。ばかなことだと思われるかもしれないが、大勢の俳優たちのなかに入ると、とりわけ仕事がはじまったばかりのときには、わたしはいつも気後れがする。内気になって、びくびくした気分になる。どうしてそうなのか、何を怖がっているのかはよくわからない。俳優の群れというのはある意味ではほかのどんな集団よりも手に負えない連中で、いつもジリジリしてなにかを待っている。なにかの命令、あるいは指示を待っているのだ。それが自分たちに目的を与えてくれ、自分たちの特徴を教えてくれ、落ち着かせてくれるのを待っている。彼らから遠ざかろうとするこのわたしの傾向が、おそらくエゴイスト——俳優のなかにあって、エゴイストだと！——だという評判の理由であり、わたしが成功を博した時期に恨みを買った原因だろう。しかし、わたしはいつもほかの連中とおなじくらい自信がなく、頭のなかで台詞を早口で繰り返したり、舞台へ上がることの恐怖で震えていたりした。観客はともかくとして、少なくとも仲間の俳優たちに、そのなかの敏感な連中にそれがわからなかったのだろうか。

あらためて、わたしの頭に疑問が浮かんだ。わたしはなぜここにいるのか？　売りこんだわけでもなく、オーディションさえなしに、どういうわけでこんないい役が舞いこんできたのだろう？　若手の俳優陣のひとりかふたりが、恨みと嘲笑の入り交じった薄笑いを浮かべて、こちらを見ているような気がしないでもなかった。それも彼らに背を向ける理由のひとつだったけれど。しかし、神さま、わたしはたしかに歳の重みを感じていた。むかしから、わたしは舞台の上より舞台から離れているときのほうがひどく緊張したものだった。

　右に目をやって彼女がそばに立っていることに気づく前から、わたしは彼女の存在を感じていた。彼女は両手で包むように紙コップを持ち、わたしとおなじように外を向いていた。わたしにはすべての女性がオーラを放っているように見えるが、ドーン・デヴォンポートのような女性は、たしかにごく稀ではあるが、メラメラ燃えるように輝いている。『過去の発明』の映画版には十数人の人物が登場するが、取り立てて言うに値するのはふたりだけ、ヴァンダー役のわたしとコーラ役の彼女だけだった。いつもそういうことになるのだが――おそらく、ほかの連中の妬みには、彼女もわたしに劣らず無神経ではいられないのだろう――、すでにわたしたちのあいだに一種の絆のようなものが自然に芽生えはじめており、わたしたちはそこに立っているほうが気が楽だった。少なくとも、たがいに相手より光の当たる場所に立とうとするふたりの俳優が望めるかぎり、気を楽に保てたのである。

　わたしは主役級の女優を何人も知っていたが、本物の映画スターをこんなに間近から見たことはなかったので、みんなが知っているドーン・デヴォンポート――先端的なファッションに身を包み、完璧な動きをするが、なにか大切なきらめきが欠けている――の縮小されたレプリカを見ているようで奇妙だった。実物はちょっと鈍そうで、かすかに野暮ったい感じがした。というより、単に人間的に、ふつうの人間っぽく見えたというだけだったのかもしれないが。がっかりすべきなのか、幻滅すべきなのか、わたしにはわからなかった。階下の玄関ホールで紹介されたときにも何を言ったか覚えていないが、この二度目の出会いでも自分がどんなことを話したのかは思い出せない。彼女にはどこか、もろさとかすかな男っぽさが入り交じったところがあり、それがわたしの娘をありありと思い出させた。ドーン・デヴォンポートが出ている映画は一本も見たことがなかったが、そんなことは問題ではなかった。彼女の顔は、人をからかうように尖らせた口や、あの底の見えない、夜明けの灰色の目は、月の表面みたいに見馴れたものであり、同時に、おなじくらい遠いものでもあった。だとすれば、あの高く伸びた、光あふれる窓の下に立っていたとき、どうして失われた娘を思い出さずにいられただろう?

わたしがこれまでに愛した——ここでは愛するという言葉をいちばんひろい意味で使っているのだが——オーラのあるすべての女たちが、かつて創造主が泥からつくったわたしたち人間のこめかみに指紋を残したように、わたしのなかに刻印を残していった。だから、わたしの女たちひとりひとりの——わたしはいまでも彼女たちをすべて自分の女だと思っているので——特定の部分が記憶の底にけっして消えないかたちで刻みこまれている。通りで、急ぎ足の群衆のなかに呑みこまれていく小麦色の髪の頭や、ある独特のやり方で上げられてさよならと振られるほっそりとした手が目に入ったり、ホテルのロビーの反対側で笑いながら話す声や、聞き覚えのある温かみのある抑揚で特定の単語が発音されるのが聞こえたりすると、その瞬間、この女またはあの女がそこにくっきりと、ほんの束の間現れて、わたしの心は老犬みたいにのっそりと立ち上がり、ウーッというせつないうめき声を洩らす。そういう女たちの特徴をひとつを除いてすべて忘れてしまったわけではないが、いちばん強烈に残っているものがいちばん特徴的であり、その女のエッセンスだという気がする。ところが、ミセス・グレイの場合は、最後にその姿を見てからすでに長い歳月が流れているにもかかわらず、全体として、少なくとも、自分ではない人間について人が抱きうるかぎり全体的なイメージとして残っている。最後の審判のラッパが鳴り響くとき、わたしたちは自分の遺骨を拾い集めることになるというが、わたしはすでに彼女のバラバラな部分を掻き集めて、少なくとも記憶としては充分に完成した、実物そっくりのワーキング・モデルをつくりあげている。わたしが通りで彼女を見かけたり、見知らぬ女《ひと》が振り返るとき一瞬彼女ではないかと錯覚したり、なんでもない群衆のなかから彼女の声が聞こえたりすることがないのはそのためで、あまりにも豊かな存在感があるので、彼女から断片的な合図を送ってくる必要はないからなのだ。あるいは、彼女の場合、わたしの記憶が特別な動き方をするのかもしれない。ひょっとすると、わたしのなかに彼女をしっかりと保持しつづけているのは記憶ではなく、まったく別の能力なのかもしれない。

あの当時でさえ、彼女はいつもわたしの彼女だったわけではなかった。わたしが彼らの家にいて、そこに彼女の家族がいるときには、彼女はミスター・グレイの妻だったり、ビリーの母親だったり、さらに悪いことには、キティの母親だったりした。わたしがビリーを訪ねていって、家のなかに入り、キッチンのテーブルに坐って待たなければならない——ビリーはほんとうにのろまだった！——ときには、ミセス・グレイはよそよそしい笑みを浮かべて、完全には焦点の定まらない目をちらりとわたしに向け、わたしを見て思い出したかのように、なにかしら仕事をはじめた。そういうとき、彼女の動きはいつもよりゆっくりとしていた。めったにない、隠しようのないほど夢見るような動きだった。他人ならば、家族ではないほんとうの他人だったら、不審に思ったにちがいない。彼女はなにかを、なんでもいいが、ティーカップや、ふきんや、バターだらけのナイフを取り上げ、まるでそれがかってに手に飛びこんできて、彼女の注意を促しているかのような目で見つめるが、しばらくすると、さらにもっとぼんやりした顔をして、それをもとの場所に戻すのだった。あのキッチンテーブルの前にいる彼女の姿が目に浮かぶ。彼女が手にしたものはもとの場所に戻されるが、まだ完全に手を放したわけではなく、彼女の手はその感触を、その正確な肌ざわりを覚えておこうとするかのように、軽くそれに添えられており、他方、もう一方の手の指先が、耳の後ろにどうしても収まっていない一房の髪をいつまでもひねくりまわしていた。

そしてわたしは？　そういうとき、わたしは何をしていたのだろう、どんな態度を取ったのだろう？　こんなことを言えば、ひどく奇抜な、あるいはただ単に独善的な見方だと思われるだろうが、グレイ家のキッチンでのあの不安にみちた数瞬に、それとは知らずに、わたしは舞台への、探りを入れるような、第一歩を踏みだしたのではないだろうか。若いころの秘密の恋はど俳優という仕事の基本を教えてくれるものはない。自分に何が要求されているか、自分がどんな役柄を演じなければならないかはわかっていた。なによりも肝心なのは、白痴的に見えるほど罪のない顔をしていなければならないことだった。したがって、なけなしのテクニックを動員して、わたしは間抜けな思春期の若者という保護カバーを採用し、十五歳の少年としては自然なぎごちなさを強調して、つまずいたりぶつぶつ言ったり、どこを見たらいいかどこに手をやったらいいかわからないふりをして、その場にそぐわない意見を口走ったり、塩入れを倒したり、ミルクジャグの牛乳をはねかしたりした。彼女からじかに話しかけられたときには、もちろん疚しそうにではなく、ただひどく恥ずかしそうに、顔を赤らめることまでした。磨きのかかった自分の演技をどんなに得意に思ったことか。演技過剰だったことはまちがいないが、それにもかかわらず、ビリーもその父親もわたしが演技をしていることにはすこしも気づかなかった。いつものように、キティだけは安心できなかった。というのも、しばしば、わたしがちょっとしたパントマイムを演じている最中にちらりと目をやると、いかにもすべてを心得てせせら笑っているような光をたたえた目でじっと見ていたからである。

ミセス・グレイは、ぼんやりとした無関心を必死に装ってはいたが、絶えず気を揉んでいたにちがいない。遅かれ早かれ、わたしがやり過ぎて、とんでもないドジを踏み、ふたりいっしょにだらしない背信行為の混乱そのままに、驚いている家族の足下に身を投げ出すはめになるのではないかと。ところがわたしは、言うのも恥ずかしいが、薄情にも彼女をからかっていた。ときおり、ほんの一瞬、仮面を脱いでは面白がっていた。ほかの人たちが見ていないと思うと、意味ありげなウィンクをしたり、通りがかりに偶然を装って彼女の体のどこかにそっとぶつかったりした。たとえば、朝食のテーブルの下で脚にさわったりすると、彼女はギョッとして、それをなんとかごまかそうとするが、それがなんともかわいらしくてエロティックだった。初めのころ、彼女をステーションワゴンの後部座席に押しこんで、やっきになって服をまさぐり、剝きだしになった肉体の――逃れようとすると同時に誘いこもうとする――ここやあそこのふくらみやくぼみに手をやろうとすると、彼女はうろたえて必死に慎ましさを保とうとしたものだったが、そういうときのことを思い出させた。そんなとき、自分の家のキッチンで、彼女はどんなプレッシャーにさらされ、どんな身も世もない恐怖にとらわれたことだろう。彼女をそんな試練にかけるなんて、わたしはなんと鈍感で、無神経だったのだろう。にもかかわらず、日々のなんの面白味もない家庭生活の表面にわたしが騎士気取りで突きつけたこの突き棒に、たとえどんなに恐怖に震えたとしても、ぞくぞくせずにはいられない奔放な部分が彼女にはあった。

そういえば、キティのパーティに行ったときのことを思い出す。どうして行くことになったのだろう、だれがわたしを招待したのだろう？　キティ本人でなかったのはわかっているし、ビリーでもなかった。もちろんミセス・グレイだったはずもない。奇妙なことだが、虫に食われた過去の織り地をあまり執拗に繰ろうとすると、こういう穴にぶつかることがある。ともかく、どんな理由があったにせよ、わたしはそこにいた。小さな怪物は誕生日を祝っていたのだが、何歳になったかは覚えていない――彼女はむかしからけっして歳をとらないように見えた。それはじつに無秩序なパーティだった。お客はみんな女の子で、大勢の小さなお転婆娘が束になって、肘で小突きあったり服を引っ張り合ってキャアキャアいいながら、野放し状態で家中を跳ねまわっていた。そのうちのひとり、肥満体で首のない、青白い顔をした女の子が、不気味なほどしつこくわたしに興味を示して、過剰にこびを売るような笑いを浮かべて、絶えずわたしのすぐそばに顔を突き出した。キティがわたしのことをあれこれしゃべったにちがいなかった。パーティ・ゲームがあったが、いつも最後は激しい取っ組み合いになり、髪を引っ張ったり殴り合ったりする始末だった。ビリーとわたしは、ミセス・グレイがキッチンに避難する前に彼女から秩序を保つように言われていたので、なんの拘束もない土曜日の夜、上陸許可をもらって波止場の居酒屋で飲んだくれる水夫たちの大騒ぎを鎮めようとする甲板長とその仲間みたいに、大声を出して手をたたきながら、乱闘のなかに分け入った。

何度か繰り返されたなかでもとりわけ荒々しい騒ぎになったとき、わたしはもみくしゃになり、気力を失って、自分もキッチンに避難した。マージと呼ばれていた、キティの肥った友だちが

――彼女はたぶんほっそりした優美な大人の女になり、片方の眉を吊り上げて男たちの胸を引き裂いていることだろう――あとに付いてこようとしたが、わたしが突き刺すようなゴルゴンの目でにらむと、悲しげに尻込みしたので、その鼻先でキッチンのドアを閉めることができた。ミセス・グレイを探していたわけではなかったが、彼女はそこにいた。エプロン姿で、袖をまくり上げ、両手をこなだらけにして、フェアリーケーキのトレイをオーヴンから取り出すためにかがんでいた。フェアリーケーキ！　わたしは彼女のお尻を抱きしめるつもりで、そっと忍び寄ったが、そのとき、彼女がかがんだまま振り返ってわたしを見た。わたしはなにか言いかけたが、彼女はわたしの背後のドアのほうを見て、驚いて警告する顔をした。ビリーが音を立てずにわたしの後ろから入ってきていたのである。わたしはすぐに体を伸ばして、両手をわきに下ろしたが、間に合ったかどうか。わたしが猿みたいに両手をひろげて指先を鉤形に曲げ、かがんだまま前に進んで、彼の母親のぴんと突き出されたお尻にしがみつこうとしていたのを見られなかったという自信はなかった。だが、さいわいにも、ビリーは目ざといほうではなく、無関心に一瞥するだけでわたしたちのそばを通り抜け、テーブルに歩み寄って、プラムケーキを一切れつまむと、あわてでむやみに口に詰めこみだした。それでも、そんなきわどい事態に、その喜ばしい恐怖に、わたしの心臓はどんなに激しく揺すぶられたことか。

ミセス・グレイは、わざとわたしを無視して近づき、ケーキのトレイをテーブルに置くと、下唇を突き出してプッと一吹きして、額に垂れていた髪の毛を吹き上げた。ビリーは相変わらずケーキをムシャムシャやりながら、妹やその騒々しい友だちについて文句を言っていた。母親は口に物を頰張ったまましゃべらないようにとうわの空で注意したが――そのあいだも、ひとつずつ縦溝付きのペーパーカップに収まって、トレイの浅い仕切りのなかにきちんと並び、バニラの香りをふんわり漂わせているケーキをうっとり見つめていた――、ビリーは気に留める気配もなかった。それから、彼女は片手を上げて、彼の肩に置いた。この仕草もうわの空だったが、むしろそれだけに、わたしにとってはショックだった。わたしは憤激した。それを見て、ひどく憤激した。ふたりがそこにいっしょにいて、そのあまりにも家庭的な、共有され馴れ親しまれた世界のなかで、彼女はそっと片手を彼の肩に置いたが、そのあいだ、わたしは忘れられて立ち尽くすしかなかった。ミセス・グレイがわたしにどんな自由を認めてくれても、わたしがその瞬間のビリーほど彼女に近づくことはできなかった。それまでもずっとそうだったし、それ以降もずっと、あらゆる瞬間に、そうでありつづけるにちがいなかった。わたしは外側から彼女に入っていけるだけだったが、彼のほうは彼女の内側で育った種から現れたのであり、彼女のなかから乱暴なやり方で出てきたあとも、依然として彼女の肉の肉であり、血の血なのだった。ああ、もちろん、あのとき、わたしが正確にそんなふうに考えていたと言うつもりはない。しかし、要点はそういうことであり、その瞬間に、突然、わたしはひどい苦痛を感じた。だれひとり、なにひとつ、わたしの嫉妬を抑えることはできなかった。わたしの内側には嫉妬が、毛を逆立てた、緑色の目の猫みたいにうずくまり、すこしでも挑発されれば――実際に挑発されるより、わたしの思いこみにすぎないことのほうが多いだろうが――、すぐにも跳びかかろうと身がまえていた。

彼女はビリーにプラムケーキの残りが入っている皿とレモネードの大瓶を持たせると、自分はバナナ・サンドイッチを重ねて並べた木製のトレイを持って、彼のあとからキッチンを出ていった。スイングドアだったのだろうか？　そう、そうだった。彼女はそこで立ち止まり、片膝で半びらきのドアを支えたまま振り返って、叱責と容赦が入り交じったきびしい視線を投げかけて、わたしに付いてくるように促した。わたしは不機嫌なしかめっ面をして、そっぽを向いた。彼女がドアを放すと、それがぐるりと閉まり、スプリングが滑稽な、弾むような音――ボヨーン！――を立てて、最後にギイッと軋んでから、重々しいため息に似た音を洩らした。

ひとり取り残されたわたしは、仏頂面をして、冷めていくフェアリーケーキのブリキ製のトレイをにらみながら、テーブルのそばでぐずぐずしていた。あたりはしんと静まりかえっていた。お転婆娘たちまでが、バナナ・サンドイッチとレモンソーダのせいにちがいないが、一時的に鳴りをひそめていた。冬の日射しが――いや、違う、夏だった、なんてこった、しっかりしろ！――穏やかな、蜂蜜みたいにねっとりとした夏の日射しが、やはり沈黙している冷蔵庫のそばの窓のなかで輝いていた。ミセス・グレイはコンロに水の入ったやかんを置いていったが、それが弱火でブツブツ独り言を言っていた。当時はとてもポピュラーだったが、だれもが電気ポットに屈してしまった最近では、ほとんどお目にかからなくなったあの円錐形の笛吹きケトルだった。ただし、笛は取り外してあったので、短くて太い注ぎ口からゆっくりと太い湯気の柱が立ち昇り、それが陽光を孕んで半透明になって、物憂げに波打ち、最上部では優雅に渦を巻いていた。わたしがコンロに近づくと、わたしの濃密なオーラの幾分かが自分より先に行ったのだろう、魔法をかけられたコブラみたいな湯気の柱は、なにかを警戒するかのように、すっと後ろに傾いた。わたしが立ち止まると、もとどおりまっすぐになり、ふたたび動くと、やはりおなじようにわたしから遠ざかった。というわけで、わたしたちは、この人なつっこい湯気の柱とわたしは、夏の重たい空気に支えられて揺れながら釣り合いを保って、そこにゆらゆら立ち尽くしていた。すると、まったく思いがけないことに、どうしてかはまったくわからなかったが、ゆっくりと幸福感がふくれ上がってわたしを包みこんだ。重さもなければはっきりとした対象もない幸福感、窓のなかのなんでもない陽光そのものみたいな幸福感が。

しかし、わたしがパーティに戻ったとき、この明るい至福に満ちた満足感は、ミスター・グレイの到着によってたちまち曇らされた。店をアシスタント——ミス・フラッシングという娘で、その気になれれば、いずれ紹介するつもりではあるが——に任せて、キティの誕生日プレゼントを持って帰ってきたのである。ミスター・グレイは背の高い、痩せぎすの、骨張った男で、ヴェネツィアの干潟から突き出しているあの曲がった柱みたいに、キッチンに集まった少女たちのまんなかに突っ立っていた。頭が目立つほど不釣り合いに小さかったので、いつも実際より遠くにいるような錯覚を抱かせられた。だらりとした薄茶色の麻のジャケットに、茶色いコーデュロイのぶかぶかのズボン、爪先がすり減ったスエードの靴といういでたちだった。蝶ネクタイを好んで着けていたのは、あの古めかしい時代にも気障《きざ》っぽかったが、そのほかにはなんの生彩もない彼の外見のなかで、ただひとつ色のある、個性的な特徴だった。店にいくらでもあるはずの多様なスタイルや作りのフレームを一蹴して、安っぽい金属フレームの眼鏡をかけていたが、その片側のヒンジを親指と二本の指でそっとつまんで、鼻眼鏡みたいに慎重に外すと、目をつぶって、もう一方の手の親指と二本の指で、鼻柱のわきの凝り固まった肉をゆっくり揉みほぐしながら、ひとりでため息を洩らすのだった。ミスター・グレイの静かなため息は、はるかむかしに宗教上の不信に陥った聖職者の祈りみたいに、呪いをかけようとしていると同時にあきらめているようでもあった。彼には永久に困惑している不適格者の雰囲気があり、日常生活の実際に対処する能力がないかに見えた。いつもなんだか困っているように見えるので、世話を焼きたがる人たちが集まってきた。人々がいつも心配して押しかけて、障害物を取り除いたり、道を平らにならしたり、垂れさがった肩から目に見えない重荷を下ろしてやったりするのだった。彼のまわりに集まっているキティやその友だちでさえ、いまや静かにして、彼を助けようとしているようだった。ミセス・グレイも、カットグラスのタンブラーに注いだ仕事のあとの半インチのウィスキーをこどもたちの頭越しに差し出しながら、気をつかっていた。もしかすると、それは二階でビリーといっしょに飲んだときの、あとで疚しさを感じながらあまり清潔とは言えないハンカチで指紋を拭き取った、あのタンブラーかもしれなかった。彼女に向かってありがとうと言うように浮かべた笑みがどんなに疲れているように見えたことか、そして、口をつけずにそれを背後のテーブルに置いた手つきがどんなに憔悴しているように見えたことか。

もしかすると、ミスター・グレイは実際に病気だったのかもしれない。グレイ一家がわたしたちのあいだから逃げだしたあと、病院や医師たちのあいだでささやかれていた話を覚えていないだろうか？　あのころ、わたしは苦い悲しみに打ちひしがれていたので、暴露された当初はみんなが喜んだスキャンダルを、今度は体面のために覆い隠そうとして、そんな話を持ち出しているだけだと思っていたが、そうではなかったかもしれない。もしかすると、彼は以前から慢性的な病気を患っていて、自分の妻とわたしがやっていたことを発見したショックで発作を起こしたのかもしれない。そう考えると、わたしは心穏やかではいられない。まあ、当然のことではあるけれど。

キティの誕生日プレゼントは顕微鏡だった——彼女は科学好きだと見なされていた——が、これもやはりグレイズ眼鏡店から原価で仕入れたにちがいない、とわたしは意地悪く推測した。それでも、それは豪華な器具だった。一本の半円形の脚に載っている、黒いつや消しのがっしりしたもので、すべすべした鏡筒はひんやりと冷たく、小さな調節ネジはじつに動きが滑らかで、レンズはとても小さいにもかかわらず、あんなにも大きく拡大した世界を見せてくれるのだった。もちろん、わたしはそれが欲しくてたまらなかった。わたしがとくに心を奪われたのはそれが入っていた箱、使わないときにはそこに収納しておくための箱だった。淡い色の、バルサ材とほとんど変わらない軽さの、光沢のある木製で、角は蟻継ぎで組まれており――そんな細かい作業をするためにはどんなに小さな刃物が必要だったろう！――、親指の爪形の切欠きのあるふたが付いていて、ワックスを塗った両側の溝に沿って縦方向に滑らせてあけるようになっていた。なかにはウエハースみたいに薄い合板でできた、すばらしく繊細な架台が組みこまれていて、オーダーメードのベビーベッドに寝かされた溺愛されている黒い赤ん坊みたいに、顕微鏡はそこにすっぽり仰向けに寝かされるのだった。キティは大喜びで、独占欲の強そうな光をキラリと目に浮かべて、それを片隅に持っていくと、いかにも満足そうに眺めまわし、他方、急に忘れられた友人たちはウサギみたいに心許なげに突っ立っていた。

いまや、わたしはキティを羨むのと、一日の仕事で疲れきり青白い顔をして帰宅した大を気づかうミセス・グレイを嫉妬深く見守るのと、どちらにすべきか迷っていた。彼が帰ってくるとパーティの雰囲気ががらりと変わり、はしゃいだ気分はたちまちしぼんだ。神経が鎮まり、落ち着きを取り戻したものの、小さなホステスからは無視されたままの招待客たちは、しょんぼりと帰り支度をしはじめた。ミスター・グレイは、地理学の精密な用具、たとえばキャリパスか大きな木製コンパスみたいに、その長身を折りたたんで、ストーブのそばの古い肘掛け椅子に坐りこんだ。この椅子は、彼の椅子は擦りきれて剥げかけたネズミの毛皮に似たファブリック張りだったが、そこに坐っている人よりももっとくたびれていて、座面はひどく垂れ下がり、キャスターが欠けている角のほうに酔っ払いみたいに傾いていた。ミセス・グレイがテーブルからウィスキーのグラスを持ってきて、今度はもっとやさしく、あらためて夫に押しつけると、彼はまたもや病人の悲しげな笑みを浮かべて感謝した。それから、彼女は体を起こすと、胸の下で両手の指を組み合わせ、心配そうなどうしていいかわからないという表情で彼を見つめた。ふたりはいつもこんな感じらしかった。彼のほうは生きるエネルギーが切れかけて、よほどのことをしなければ補給できなさそうだったし、彼女はなんとか彼の役に立ちたいと願っていたが、どうしたらいいかわからずにいた。

ビリーはどこにいたのだろう？　わたしはビリーの姿を見失っていた。どうして彼は——もう一度訊くが——自分の母親とわたしのあいだで行なわれていることに気づかなかったのだろう？　みんながみんな、どうして気づかなかったのか？　とはいえ、その答えは簡単である。人には予期したものは見えるが、予期しないものは見えないからだ。それにしても、なぜわたしは声を大にしてそんなことを言うのだろう？　わたし自身、彼ら以上に鋭い観察者でなかったのは確かなのに。こういう近視眼は風土病みたいなものなのだから。

ミスター・グレイのわたしに対する態度は奇妙だった。少なくとも、不思議だった。というのも、あきらかにわたしにはなんの関心ももっていなかったからである。彼の視線がたまたまわたしに止まっても、オイルを塗ったボールベアリングみたいに、するりと表面をころがって、なにも記憶にとどまらないかのようだった。少なくとも、わたしにはそう思えた。彼はいつになってもわたしがだれかわからないようだった。もしかすると、目が悪かったせいで、わたしが家に行くたびに、いつも別人だと思っていたのかもしれない。どういうわけか、似たような恰好をした友だちが次々にやってくると思っていたのかもしれない。それとも、ほんとうはよく知っているほかのだれかと勘違いしていたのだろうか。たとえば、親戚の、こどもたちのいとこかなにかで、頻繁にやってくるけれど、いまさら正確にはどういう関係なのか尋ねるのもバツが悪いと思っていたとか。ひょっとすると、わたしはふたりめの息子、なぜか忘れられていたビリーの兄弟で、いまやなにも訊かずに受けいれなければならないと思っていたのかもしれない。彼はしくにわたしだけに無関心だったわけではないだろう。わたしが見たかぎりでは、彼は世界全体をあのかすかに困惑した、ちょっと心配そうな、ぼやけた視線で眺めていたようだった。そして、蝶ネクタイを歪めたまま、長い、骨張った、小枝みたいな指で物事の表面をさすりながら、弱々しい、なんにもならない問答をしていたような気がする。

キティのパーティの夜、ミセス・グレイとわたしは逢い引きの約束をしていた。逢い引き。わたしはこの言葉が気にいっている。それはビロードのマントや三角帽子、ぴんと張った繻子の下で波打つ胸を思わせる。わたしたちの用心深い遠足はそういうきらびやかさや颯爽たるいでたちとは無縁だったけれど。パーティのあとやらなければならないことがたくさんあったはずなのに――あの当時、後片付けや皿洗いをする女性たちは、手伝いを期待するでもなく、愚痴を言おうともしなかった――、彼女はどうやって抜け出してきたのだろう？　冒しているリスクの大きさを考えれば、わたしたちは驚くほど幸運だった。愛の女神の鼻をつまんでいたのはわたしだけではなかった。ミセス・グレイ自身もとてつもない危険を冒していた。偶然だったが、わたしたちが思いきって海岸の遊歩道に散歩に出かけたのがその晩だった。それは彼女の考えだった。わたしはこの日も、わたしたちがふたりきりになったときいつもすることをするつもりで、実際、熱い期待に胸をふくらませていたのだが、彼女はハシバミの森の上の約束の場所に到着すると、わたしを車に乗せてすぐに走りだし、どこに行くのか訊いても答えなかった。わたしはもう一度もっと悲しげに、哀れっぽく尋ねたが、それでも答えがなかったので、拗ねて黙りこんだ。じつを言うと、拗ねるというのが彼女に対抗するわたしの最大の武器であり、嫌みたらしいガキだったが、わたしほど薄情な少年でなければできないようなテクニックと判断の的確さでそれを使った。わたしが胸の前で腕を組み、顎を鎖骨に押しつけて、下唇をたっぷり一インチも突き出して憤然として黙りこむと、彼女はできるだけ長くそれに抵抗しようとするが、いつも最後には折れるのだった。このときは、彼女が持ちこたえたのは川沿いをガタガタ走って、テニスクラブの入口を通りすぎるまでだった。それから、「あなたはなんてわがままなの」と彼女は口走ったが、それが不相応な褒め言葉でもあるかのように笑いだした。「ほんとうに、すこしもわかっていないんだから」

それを聞くと、もちろん、わたしはたちまちいきり立った。わたしは彼女のために教会や国や母の怒りを買う危険を冒しているのに、なぜそんなことが言えるのか？　わたしは彼女を自分の心の支配者として扱い、彼女のあらゆる気まぐれを満足させているではないか？　あまりにもひどく憤激したため、喉に怒りと独善の熱い塊が詰まって、たとえしゃべりたくても、しゃべれなかったにちがいない。

ころは六月、夏のさかりで、夕暮れと白夜が果てしなくつづく季節だった。少年で、世界のそんな気候のなかで愛されるのがどういうことか、だれに想像できるだろう？　わたしがまだ若すぎて理解あるいは承服できなかったのは、一年の輝かしい頂点にあっても季節はすでに衰えに向かって身がまえているということだった。時間をかけることができれば、時が消し去るものが消えていくままにしていれば、あるいはわたしの心のなかで漠然とした悲しみがチクチクしている理由が説明できたかもしれない。しかし、わたしは若く、終わりは見えていなかったし、なにひとつ終わるとは思えなかった。夏の悲しみは、つややかに熟した愛のリンゴの頰にふいた、繊細な蜘蛛の巣みたいにうっすらとした、かすかな白い粉以上のものではなかった。

「散歩に行きましょう」とミセス・グレイは言った。

そう、それもいいじゃないか？　この世のなかでそんなに単純で、なんの罪もないことはないのだから、と思うかもしれない。しかし、考えてみてほしい。わたしたちの小さな町は、けっして警戒を怠らない看守たちが巡回している円形刑務所みたいなものだった。立派な既婚婦人が、夏の夕べの光あふれるなか、息子の親友の少年といっしょに波止場を散歩しているのを見かけても、とくにどうということもないはずである——空想癖や猜疑心のない平均的な観察者にとっては。だがしかし、この町やその住人はけっして変わることのない卑猥な精神の持ち主であり、絶えずあれこれ憶測するのをやめなかったし、ひとりとひとりを足せばかならず不倫のふたりになり、罪のある腕で抱き合ってハアハアあえぐふたりになるに決まっていた。

したがって、その板張りの遊歩道——地元ではボードワークスと呼ばれていた——での外見的には罪のない散歩が、わたしたちがかつて冒したもっとも大胆かつ向こう見ずなリスクだった。

ただし、わたしたちの破滅へと直結したあの最後のリスク——わたしたちがそうと知っていたとして——を別にすればだが。波止場に到着すると、ミセス・グレイはステーションワゴンを線路沿いの——この線路は単線で、ボードワークス沿いに伸びており、わたしたちの町はそれで知られていたし、わたしの知るかぎり、いまでも知られている——硬質レンガ敷きの境界内に停め、わたしたちは車を降りた。わたしは依然としてむくれており、ミセス・グレイはわたしの拗ねた目つきに気づかないふりをして鼻歌をうたっていた。彼女は片手をさっと後ろにまわして、ドレスの尻の割れ目に挟まっていた部分を引っ張ってなおした——この仕草を見るたびに、わたしは心のなかで狂おしい欲望のあえぎ声を洩らさずにはいられなかった。海上に風はなく、満ち潮のじっと動かない海面には停泊中の石炭船から流れ出た薄い油膜が浮いて、赤熱した鋼の板がいきなり冷まされたみたいに、銀色がかったピンクとエメラルドとすてきな半透明の冷たい青が入り交じった玉虫色の渦を巻き、クジャクの羽のような光沢をおびて揺らめいていた。散歩しているのはわたしたちだけではなかった。かなりの数のカップルが、太古からの夕べの柔らかい光のなかで腕を組み、夢見るようにそぞろ歩いていた。ひょっとすると、だれもわたしたちには気づかず、すこしも気に留めていなかったかもしれないが、疚しい心を抱いていると、どちらを向いてもこっちをチラチラ見る視線や心得顔の笑いが見えるような気がした。

いま考えると、そんなばかなことはなかったにちがいないと思うが、このとき、わたしの記憶では、ミセス・グレイは半袖のサマードレスに、赤みがかった青の網でできたきれいな手袋——それがありありと目に浮かぶ——をしていた。透けて、ごわごわしているその手袋は、手首にしわが寄って濃い紫がかった色になっていた。さらに荒唐無稽ではあるが、彼女は手袋とおそろいの帽子をかぶっていた。小さな、丸い、皿みたいに平らな帽子で、それを頭の天辺からちょっとずらしてかぶっていた。そんな妄想をわたしはどこから取り出したのだろう？　その突飛な、高級娼婦みたいないでたちに欠けていたのは、クルクルまわす日傘と真珠の柄のオペラグラスぐらいだろう。スカートの後ろをふくらませる十九世紀風の腰当て《バッスル》を着けていても不思議ではなかったかもしれない。ともかく、わたしたちはそこにいた。若いマルセルが、腕を剥きだしにしたオデットというありそうにもないお伴を連れて、ボードワークスをぶらついていた。靴のかかとが板張りの道にうつろな音を立て、わたしはひそかに思い出していた。まだそんなに遠くないむかし、潮が引いたときに、いたずら小僧の仲間たちとその下にもぐり込んで、板材の隙間から頭上を歩く娘たちのスカートのなかを覗こうとしたことを。こんな明るい公然とした場所で彼女にさわろうとは考えもしなかったが、ミセス・グレイは自分自身の大胆さにうろたえていて、わたしたちのあいだの空間にぞくぞくする火花が飛ぶのが感じられた。内心うろたえてはいても、彼女は平然とした顔でやり遂げる決意らしく、すれ違うだれの顔も見ずに、船の舳先の船首像みたいに背筋をぴんと立て、わざとうつろな目をして、胸を前に突き出し頭を高く上げて歩いていた。こんなふうに町の住人の前を練り歩くなんて、いったい何を考えているのか、わたしにはすこしもわからなかったが、彼女のなかには依然として、そしてたぶん永遠に、じゃじゃ馬娘的なところがあったのだろう。

もしかすると、彼女も心の底では、自分でもはっきりとは意識せずに、見つかりたいと思っていたのかもしれない、といまになってわたしは思う。それであんなにも挑発的な見せびらかしをしたのだろうか。あるいは、わたしにとってしばしばそうだったように、彼女にとってもわたしたちの関係が重荷になっていて、むりやり終わらせざるをえなくなるのを望んでいたのかもしれない。言うまでもなく、あの当時、わたしの頭にはそんな可能性はこれっぽっちも浮かばなかった。女の子のことになれば、わたしもふつうの少年とおなじくらい自信がなく、自己懐疑的だったが、ミセス・グレイが自分を愛してくれていることは、自然界の法則で定められているかのように、当然のことだと思っていた。母親が地上に送りこまれたのは息子を愛するためであり、わたしは彼女の息子でこそなかったけれど、ミセス・グレイは母親であり、わたしにはなにひとつ、彼女の肉体の奥底の秘密さえも、拒むはずはない。そうわたしは考えており、その考えに基づいて行動したり、なにもしなかったりした。彼女はいつもそこにおり、わたしは一瞬たりともそれを疑わなかった。

わたしたちは一隻の石炭船の船尾近くで立ち止まって、堰堤《バラージ・バンク》を眺めた。これは港のまんなかに突き出している不恰好なコンクリートの塊で、もともと何のために造られたのかは、そのもの自身でさえとっくに忘れているにちがいなかった。水面下、汚い船尾の傾斜面の下では、灰色の魚がゆっくりと行きつ戻りつしており、その下の浅い茶色の水底では、石や沈んでいるビール瓶や空き缶やタイヤのない乳母車の車輪のあいだで、カニがこそこそ横向きに這いまわっているのがぼんやりと見えた。ミセス・グレイが横を向いて、「さあ、もう行きましょう」と言った。なんだかうんざりしたような、ふいに憂鬱になったような声だった。いったい何があって、こんなに急に気分が変わったのだろう？　わたしたちが付き合っているあいだずっと、彼女の頭のなかで何が起こっているのか、わたしには――ほんとうには、あるいは共感できるようなかたちでは――わからなかったし、わたしはいちいち理解しようともしなかった。もちろん、彼女はおしゃべりをした。あらゆることについて、引っきりなしにしゃべったが、ほとんどの場合、独り言を言っているようなもので、頭に浮かぶ取り留めのない考えや断片的な物語を自分に向かって語っているのだろう、とわたしは思っていた。べつにうるさいとは思わなかった。彼女がとめどなく話をしても、あれこれ思いをめぐらせても、驚いて息もつかずにまくし立てても、すべては――彼女をあの厚皮動物みたいな古いステーションワゴンの後部座席に押しこむか、コッターの館のゴミだらけの床に敷いたゴツゴツしたマットレスに押し倒すまでの――予備行為であり、わたしはじっと我慢するしかないと考えていたからである。

車のなかに戻っても、彼女はすぐにはエンジンをかけようとせず、フロントガラスを通して深まっていく夕闇のなか、依然としてあちこちをぶらついているカップルを眺めていた。いまでは、あの網の手袋もばかげた帽子もわたしには見えない。もちろん、わたしの想像力が軽薄な衝動かられでっち上げたにちがいない。記憶の女神はときどきそういういたずら心を起こすものなのだ。ミセス・グレイは背中をシートに押しつけて坐り、腕を伸ばして両手を並べてハンドルの上部をにぎっていた。彼女の腕のことはもう話しただろうか？　ぽっちゃりしているが、繊細な形で、両肘の下に小さい渦巻き形のくぼみがあり、すてきな曲線を描いて手首へとつづいている。わたしは土曜の朝、校庭で体操するときに使うインディアン・クラブを連想して喜んでいた。腕の上側には淡いソバカスがあったけれど、下側は魚の鱗みたい青白く、すばらしくすべすべしてひんやりしており、紫色の静脈の細い筋が走っている。それを舌の先で、肘の湿っぽいくぼみに吸いこまれて見えなくなるところまでずっとたどっていくのがわたしは好きだった。それが彼女を身震いさせ、体をよじらせ、慈悲を乞ううめき声をあげさせる、数多くの方法のひとつだった。彼女はとてもくすぐったがりだったのである。

わたしは早く出発したかったので、促すように彼女の腿に手を置いたが、彼女は気にも留めなかった。「奇妙じゃない?」と、依然としてフロントガラス越しに眺めながら、彼女は夢見るような驚きの口調で言った。「人々があんなふうに永遠に見えるのは? まるでいつまでもあそこにいて、あのおなじ人たちが、いつまでも歩きまわっているかのように」

わたしはなぜか、キッチンのやかんからゆらゆら立ち上っていた蒸気の柱や、ミスター・グレイがいかにも疲れきった手つきで、口をつけていないウィスキーのグラスをテーブルに置いたことを思い出した。それから、ひょっとしたらまだ時間があるかも、長い昼の光が充分に残されているかもしれないと思った。ミセス・グレイがこのまま車を走らせてコッターの館に行き、わたしを彼女の上に横たわらせて、彼女と無限の魅力をたたえたその肉体に対するわたしのかくも猛烈で、やさしく、執念深い欲望を束の間鎮めてくれるための時間と光が。

ドーン・デヴォンポートも、わたしよりはるかに最近になってからだが、家族を失ったことがわかった。ほんのひと月ほど前、父親が突然の心臓発作で亡くなったのである。五十いくつかだったという。彼女がわたしにそう言ったのはきのうの夜、一日の撮影が終わって、今週わたしたちが使っているスタジオの後ろで、外を歩いているときだった。彼女が外に出てきたのは、一日六本にしている煙草の五本目を吸うためだった——なぜ六本なのだろう、とわたしは思ったが。ほかの出演者やスタッフに煙草を吸っているところを見られたくないのだ、と彼女は言った。わたしは例外らしかったが、おそらくわたしはすでに、ごく最近彼女の人生から姿を消した父親の代役になっていたのだろう。わたしたちはどちらも、午後のあいだに何度もやりなおした獣じみた情欲のシーンのほとぼりがまだ冷めきっておらず——長いテイクを九回繰り返して、トビー・タガートはようやくしぶしぶ満足したことを認めた。わたしは映画での演技は簡単だと言っただろうか？——、煙の匂いのする、遠くの木々の背後でブロンズ色に染まった、晩秋の冷たい風が、わたしたちのずきずきする額の鎮痛剤になった。カメラの前でセックスするふりをさせられるのはかなりの苦行だったが、そのあと、彼女の小さい、裸の、ショッキングなほど無防備な胸の谷間をこぶしで殴りつけるふりをしたときには——アクセル・ヴァンダーは、少なくともＪＢが書いたとおりの彼は、断じて好人物ではなかったようだ——、わたしの口はからからに渇き、体がブルブル震えた。スタジオの裏側の、高い、窓のない、ガンメタルグレイの壁の下にちょろりと生えている芝生の上を歩いているとき、煙草を思いきり吸いこんで、まだ悲しみや怒りや不信の台詞が書きこまれていない漫画の吹き出しみたいに、プカプカ煙を吐き出しながら、彼女は早口で吐き出すように、自分の父のことを話した。父さんはタクシー運転手で、愉快な男だった。それまでは一度も病気になったことがなく、四十年のあいだ毎日四十本吸いつづけたあげく——彼女は自分の指のあいだの煙草を見て、苦々しげに笑った——、ある十月の朝、動脈が完全に詰まってバルブが閉まり、エンジンが咳きこむような音を立てて停止したのだという。

　彼女にドーン・デヴォンポートという名前を押しつけたのは、じつは、この父さん、愛すべき父さんだった。彼女が十歳のダンサーで、ウェスト・エンドのお伽芝居《パントマイム》の妖精1の役にありついたとき、父親が考え出した名前なのだという。彼女がなぜその名前に固執したのかはわからない。父親への献身的な愛情があまりにも強烈だったからかもしれない。舗道の縁に立って必死に合図しているのに、その古いタクシーがいきなり走り去ってしまったことで、彼女は困惑すると同時に腹を立てていた——父親の死はほかの何であるよりも前に義務の放棄だったかのように。リディアとわたしもそうだったが、彼女も愛する人を失ったというよりは逃げられてしまったと感じていて、まだ死者の哀悼の仕方を知らないようだった——このむずかしい作業をいつか身につけることが可能なのだろうか？　撮影のセットから外に出てくるとき、照明から外れた突然の薄闇のなかで、スタジオの床を蛇穴と化すあの太くて黒い悪意あるケーブルのひとつにつまずいて、彼女はわたしの手首をにぎったが、そのしっかりした男っぽい手の骨から内側で震えている苦悩が伝わってくるのを感じた。

苦悩と言えば、わたしはビリー・ストライカーから聞かされた奇怪な事実を彼女に話したくて仕方なかった。わたしの娘が死んだ――証人席で証言するときの警察の言い方を借りれば――当日またはその前後に、アクセル・ヴァンダーが、まさにヴァンダー本人が、イタリアにいただけでなく、リグーリア地方に、いや、リグーリア地方というだけではなく、ポルトヴェーネレ付近にいたというのである。これをどう考えるべきか、わたしにはわからない。というより、じつのところ、そんなことは考えたくもなかった。

映画の撮影は奇妙な――思っていたよりもずっと奇妙な――作業だったが、にもかかわらず、妙に慣れ親しんだ作業でもあるような気がした。撮影は必然的に分断され、断片化された作業になる、といろんな人から警告されていたが、驚いたのはそれが自分自身の感覚に及ぼした効果だった。わたしは俳優としての自己だけでなく、わたし自身の自己までが断片化されバラバラになっていくように感じた。カメラの前にいる短い時間だけではなかった。わたしの役柄――わたしの役《パート》――から抜け出して、ほんとうの、ほんとうだとされているわたし自身に戻ったときにさえ、そう感じた。もちろん、自分自身がそんなに単一な、統一性のある存在だと思っていたわけではない。かつて個別的な自己だとされていたものがじつは一貫性のない多面的なものであることを認めるくらいには、わたしもすでに人生経験を積んでいるし、物を考えてもきた。週のどの日であれ、一度家を出れば、通りの空気そのものが立ち並ぶ刃の林になり、わたしはいつの間にかいくつものバージョンの特異な人間——家のなかで自分がそうだと考え、実際、そういうものとして受け取られている人間——に切り裂かれる。それでも、カメラの前でのこの体験、ひとつではなく複数のものになるというこの感覚——わが名はレギオン、われら多きが故なり！——には新しいひろがりがあった。自分が何人もの人間にではなく、たくさんの断片に分断されたからである。だから、映画に出るというのは奇妙である、と同時に、すこしも奇妙ではなかった。すでに知っていたことが強化され、多様化され、分岐していく自己が凝縮されるだけだったのだから。そういうすべてが面白かったが、頭を混乱させられることでもあり、刺激的だったが、不安に駆られることでもあった。

　昨夜、わたしはそういうすべてをドーン・デヴォンポートに説明しようとしたが、彼女は笑っただけだった。たしかに初めのうちは混乱させられるけど——「何が何だかわからなくなるわ」——、そのうち馴れると請け合った。彼女にはわたしの言ったことがよくわからなかったのではないかと思う。すでに言ったように、わたしは自分が足を踏み入れたこのもうひとつの場所をすでに知っていると感じている。違うのはその体験の強烈さであり、特異さなのだ。ドーン・デヴォンポートは吸いかけの煙草を草むらに捨てて、飾り気のない黒い革靴で——彼女はコーラの衣装、キリスト教の殉教者が老いてはいるが貪欲な獅子に身を捧げるように、アクセル・ヴァンダーにわが身を捧げた修道女みたいな若い女の衣装を着けたままだった——踏みつぶし、ちらりと横目でわたしを見て、いたわると同時にひそかに嘲笑するようなうっすらとした笑みを浮かべた。

「わたしたちは生きなければならないから」と彼女は言った。「こんなのは生活じゃない——父さんならそう言ったかもしれないけれど」それはどういう意味だったのだろう？　ドーン・デヴォンポートには巫女みたいなところがある。しかし、それを言うなら、魔法にかけられたわたしの目には、どんな女も予言者的な部分をもっているように見えるのかもしれないが。

彼女は歩いている途中で立ち止まり、くるりと振り返って、ビリー・ストライカーにわたしの娘のことを話したかと訊いた。わたしは話したと答え、じつは、ビリーが家にやってきて、屋根裏の鷹の巣に言葉少なに坐ったあの最初の日、自分がそれをぶちまけたことにわれながら驚いていることを告白した。彼女は笑みを浮かべて、非難するように首を左右に振った。「トビーらしいわ」と彼女は言った。それはどういう意味なのか、とわたしは訊いた。わたしたちは歩きつづけた。彼女の衣装は薄く、軽いカーディガンを肩にはおっただけだったので、寒いのではないかと案じて、ジャケットを貸そうと申し出たが、彼女はそれを断った。新しい俳優と仕事をすることになったとき、トビーの戦術はビリー・ストライカーを送りこんで予備的な偵察をさせ、選りすぐりの、できれば屈辱的か悲劇的な、個人情報を掘り出させることで、それをじっくり検討して、慎重に保管し、いつか必要になったときにX線写真みたいに取り出すのだ、と彼女は言った。ビリーは人に——自分が何を告白しているかも知らないうちに——いろんなことを告白させるコツを知っている。トビー・タガートはそれを高く評価していて、しばしば利用しているのだという。そういえば、マーシー・メリウェザーがスカウトのビリー・ストライカーの名前を告げたとき、日の当たるカーヴァー・シティからはるばる耳障りな笑い声を響かせたことを思い出した。ドーン・デヴォンポートとわたしたちみんながそのなかを夢遊病者みたいに歩いている、この混ぜ合わされた、ぎらつく照明で照らし出された夢のなかで、これが初めてではなかったし、最後でもないだろうが、わたしは自分が頭の回転の鈍い間抜けだと感じた。では、ビリー・ストライカーはスカウトというよりはむしろあれこれ嗅ぎまわる役まわりだったのか。驚いたのは――少なくともわたしはそれに驚いたが――欺されたのがすこしも気にならないことだった。

夢といえば、ときどきそういう夢を見るのだが、わたしは昨夜、突拍子もない夢を見た。それをたったいま思い出した。これは、語ろうとすれば、あやしげな細部まですべてを話さなければならない夢で、ときおりそういう種類の夢がある。ほんとうに語るためには吟遊詩人が必要なのだが、まあ、なんとかできるだけのことはやってみよう。わたしは川岸の家にいた。軒の高い、ぐらぐらする古い家で、とんでもない急勾配の屋根にひん曲がった煙突が付いていた――お伽噺に出てくるお菓子《ジンジャーブレッド》の家みたいなもので、お伽噺のなかでのように、風変わりで面白いけど不気味、あるいは風変わりで面白いが故に不気味だった。一種のワーキング・ホリデイみたいなもので、だと思うが、わたしはほかの人たちといっしょに、家族か友だちかその両方といっしょに、そこに泊まっていたが、いまはだれの姿も見えず、わたしたちはそこを発とうとしているところだった。わたしは二階で荷物を詰めていた。小さな部屋で、あけ放した大きな窓から下の川が見えた。外の陽光は独特な、うっすらと沁みわたるレモン色の光で、それだけでは何時ごろなのか、朝か真昼か夕方かすらわからなかった。もう遅くなっている――列車かなにかの出発時刻が迫っている――ことだけはわかっていて、心配だったが、あわてるとよけい荷造りがぎごちなくなり、しかも、信じられないほどたくさんの荷物を、狭いベッドの上にあけてある絶望的に小さなふたつか三つのスーツケースに詰めなければならないのだった。この地方は慢性的に日照りがつづいているらしく、洪水になっても流れが広くも深くもならないだろうと思える川は、川床の粘土質の淡い灰色の泥が剝きだしになっていた。わたしは荷造りで忙しかったにもかかわらず、なんだかわからないなにかを警戒して、荷物を詰めながら絶えず背伸びをして、窓の外の様子をうかがっていた。いま、外に目をやると、川床に斜めに横たわる、てかてか光る泥に覆われた、枯れた木の幹みたいなものがじつは生き物であることに気づいた。ワニに似ているが、ワニではなく、もっと大きな生き物だった。その巨大な顎が動き、古びたまぶたがゆっくりひらいたり閉じたりする——そうするのにかなり苦労しているようだった——のが見えた。この日照りの前に洪水があって、そのとき流されてきてそこの泥沼に引っかかり、なす術もなく死にかけているのかもしれなかった。わたしが警戒していたのはその生き物だったのだろうか？　わたしは心を痛めると同時に迷惑にも感じていた。その苦しんでいる生き物のために心が痛んだが、それをなんとかしなければならないこと、救助してやるか、それとも、苦痛を終わらせるために安楽死させてやらなければならないのが面倒だった。けれども、それは苦しんでいる様子はなく、そんなに困っているようですらなく、非常に落ち着いていて、あきらめているように——どうでもいいと思っているように見えた。もしかすると、それはここに打ち上げられたわけではないのかもしれなかった。そうではなくて、もともと泥のなかに住む生き物で、最近の洪水で川床が掻きまわされて、姿が見えるようになったけれど、また水が戻れば、むかしからの、光のない、水底の世界にもぐっていくだけなのかもしれない。わたしは、深海ダイバーの鉛底の靴みたいなものを履いている感覚で、狭い階段をぎごちなく下りていき、水底を思わせる奇妙な陽光のなかに出ていった。川岸では、そいつが泥から抜け出して、暗い魅力を漂わせる若い女に変身していた——夢のなかでさえ、この変身はひどく陳腐で、あまりにも安易すぎる気がして、それがますますわたしの困惑と不安な苛立ちを深めた。まだスーツケースを詰め終えていないのに、手品みたいなろくでもない変身に気をそらされて、わたしはこんなところに出てきてしまっていた。とはいえ、彼女はそこにいた。深みから出てきたその娘は、ふわふわした草の生えた川岸の本物の木の幹に坐って、横柄で生意気そうな表情を浮かべ、指を組んだ両手を片方の膝に置いて、艶やかな長い黒髪を肩からぴんと伸ばした背中へ垂らしていた。わたしはその娘を知っているか、少なくとも彼女が何者か知っているようだった。ジプシーか盗賊の女首領のような非常に凝った装いで、たくさんの飾り輪やビーズ、エメラルドやオートミールの黄金色や濃厚なワイン色の、重たい、きらめく布地の帯をまとっていた。彼女はじりじり苛立って、わたしが彼女のためになにかするのを待っていたが、そうしなければならないことに憤慨していた。夢ではよくあることだが、わたしは何をすべきなのか知っていると同時に知らないらしく、それが何であれ、やらなくてはならないのがいやだった。夢のなかのわたしは非常に若く、かろうじて若者と言えるくらいだったが、それはもう言っただろうか？　にもかかわらず、わたしは年齢不相応な心配や責任を負わされていた。たとえば、荷造りだが、それはまだ終わっておらず、そこから見えるあけ放しの四角い窓のある二階の部屋に残してあったが、そこにはどんな時刻とも知れぬ青白い陽光が射しこんでいるはずだった。鎧戸はひらかれて両側の壁に押しつけられていたが、イグサを編んだようなものでできており、わたしはそれをはっきりと意識していたが、なぜかそれが非常に重要なことだった。わたしはその場ですぐにもその娘、その尊大なプリンセスと恋に落ちかねなかったが、そうなれば、自分は破滅するか、少なくとも、大変な苦しみにさらされるのはあきらかで、わたしにはやるべきことがたくさんあり、あまりにもたくさんありすぎて、そんな軽薄なことに身を任せているわけにはいかなかった。そのあと、夢は焦点がぼけて、少なくともわたしが記憶しているかぎりでは、朦朧としてしまった。場所がいきなり室内に変わっていた。小さな四角い窓――壁の開口部は深くて薄暗い――がいくつかある狭苦しい部屋だった。もうひとり、別の娘が出現していた。プリンセスの友だちか仲間らしかったが、わたしたちのどちらよりも年上で、きびきびしていて、事務的な、ちょっと威圧的な態度だった。プリンセスはそれに反撥し、わたしも同様だったので、彼女はしまいには我慢できなくなり、とても長いコートのとても深いポケットに両のこぶしを突っこんで、かんかんに怒ってどこかへ行ってしまった。黒髪の美女とふたりきりであとに残されると、わたしはなんだかおざなりに、彼女にキスをしようとした――二階にある詰めかけのスーツケースが、巣のなかの雛みたいに口をあけ、そこから荷物がだらしなくはみ出しているスーツケースが気になっていた――が、彼女はおなじくらいおざなりにキスを拒絶した。彼女はだれだったのだろう、だれを象徴していたのだろう？　ドーン・デヴォンポートはわかりやすい候補ではあるが、彼女ではなかったと思う。ビリー・ストライカーが、夢のなかでスリムになりきれいになったのか？　そんなことはないだろう。わたしのリディア、古の砂漠の娘か？　ううむ。だが、待ってくれ――わかったぞ！　彼女はコーラだったのだ。アクセル・ヴァンダーの女。ドーン・デヴォンポートが演じている彼女ではなくて――正直に言って、これまでのところ、彼女の演技はうすっぺらでしかなかった――、わたしの想像力のなかのコーラ。不思議な、疎外された、気むずかしい、誇り高いが、途方にくれているコーラ。夢の結末は、わたしが覚えているかぎりでは、ゆらゆら揺れて、ぼんやりしている。人の心を虜にするその娘――わたしはプリンセスと呼んだが、これは単に便宜上のことであり、彼女はあきらかに一般人、といってもあまり一般的ではないが、だった――はわたしから離れて、涸れた川の岸に沿って、歩いてではなく、空中に浮かんでいるみたいに音もなく遠ざかっていった、と同時に、どういうわけか、戻ってきた。この現象はしばらくつづいた。この不可能な、遠ざかりながら同時に戻ってくる、行きながら帰ってくる現象が。やがて眠っているわたしがそれに耐えられなくなり、すべてが緩やかになって、ゆっくりと沈みだし、暗闇のなかになんの痕跡も残さずに消えていった。

なぜ、とわたしはドーン・デヴォンポートに訊いた——わたしたちはまだスタジオ裏の、あるかないかの芝生をぶらついていた——なぜトビー・タガートはビリー・ストライカーを使って出演者の弱みや不幸を嗅ぎ出そうとするのだろう？　もちろん、その答えはわかっていた。それなのに、どうして訊いたのだろう？　「わたしたちを自由に動かせる——と彼が思っている——パワーを獲得するためよ」と彼女は言って、笑った。「彼は自分がスヴェンガーリ（ジョージ・デュ・モーリアの小説に出てくる他人を意のままに操る催眠術師）だと思っているのよ——彼らはみんなそうじゃないかしら？」

奇妙に思えるかもしれないが、わたしはそのためにトビーを悪くは思わなかったし、ビリー・ストライカーも同様だった。わたしもプロだが、彼だってプロなのだ。換言すれば、わたしたちはともに人食い人種であり、撮影のためにはわが子さえ喰らうつもりなのだ。わたしは彼に好意を抱かずにはいられなかった。大柄な、不恰好な男で、バッファローみたいな体形に、滑稽なほど小さい足。脚は細く、胸は広く、肩幅はさらに広くて、ぼさぼさのモップみたいな黒っぽい赤褐色の巻き毛の下から、悲しげな茶色い目を光らせて、愛と寛容を訴える。彼の名前はトビアス——そう、わたしが本人に訊いたのである——だった。これは母方の家系の伝統で、彼女の父の公爵から数世紀を遡って初代の恐怖のトビアスにいたるのだが、この初代トビアスはヘースティングズの戦いに参戦して、その鎧を着けた腕で瀕死のハロルド王を抱き支えたのだという。トビーの祖先はいわば埃にまみれた家宝みたいなもので、彼は一家の過去が収められた地下蔵からそれを誇らしげに取り出して、見せびらかすのが好きだった。彼は感傷家で、古いスタイルの愛国者であり、勇猛な祖先の偉業をわたしがなんとも思っていないことを理解できなかった。わたしには言うに足るほどの祖先もなく、祖先は雑多な小商人や小百姓ばかりで、戦場で斧を振るった者もいなければ目を射抜かれた王を介抱した者もいない、とわたしは彼に説明した。トビーは映画界では時代遅れと言いたいところだが、この業界にはそうでない者はまずいない――わたしを見るがいい、まったくいい証拠ではないか。現場では、彼は必死に奮闘していた。わたしたちが自分の役に満足しているか？　ＪＢのすばらしい脚本の精神を自分は忠実に守っているか？　スタジオの資金は適切に使われているか？　観客はわたしたちがやろうとしていることを理解してくれるか？　彼はいつもそこに、カメラマンの右側のちょっと後ろ、ごたごたした配線や角を金属で補強した不思議な細長い黒い箱が散らばっているなかに立っている。大きな茶色いセーターにぼろぼろのジーンズという恰好で、リスが木の実をかじるみたいに爪を噛み、とらえどころのない自分自身の本質をとらえようとしているかのようだった。彼は心配し、心配していた。スタッフは彼が大好きで、猛烈に彼を護ろうとした。二の腕に力こぶをつくって、すこしでも彼に無礼を働く者がいれば、怖い顔でにらみつけた。彼にはどこか聖人のようなところがある。いや、聖人ではない。聖人そのものではない。わかっている。彼が何を思わせるかはわかっている。かつて戦う教会が産み出したあの高位聖職者のひとり。筋骨逞しいが柔和で、寛容な心をもち、世界の罪の汚物溜めの内情に通じているがけっしてひるむことなく、毎日自分がそのなかに沈みこむこの混沌とした魔術幻灯が最終的には救済され、光と恩寵ときらびやかに跳ねまわる魂たちの天国的なヴィジョンへ昇華されることを一瞬たりとも疑っていないのだった。

ほとんど信じがたいことだが——撮影はすでに最後の一週間に差しかかっていた。映画というのは、なんと速く進行するものか。

映画のセットにいるわたしを見たら、成功した息子の姿を見たら、ミセス・グレイはどんなに喜び、誇りに思ったことだろう。彼女は熱烈な映画《シネマ》ファンだった——本人は映画をピクチャーと呼んでいたけれど。ほとんど毎週金曜日の夜、グレイ一家は盛装して、両親を先頭にこどもたちは三歩後ろから、アルハンブラ館《キーノ》へと繰り出した。この映画館はメイン・ストリートの中ほどの、見通しのきかない曲がり角にある、ミュージックホールを改装した納屋みたいな建物だった。そこで彼らは一シリング六ペンスの、この館のいちばんいい席に四人並んで坐り、パラメトロやワーナー＝ゴールドウィン＝フォックスやゴーリングやイーモント・スタジオの最新作を鑑賞するのだった。わたしたちが若いころの、いまは失われた映画館《ピクチャー・パレス》をどう言えばいいだろう？　アルハンブラ館は、木の床に吐かれた唾や煙草の煙で汚れたむっとする空気にもかかわらず、わたしにとっては深いエロティックな暗示をたたえた場所だった。わたしがとくに気にいっていたのは豪華な深紅の緞帳で、その柔らかな曲線の溝ひだや繊細な金色のフリルから、襞つきドレスにレースのペチコートを着けたカイザー・ボンダー・レディを連想せずにはいられなかった。この緞帳は、ミュージックホールだったときには上に巻き上げられたにちがいないが、いまは上がる代わりに、まんなかでふたつに割れて、静かで滑らかなシュー ッという音とともに、左右に引かれ、と同時に、館内の照明がゆっくりと暗くなって、四ペンス席の不作法者どもがオウムみたいに口笛を吹き、滑り止め付きの靴のかかとでジングル・ドラムみたいに床板を踏み鳴らすのだった。

その春、金曜日の夜に何度かつづけて、よく考えもせずに――それは拷問でしかないことがあとで判明したのだが――、わたしは母からフロリン銀貨をせしめて、映画を見るためではなく、グレイ一家をひそかに観察するために、アルハンブラ館へ出かけた。そのためには絶妙なタイミングと慎重な場所選びが必要だった。自分の姿を見られたくなければ、映画がはじまって照明が暗くなってから入場しなければならなかったし、最後に照明が点く前に抜け出して、国歌斉唱に捕まらずに済ます必要があった。さもなければ、ミセス・グレイはあわてふためいてものすごい目でにらみ、ビリーはびっくりしてにやにや笑い、キティはうれしそうに悪意をこめて指差しながら席から跳び上がるにちがいなかった。彼女の父親はそのあいだじゅう、座席の下を手で探って傘を捜しているだけだったろうが。広告と本編のあいだの休憩時間、照明が点いて、糊のきいた胸の前に小さなトレイをぶらさげたアイスクリーム売りの娘が緞帳の前に魔法みたいに現れ、スポットライトに照らされているあいだ、わたしはどうしていたのだろう? 映画館の座席でどれだけ体を下にずらせられたのだろう? 最初のときには行くのが遅すぎたうえ、館内はほとんど満員で、グレイ一家の六列後ろの席しか見つからず、ミセス・グレイの後頭部らしきものが腹立たしいほど断続的に見えただけで、しかもじつはそれはうなじにてかてかした大きな腫れ物のある肥った年寄りの禿頭だった。その次のときはすこし**は**ましだった。つまり、前回よりはよく見えたが、もっと激しい欲求不満と苦痛を味わわされ、しかも、結局そんなによく見えたわけでもなかった。グレイ一家の二列前だったが、通路側の端の席だったので、ミセス・グレイの姿を見るためには、シャツの襟がきつすぎるか、三十秒ごとに首をひねらずにはいられない病気にでもかかっているかのように、絶えず首を斜め後ろにまわさなければならなかったからである。

無邪気に楽しんでいるミセス・グレイを目撃するのはどんなに恐ろしいことだったことか——楽しんでいることよりその無邪気さがわたしには恐ろしかった。彼女はそこに坐って、やや体を反らせ、夢見るようにうっとりとした顔をスクリーンに向けていた。唇をわずかにひらいていまにも笑みをこぼしそうだがこぼさずに、至福に満ちた忘却に身をひたして、自分自身を、周囲のすべてを——そして、身を切られる思いだったが、わたしのことも——すっかり忘れていた。スクリーンのちらつく光が顔の上を滑って、まるで灰色の絹の手袋で繰り返し扇情的に平手打ちされているかのように見えた。わたしが彼女を見ていたやり方は、何度も首をさっと横に向けて、一連の動くイメージをかすめ取ろうとするやり方は、背後の小部屋でカタカタいっている映写機の内部で進行中のプロセスを不器用に真似ているようなものだった。わたしの隠密作戦にもかかわらず、彼女はわたしを見つけたのだろうか？　わたしがいることを知りながら、わたしを無視して、自分の楽しみの邪魔をさせまいと決めていたのだろうか？　仮にそうだったとしても、彼女はそんな気配は見せなかったし、あとになっても、恥ずかしすぎて、どうだったのか質すことはできなかった。そんな卑劣な覗き見行為をしたことをどうして白状できただろう？　隣にいた旦那やビリーやその妹はわたしの眼中にはなかった——たとえ自分の姿を見られても、それはどうでもよかった。わたしには彼女しか、彼女のことしか念頭になかった。だが、やがて、わたしのひとり置いて隣の客が――ぴっちりしたスーツを着た逞しそうな男で、てかてかした前髪を垂らし、強烈なヘアオイルの匂いを漂わせている男だったが――そいつがガールフレンド越しにわたしのほうに身を乗り出して、内緒話をするような低い声で、そのピクピクキョロキョロするのをやめないと、わたしの前歯をわたしのくそったれ喉に落としこんでくれると請け合った。

わたしの最愛の人の映画の好みは幅広かったが、なかには例外もあった。たとえば、本人が認めたとおり、音楽がわからなかったので、ミュージカルはだめだったし、出てくる女はみんな肩パッドと口紅をつけ、男は臆病者か裏切り者かその両方という、当時とても流行っていた、感傷的な恋愛物も嫌いだった――「めそめそした話」といかにもばかにしているように言って、彼女はベティ・ハットン（映画『アニーよ銃をとれ』の主演女優）風に唇をすぼめてひねって見せた。彼女が大好きなのはアクション物だった。やたらに爆発が起こったり、角張ったヘルメットのドイツ兵が迫撃砲の砲弾みたいにコンクリの破片といっしょに宙に吹きとばされたりする戦争映画が好きだった。西部劇もお気にいりで、カウボーイとインディアン物と呼んでいた。彼女はすべてを信じていた。高貴な心をもつガンマンや、チャップスを着けたカウボーイ、ギンガムチェックの女性教師、ふしだらかもしれないが、感傷的な小唄をうたいながらウィスキーのボトルをごろつきの頭にたたきつける、ごてごて飾り立てた酒場の女。彼女は映画を見るだけでは満足できず、そのあとその物語を初めから終わりまで語って聞かせた。何度となく話が横道にそれたり逆戻りしたり、うろ覚えの名前を混同したり、動機を忘れてしまったり、信じがたいほど複雑になった彼女版の映画を物語る相手としては、わたしは理想的だった。ステーションワゴンの後部座席やコッターの館のマットレスの上で、彼女がわたしの腕に抱かれて横たわっているかぎり、わたしは喜んで耳を傾けた。少なくとも、聞いているふりをした。彼女がすでに何度も話したストーリーをあらためて語っているあいだ、わたしはだれがだれを待ち伏せて襲ったのか、バルジの戦いでドイツ軍が突破できなかったのはどの地域だったのかを整理しようとしながら、彼女の温かい、一時的になおざりにされている、いろんな部分を突いたり弄んだりしていた。彼女には彼女独特の映画用語があった。西部劇では、俳優の年齢にかかわらず、主人公はきまってその男《チャップ》、女主人公はその娘《ガール》だったし、登場人物の名前を忘れたときには、その特徴を名前代わりにした――「それから、ひげ面が銃を取って、やぶにらみを撃ち殺したのよ」――ので、ときには、じつにすばらしく詩的な、イメージを喚起する呼び名になった。たとえば、寂しい坊やとか、バーの美人とか、これはわたしのお気にいりだが、いやらしい医者とか。

いまになってみると、こんなふうに彼女が繰り返し詳しく物語ったのは、少なくともひとつには、わたしの切迫した欲求を――彼女を横たわらせ、わたしがけっして倦むことのなかったただひとつのことをしたいという切迫した欲求を――小休止させるための奸計だったのではないかとも思う。彼女は千夜一夜の語り部シェーラザードと、オデュッセウスの留守中二十年間貞節を守ったペネロペを合わせたような人で、映画の物語を果てしなく織り上げたり解いたりした。どこかで読んだだか、学校で――たしかハインズという名前の、驚くべきことを知っている少年がいた――聞いたのだが、人間の男は性交のあと十五分もすれば精力を回復して、ふたたび完全に勃起できるというので、わたしはそれを是非試してみたいと思っていた。そして、熱心に励んだのは確かだが、それに成功したかどうかは覚えていない。だが、それにもかかわらず、心の底にはいつも、わたしの努力は、その努力を倍増しても、それほどたいしたして、あるいは彼女が何度もそう請け合ってくれたほどは、ミセス・グレイに歓迎されていないのではないかという疑念があった。じつは、すべての女が愛の肉体的表現を本気で好んでいるわけではなく、わたしたちを、大きくなりすぎた、生理的欲求に駆られた、飽くことを知らぬ幼児を甘やかすために黙って従っているだけなのかもしれない。すべての男がそういう不安を抱いているのではないかと思う。だからこそ、色情狂《ニンフォマニアック》の伝説がわたしたちを捉えて放さないのだろう。それこそユニコーンやユニコーンの処女よりも捉えがたい信じられないような生き物だが、もしもそれを見つけることができたなら、わたしたちの心の奥底の不安も多少は鎮まるのではないか。ミセス・グレイの胸に吸いついたり、腿に顔を埋めているとき、ふと見上げると、まさに母性以上でも以下でもない、やさしい慈しみに満ちた笑みを浮かべて見下ろしていることもあったし、また、ときには、そういうわたしに我慢できなくなることもあった。際限もなくしつこくせがむこどもには、どんな母親でもそういうことがあるように。そういうとき、彼女は「わたしから降りて！」と低い声でうめくように言い、わたしをわきに押しのけて、怒ったように顔をしかめて体を起こすと、服を捜すのだった。それでも、舌の先で肩胛骨のあいだのチョコレート色のほくろにふれたり、腕の内側の魚の腹みたいに青白くて柔らかい肌に二本の指を歩かせたりするだけで、わたしはいつもふたたび彼女を横たわらせることができた。彼女はブルッと身震いして、ため息以上うめき声以下の声を洩らし、目を閉じてまぶたをふるわせ、なす術もなく半びらきになった、ゆるくて熱い唇を差し出すのだった。しぶしぶ屈服するそういう瞬間の彼女ほど魅惑的なものはなかった。わたしがとくに好きだったのは彼女のまぶただった。静脈の走る半透明の大理石を刻んでつくられた貝殻、いつもひんやりとしていて、唇でふれると、かすかに湿っていた……。わたしは膝の後ろの乳色の部分にも特別ないとおしさを感じていたし、さらに、彼女のお腹の光沢のある真珠母色の妊娠線までですばらしいと思っていた。

　あの当時、わたしはいまとおなじくらいそういうものを慈しんでいたのだろうか、それともただ回想のなかで楽しみに耽っているだけなのか？　十五歳の少年が年老いた道楽者みたいに肥えた、貪欲な目をもっていることがありうるだろうか？　ミセス・グレイはわたしにいろんなことを教えてくれたが、最初のもっとも貴重な教訓は、ほかの人間が人間であることを許すということだった。わたしはまだ少年で、したがって、わたしの頭には完璧な女という観念があった。汗もかかなければトイレにも行かない、マネキン人形みたいにつるりとした生き物で、おとなしくて、愛情ゆたかで、信じがたいほど従順な女という観念が。ミセス・グレイはそういう空想からはそれ以上はありえないほどかけ離れた存在だった。彼女がただ笑うだけで充分だった。その深い横隔膜のひびきのこもる副鼻腔の甲高いいななきが、わたしの頭のなかのマネキン人形をこなごなに吹きとばした。とはいえ、現実の女が想像上の理想像にすんなり入れ替わったわけではない。初めのころ、ある種の瞬間、ある種の姿勢をしているとき、ミセス・グレイの肉体そのものがわたしを狼狽させた。忘れないでほしいのは、そのときまでのわたしの女体に関する知識はカイザー・ボンダー・レディの脚と、何年も前にアルハンブラ館の煙でくすんだ暗闇のなかで、ヘティ・ヒッキーがさわらせてくれた蕾みたいな胸だけだったということである。ミセス・グレイはヘティよりはるかに堂々たる体をしていたというわけでもないが、少なくとも初めのころは、ときおり眼前にそびえる大女、難攻不落のエロスの権化みたいに見えたものだった。

　にもかかわらず、彼女は隅から隅まで、逃れようもなく、ときには人を困惑させるほど人間的であり、生きている人間としての弱さや欠陥を抱えていた。ある日、わたしたちはコッターの館の床で取っ組み合いをしていた――彼女は服を着て、出ていこうとしていたが、わたしが彼女を捕まえて、片手を彼女の尻にまわし、ふたたびマットレスの上にドスンと引き戻したのだった――そのとき、彼女はうっかりわたしの手のひらのなかに軽いおならをした。その一度だけの音のあとに、まるで銃声がひびいたあとか地震の初期の振動音のあとみたいに、恐ろしい静寂がつづいた。わたしには、それはもちろん大変なショックだった。わたしはまだ、腸の蠕動運動には男女のあいだに差異はないと知っていながら、心の底では軽率にもそれを否定していられる年齢だった。しかし、おならには議論の余地はなかった。ミセス・グレイはさっとわたしから体を引き離して、肩をすくめた。「ほら、ごらんなさい」と彼女は怒った口調で言った。「あなたのせいでこんなことになってしまったじゃないの。あんなふうに、まるであばずれ女かなにかみたいに、むりやり引っ張ったりするからよ」その理不尽さにわたしは口もきけなかった。しかし、振り向いて、わたしの憤激した顔を見たとたんに、彼女はプッと吹きだした。そして、わたしの胸をどんと突くと、依然として笑いながら、あなたは自分が恥ずかしいとは思わないのかと訊いた。そういうことがしばしばあったが、このときもその場を救ったのは彼女の笑い声だった。そして、結局のところ、彼女が放った人間本来の破裂音については、それに嫌悪を抱くどころか、むしろ、かつてだれひとり入ることが許されなかった場所に彼女がわたしを招き入れてくれたような、そういう特権を与えられたような気がしたものだった。

実際のところ、彼女のせいで、わたしはほかの多くの女性に対する興味を失ってしまった。ヘティ・ヒッキーのような少女は、いまやわたしにはなんでもなかった。その貧弱な胸や男の子みたいな尻、X脚、お下げ髪やポニーテイル——成熟した女の豊満さを知ってしまったわたしにとって、そんなものはもはやなんの意味もなかった。服に締めつけられて内側でぴんと張っている豊かな肉体の感触、情欲に駆られてとろける熱い豊かな唇、彼女がわたしの腹にのせるときの、あのかすかにあばたのある頬の、冷たいしっとりとした肌ざわりを知ってしまったあとでは。そういう肉体の感覚だけではなかった。彼女にはどんなにかわいらしい女の子も太刀打ちできない軽やかさが、優雅さがあった。わたしにとって、彼女の色は当然ながら灰色《グレイ》だったが、特別なライラック色がかった灰色で、それと同時に琥珀色でもあり、バラ色でもあり、さらにもうひとつ別の、もっとも秘められた場所に、下の唇の縁やお尻の割れ目に隠されているすぼまった小さい星のまわりにちらつくなんとも名づけがたい色——濃い紅茶色？　傷ついたスイカズラ色？——だった。

彼女は、わたしにとっては、独特な存在だった。人間の物差しのなかで、彼女がどこに位置するのかはわからなかった。わたしの母もそうだったが、女そのものではなかった。しかし、もちろん、わたしが知っている少女たちとは似ても似つかなかった。たぶんすでに言ったと思うが、彼女はひとりだけ独特な性的存在だった。と同時に、言うまでもなく女性のエッセンスそのものであり、意識的だったにせよそうでなかったにせよ、わたしがその後出会ったすべての——ひとりを除いてすべて、という意味だが——女を評価する基準になった。キャスは彼女をどう思っただろう？　わたしの娘の母親がリディアではなく、ミセス・グレイだったら、どうだっただろう？　こういう質問はわたしをぎくりとさせ、動揺させる。だが、発してしまったからには無視することもできない。驚くべきことに、とりとめもなく考えているうちにふと思いついたひとつの考えが、一瞬のうちに、すべてを逆転させてしまうことがある。あたかも世界が半周回転して、見馴れない角度から見えるようになったかのように、わたしはたちまち幸せな悲哀とでも言うべきもののなかに投げこまれる。

たったいま、ビリー・ストライカーから電話があった。ドーン・デヴォンポートが自殺をはかったのだという。どうやら未遂に終わったようだったが。

# Ⅱ

わたしの娘は幼いころ、とりわけ真夏の数週間には、不眠症に苦しめられた。ときには、本人もわたしも自棄になって、そういう眠れぬ夜の深夜、彼女を毛布にくるんで車に乗せ、当時はまだ海沿いに住んでいたので、海岸沿いの田舎道を北に向かって走ったものだった。娘はこの小旅行を楽しんだ。それで眠れたわけではないが、穏やかな気分になってうとうとした。パジャマで車に乗っているのは奇妙な感じで、ほんとうは眠っていて、夢のなかで旅をしているような気分だった、と彼女は言った。それから何年も経って、娘が若い女になったとき、ある日曜日の午後、いっしょに海岸沿いのむかしのルートを走ったことがある。わたしたちはどちらもその小旅行に感傷的な意味があるとは思っていなかったし、わたしは過去のことにはふれなかったが――キャスに話をする内容には注意する必要があった――、実際に曲がりくねった道路に出ると、わたしだけでなく彼女もむかしの深夜のドライブを思い出したようだった。灰色の暗闇のなかを滑っていく夢のような感覚。かたわらには砂丘があり、その向こうの海は、蜃気楼だと思えるほど高い位置にある水平線の下で、水銀の帯みたいに光っていた。

かなり北に行ったところに、何という場所かは知らないが、道路が狭くなり、しばらく崖沿いを走っているところがある。それほど高い崖ではないが、充分に危険なくらいには高く切り立ち、一定の間隔でずっと黄色い警戒標識が立っている。その土曜日、キャスはわたしに車を停めさせて、外に出ると、いっしょに崖の上を歩かせた。わたしはむかしから高いところが怖いので気が進まなかったが、娘のささやかな願いを拒否するわけにはいかなかった。季節は晩春か初夏で、洗い流されたあとの空に陽光があふれ、沖から暖かい強風が吹きつけて、潮風はつんとヨードの匂いがした。だが、わたしはきらめく風景にはあまり興味をもてなかった。はるか下で揺れている海面や岩に襲いかかる波を見ていると吐き気がしたが、できるだけ勇気ある態度を保とうとした。海鳥がわたしたちの目の高さの、ほんの数ヤードしか離れていないところに、上昇気流に乗って浮かんでいたが、その翼が震えるのが見え、甲高い鳴き声があざ笑っているみたいに聞こえた。しばらく行くと、狭い道がさらに狭くなり、ふいに急な下り坂になった。いまや片側は切り立った粘土質の土手とぐらつく岩、反対側には空とうなる海があるばかりだった。わたしはかつてなかったほど目がくらみ、ひどく怯えながら、強風が吹きつける右側の青い深淵からできるだけ体を遠ざけて、左の土手にすがるようにして進んだ。道がひどく狭く、足下が不安定だったので、縦に並んで歩くべきだったが、キャスはわたしの横に並んで歩くと言って聞かず、わたしと腕を組んで、小道の縁ぎりぎりを歩いていた。わたしはキャスの恐怖心のなさに驚かされ、その無頓着さを苦々しく思いはじめてさえいた。というのも、いまや、わたしは恐怖が昂じて汗をかき、ブルブル震えだしていたからである。しかし、やがてしだいにあきらかになったのはキャスもやはり怖がっていること、ひょっとするとわたしより怖がっているのかもしれないということだった。風がしつこく彼女の耳元でささやきつづけ、うつろな空間が上着を引っ張り、ほんの一歩横にずれればはるかな墜落が両腕をひろげて誘うように待っていた。彼女は、わたしのキャスは、むかしから死と戯れているようなところがあった——いや、戯れるどころか、知り尽くしていたと言うべきかもしれない。あの崖っぷちを大股に歩くことは、彼女にとって、このうえなく深くて暗い飲みものを、きわめて濃厚な美酒を味わうようなものだったにちがいない。わたしの腕にしがみついていたので、彼女のなかで不安がどくどく脈打ち、恐怖が神経をひくつかせるのがわかった。そして、ふと気がつくと、おそらく彼女の恐怖のせいだろう、わたしはもはや怖さを感じていなかった。というわけで、わたしたちは、父と娘は、そのまま元気に進んでいったが、どちらがどちらを支えているのかわからなかった。

あの日、あそこから飛びこんだとしたら、彼女はわたしを道づれにしただろうか？　明るい青い風のなか、腕を組んで、足を先にして、ふたりで墜落していったら、たいした眺めだったにちがいない。

昏睡状態のドーン・デヴォンポートが——ヘリコプターで！——運びこまれた私立病院はすばらしい敷地に建っていた。きっちりと刈りこまれた、本物とは思えない、広大な芝生の海のまんなかに鎮座する、クリームホワイトの、窓の多い立方体の建物だった。むかしの外洋航路の豪華客船を正面から見たところにそっくりで、大きな旗がさも偉そうに風にはためき、汽船の煙突に見まがう空調の排気筒まで付いていた。こどものころから、心のなかでは、わたしは病院をロマンティックな魅力のある場所だと見なしていて、何度となく陰鬱な見舞いに行っても、二、三度ならず短期間だが不愉快な入院を経験しても、この思いこみが完全に払拭されることはなかった。そんなふうに思いこんだ元をたどれば、わたしが五つか六つのとき、ある秋の午後、父親の自転車のトップチューブに乗せられて、郊外のフォート・マウンテンに行ったときのことに行き着くだろう。そこで、急斜面の羊歯《しだ》の茂みに腰をおろして、わたしたちはバターを塗ったパンのサンドイッチを食べ、パラフィン紙で栓をしたレモネードの瓶から牛乳を飲んだ。背後にそびえていた結核病院はやはりクリーム色で、やはりたくさんの窓があり、そこからは見えないテラスには、生活していくには繊細すぎ潔癖すぎる、青白い顔をした娘や神経衰弱の青年たちが並んで、まっ赤な毛布をかけてデッキチェアに横たわり、うとうとしながら断続的な夢を見ているのだろう、とわたしは想像していた。病院の匂いまでがエキゾティックな汚れのない世界を暗示しているように思えた。そこでは白衣と滅菌マスクの専門医たちが、狭いベッドのあいだを動きまわり、倒れたプロデューサーや、そう、苦しんでいる映画スターのベッドの上に、とてつもなく高価な霊液を静脈に流しこむ小瓶がぶらさげられているのだろうと……。

ドーン・デヴォンポートが飲んだのは睡眠薬で、一瓶まるごと飲んだのだという。わたしたちの業界では睡眠薬が好まれるようだが、なぜなのだろう。彼女がどのくらい本気だったのかについては疑問が残る。けれども、一瓶まるごとというのは恐るべき量だった。わたしは何を感じたか？　恐怖、混乱、ある種の感覚麻痺、そして、多少の困惑。まるで見知らぬ快適な通りをのんきにぶらついているとき、いきなりドアがさっとあいて、襟首をつかんで引きずり込まれたが、そこは見知らぬ場所ではなく、じつはよく知っている場所、もう二度と入ることはないだろうと思っていた恐ろしい場所だったかのような。
最初に病室に入って——というよりは、忍びこんでと言うほうがぴったりだったが——、それまで生き生きとしていた若い女がやつれてじっと横たわっているのを見たとき、わたしは心臓がドキリとした。というのも、聞かされていたことは間違いで、彼女は試みたことに成功し、これは彼女の遺体で、ここに置かれて防腐処置を施す係を待っているのではないかと思ったからだ。その彼女が目をあけて、にっこり笑ったとき——そう、彼女は笑ったのだ——、わたしはもっとギクリとした。初めは、うれしそうな、温かみのある、心からの笑みに見えたのだが！　いい兆候なのか、それとも悪い兆候だと考えるべきなのかわからなかった。病院のベッドに横たわってそんなふうに笑うなんて、絶望して自暴自棄になり理性を失ってしまったのだろうか？　しかし、よく見てみると、それは頬笑みというよりは困惑したしかめっ面だった。事実、起き上がろうとしながら、彼女が最初に言ったのは、恥ずかしくて困惑しているということで、そう言いながら、彼女は震える手をわたしに差し出した。彼女の手は熱があるみたいに熱かった。わたしが枕を整えてやると、彼女は自分自身に対する腹立たしげなうめき声を洩らして背をもたせかけた。手首にプラスティックの名札をしているのに気づいて、わたしはそこに書かれている名前を読んだ。なんと小さく見えたことか。彼女はちっぽけで、中身がくり抜かれてしまったかのようだった。巣から落ちた羽が生えたばかりの雛みたいに、重さもなく枕に寄りかかって、大きな目を見ひらき、長い艶のない髪を後ろで束ね、洗いざらしのくすんだ緑色の病院のガウンをまとった肩を尖った骨が突き上げていた。大きな手がいつもよりさらに大きく、指がずんぐりしているように見えた。口の端に乾燥した灰色の破片が付いていた。彼女はどんな荒れくるう深みに乗り出したのか、どんな疾風吹きまくる淵に呼びこまれかけたのだろう？「わかってるわ」と彼女は悲しげに言った。「わたしは死の床のわたしの母みたいな顔をしているのよ」

ここに来るべきだったのかどうか、すこしも自信がもてなかった。わたしはここに来るほど彼女をよく知っているのだろうか？欺された死に神が恨みがましくうろついているこういう場所では、外側の生者の領域で適用されるよりずっと厳格な礼儀作法がある。とはいえ、どうして来ないでいることができたろう？　わたしたちは、カメラの前だけでなく、そこから離れたところでも、単なる演技をはるかに越えた親密さを築いていたのではなかったか？　わたしたちは、彼女とわたしは、喪失を分かちもったのではなかったか？　彼女はキャスのことを知っており、わたしは彼女の父親のことを知っていた。にもかかわらず、まさに知っているということが、煩わしい二重の幽霊みたいに、わたしたちのあいだにわだかまり、わたしたちに沈黙を強いているのかもしれなかった。

わたしは彼女にどんな言葉をかけたのだろう？　思い出せない。たぶん、使い古されたお見舞いの文句を口ごもっただけだったのだろう。自分の娘だったとしたら、あのポルトヴェーネレの岬のふもとの、泥だらけの錆色の岩からなんとか生き延びられたのだとしたら、わたしは何と言っただろう？

プラスティックの椅子をベッドの横に引き寄せて腰をおろし、前腕を膝にのせて両手の指を組み合わせると、わたしは前にかがみこんだ。聴罪司祭そっくりに見えただろう。ひとつだけ確かなのは、もしもドーン・デヴォンポートがキャスのことを口にしたら、わたしはすぐに椅子から立ち上がり、なにも言わずに出ていっただろうということだった。病院のさまざまな物音を寄せ集めたざわめきがわたしたちを取り巻き、温かすぎる部屋の空気には湿った牛温かい綿みたいな感触があった。ベッドの向こう側の窓から遠くにかすむ山並みが見え、その手前には、クレーンや掘削機がそびえる広大な建設現場があって、ヘルメットに黄色い安全作業服姿の、寸詰まりに見える作業員が砕石のなかをよじ登ったり下りたりしていた。平凡な日常の世界はおのれの冷酷さを知らないのである。

ドーン・デヴォンポートは束の間わたしの手をにぎった手を引っこめて、だらりとわきに置いていたが、その手はシーツの色とおなじくらい青白かった。プラスティックの名札に記されているのは彼女の名前ではなかった。ドーン・デヴォンポートとは記されていなかったという意味である。わたしがそれを見ていることに気づくと、彼女はふたたび憂鬱そうな笑みを浮かべた。「それがわたしなのよ」とロンドン訛りのある声で言った。「わたしの本名。ステラ・ステビングズ。ちょっと舌を嚙みそうな名前でしょう？」

オステンテーション・タワーズのスイートルームの寝室で、正午に、メイドが彼女を発見したのだという。部屋のカーテンは引かれており、彼女は乱れたベッドから半分はみ出した恰好で、口から泡を吹き、片手には空の薬瓶をにぎりしめていた。舞台前部の額縁状の枠《プロセニアム・アーチ》、あるいは、この場合には、暗く輝く長方形のスクリーンの枠に、むかしながらに切り取られたかたちでだが、わたしはその場面を目に浮かべることができた。なぜあんなことをしたのかは自分でもわからない、と彼女は言って、もう一度手を伸ばし、組んだわたしの両手の上にかぶせた。そうできるくらい大きな手だった——父親の手を受け継いだにちがいない。たぶん、衝動的な行動だったのだと思う、と彼女は言った。それにしても、錠剤をすべて飲みくだすのは大変なのに、どうしてそんなことができたのか、自分でも知りたいと思っていると。錠剤は低用量のものだったが、さもなければ確実に死んでいたはずだ、と医者から言われたという。医者はインド人で、穏やかな人で、笑顔がとてもすてきで、リメイク版『苦い収穫《ビター・ハーヴェスト》』のポーリーン・パワーズ役の彼女を見たことがあると言った。そのオリジナル版は、フレイム・ドミンゴがポーリーン役をやったのだが、それが彼女の父のお気にいりの映画で、この父親が映画スターになることを彼女に勧めたのだった。娘がまだセロファンの翼とチュチュの足取り軽やかな神童だったとき、自分が考え出した名前が、映画館のひさしのイルミネーションに掲げられるのを見て、彼女の父親はとても誇らしげな顔をしたという。彼女がわたしの手にかぶせていた手に力を入れたので、わたしは組んでいた指をほどいて上に向け、彼女の手のひらの熱さを自分の手のひらに感じた。この接触が火傷するほど熱かったかのように、彼女はさっと手を引っこめて、前かがみになり、膝でシーツのテントをつくると、窓の外に目をやった。額がしっとりと湿って光り、髪は耳の後ろでまとめられて、肌をおおう半影の和毛は燃えるように輝き、目は熱っぽい光をたたえていた。そんなふうに坐っていると、背筋をぴんと伸ばして、光のなかに横顔を刻みこむようにじっとしていると、彼女は象牙製の原始的な彫像みたいだった。わたしは彼女の顎の輪郭を指先でなぞり、滑らかな、陰になった喉の側面に唇を当ててるところを想像した。彼女はコーラ、ヴァンダーの女であり、わたしはヴァンダーだった。彼女は傷ついた美女であり、わたしは獣だった。わたしたちはすでに何週間もふたりの野蛮な愛を演じていた。どうしてある意味、役になりきらずにいられただろう？彼女はすすり泣きはじめ、きらめく涙がシーツに灰色の染みをつけた。わたしは彼女の手をにぎった。どこか遠くへ行くべきだ、とわたしは言った。ひどく感情のこもった声だったが、わたしは胸がいっぱいで、それがだれの声か考えている余裕はなかった。トビー・タガートに一週間か一カ月撮影を止めてもらって、すべてから逃げだすべきだ、とわたしは言った。彼女は聞いていなかった。はるか彼方の山並みは、じっと動かない淡い煙みたいに青かった。〈わたしの迷える娘〉と、台本のなかでヴァンダーは彼女を呼んでいた。〈わたしの迷える娘〉。

気をつけなくては。

最後には、わたしたちはあまり言うことがなくなり――わたしはきびしく叱りつけるべきだったのか、元気を出して物事の明るい面を見るように励ますべきだったのか？――、そのあともなく、わたしはまた翌日来ると言い残して立ち去った。彼女は依然として彼方の青い山並みのあいだに、あるいは、はるか遠くの自分自身のなかにいて、わたしが部屋を出たことにはほとんど気づかなかった。

廊下に出ると、トビー・タガートと鉢合わせした。そわそわして爪を嚙みながら、不安そうにうろついているところは、それまで以上に傷ついた反芻動物みたいだった。「もちろん」と彼は即座にわめき立てた。「わたしが心配しているのは撮影のことだけだと思ってるんだろう？」それから、きまり悪そうな顔をして、ふたたび激しく親指の爪を嚙みだした。倒れたスターの部屋に入っていくのをぐずぐず先延ばしにしているにちがいなかった。目を覚ましたとき、彼女がどんなふうに笑いかけたか教えると、ひどく驚いた顔をしたが、ちょっぴり非難しているようでもあった。非難しているのはドーン・デヴォンポートのあまり適切とは言えない笑顔だったのか、それともわたしがそれを報告したことだったのかはわからなかったが。動揺している自分――全身の神経に強烈な電気が流れ、体中がシューシュー泡立っているような感じだった——の気を紛らわすため、わたしは病院というのはなんと宏大で複雑な装置なのだろうなどと考えていた。すぐそばをひっきりなしにいろんな人たちが行き来していた。白い靴のゴム底をキュッキュッいわせる看護師たち、聴診器をぶらぶらさせている医師たち、壁際をそろそろ慎重に歩いていく部屋着姿の患者たち、そして緑色の仕事着《スモック》を着た忙しげな連中——外科医なのか雑役夫なのか、わたしにはいまでも区別がつかない。トビーはわたしを見つめていたが、わたしと目が合うと、とたんにさっと目をそらした。キャスのことを、ドーン・デヴォンポートが失敗したことに成功したキャスのことを考えていたのではないか、とわたしは想像した。ビリー・ストライカーを送りこんで、わたしからキャスの話を引き出したことについても、疚しさを感じながら、考えているのだろうか？　彼はキャスの話を知っていることはけっして口外しなかったし、わたしの面前では彼女の名前を言ったことさえなかった。よたよた歩く鈍い男という印象を与えたがっているようだったが、なかなかずる賢い男である。

かたわらに長い長方形の窓があり、はるか彼方まで連なる屋根と空、それとどこからでも見えるあの山並みが見えた。中間的な距離のところ、煙突の通風管が立ち並ぶなかに、十一月の陽光を受けてキラキラ光っているものがあった。わずかに覗く窓ガラスか、鋼鉄のエンジンカバーか、いつまでもきらめきまたたいているのが、いまのような場合には、無神経にはしゃいでいるように見えた。なにか言わなければという気がして、これから映画をどうするつもりか、とわたしはトビーに訊いた。彼は肩をすくめて、怒ったような顔をした。まだスタジオには何が起きたか伝えていない。すでに撮影済みのフィルムがかなりあるので、その編集に取りかかるつもりだが、もちろん、まだエンディングを撮らなければならない、と彼は言った。わたしたちはふたりしてうなずき、ふたりして唇を尖らせ、ふたりして眉間にしわを寄せた。台本によれば、ヴァンダーの愛人コーラは最後には身投げをすることになっていた。「あんたはどう思う？」と、用心しながら、相変わらずわたしの顔を見ようとはせずに、彼が訊いた。「変えるべきだと思うかね？」

車椅子に乗った老人がそばを通りすぎていった。白髪の軍人風の男で、片目には眼帯をしていたが、もう一方の目をぎらつかせてにらんでいた。車椅子の車輪がゴムのフロアタイルの上を、粘りのあるささやき声を洩らしながら、快調に滑っていった。

わたしの娘はよく冗談に自殺すると言ったものだった、とわたしは言った。

トビーは、半分聞いていないみたいに、ぼんやりとうなずいた。「なんてこった」と彼は言ったが、キャスのことを言ったのか、ドーン・デヴォンポートのことなのかわからなかった。もしかすると、両方かもしれない。わたしはそれに同意した。たしかに、あきれたことだった。彼はもう一度黙ってうなずいた。おそらく、依然としてエンディングのことを考えていたのだろう。それは彼にとってなかなか微妙な問題だった。そう、自殺は、たとえ未遂にすぎなくても、気まずい空気をもたらすものなのである。

家に戻ると、わたしは居間に、そこにある親子電話のところへ行った。そして、声の届く範囲にリディアがいないことを確かめると、すぐさまビリー・ストライカーに電話して、即刻来てもらえないかと訊いた。初め、ビリーは気が進まないようだった。背後で騒いでいる声が聞こえた。テレビの音だと彼女は言ったが、あのひどい旦那ががみがみ言っているのではないかと思った

——脅しと泣き言の入り交じった独特のしゃべり方だったからである。ある時点で、彼女は受話器に手をあてがって、怒ってだれかにどなったが、彼だったにちがいない。彼のことはすでに話しただろうか？　恐ろしい男で、ビリーの顔には最初に会ったときの目の黒痣がいまだに黄色い痕になって残っていた。またもやどなり声が聞こえ、彼女はふたたび受話器を手でおおわなければならなかったが、最後には早口のささやき声で、これから行くと言って、電話を切った。

依然としてリディアに聞き耳を立てながら、忍び足で廊下に出ると、帽子とコートと手袋を取って、高窓から忍びこむ泥棒みたいに、敏捷かつ忍びやかに家を出た。むかしから、自分はちょっぴりワルなのではないかと思っていたが。

考えてみると、わたしがこれまでに知ったすべての女のなかで、いちばんよく知らないのがリディアかもしれなかった。そう考えると、わたしは思わず足を止めた。ほんとうにそうなのだろうか？　これまで長年のあいだ、わたしは謎といっしょに暮らしてきたのか——わたし自身がつくりだした謎と？　もしかすると、長いあいだあまりにもすぐそばにいたので、わたしは彼女を——わたしたち人間には不可能なほど——よく知っていなければならないと感じているだけなのかもしれないが。あるいは、もはや彼女をきちんと、適切な視点から見ることができなくなっているのだろうか？　それとも、あまりにも遠くまでいっしょに歩いてきたため、街灯に向かって歩いていく人の影がだんだんその人とひとつになって見えなくなるように、彼女はわたしと一体になってしまったのだろうか？　彼女がどう思っているのかはわからなかった。以前はわかっているつもりだったが、いまはもうわからない。そもそも、どうしてわかるはずがあるだろう？　だれが何を考えているかなどわかるわけがないのだ。自分が何を考えているのかさえよくわからないのだから。そう、たぶん、そうなのだ。彼女はわたしの一部に、すべての謎のなかで最大の謎であるわたし自身の一部になってしまったのだろう。わたしたちはもはや喧嘩することもない。かつては天地を揺るがすほどの喧嘩を、猛烈な、何時間もつづく爆発を、あとあとまで体の震えが止まらないような爆発をした。わたしは顔面蒼白になり、リディアは憤激して押し黙り、憤怒と欲求不満の涙が透明な溶岩流みたいに頬をぼろぼろ流れ落ちたものだった。キャスの死がわたしたちに、わたしたちの共同生活に、偽りの重荷を、あやまった深刻さを付け加えたのだろう。あたかもわたしたちの娘が、この世を去ることによって、わたしたちに自分たちの能力にあまる大事業を残していったかのように。わたしたちはそれを達成したいと熱望するあまり、絶えず苦闘しつづけることになり、何度も繰り返し憤激と衝突に追いこまれた。その事業とは、たぶん、ただひたすら彼女の死を嘆き悲しみつづけること、無制限に、不平も言わずに、彼女が死んだ直後の数日間とおなじくらいに、いや、数週間、数カ月、数年間とおなじくらい猛烈に悲しみつづけることでしかなかったのだと思う。そうしなければ、それを弱めて、ほんの一瞬でも重荷を下ろせば、死そのものよりもっと決定的に彼女を失うことになるにちがいなかった。というわけで、わたしたちはつづけた。たがいに相手を引っかき、引き裂きあいながら、涙が止まらないように、熱意が冷めてしまわないようにした。やがて、わたしたちは疲れきり、歳をとりすぎ、しぶしぶ休戦を宣言し、いまではそれがときおり短期的な、気乗りのしない、小火器による銃撃戦で破られるだけになっている。それが、たぶん、わたしが彼女を知らないと、知ることをやめてしまったと思う理由なのだろう。わたしたちにとっては、喧嘩が愛情を示す行為だったのである。

ビリー・ストライカーとは運河のそばで会うことにした。わたしは晩秋の午後の古風な陽光をどんなに愛していることか。地平線すれすれに縮れた黄金の葉みたいなちぎれ雲が浮かび、その上の空には白亜、桃色、淡いグリーンの帯が重なり合って層を成している。そのすべてがじっと動かない運河のあふれんばかりの水面に映って、ぼんやりとした藤色の染料をまだらに流したように見えた。このときにもまだ、ドーン・デヴォンポートのベッドサイドではじまった動揺の感覚が、血が電気で沸きたっているような感覚が残っていた。こんなふうに感じるのはずいぶん久しぶりだった。若かったころ、まだすべてが新しく、未来が無限に見えたころに覚えのある感覚である。はるかむかし、ミセス・グレイがうわの空で唄を口ずさみ、言うことを聞かない巻き毛を耳の後ろに押さえつけながら入ってきたときの、あの不安と興奮に満ちた待機状態だった。きょう、わたしの肩を音叉でたたいたのは何なのだろうか？　それはまたしても過去だったのか、それとも未来だったのか？

ビリー・ストライカーはジーンズに擦りきれたランニング・シューズというふういつものいでたちで、片方の靴の紐がほどけてぶらぶらしていた。光沢のある短い革のジャケットを小さすぎる白いヴェストの上にはおっていたが、このヴェストが彼女の胸と――ベルトの上の腹の肉が一本の深いしわで二等分されている――ふっくらとした二段腹に第二の皮膚みたいにぴったりと張りついていた。髪は、わたしが数日前に会ってからあとに、オレンジ色に染め、たぶん自分の手で乱暴にカットしたようで、短い藪みたいに突き立っており、頭全体に房付きのダーツが刺さっているみたいだった。ほかの女が美に磨きをかけるところを、彼女は自分のかわいらしくなさを守り育て、そこから復讐的な満足感を引き出しているかのようだった。彼女がいかに自分を虐待しているかを思うと悲しかった。あの恐ろしい旦那がその虐待にかなり手を貸しているのは間違いないだろう。この数週間、のろのろと繰り返しながら進行する作り事に関わっているうちに、わたしは彼女の無感動な実用主義、根気強さ、幻想をもたない不屈さを評価するようになっていた。

あの旦那。あれはどう見ても食欲をそそらない男だと思う。背の高い、ひょろりとした体つきで、腹からも、わき腹からも、胸からも肉片を削りとったみたいに、そこらじゅうくぼんでいる。頭はやけに小さくて、口じゅうの歯が腐っており、笑うと歯を剥きだしてうなっているような顔になる。彼があたりを見まわすと、その汚染するまなざしを浴びたものは萎んでしまうかのようだった。初めのころはセットのまわりをうろついていたので、相変わらず心やさしいトビー・タガートは、この男に片手間仕事を見つけてやらなければならないと考えたが、わたしなら脅してでも構内から出ていかせただろう。ほかにどんな仕事をしているのかは知らないが――ほかのこともそうだが、ビリーはこれについてもはっきりしたことを言わない――、この男はいつも忙しそうにしていて、いまにも重要なことがはじまるような、彼の一言で大きなプロジェクトが開始されるような雰囲気を醸しだしている。怪しいものだとわたしは思っているけれど。たぶん、小才を――自分のよりむしろもっと鋭いにちがいないビリーの才知を――働かせてなんとか暮らしを立てているのだろう。彼は労働者みたいななりをしている。色落ちしたダンガリーに襟なしのシャツ、厚さ一インチのゴム底ブーツ。しかも、いつも髪まで埃だらけで、坐るときにはいかにも疲れたと言わんばかりにだらりと坐る。片方の足首を細い膝にのせ、片腕を椅子の背に引っかけて、ひどく疲れる長時間労働を終えてようやく当然与えられるべき束の間の休憩にありついたかのような顔をする。じつを言うと、わたしはちょっと彼を怖れている。憐れなビリーを殴ったのはあきらかであり、わたしにこぶしを振るうところも容易に想像できるからである。なぜ彼女はこんな男といっしょにいるのだろう？　無益な質問ではあるが。なぜだれかがなにかをするのかなどということは。

じつは、ミセス・グレイを捜し出してもらいたいのだ、とわたしはビリーに言った。そして、ビリーならかならず捜し出せると信じているとも。一組の白鳥が水面を近づいてきた。雄の白鳥とその連れ合いにちがいなかった。たしか、白鳥は一夫一婦制ではなかったか？　わたしたちは立ち止まって、彼らが近づいてくるのを見守った。むかしからわたしは、奇怪で薄汚い豪華さをまとった白鳥は、表向きは平然としているふりをしているが、その裏ではじつは自意識と疑念に苦しめられて身を縮めているのではないかと思っていた。その二羽はなかなか巧みな偽善者で、わたしたちに好奇のまなざしを投げかけ、手にパン屑を持っていないのを見て取ると、冷やかな侮蔑の態度でそのまま向こうへ泳いでいった。

ビリーは、いつものようにそつがなく、わたしがなぜ過去の女を捜し出すことに突然熱心になったのかとは訊かなかった。どんな問題についても、ビリーの意見を推測するのはむずかしい。彼女に話すのは深い井戸に石を投げこむようなもので、かなり遅れて弱々しい反応が返ってくるだけだった。彼女はさんざん騙され脅された――またあの旦那だ――人みたいに用心深く、言葉を口から出す前に、一語ずつひっくり返してあらゆる角度から検討し、それが相手を不快にしたり挑発したりするおそれがないかどうか確かめているようだった。しかし、彼女は不思議に思ったにちがいない。ミセス・グレイはいまではかなりの高齢で、もしかするともう生きていないかもしれない。わたしの親友の母親だが、ほとんど半世紀近く会ったことも消息を聞いたこともない、としかわたしは説明しなかったからだ。自分がなぜ彼女を見つけたいと思っているかは言わなかった。断固として言わなかった。それにしても、なぜそんなふうに思った——思っているのだろう？　ノスタルジアか？　気まぐれか？　歳をとるにつれて、現在より過去のほうが鮮明になってきたからか？　いや、わたしはもっと切迫したなにかに駆られていた。それが何かはわからないけれど。わたしの歳になればドン・キホーテ的な好き勝手も許されるだろうし、若いときに知っていたどこかの婆さんを捜し出すのに、わたしがいい金を払うつもりなら、わたしの愚かさを問題にするほうが愚かなことだ、とビリーは考えたのだろう。わたしとミセス・グレイがやったことに、彼女がほかのとき軽蔑したように〝よからぬこと〟と呼んだものが含まれる、と彼女は推測したのだろうか？　そうかもしれない。そして気恥ずかしい思いをしたのかもしれない。彼女の目に、わたしはたわけたじじいだと映ったのかもしれない。じつは、わたし自身の目にも、そう映っているのだけれど。そんなふうに話しているあいだにも、病院のベッドに横たわっているあの傷ついた娘についてわたしがどんなことを考えているかを知ったら、彼女はどう思っただろう？　よからぬことだ、まったく。

わたしたちは歩きつづけた。こんどはバン（ツル目クイナ科の鳥。ハトくらいの大きさ）が泳いでいた。葦がサラサラ音を立て、相変わらず小さな黄金色の雲が浮かんでいた。

わたしたちの娘の死は、それが完全に封印された謎——わたしたちには謎だったが、本人にとってはそうではなかったのだと思いたいが——だったために、彼女の母親にとってもわたしにとっても、はるかに耐えがたいものになった。驚いたと言うつもりはない。キャスの内面生活の混沌とした状態を考えれば、どうして驚いたなどと言えるだろう？　彼女が死ぬ数カ月前、本人が外国にいるとき、わたしの頭に彼女のイメージが何度となく浮かんだ。夢ではなく、白昼の夢想のなかに、出番を待っている幽霊みたいなイメージが浮かんだのだ。〈あの子が何をするつもりか、あなたは知っていたんでしょう!〉と、キャスが死んだとき、リディアがわたしに向かって叫んだ。〈知っていたくせに、一言も教えてくれなかったのね!〉わたしは知っていたのだろうか? 生きている彼女に取り憑かれていたわたしは、彼女が何をするつもりか予測できて然るべきだったのだろうか? あんなふうに幽霊みたいな姿でわたしの脳裏に浮かんできて、彼女は未来から警戒信号を送ろうとしたのだろうか? リディアの言うように、わたしは娘を救うためになにかできたのだろうか? わたしはそういう疑問に苦しめられてはいるが、そうであって当然なほどひどく苦しめられているわけではない。姿を消した魂をどんなに頑なに愛しつづけたとしても、十年も絶えず問いかけていれば疲れてしまう。そう、わたしは疲れている、とても疲れている。

何の話をしていたんだっけ?

キャスがリグーリアにいたことだった。

キャスがリグーリアにいたことは、ポルトヴェーネレの荒涼とした岩場での死へと彼女を引きずっていった謎の連鎖の第一の輪だった。何が、だれが、リグーリアで彼女を待っていたのか? その答えを、答えへの手がかりを見つけようとして、わたしは何時間も彼女の原稿を、フールスキャップ判の用紙をとても小さな字で埋め尽くした、しわだらけのインクの染みのある書類の束を丹念に調べたものだった――それはまだどこかにあるはずだ。これはポルトヴェーネレの、あのけっして忘れられない、汚い小さなホテルの部屋に彼女が残していったもので、玉石敷きの通りの先端にあるホテルの部屋からは、彼女がその高みから身をおどらせた、サン・ピエトロ教会の醜い塔が見えた。最期の瞬間の心を狂おしく書きつけたように見えるそれが、じつはわたしに宛てた、わたしだけに宛てた複雑な暗号による書きおきだとわたしは信じたかった。実際、何箇所かは、わたしに直接呼びかけているような部分もあった。だが、結局のところ、わたしの望みがどうだろうと、彼女が語りかけているのはわたしではなく、だれかほかの、わたしの代理人、たぶん影のような、とらえどころのない相手であることを認めざるをえなかった。というのも、その原稿にはもうひとり別の存在が、いや、むしろ触知できる不在とでも言うべきものが、認められたからである。影のなかの影、彼女がいつもただスヴィドリガイロフとだけ呼んでいた存在が。

高みから身をおどらせた。なぜわたしは、彼女がその場所から身をおどらせたなどと言うのだろう？ もしかすると、羽根みたいに軽やかに舞い降りたのかもしれないのに。もしかすると、自分では、死のほうへ漂い流れていっただけなのかもしれないのに。

「死んだとき、あの子は、娘は妊娠していたんだ」とわたしは言った。

ビリーはそれを聞いても、なんとも言わず、ただ眉間にしわを寄せて、ピンクの艶のある下唇を突き出しただけだった。そんなふうに眉をしかめると、彼女は怒った天使《ケルビム》みたいな顔になった。

空の色がうすれて、うすら寒い夕闇が降りてきたので、わたしはパブに入ってなにか飲もうと提案した。これはわたしとしては非常にめずらしいことだった――最後にパブに入ったのがいつだったかわたしは思い出せない。わたしたちは運河の橋のひとつにほど近い街角の店に入った。茶色い壁、汚れたカーペット。カウンターの上の巨大なテレビは音を消してあり、派手なジャージを着た選手が走ったり、押したり、合図を出したりしながら、果てしない無言劇を演じていた。

ジョッキと競馬新聞を抱えたいつもの午後の常連と、スーツ姿のこぎれいな若者が二、三人、それからどこにでもかならずいる年寄りが一組、ほろ酔い加減でウィスキーグラスを手近に置き、小さなテーブルを挟んで向き合って、太古からの沈黙を守っていた。ビリーは意地悪く見下すようにあたりを見まわした。前にも気づいたことだが、彼女にはちょっと尊大なところがある。いわば清教徒みたいなもので、内心では自分はわたしたちより一段上だと思っているのだろう。わたしたちの秘密をすべて知り抜き、いちばん卑しい罪まで知り尽くしている秘密捜査官みたいなものだと思っているのかもしれない。あまりにも長く調査員をやっているからだろう。彼女の飲みものはオレンジ・クラッシュ・ソーダの大きなグラスに少量のジンを垂らし、たっぷりシャベル一杯のギシギシいうアイスキューブを入れて、それをさらに薄めたものだった。わたしはほんのすこしの生ぬるいポートワイン――めめしい飲みものだと彼女は思ったにちがいない――をちびちび舐めながら、ビリー・グレイとわたしがやがて彼の父親のウィスキーよりジンのほうがいいと思うようになったことを彼女に話していた。じつは、そのほうがわたしたちには好都合だった。というのも、わたしたちがカクテル・キャビネットから引っ張り出していたボトルは、何週間も経つうちに、あまりにも水で割りすぎて、ウィスキーが透明に近づいていたし、いまや、水銀色の上品なジンのほうがウィスキーの荒っぽい黄金色より恰好よく、もっと危険な感じがしたからである。ミセス・グレイとの洗濯室での初めての戯れのすぐあと、わたしはビリーと会うのを非常に怖れた。わたしの額に光り輝く緋色の罪悪のしるしをまず最初に見抜くのは、自分の母より、彼の妹より、彼ではないかと思ったからだ。けれども、もちろん、彼はなんにも気づかなかった。それでも、彼がそばに来て、わたしのグラスにジンをもう一インチ注いだとき、彼の頭のてっぺんの渦巻きのあたりに六ペンス貨大の薄くなった部分を見つけると、わたしは気味が悪くなり、あやうく身震いしそうになった。彼の匂いのなかに母親の匂いの痕跡を認めるのが恐ろしくなり、さっと彼のそばから離れて息を止めた。わたしは彼の茶色い瞳を覗きこまないようにしていたし、不気味なほど潤んだピンクの唇も見ないようにしていた。ビリーがふいに知らない人間になってしまったような、あるいは、こちらのほうがもっと悪いが、母親を——言葉のあらゆる意味で、つまり古典的な意味でも現代的な意味でも——知ることによって、彼をあまりにもよく知りすぎてしまったような気がしていたからだ。だから、ちらつくテレビの前のソファに坐って、ジンをぐいとあおりながら、わたしはえも言われぬ羞恥心にひそかに身もだえしていた。

しばらく旅行に出かけるつもりだ、とわたしはビリー・ストライカーに言ったが、彼女はこれにもなんの反応も示さなかった。なんとも無口な女である。わたしはなにか見逃しているのだろうか？　たいていはなにかしら見逃しているのだが。旅にはドーン・デヴォンポートも連れていくつもりだが、トビー・タガートには彼女からそのことを伝えてほしいと思っている、とわたしは言った。主役のふたりが、少なくとも、一週間は仕事ができないことになるだろう。それを聞くと、ビリーはにやりとした。彼女はちょっとしたトラブルが、揉め事が好きなのだ。家庭内に騒動を抱えている孤立感が薄らぐからかもしれない。どこへ行くのかと訊かれたので、イタリアだと答えた。ああ、イタリアね、と彼女はそこが第二の故郷であるかのような口ぶりで言った。

イタリア旅行はミセス・グレイの憧れであり、自分には当然その権利があると思っていることのリストのなかでも、まず第一に挙げられることだった。彼女の夢はリヴィエラのお洒落な町、ニースかカンヌから出発して、地中海沿いにずっと車を走らせ、ローマまで行って、ヴァチカンで教皇の謁見をたまわり、スペイン階段に坐って、トレヴィの泉にコインを投げいれることだった。そのほかの彼女の望みはと言えば、日曜日のミサに着ていくミンクのコート、擦りきれた古いステーションワゴン――「あのポンコツ！」――に代わる恰好いい新車、町のもっと高級な地区アヴェニュー・ド・ピカディに建つ、張り出し窓のある赤煉瓦造りの家などだった。彼女は社会的な野心も抱いていて、夫が平凡な眼鏡屋以上のものになることを望んでいたし――彼はちゃんとした医師になりたかったが、家族が大学の授業料を払えなかったか、払いたがらなかったらしい――、ビリーとその妹は成功するものと決めつけていた。すべてにおいて成功することが、隣人たちが愕然とするような、町中――「こんな汚らしい町！」――が驚いて注目するような成功を収めることが彼女の目標だった。森のなかのくずれかけた愛の巣の床に寝そべって抱きあいながら、彼女は声に出して夢想するのが好きだった。なんと豊かな想像力だったことか！　彼女が有名な脳外科医の夫の隣に毛皮を着て坐り、オープンカーで紺碧海岸を走っていくところを細々と想像しているあいだに、わたしは胸をつねって乳首を大きく硬くしてみたり――しかも、いいかね、これはわが友ビリーに乳を飲ませた乳首なのだぞ！――、ハーフスリップのゴムが柔らかいお腹に残した、ピンク色のギザギザした跡に唇を走らせたりして遊んでいた。彼女はロマンティックな人生を夢見ていたが、実際に手に入れたのはわたしでしかなかった。虫歯のある、ニキビ面の、彼女がよく笑いながらこぼしたように、いつもひとつのことしか考えていない少年だった。

社会的な成功や金銭的な豊かさについて幸せな夢を紡いでいるときほど、彼女が若々しく見えたことはなかった。考えてみると不思議だが、彼女はいまのわたしの年齢の半分とちょっと、わたしはその彼女の歳の半分にも達していなかった。わたしの記憶のメカニズムでは、こういう不釣り合いをうまく捉えることはできないが、あの当時、洗濯室での雨の午後の最初のショックのあとは、わたしはすべてを平然と受けいれるようになっていた。彼女の年齢も、わたしの若さも、わたしたちの関係の非現実性も。十五歳のわたしには、どんなにありそうにないことでも、二度以上起これば、すぐ当たり前のことになった。ただ、ほんとうにわからないのは、彼女がどう考え、どう感じていたかということである。わたしたちが不釣り合いだとか不似合いだとか彼女が声に出して認めるのを聞いた記憶はないが、わたしたちの——それを何と呼ぶべきか、わたしにはいまだによくわからない。たぶん、恋愛事件とでも呼ぶしかないのだろうが、どうもすこし違うような気がする。ミセス・グレイが愛読する雑誌の物語の登場人物や、金曜の夜に見にいく映画に出てくる人物たちは恋愛事件を起こしたが、彼女にとっても、わたしにとっても、わたしたちがやっていたことは、大人がやっているそういう不倫行為よりずっと単純で、ずっと基本的で、もっとずっと——こういう文脈でこんな言葉を使ってもいいのだとすれば——こどもじみていた。もしかすると、わたしを通して、彼女が成し遂げたのはそれだったのかもしれない。こどもに帰ること。とはいっても、人形とリボンのこども時代ではなく、ふくれ上がった興奮、汗まみれの手探り、幸せな泥遊びのこども時代だったが。というのも、いやはや、彼女はときにはとんでもないいたずら娘になることがあったからである。

わたしたちの森には川があった。人目につかない、茶色い、曲がりくねった流れで、もっと重要などこかに流れていく途中、この森の湿地を迂回しているように見えた。あのころ、わたしは心の水に深い関心をもっていた。ほとんど畏敬の念を抱いていたとさえ言えるだろう。わたしの心のなかでこんなにも暗鬱にキャスの死と結びついていなければ、いまでもそうだったにちがいない。水はどこにでも存在するもの――空気や空、光や闇もそうだが――のひとつだが、それにもかかわらず不気味なところがある。ミセス・グレイとわたしはその小さな川――流れ、小川、せせらぎ、何と呼んでもかまわないが――が好きだった。それがハンノキの木立をぐるりと取り巻いて流れている場所があった。たしかハンノキだったと思う。そこは水深が深く、流れはとてもゆったりとして、水面に小さな渦があるのでなければ、流れているとはわからないくらいだった。ときには水底にニジマスが、斑点のある生き霊みたいに、流れに逆らってじっとしていたが、逃げるときはじつにすばやく、ブルッと震えると、その場で消えてしまうように見えた。わたしたちは、わたしの恋人とわたしは、あの夏のこのうえなく快い日々、成長の止まった、興奮しやすい樹木の涼しい木陰で、いっしょに幸せな時間を過ごしたものだった。ミセス・グレイは浅瀬を――川の深みは彼女の瞳とおなじ艶のある茶色だったが――歩きまわるのが好きだった。あの自分を忘れた笑みを浮かべて、スカートを尻までまくり上げ、川底の尖った石に気をつけながら、岸から恐る恐る入っていくとき、彼女は琥珀色と黄金の世界に向こう脛まで浸かったレンブラントの愛妻サスキアだった。ある日、あまりにも暑かったので、彼女はドレスをすっかり脱ぎ捨てた。頭からすっぽり抜き取って、それをわたしに投げて受け取らせた。下にはなにも着ておらず、裸になった彼女は流れの中央まで進むと、腰まで浸かってそこに立ち、両腕を両側に伸ばして、鼻歌をうたいながら楽しそうに手のひらで水面をたたいた――頭のなかに音楽のかけらもないのに、なにかというとすぐに鼻歌をうたうのが彼女の癖だったことはすでに言っただろうか？　ハンノキの枝葉を透かして射しこむ日の光が彼女の体にきらめく黄金のコインを撒き散らし――わたしのダナエ！――、肩のくぼみや胸の下側は水面に反射する揺らめく光でかすかに照らされていた。森を散歩する人が偶然現れたらどうなっただろう？　わたしはカーキの短パンとシャツのまま川に入っていった。彼女はわたしが近づいていくのを、両肘を振り首を突き出して近づいていくのを見守っていたが、あごを引き唇をキュッと両端が上向きの弓形にして、睫《まつげ》の下からわたしに向かってしかしない――とわたしは好んで想像していたが――まなざしを投げかけた。わたしは茶色い水に飛びこんだ。短パンがふいに水を含んだ重しになり、シャツは息を呑む冷たさで胸を締めつけたが、なんとかくるりと仰向けになり――あの年ごろには、ああ神さま、わたしはあの斑点のあるニジマスみたいに敏捷だったのだ！――、両手を彼女の腰にまわして引き寄せると、自分の顔を彼女の腿のあいだに入れた。彼女の太腿は初めは抵抗していたが、やがていきなり力が抜け、わたしは自分の魚の口を彼女の下の唇に押しつけた。唇の外側は冷たくて牡蠣みたいな感触だったが、内側は熱かった。次の瞬間、冷たい水が鼻に入り、一瞬眉間に痛みが走って、わたしは彼女を放してもがきまわり、手足をバタバタさせてあえぎながら、水面に顔を出さざるをえなかったが、勝ち誇った気分でもあった。おお、そうなのだ。彼女より優位に立つたびに、わたしはいやらしい、ちっぽけな自尊心の勝利を、彼女を支配しているという感覚を味わったものだった。川から上がると、わたしたちは大急ぎでコッターの館に逃げ帰った。わたしが彼女のドレスを腕に下げ、彼女は依然として裸のままだった。森の陽光と影のなか、白樺みたいに白い木の精《ドリュアス》がわたしの目の前にちらついていた。やがて、息を切らせながら間に合わせのベッドに倒れこんだときの、鳥肌が立った彼女の腕のざらざらする感触を、わたしはいまでもまだ覚えているし、彼女の肌の放つ川の水のむっとする匂いや、彼女の股のあいだのいつまでもかすかに塩気のある冷たい味もはっきり思い出すことができる。

ああ、あの戯れの日々、あの――こんなふうに言ってもいいのだろうか？――無垢な日々。

「なぜそんなことをしたか、彼女はあなたに言ったの？」とビリーが訊いた。

彼女はわたしの前の高いストゥールに坐って、ぴっちりしたジーンズに包まれた管状の腿をひろげ、両手で持ったグラスを膝のあいだに浮かせていた。わたしは一瞬混乱した。頭のなかではこの場から離れて、ミセス・グレイと大胆なことをしていたからで、一瞬、彼女がキャスのことを言っているのかと思った。いや、とわたしは言った、もちろん、言わなかった。彼女がなぜあんなことをしたのか、わたしには見当もつかない。つくはずがないじゃないか？　ビリーがあの悪意のこもった非難のまなざしで――彼女はふいにぐっと目を見ひらいて、人を不安な気分にさせる――わたしを見たので、ドーン・デヴォンポートのことを言ったのだと悟った。勘違いをごまかすために、わたしは目をそらして、眉をひそめ、ポートワインのグラスを弄んだ。そして、自分の耳にはやけに形式張った言い方に聞こえたが、あれはあきらかに間違いだった、ドーン・デヴォンポートはあんなことをするつもりはなかったにちがいない、と言った。ビリーは興味を失ったらしく、うなるような声を洩らしただけで、ぼんやりとあたりを見まわした。わたしは彼女の丸々とした顔をつぶさに観察したが、そうしているうちに束の間、高い断崖の上に連れていかれたみたいに、めまいがした。ほかの人の顔を見ていると、ほんとうに見つめると――わたしはそんなことはめったにしないし、だれもそんなことはあまりしないが――、わたしはときどきそういう感覚に襲われる。どんなふうにかはわからないが、かつて舞台の上でときおり襲われた感覚につながっているような気がする。自分が演じている人物のなかに落ちていくような、まさに文字どおり落ちていくような感覚。もうひとりの、演技をしていない自分の感覚が完全になくなり、つまずいて、顔から先に倒れていくみたいに、落ちていく感覚。

統計学者によれば、偶然の一致などというものはないということだが、彼らが自分が言っていることをよく心得たうえでそう言っていることは、わたしも認めざるをえない。いくつかの出来事が合流したとき、それが偶然の出来事の通常の流れからはずれた特別な、一度かぎりの現象だと信じるとすれば、ありふれた現実の上か、背後か、内部に超越的なプロセスがあることを——わたしは認める気はないが——認めなければならないだろう。にもかかわらず、なぜそうしてはいけないのか、とわたしは自問する。一見偶然に見える出来事を何食わぬ顔をしてひそかにお膳立てしている者がいると、どうして考えてはいけないのだろう？　アクセル・ヴァンダーはわたしの娘が死んだときポルトヴェーネレにいた。この事実が——わたしはそれを事実だと見なしているが——一本の木みたいに、根がすっかり暗闇のなかに隠されている木みたいに、巨大な動かしがたいものとして、わたしの眼前にそびえている。彼女はなぜそこにいたのか、そして、なぜ彼も？

スヴィドリガイロフ。

ポルトヴェーネレにいくつもりだ、といまやわたしは言っていた、ドーン・デヴォンポートを連れていくつもりだが、彼女はまだそのことを知らない。ビリー・ストライカーが笑う声を聞いたのはそのときが初めてだったような気がする。

そのむかし、このあたりの小さな町々へは海からしか行けなかった。なぜなら、この沿岸の後背地はほとんどが山地の連なりで、その山腹が鋭い角度で湾に落ちこんでいるからである。いまでは、岩を穿って細い鉄道線路が走り、おびただしいトンネルを抜けて、いきなり目がくらむ急峻な風景や、艶消しの鋼鉄みたいに鈍く光る入江の海面が目に飛びこんでくる。冬の光には傷ついたような感じがあり、空気には潮の香や海藻や小さな港にひしめく漁船から立ち昇るディーゼルの煙の匂いがする。わたしが借りた車は不機嫌で反抗的な獣であることが判明し、さんざん苦労させられたうえ、ジェノヴァから東へ向かう道路で一度ならずひやりとさせられた。もしかすると、悪いのはわたしのほうだったのかもしれないが。というのも、わたしはかなり動揺した心理状態にあったからである――わたしは旅馴れた人間ではなく、見知らぬ土地に神経質になっていたし、外国語も得意ではなかった。走りながら、わたしはミセス・グレイのことを考えた。こんなふうに紺碧海岸に来ているわたしたちを、彼女はどんなに羨んだことだろう。キアヴァリで車を捨てて、列車に乗りこんだが、スーツケースに手こずらされた。列車は臭くて、座席は硬かった。東に向かってシュポシュポ進んでいくと、山腹から猛烈な雨が吹き下ろし、客車の窓を激しくたたいた。ドーン・デヴォンポートはその豪雨を眺めながら、コートの大きな襟を立て、首をすくめて言った。「太陽輝く南の国なんて、こんなものなのね」

　国外の土地に降り立った瞬間から、彼女はどこへ行っても正体が知られていた。ヘッドスカーフをして大きなサングラスをかけていたにもかかわらず。というより、むしろそのせいだったのかもしれないが。それこそまさに紛れもなく、問題を起こして逃げだしたスターの変装そのものだったのだから。こんなに目立つとは予想もしていなかったので、わたし自身は彼女のかたわらにいる、あるいは、もっとしばしば、後ろからついていく、ほとんど目立たない存在だったにもかかわらず、不安になるほど剝きだしになった、保護色を使う能力を失ったカメレオンみたいな気分だった。その日のうちにレリチまで行く予定で、ホテルに部屋を予約してあったが、その前にどうしてもチンクエ・テッレを見たいと彼女が言うので、その侘しい冬の午後、行くべき道からふらりと迷い出て、わたしたちはそこに来ていた。

　ドーン・デヴォンポートは以前の彼女ではなかった。すぐにむかっ腹を立て、絶えずなにかを、ハンドバッグやサングラスやコートのボタンをいじくっていた。老後の姿がはっきりと目に浮かんで、わたしは落ち着かなかった。彼女は煙草も大量に吸ったし、匂いも以前とは違っていた。香水と白粉の匂いの背後に、かすかだが、はっきりと、腐ってから干からびてしわが寄ったなにかの、気の抜けた乾いた匂いがした。肉体的にもそれまでなかった剝きだしの感じがあった。あまりにも長いあいだ患っているため、苦痛が生活様式のひとつになってしまった患者みたいに、ただじっと耐えているかのようだった。彼女は――そんなことが可能だとはほとんど信じられなかったが——以前よりさらに痩せ、腕や絶品の足首がいかにも弱々しく、いまにも折れそうに見えた。

いっしょに来ることに抵抗するのではないかと思っていたが、驚いたことに、そして、じつはちょっぴり困惑したことに、説得する必要はなかった。わたしはただ旅程を説明しただけで、彼女はかすかに眉をひそめ、耳が遠くなったみたいに顔を横に向けて、それを聞いた。病院のベッドのなかで上体を起こし、色褪せた緑色のガウンを着ていた。わたしの話が終わると、青い山並みのほうに顔をそむけてため息をついたが、そのほかにはなんの反応もなかったので、わたしは暗黙の承諾のしるしだと受け取った。抵抗があったのは、言うまでもないことだが、トビー・タガートとマーシー・メリウェザーからだった。ああ、なんという大騒ぎだったことか。トビーはあの低音をゴウゴウひびかせたし、マーシーは大西洋横断ケーブル越しにオウムみたいに甲高い声でわめき立てた！ そういうすべてを無視して、わたしたちは、ドーン・デヴォンポートとわたしは、翌日には空に舞い上がって、飛び去った。

彼女といっしょにいるのは奇妙だった。完全にはそこにいない、はっきりとした意識のない人といっしょにいるような感じだったのである。まだ幼いころ、わたしは人形をもっていた。母が女の子の玩具を与えたはずはないから、どうしてそんなものがあったのかはわからない。わたしはそれを屋根裏の、木製の衣装箱の古着の下に隠して、メグと名づけていた。この屋根裏では、それから何年も経ったある日、死んだ父の亡霊がぐずぐずしているのを見かけたことがあるのだが、踊り場の壁に取り付けられた細い木の梯子から簡単に出入りできるようになっていた。母はそこにタマネギを、床にひろげて貯蔵していた。たしかタマネギだったと思う。タマネギの匂いがしていたような気がするが、ひょっとするとリンゴだったかもしれない。人形は、かつては髪がふさふさしていたにちがいなかったが、いまは禿頭で、わずかに残った金髪の房が後頭部にてかてかした黄色いゴム質の塊になって張りついていた。肩と腰には継ぎ目があったが、肘と膝は固定され、手足が弓形に曲げられた形に成形されていたので、そこにはいないだれかと、たぶん双子の片割れと、必死に抱きあおうとしたまま固定されたように見えた。仰向けに寝かせると、まぶたがかすかなカチリという音を立てて目を閉じた。わたしはこの人形をひそかに、異様なほどの激しさでかわいがった。ぼろ切れの服を着せたり、脱がしたり、延々と灼熱の恋とでもいうべき時間を過ごした。わたしは手術の真似事もした。扁桃腺や、こっちのほうがもっと興奮したが、盲腸を切除する真似をした。そういうことをやっているとぞくぞくする快感があったが、なぜかはわからなかった。その人形の軽さ、なかが空だということが――なかになにかのかけらが入っていて、乾いた豆粒みたいなカラカラいう音がした――保護してやりたいという気持ちを引き起こすと同時に、わたしのなかに生まれかけていたエロティックな残酷さをそそったのだろう。いま、ドーン・デヴォンポートにもちょうどそんな感じがあった。彼女はわたしにメグを思い出させた。骨がなく、手足はもろく、まぶたがカチカチいいそうだった。ドーン・デヴォンポートは、メグとおなじようになかが空洞で、ほとんど重さがなく、わたしの為すがままだったが、それにもかかわらず、なぜかわたしも、不安になるほど、彼女の為すがままだった。

わたしたちは行き当たりばったりに五つの町のひとつで列車を降りたが、どの町だったのかは覚えていない。彼女はうつむいて、ハンドバッグをわきに抱え、襟の大きな細身のコート、シームのあるストッキング、細い靴というういでたちで、一九二〇年代のあの痩せぎすで一途な若い女たちみたいに、速歩で歩きだした。一方、わたしはまたもや背後に取り残されて、三個のスーツケース——大きな二個が彼女ので、小さい一個がわたしのだった——と格闘していた。雨はあがっていたが、空は依然として低く垂れさがり、湿らせた黄麻《ジュート》の色をしていた。わたしたちは港の閑散としたレストランで遅い昼食をとった。黒い波が押し合って、おびただしい大きな金属の箱を勢いよく投げ上げているように見える、引き上げ船台の上のほうにある店だった。ドーン・デヴォンポートは肩をまるめて、手をつけていないシーフードの皿の上に上体をかがめ、不機嫌そうに歯で——木片を削ろうとするみたいに——煙草を噛んでいた。わたしは彼女に話しかけ、あれこれ思いつくままに質問していたが、彼女はめったに答えようとしなかった。わたしが彼女とはじめたこの冒険はすでに——彼女の自殺未遂とそれにつづくわたしたちの遁走によって中断され、未完の、終わらせようのない、不名誉な結末になるかもしれない——あの光と影の狂想劇よりもっと非現実的な感じになっていた。わたしたちはどんなに不釣り合いなカップルに見えたことだろう。人知れず苦しんでいる、こわばった顔をした、スカーフと黒い眼鏡の娘と、むっつりとした不安のなかに沈みこんでいる半白の年寄りくさい男。冬の海に面した薄暗い安っぽい店に、わたしたちはじっと黙って坐りこみ、ガラス張りの入口にたがいにもたれるようにして置かれたスーツケースが、大形の、従順な、忍耐強いがなにも理解していない三匹の猟犬みたいに、わたしたちを待っていた。

ドーン・デヴォンポートと旅行するという計画を聞くと、リディアは笑いだして、信じられないという顔をした。頭をそらせ、片方の眉を吊り上げたその顔は、わたしがばかげたあるいは狂気じみたことを言っていると思ったとき、キャスがわたしに向ける顔とそっくりだった。本気なの、と妻は訊いた。この歳になって、また女の子と？　そういうことではないんだ、とわたしは堅苦しい口調で答えた。そういうことではまったくない。この旅行は純粋に治療のためであり、わたしにしてみれば慈善行為でしかないのだと。そう言っているうちに、自分自身の耳にもなんだかバーナード・ショーの芝居の尊大な、下心のある主役の男の口調みたいだと思えてきた。リディアはため息をついて、首を横に振った。どうしてだれかを、よりによってドーン・デヴォンポートをあの場所へ、世界中のあらゆる場所のなかであの場所へ連れていったりできるのか、とだれかに立ち聞きされるおそれがあるかのように声をひそめて言った。それには返す言葉がなかった。わたしがキャスの思い出を汚そうとしていると非難されたみたいで、ショックだった。というのも、信じてほしいが、そんなことは考えてもみなかったからである。きみもいっしょに来ることを歓迎する、とわたしは言ったが、それは事態を悪化させただけだった。そのあと非常に長い沈黙がつづき、わたしたちのあいだの空気がブルブル震え、彼女はゆっくりと顔を伏せて、険悪な暗い表情になった。わたしは恐ろしく冷静で抜け目のない雄牛に立ち向かう小柄な闘牛士になった気分だった。それでも、わたしがまだ巡業に出かけていたころやっていたように、彼女はわたしのスーツケースの荷造りをしてくれた。そして、作業が終わると、前かがみの姿勢のまま傲然とキッチンに向かったが、部屋の出口で立ち止まって、こちらに振り向いた。「連れて戻ってくることはできませんからね」と彼女は言った。「こんなことをしたって」ドーン・デヴォンポートのことではないのはあきらかだった。幕が下りる前の最後の台詞を言ってしまうと――彼女はいたずらに長年役者といっしょに暮らしてきたわけではなかった――、リディアは自分の隠れ家にこもって、ドアをバタンと閉めた。けれども、自分でも驚いたことに、わたしがはっきり確信していたのは、彼女がこういうすべてをなによりも荒唐無稽だと考えていることだった。

ドーン・デヴォンポートにはキャスのことは話してなかった――ポルトヴェーネレが娘が死んだ場所であることは教えていなかった。わたしは偶然思いついたかのようにリグーリア地方を提案した。南のほうのある場所、静かで、健康を回復するのにふさわしく、この季節にしては混雑していない落ち着いた場所として。どこへ行くか、どこに連れていかれるかはどうでもよかったのだろう。彼女はぼうっとした状態のまま、眠いこどもが腕を取られて連れてこられるみたいに、わたしといっしょに来たのだった。

いま、そのレストランで、彼女はふいにしゃべり出して、わたしをギョッとさせた。「ステラと呼んでくれないかしら」と、彼女は怒っているように食いしばった歯を通して言った。「それがわたしの名前なんだから。ステラ・ステビングズ」なぜ突然こんなに苛立っているのだろう？ わたし自身がもっと明るい気分だったら、彼女に精力と気力が戻ってきたしるしだと思ったかもしれなかったけれど。彼女はテーブルの上のプラスティックの灰皿で煙草を揉み消した。「あなたはわたしについて基本的なことも知らないのよ、そうでしょう？」と彼女は言った。わたしは窓越しにはしゃぎまわる波を眺めていたが、苛立って、忍耐強いがちょっと傷ついた、穏やかな口調で、何が彼女についての基本的なことなのかと訊いた。「名前よ」と彼女はピシャリと言った。「まず名前から覚えればいいわ。ステラ・ステビングズ。言ってみて」わたしは海から視線を戻して、彼女の顔をじっと見ながら名前を言った。こういうすべてが、女との口論の前哨戦が、悲しいくらいお馴染みだと感じられた。よく知っているのに、知っていることを忘れていたなにか。自分が出演したが、興行が失敗に終わった騒々しい芝居。それがいま意地悪くよみがえってきたかのようだった。彼女は目を細めて、毒のある軽蔑のまなざしらしきものでわたしをにらんだが、それからふいに椅子の背にもたれて、片方の肩をすくめると、一瞬前に憤激したのとおなじくらい急に関心をなくしたようだった。「わかる？」と、彼女はいかにもうんざりしたように言った。「そもそも、自分がどうしてわざわざ自殺しようとしたのかさえわからないのよ。自分が全然ここにいないような、きちんとした名前さえないような気がするわ」

わたしたちの係のウェイターは、とんでもなくハンサムな男で、例によってワシ鼻の横顔、豊かで艶やかな黒髪を額から後ろに撫でつけて、店の奥のキッチンの入口に立っていた。そこにはシェフも——汚れた前掛けをしたシェフはわたしにはいつも医師会から除名された外科医みたいに見える——顔を出していたが、いまそのふたりが前に進み出た。恐れを知らぬ自信家の同僚のあとから、恥ずかしそうにためらいがちに付いてくるシェフ。イタリアの地に足を踏み入れて以来、すでに数えきれないくらい似たような儀式を目撃していたので、ふたりが何をするつもりかはわかっていた。わたしたちのテーブルに到着すると——いまでは店内に残っている客はわたしたちだけだった——ウェイターのマリオがシェフのファビオを仰々しく紹介した。ファビオはずんぐりむっくりした中年男で、この浅黒い肌の女たらしの国ではめずらしく、砂色の髪をしていた。もちろん、彼はサインを欲しがっていたのである。それまではイタリア人が赤面するのは見たことがなかったような気がする。わたしはドーン・デヴォンポートの反応を興味深く見守った。ほんの一分足らず前には、ハンドバッグでわたしを殴りそうな気配さえしたのだが、もちろん彼女は小さな銀のペンの先までプロであり、いまやそれを取り出すと、赤い顔をしたファビオが差し出したメニューにさっとサインして、ファンとの至近距離での対面用に取ってあるスローモーションの笑みを浮かべながら、それを手渡した。わたしにもちらりと見えたが、それは垂れさがったまぶたみたいな、ふたつの大きな輪になった豪華なDでできたサインだった。わたしが見ていることに気づくと、彼女はわかっているでしょうと言いたげに、苦笑いを浮かべた。たしかにステラ・ステビングズだった。シェフは貴重なメニューを汚れた前掛けに押しつけて満足そうに退散し、マリオはさっと気取ったポーズをとって、よろしければカフェなどいかがでしょうか、とわざとらしくわたしを無視して、大女優に尋ねた。だれもがわたしをマネージャーか代理人だと思っていて、それ以上のものでありうるとは考えてもみないのだろう。

どんな被造物も破壊されることはなく、ただ分解されてばらばらになるだけなのだから、個人の意識についてもおなじことが言えるのではないか？　わたしたちが死ぬと、わたしたちだったすべてはどこへ行ってしまうのだろう？　自分が愛し、失ってきた人たちのことを考えるとき、わたしは黄昏時の庭で目のない影像のあいだをさまよい歩いているような気分になる。あたりには不在のざわめきが満ちている。わたしはミセス・グレイの潤んだ茶色い目を、小さい金色のかけらが浮かんでいる目を思い出す。セックスをしているとき、それは琥珀色から暗褐色に変わり、最後にはとろんとした青銅色になる。「音楽があれば」と、コッターの館で彼女は言ったものだった。「音楽があれば、ダンスができるのに」彼女はいつもひとりで、いつも調子外れにうたっていた。『メリー・ウィドウ・ワルツ』『モンテカルロの銀行破り』『ピカルディのバラ』、それからなにかヒバリ、ヒバリとかいう唄。彼女は歌詞を知らなかったので、鼻歌で調子外れに口ずさんでいただけだったけれど。わたしたちのあいだにあったこういうものや、そのほかの無数のもの、かぞえきれないもの、彼女が残していったものは、わたしがいなくなったらどうなるのだろう、そういうものを受け取り、ただひとりで守ってきたわたしがいなくなったときには。

「なにかが見えたのよ、死んだときに」とドーン・デヴォンポートが言った。彼女はテーブルに両肘を突いて、ふたたび前かがみになり、灰皿のなかの冷たい灰を指先でいじっていた。眉間にしわを寄せ、わたしの顔を見てはいなかった。窓の外では、午後が灰色に変わっていた。「わたしは厳密に言えば一分ちかく死んでいたって言われたわ――知っていた？」と彼女は言った。「で、なにかが見えたの。たぶん、想像したんでしょうね。死んでいるのに、どうして想像できるのかはわからないけど」

彼女がその経験をしたのは、たぶん、死ぬ前かあとだったのだろう、とわたしは言った。彼女はうなずいたが、相変わらず眉間にしわを寄せたまま、ほんとうはなにも聞いていなかった。「夢には似ていなかったわ」と彼女は言った。「何にも似ていなかった。何にも似ていないなにかなんて、そんなものがあるのかしら？　でも、そうだったの――わたしが見たものは何にも似ていなかった」彼女は灰で汚れた指先をじっと見つめ、それから妙に醒めた目でわたしを見て、「怖いのよ」と、きわめて冷静に、ただ事実を述べる口調で言った。「以前はそんなことはなかったんだけど、いまは怖いの。不思議でしょう？」

わたしたちが出ていくとき、ウェイターとシェフが戸口に立って、ニコニコしながらお辞儀をした。シェフのファビオは、上機嫌な、ほとんど兄弟愛的な軽蔑をこめて、わたしに目配せをした。

レリチに着いたのは夜遅くだった。昼食の酸っぱいワイン、そのあとの列車の汚れた空気と騒々しさのせいで、まだ気分が悪かった。雪が降りはじめ、遊歩道沿いの低い堤防の向こうの海は、暗い喧騒にすぎなかった。対岸のポルトヴェーネレの灯を見ようとしたが、霧のなかに大量の白いものが乱舞しているだけで、なにも見えなかった。明かりのともった町並みが、目の前の丘の斜面を城砦《カステッロ》の野蛮な巨体めがけてのぼっていく。雪に包まれた静寂のなかで、曲がりくねった狭い街路は暗く閉ざされているように見えた。容赦なく朧々《ろうろう》と降りしきるものを前にして、すべてが驚いて息を詰めているかのようだった。レ・ロッゲ・ホテルは小さな食料品店と軒の低いスタッコ塗りの教会に挟まれていた。夜の遅い時刻にもかかわらず、店はまだあいていて、目を見張るほど煌々と照らされた窓のない店内には、天井近くまである棚が所狭しと並べられ、店先の大きな斜めの売り台にはみずみずしい野菜やピカピカの果物があふれんばかりに陳列されていた。木箱に入ったクリーム色や黄褐色のマッシュルーム、熟れきったトマト、わたしの手首くらいの太さのリーキの列、光沢のあるシュロの葉色のズッキーニ、口をあけたままの麻袋に入っているリンゴ、オレンジ、アマルフィ産のレモン。タクシーから降り立ったわたしたちは思わずその場に立ち止まり、不可解なものを見るかのように、このぎっしり並んだ季節外れの豊かさに、戸惑うようなまなざしを向けたものだった。

ホテルは古くてみすぼらしく、内部はなにもかもが茶色がかっていて、絨毯は猿の毛皮色だった。排水管から例の臭い——老いぼれの腐りかけた肺から一定の間隔をあけてふわっと立ち昇る臭い——がしていたが、それだけでなく、なんだか乾いた、せつない匂いが、部屋の片隅や割れ目にたまっている去年の陽光にカビが生えたような匂いが漂っていた。わたしたちがホテルに入っていくと、ドーン・デヴォンポートのきびきびした、有無を言わせぬ足取りの前に、全員が満面に笑みを浮かべて最敬礼した——この業界ではそうでない人間はいないだろうが、公衆の注目を浴びると、彼女はいつも元気になる。コートの毛皮の高い襟が細い顔をいっそう細く、小さく見せ、彼女はヘッドスカーフをたたんで、『サンセット大通り』のあのなんとかいう女優のスタイルで頭にぴっちり巻きつけていた。あんな——あやしく光る虹色の昆虫の目を思わせる不気味な——サングラスをかけたまま、どうして薄暗いロビーを歩けるのか、わたしには理解できなかったが、彼女はわたしの先に立って、きびきびした速歩で横切ると、フロントデスクの乳首状の突起のある呼び出しベルの横にハンドバッグをドスンと置いた。そうやっておもむろに横向きのポーズを取り、デスクの内側にいた、古めかしい真っ黒のジャケットに擦りきれたワイシャツの、すでに狼狽している男に見せつけた。一見なんの苦もなくやってのけるこういう所作を、彼女はいちいちその場で計算して実行しているのか。それとも、それはいまや完成されて、磨きがかけられた彼女のレパートリー、女の武器のひとつなのだろうか？　理解してほしいのは、彼女の輝かしさを見せつけられると、フロントデスクのその憐れな男とおなじように、わたしも自分が永遠にみじめな存在でしかないことを痛感せずにはいられなかったことである——ああ、心というのは、平静を失った心は、なんとばかげた反応をすることか。

それから、ガタゴトいうエレベーター、ミミズみたいに曲がりくねった廊下、鍵穴に鍵を差しこむガシャリという音。薄暗い部屋から洩れてくる、饐えたため息みたいな空気。猫背のポーターがぶつぶつ言いながら部屋に入っていくと、大きな四角いベッドの足下にスーツケースを置いた。ベッドのまんなかには窪みが、このポーターの先祖代々のポーターたちがそこで産まれたかと思えるような窪みがある。一度そこに置かれると、スーツケースがなんと非難がましい目つきでわたしを見ているような気がすることか。隣室から、ドーン・デヴォンポートが立てる謎めいた物音が聞こえた。バッグから荷物を取り出すチリン、カタリという音、想像力を刺激するかすかな衣擦れの音。わたしは服を吊し、靴を片付け、バスルームの大理石の棚に、だれかが煙草を忘れたのだろう、真ん中が黒く周囲が琥珀色の焼け焦げの付いている棚に、ひげ剃り道具を並べおえたが、その瞬間、いつものように、軽いパニックにおそわれた。下の通りをシューッと車が通りすぎ、そのヘッドライトの黄色い光がカーテンの隙間から射しこんで、部屋の片側から反対側へ移動してたちまち消える。階上の洗面台がゴボゴボと音を立て、それに呼応して、この部屋のバスルームの排水管が息を吹き返して、喉の奥から洩れるような、低い淫らな笑い声を洩らした。

階下には、低くうなるような静けさがみなぎっていた。わたしはきめの粗い毛皮みたいな絨毯の上を足音を立てずに歩きまわった。レストランは閉まっており、ガラス越しにぼんやりと、たくさんの椅子がテーブルに上げられているのが見えたが、床の上のなにかに怯えてテーブルに跳び上がったかのようだった。フロントデスクの男はルーム・サービスがあると言ったが、なんだか自信のなさそうな言い方だった。フォスコという名前で、襟の名札にエルコーレ・フォスコとある。その名前はなにか——どんなことかはわからないが——悪いことが起こる前兆のような気がした。エルコーレ・フォスコ。夜間のマネージャー。それでも、わたしは彼の見かけが気にいった。こめかみに白いものの混じった中年男で、がっしりした顎、肌の色はどことなく黄ばんでいる——まだ偶像化される以前の、中年のアルバート・アインシュタインというところだろう。穏やかな褐色の目がちょっぴりミセス・グレイを思い出させた。なんとなく憂鬱そうだったが、ほっとさせるようなところもあり、わたしがこどものころ、クリスマスの時期になるとプレゼントを持って現れた未婚の叔父たちを思わせた。わたしはデスクの前でぐずぐずして、彼になにか話しかけようとしたが、なんの話題も思いつかなかった。彼は申し訳なさそうに笑みを浮かべて、小さなこぶしをつくり——なんと小さい手をしていたことか——、それを口にあてがって、やさしい目尻を下げて咳をした。わたしのせいで緊張しているようだったが、なぜなのだろうとわたしは首をかしげた。もしかすると、地元の生まれではないのかもしれない。どちらかというと北方系の顔立ちだから、ひょっとすると、魔術の都、トリノの生まれかもしれない。それとも、ミラノか、ベルガモか、もっと遠くの、アルプスの彼方だろうか。彼がもどかしげな口調で機械的に、部屋に満足しているかと訊いてきたので、わたしは満足していると答えた。「で、シニョーラは、シニョーラにもご満足していただけたでしょうか？」もちろん、シニョーラも満足している。わたしたちはふたりともとても、とても満足している、とわたしは言った。彼は軽い会釈でそれに応えた。ひょいと片側に頭を傾けたので、お辞儀をしたというより肩をすくめただけに見えたけれど。彼の態度や仕草がわたしにはひどく異国風に見えたが、わたしのほうも彼にはおなじように見えるのだろうか、とわたしはぼんやりと考えた。

正面玄関まで行って、その内側に立ち、ガラス越しに外を眺めた。外の、街灯と街灯の切れ目は深い闇に包まれ、ほとんど黒っぽく見える雪が、つぶやくような静寂のなか、大きな湿った雪片になって、ずんずんまっすぐに降っていた。一年のこの時期には、こんな天候では、ポルトヴェーネレ行きのフェリーは運航していないかもしれない——それは夜間マネージャーのエルコーレとの話題になるだろう——。もしかすると、ラ・スペツィアまで戻って、海岸沿いの道路を走るしかないかもしれないが、道のりは長く、途中には断崖上のカーブがいくらでもある。娘が、状況こそ違うが、似たようなかたちで死んだ場所に向かう途中で、自分の夫がやはり岩場でこごなになったと聞いたら、リディアはどう思うだろう?

わたしが体を動かしても、ガラスに映っている影はなぜかいっしょには動かなかった。やがて、目が馴れると、わたしが見ていたのは自分の影ではなく、外側にだれかがいて、わたしと向き合っているのだとわかった。どこから現れたのか、どうやってそこに来たのだろう? なんだか一瞬のうちにそこに出現したようだった。オーバーコートを着ておらず、帽子もなく、傘も差していなかったが、顔はよく見えなかった。わたしは一歩後ろに下がって、彼のためにドアをあけた。空気が吸いこまれる音がして、冷気を毛皮にまつわりつかせた敏捷で勇猛果敢な動物みたいに、夜がどっと転がりこみ、と同時に、その男が入ってきた。肩に雪が降り積もり、男は絨毯の上で足踏みをした。まず片方の足、それからもう一方の足、それぞれ三回ずつ。そして、わたしに鋭い、値踏みするような視線を向けた。額の秀でた若い男だった。いや、よく見ると、そんなに若くはないのかもしれない。きちんと刈りこまれたあごひげに白いものが交じり、両の目尻に細かいしわが刻まれている。フレームの細い楕円形の眼鏡をかけていたからか、なんとなく学者みたいな雰囲気があった。わたしたちは束の間そこで向かい合い――にらみ合い、と言いたくなるような恰好で――、一瞬前とおなじに、今度はあいだにガラスを挟まずに立っていた。彼はユーモアのにじむ懐疑の表情を浮かべた。そして、「寒い」と言い、ワインの試飲をするみたいにその単語を包みこむように唇をすぼめた。まるで口のなかにちょっとした邪魔物が、種か小石が入っていて、それを避けて舌を動かさなければならないかのようなしゃべり方だった。この男をどこかで見たことがあるのだろうか？　なんだか見覚えがあるような気がしたが、どうしてそんなことがありうるだろう？

まだ仕事を、舞台の仕事をしていたころ、公演がつづいているあいだは、わたしは夢を見なかった。いや、睡眠中にも頭はかならず活動しているらしいから、なにかしら夢を見ていたのかもしれないが、なにも覚えていなかった。一週間に五夜、土曜日には二回、舞台を気取って歩きながらベラベラしゃべることで、そうでなければ夢が果たしたはずの役割がすっかり満たされていたのかもしれない。しかし、引退すると、わたしの夜はとんでもない大騒ぎになった。わたしはしばしば息を切らせて疲れきり、汗まみれの大混乱のなかで目を覚ました。長く苦しい夜のあいだ、恐怖の部屋や愛のトンネル、ときにはその両方を組み合わせたものを次々に通って、ありとあらゆるグロテスクな災難に真っ逆さまに落ちこみ、ズボンは穿かず、シャツの裾は乱れ、背中が剝きだしになった恰好で目を覚ますのだった。近ごろでは、皮肉なことに、わたしがいちばんよく見る悪夢は――わが手では御しきれないこの荒馬は――有無を言わせずにわたしをステージに引きずり上げ、ふたたびフットライトの前に置き去りにする。わたしは非常に大がかりな芝居かひどく筋の込みいった劇に出ているのだが、長い独白の途中で台詞を忘れてしまうのだ。これは、よく知られていることだが、実際の生活で――つまり、目覚めているときの生活で――起こったことで、クライストの『アンフィトリオン』に出演していたときだったが、そのせいでわたしの俳優としてのキャリアにいきなり不名誉な終止符が打たれることになったのである。そんな失策をするなんて奇妙だった。というのも、全盛期には、わたしはすばらしい記憶力を、いわゆる写真的な記憶力をもっていたからである。台詞を暗記するとき、わたしは文章そのものを、つまり台本のページそのものをじっと見つめ、それを一連のイメージとして頭に刻みこんで、あとでそれを読み上げるようにして暗誦した。ところが、その恐ろしい夢のなかでは、わたしが記憶したページの文章が、一瞬前には黒々として鮮明だったのに、眠っているわたしがいくら必死に目を凝らしても、たちまちボロボロくずれ落ちてしまうのだった。初めのうち、わたしはあまり心配していなかった。ある程度は台詞を思い出せるから、それでなんとかごまかせるだろうし、まんいち最悪の事態になったとしても、アドリブでなんとかできると思っていたからである。しかし、観客はすぐになにかがおかしいことを悟り、舞台上に——うようよするほど——いた共演者たちは、ふいに自分たちのあいだに死人がいることに気づいて、そわそわしたり目を剝いて顔を見合わせたりしはじめた。どうすればよかったのだろう？　わたしはなんとか観客をあざむいて、自分の味方につけようとした。情けないほど迎合的な態度で、にやにやしながら舌足らずなしゃべり方をして、肩をすくめ額の汗をぬぐい、足下を見て眉をひそめ、蚊の群れをちらりと見上げたりしながら、横向きに少しずつ舞台の袖という祝福された避難所ににじり寄った。そういうすべてに恐ろしい喜劇が、じつは芝居とはなんの関係もない、それだけよけい痛ましい喜劇が結びついていた。実際、あらゆる演劇的な見せかけが剝ぎとられ、その保護がすっかりなくなっていることが、まさにこの悪夢の核心だった。わたしにまつわりついていた衣装の断片は透明か、透明に等しいものになり、わたしは裸にされて、剝きだしになり、目の前には満員の、ますます苛立ちを募らせる観客がいて、背後にはできることならわたしを殺して、本物の死体にしてしまいたいと念じている出演者たちがいた。非難の口笛が鳴り響きはじめるなかで、わたしは目を覚まし、汗でぐしょ濡れの、熱い、寝乱れたベッドのまんなかで、憐れな恰好で丸まっている自分に気づくのだった。

　ドアのところにだれかがいる。だれかがドアをたたいていた。わたしは自分がどこにいるのか理解できず、追いつめられて用水路にひそんでいる犯罪者みたいに、胸をドキドキさせてじっとしていた。わたしは横向きに寝て、片腕を体の下に差しこみ、もう一方の腕は攻撃から身を守ろうとするかのように突き上げていた。窓辺の紗のカーテンが黄色く輝き、その背後で一面に下向きに波打つような動きがあったが、雪が降っていたことを思い出すまでは、それが何なのかわからなかった。ドアをたたいたのがだれにせよ、いまはたたくのをやめ、ドアに寄りかかって、低い泣き声を洩らしているようで、それがドアを震わせていた。わたしはベッドから起き上がった。部屋は寒かったが、わたしは汗をかいており、自分自身の強烈な体臭の瘴気のなかを横切らなければならなかった。ドアの前で、片手をノブにかけたまま、わたしはちょっとためらった。ランプは点けていなかったので、部屋を照らしているのは背後のカーテンの隙間から射しこむ街灯のぼんやりした光だけだった。わたしはドアをあけた。一瞬、廊下にいただれかがふわふわした服を投げつけたのかと思った。なかにはなにも入っていない、冷たい、すべすべした、震えるものの感触があっただけだった。それから、ドーン・デヴォンポートの指がわたしの手首を引っかき、ふいにナイトドレスをまとった彼女が、息をはずませ身を震わせて、夜と恐怖の匂いを放っている彼女が現れた。

　彼女はどうしたのか説明できなかった。実際、ほとんど口をきけなかった。夢を見たのか、役者の悪夢を見たのか、ひょっとすると、彼女がドアをたたいたときわたしが見ていたような悪夢を見たのか、とわたしは訊いたが、そうではなかった——彼女は眠っていたわけではなかった。

自分の部屋になにか巨大なものがいる、抜け目のない、悪意のある、目に見えない存在を感じる、と彼女は言った。わたしは彼女をベッドに連れていき、かたわらのテーブルのランプを点けた。彼女は顔を伏せたままベッドに坐った。髪が垂れさがり、両手は手のひらを上に向けて力なく腿に置いていた。ナイトドレスはパールグレイの繻子織りで、じつに繊細で薄く、背骨の継ぎ目がかぞえられるくらいだった。わたしはジャケットを脱いで、彼女の肩にかけてやったが、そのときになって初めて、自分がまだ完全に服を着ていたことに気づいた——部屋に入るなり、這うようにしてベッドにたどり着き、そのまま眠りこんでしまったにちがいない。いま、震えているこの娘をわたしはどうしたらいいのだろう？　ネグリジェ姿の彼女はなにも着ていないよりもっと裸に見え、体に手をふれることさえ憚られた。べつになにもする必要はない、ただ、問題が収まるまでのあいだ、すこしだけ部屋にいさせてくれればいい、と彼女は言った。そう言ったときにも彼女は顔を上げなかった。相変わらずひどくみじめに震えており、がっくりとうなだれて、両手は力なく上に向け、剝きだしのうなじがベッドサイド・ランプの光に青白く光っていた。

なんと奇妙なことだろう。他人がすぐそばに、こんな親密な近さにいるなんて。それとも、それを奇妙だと思うのはわたしだけなのだろうか？　あるいは、ほかの人たちにとっては、他人はすこしも他人ではないのかもしれない。少なくとも、わたしにとって他人がそうであるようには。わたしにとって、他者という存在は二種類しかない。わたしが愛する者と見知らぬ者である。この前者は他者というよりは、むしろわたし自身の延長のような存在である。こんなふうになったのは、たぶんミセス・グレイのおかげ、あるいはせいだろう。あまりにも早くからわたしを抱きしめてくれたので、わたしは適切な遠近法の法則を学ぶ暇がなかった。彼女があまりに近くにいたせいで、ほかのすべてが不釣り合いに遠くに押しやられたのである。ここで、わたしはちょっと立ち止まって考える。ほんとうにそうだったのだろうか？　それとも、これはずっとむかしからわたしを惑わせている詭弁にすぎないのか？　そうなのかどうか、どうすればわかるのだろう？　ミセス・グレイが原点であり、ある程度は、わたしの他者との関係の永遠の審判者になっている、とわたしは感じている。どう考えても、どんなに長々と真剣に考えても、そうでないとは思えないだろう。たとえ考え抜いた結果、そうでないと結論せざるをえなくなったとしても、こっちのほうが正しいという感覚は消えないだろうし、不満の塊がいつまでも残って、少しでも機会があれば顔を出そうとするにちがいない。というようなことを、暖かい家から遠く離れた雪のちらつく明け方、ホテルの自室で思いもかけず、ネグリジェしか着ていない美人の誉れ高い有名女優の相手をしながら、わたしはくだくだと考えていた。

わたしは彼女をいい香りとは言えない汗の染みこんだベッドに寝かせて――彼女は完全に力が抜けていたので、足首の後ろに手をあてがって、冷たい足を床から持ち上げてやらなければならなかった――、毛布をかけてやった。彼女はわたしのジャケットを肩にかけたままだった。どうやら完全に目覚めてさえいないようで、夜中に狂ったように家中を走りまわって、失われた娘を捜すときのリディアを思い出させられた。いまや追いつめられ苛まれた女たちを慰めるというのが、わたしに残された唯一の役回りなのか？　イグサ張りの椅子をベッドに引き寄せて、そこに坐ると、わたしは自分が置かれている場所について考えた。この侘しい冬の海岸で、ほとんど知らない若い女と、眠れずに苦しんでいる女といっしょにいる自分。それでも、背骨の底のほうでなにかが、ひそかな興奮の熱いひとしずくが生まれかけているのがわかった。こどものとき、人形のメグのあとだが、ミセス・グレイが登場するはるか以前に、わたしは繰り返し、大人の女性の化粧を手伝うという空想にふけったものだった。女性は、だれということはなく、一般的、抽象的な女性だった。あの有名な〈永遠に女性的なるもの《エーヴィッヒ・ヴァイブリッヒェ》〉だったのかもしれない。少なくとも、実際の行為はじつに無邪気なものだった。その想像上のアイドルにわたしがしたのはていねいに髪を洗ったり、爪を磨いたり、ごくまれに、口紅を塗ったりすることだった——ちなみに、のちにわたしはこの最後の手業が簡単ではないことを発見したが、それはミセス・グレイがあのすばらしくふくよかな、形の定まらない唇に、むかしから真鍮の薬莢に超現実的な柔らかさの光る深紅の弾丸を詰めたように見える、あの緋色の口紅を塗らせてくれたときだった。このみすぼらしいホテルの部屋で、いま、わたしが感じていたのは、はるかむかしに、あの架空の婦人の化粧を手伝うところを空想したときとおなじで、ちょっぴり性的な興奮の入り交じった快感だった。

「話して」と、わたしの予期せぬ訪問者が、いまや、そのすこしぼんやりした灰色の目を見ひらいて、小声でせがむようにささやいた。「娘さんに何が起きたのか話して」

彼女は仰向けに寝て、両手を胸の上で組み、顔を横に、わたしのほうに向けて、下に敷いているわたしのジャケットの襟を頬でつぶしていた。わたしもいまでは知っていたが、彼女にはこんなふうにいきなり、いちばん予期しないときに、突然静かにしゃべりだす癖があった。その唐突さが彼女の言葉にお告げめいた響きを与えるのだろう。たとえどんなに世俗的な、取るに足りないことだとしても、彼女の言葉は古風なときめきを引き起こす。おそらく長年カメラの前に立ってきた経験から学んだ技巧なのだろう、とわたしは推測している。たしかに、映画のセットには、巫女の住む神殿みたいな息詰まる濃密さがある。そこでは、その熱い光の洞窟のなかでは、頭上のアームの先にマイクが吊され、暗闇のなかからスタッフが声をひそめて嘆願者みたいに見守っているなかでは、わたしたちがとなえる台詞は謎めいた神がわたしたちを通じて発している言葉だと想像することも許されるだろう。

娘に何が起こったのかはわからない。わかっているのは彼女が死んだことだけだ、とわたしは言った。キャスにはむかしからいろんな声が聞こえていた。精神を病んで、結局は自分を傷つけることになる人たちにはそういうことがよくあるようだが、ひょっとすると、彼女はそういう声に追いつめられたのかもしれない、とわたしは説明した。わたしは驚くほど冷静だった。超然としていたとさえ言えるかもしれない。このときの情況――なんの特徴もないホテルの部屋、深夜という時刻、若い女の揺るぎない厳粛なまなざし――がたちまちのうちに、いともたやすく、わたしがキャスの亡霊と十年ものあいだ結んでいた、それについては語らないという協定の罠からわたしを解放した。少なくとも、仮釈放した。いまや、なにを言ってもかまわなかった。どんな思いを呼び出して、口にしてもいいような気がした。ドーン・デヴォンポートは、大きな目でまばたきもせずにわたしを見つめて、待っていた。娘はだれかといっしょだった、とわたしは言った。「それで」と彼女は言った。「それがだれかを探りだすために、あなたはここに戻ってきたのね」

わたしは眉をひそめて、彼女の顔から目をそらした。ランプの光がどんなに黄色っぽかったか、その向こうにどんなに濃密な影が密集していたことか。蜘蛛の巣みたいなカーテンの背後の窓のなかでは、重たい湿った雪片がはらはらはらはら舞い落ちていた。

その男が何者だったにせよ、とわたしは慎重な口調で言った、娘は彼をスヴィドリガイロフと呼んでいた。彼女は毛布の下から手を出して、束の間軽くわたしの片手の上に置いた。励ますというよりは抑えつけるみたいに。彼女の手はひんやりとして、奇妙なくらい非個人的だった。わたしの体温か脈をみる看護師みたいに。「娘は妊娠していたんだ」とわたしは言った。

それはすでに話したことだったのかどうか？　わたしには思い出せなかった。

わたしたちのやりとりは、ちょっと驚いたことに、そこで終わった。というのも、ベッドタイム・ストーリーの出だしだけで満足してしまうこどもみたいに、ドーン・デヴォンポートはため息をついて顔をそむけ、眠りこんでしまったからである——そのふりをしただけなのかもしれないが。椅子を軋らせて目覚めさせてしまうのが怖かったので、わたしは身じろぎもせずに待っていた。静寂のなか、外で雪が降りしきる音が聞こえるような気がした。いつ果てるともしれぬ労苦、それに無言でじっと耐えている、かすかなサラサラいう音。たとえ何があろうとも、世界はやるべきことをやり、ちゃんと動きつづけている。ふと気づくと、わたしは安らかな気分になっていた。わたしの心は、気分を鎮める香油のような作用のある、透明な暗闇に浸かっていた。はるかむかしのプリースト神父への告解のとき以来、こんなに身軽になったことは、そう、まるで刈りたての子羊みたいに軽やかな気分になったことはなかった。サイドテーブルの電話機を見て、ふとリディアに電話してみようかと思ったが、あまりにも夜遅すぎたし、いずれにせよ、何を言えばいいのかわからなかった。

わたしは慎重に立ち上がると、眠っている若い女の下からそっとジャケットを抜き取り、椅子を片付けて、鍵を持って部屋を出た。ドアを閉めるとき、ランプの明かりで低い天蓋におおわれているように見えるベッドを振り返ってみたが、どんな動きもなく、ドーン・デヴォンポートの規則正しい寝息のほか、なんの音も聞こえなかった。いまのところ、彼女もやはり、束の間にせよ、安らかな気持ちになっているのだろう。

廊下には廊下の静けさがあった。エレベーターはちょっと不気味だった――へこんだステンレスの細い観音開きのドアが不吉な光を放っていた――ので、わたしは階段を下りていった。すると、ロビーの見覚えのない場所に出た。生い茂る鉢植えのシュロ、側面が黒っぽいオパールみたいな光沢を放っている、直立する石棺くらいのサイズの煙草の自動販売機。一瞬、どこにいるのかわからなくなり、パニックに襲われそうになった。あちこちを見まわしているうちに、ようやく埃だらけのおびただしいシュロの葉の向こうにフロントデスクが見えた。夜間マネージャーのエルコーレがいる。少なくとも、その横向きの頭があった。デスクのハード・キャンディの皿に、その頭が載っているように見えた。わたしは思わず大皿にのせたサロメのぞっとする褒美を思い出した。ところで、このキャンディは古い通貨の時代から残っている慣習で、かつてはごくわずかなお釣りの代わりに提供されたのだという。そんなことをわたしは覚えている。価値のないコインみたいな記憶だけれど。

わたしはフロントデスクに歩み寄った。デスクは高く、エルコーレはその背後で低いストゥールに横向きに坐って、絵の代わりに妙に色褪せた写真で構成されている古いタイプのコミックブックを読んでいた。彼は敬意とかすかな苛立ちの入り交じった顔を上げたが、垂れさがった目がかつてないほど憂鬱そうだった。どこかで一杯やることが可能だろうかとわたしが尋ねると、彼はため息をついて、もちろん、もちろん可能ですと答え、バーにおいでになれば、わたしがすぐにまいりますと言った。しかし、その場を離れかけると、名前を呼ばれたので、わたしは立ち止まって振り向いた。彼はコミックブックをわきに置いて、ストゥールから立ち上がり、デスクの体の両側に置いたこぶしで体を支えて、親しげな態度で、かすかに身を乗り出した。わたしはゆっくり――神妙に、と言いかけたのだが――戻っていった。シニョーラ・デヴォンポートはなにもかもよろしいんでしょうか、と彼は訊いた。まるで悲嘆と哀悼の儀式を終えたばかりでもあるかのように、息の洩れる音がする静かな話し方だった。そのやるせないまなざしで、盲目の占い師の指先でされるように、顔中まさぐられたような気がした。ああ、まったくなんの問題もない、とわたしが答えると、彼は笑みを浮かべた。穏やかな笑みだったが、すこしも信じていないのはあきらかだった。どういうわけでそんな質問をしたのか、その意図がわからなかった。それは警告だったのだろうか？　ドーン・デヴォンポートがわたしのドアをたたいている音が聞こえたのか、彼女がパニックに襲われてわたしの部屋に入ったことを嗅ぎつけたのか？　ホテルの規則がどうなっているのか、わたしはよく知らなかった。そのむかしは、ご婦人が夜分ひそかに紳士の部屋を訪れたりすれば、たちまちホテルの警備員がやってきて、双方を捕まえるか、あるいは、少なくとも、淑女《レディ》からはほど遠いと見なした婦人のほうを捕まえて、雪のなかに放り出したものだった。探るような沈黙のあと、エルコーレは不承不承――だとわたしは感じたが――うなずいた。わたしが彼を失望させたとでも言いたげに。来る夜も来る夜も、彼はどんなに多くの嘘やつまらない言い逃れを相手にしなければならないことか。その悲しげな茶色い目のなかで、わたしがどんな罪を犯しているように見えるにせよ、それを緩和できる言葉はないかと考えてみたが、思いつかなかったので、わたしはそのまま後ろを向いた。そういうすべてにもかかわらず、わたしはなぜか祝福を与えられたかのような、額に聖油で十字を切られ、魂が救われたかのような気分になった。

見つかったバーは思いのほか新しく、ファッショナブルだった。黒っぽい鏡に黒い大理石のテーブル、光というよりは輝く影を放っているように見える低いランプが、人の目を欺く色合いを付け加えていた。わたしはその薄暗い、光沢のある迷路に用心深く分け入って、カウンターの高いストゥールに腰をおろした。カウンターの背後にも鏡があって、その前の棚に並べられたボトルが不気味なやり方で下から照らし出されていた。鏡のなかの自分の姿はほとんど見えず、ボトルの背後に断片的に映ってはいるが、自分自身の視線からさえ身をかわしたり隠れたりしているかのようだった。カウンターを指でコツコツたたきながら、わたしはエルコーレがやってくるのを待った。長い一日のあと、夜遅かったにもかかわらず、すこしも疲れてはいなかったし、眠くもなかった——むしろ、反対に、苦痛なくらい神経が研ぎ澄まされ、体中の毛穴が震えているような気がした。この奇妙な高揚感、不思議な期待感の原因は何なのだろう？　背後でだれかが低く、物問いたげに咳払いをした。ストゥールに坐ったまま振り返って、薄闇に目を凝らすと、すぐそばの小さいテーブルからじっとこちらを見ている人がいる。入ってきたとき、なぜ気づかなかったのだろう？　そのテーブルのすぐ横を通ったはずなのに。低い黒革の肘掛け椅子に坐って、両脚を前に伸ばして足首で交差させ、顎の前で両手を合わせていた。初めはだれなのかわからなかった。それから、背後の照明付き棚から洩れた光がその男の眼鏡のレンズを射抜くと、先ほどホテルの玄関で向き合った男、肩に雪を積もらせていた男であることがわかった。「ブエナス・ノーチェス」と男は言って、頭を一インチほど傾けて小さな会釈をした。彼の前のテーブルにはボトルとグラスが——ひとつではなく、ふたつ置かれていた。だれかを待っていたのだろうか？

わたしを？　というのも、いまや、彼は合掌した手でボトルを差して、いっしょに飲まないかと誘っていたからである。まあ、それも悪くないだろう。この奇妙な出会いの、運命的な交差の果てしない夜のなかで。

　向かい側の肘掛け椅子を示されて、わたしは腰をおろした。男はわたしよりあきらかに若かった。あらためて見ると、そう、わたしよりずっと若かった。しかもボトルにはまだ手をつけていなかった——彼はほんとうにわたしを待っていたのだろうか？　わたしが来ることをどうして知っていたのだろう？　彼は前かがみになると、急ぐことなく、ごく慎重に、ふたつのグラスをほとんど縁まで満たして、そのひとつをわたしに渡した。濃厚な赤ワインは表面が黒く見え、グラスの縁には紫色の泡が揺れていた。「残念ながら、アルゼンチン産です」と彼は言って、にっこり笑みを浮かべた。「わたしもそうなんですが」

　わたしたちは無言でグラスを上げて、口にはこんだ。ニガヨモギ、胆汁の苦さ、インクの味、甘美な腐敗臭。わたしたちはふたりとも椅子の背にもたれかかった。彼は奇妙な、流れるような、アーチを描くような動きで両腕をひろげて、袖口からシャツのカフスを出して見せた。古い天啓法時代の司祭が信者たちから向きなおって、聖杯を置き、上祭服《カズラ》の重たい当て布《ヨーク》の下で、ちょうどそんなふうに肩や腕を上げる姿が目に浮かんだ。彼は自己紹介をした。名前はフェドリゴ・ソラン。小さな黒い手帳のページに綴りを書いて、わたしに見せた。わたしは遥かなる平原を、歩きまわる家畜の群れを、馬に乗った小貴族《イダルゴ》を思い浮かべた。

　エルコーレがやってきたが、わたしたちを見て、すべてが手筈どおりだったかのように、笑みを浮かべてうなずくと、扁平足をヒタヒタいわせて戻っていった。

わたしたちは、南から来た男とわたしは、初め、どんなことを話したのだったか？　昼間よりも夜のほうが好きだ、と男は言った。「とても静かだから」と、ひらいた手のひらで目の前の空気を撫でながら、彼は言った。とても静かだから《ショー・グワイエット》。そして、わたしの名前に聞き覚えがあるような気がするとも言った。むかしは俳優をやっていたが、あなたがわたしの名前を聞いたことがあるとは思えない、とわたしは言った。「ああ、それじゃ、あなたはお友だちなんじゃありませんか？」――指を立てて天井を指し、眉を吊り上げて、目を見ひらきながら――「あの見目麗しいセニョリータ・デヴォンポートの」

　わたしたちは苦いワインをもうすこし飲んだ。ところで、あなたはどんなことをなさっているんですか、とわたしは訊いた。彼はちょっと考えていたが、かすかな笑みを浮かべて、あらためて両手の指を組み合わせ、その先端を軽く唇にふれさせた。「わたしは、いわば」と彼は言った。「鉱業に携わっているとでも申しましょうか」この言い方を自分でも面白いと思ったらしく、彼はいかにも意味ありげなまなざしを床に向けて、「地下ですが」とささやいた。

　それから、わたしは取り留めのないことを考えだしたにちがいない。ワインと睡眠不足でぼんやりしていたのか、実際、ちょっと居眠りをしたのかもしれない。彼は鉱山や金属のこと、金やダイヤモンドや、地中深くに埋蔵されているあらゆる希少なものについて語りはじめたが、いつの間にか、どうしてそういうことになったのかはわからないが、話題は宇宙の深淵のことになり、いまや恒星状天体《クエーサー》や電波天体《パルサー》、赤色巨星や褐色矮星やブラックホール、熱的死やハッブル定数、クォークやねじれや複数無限について話していた。さらに、暗黒物質についても。彼によれば、宇宙にはわたしたちが見ることも、さわることも、計量することもできない見えない質量《ミッシング・マス》があるのだという。それはほかのなによりも大量にあり、目に見える宇宙は、わたしたちが知っている宇宙は、それと比べれば希薄な、取るに足りないものでしかない。わたしはそのことを考えた。重さもない、透明なものでできたその厖大な、目に見えない海が、そうとは知られずに、あらゆる場所に存在し、わたしたちはなにも知らずにそのなかを泳いでおり、それは音のない、秘密のエキスみたいにわたしたちのなかを通り抜けているということだった。

いま、彼はわたしたちのところに到達するのに百万年——十億年——一兆年もかかる銀河の古代の光について話していた。「たとえここでも」と彼は言った。「このテーブルでも、わたしの目のイメージである光があなたの目に到達するまでには時間が、わずかな、極微少な時間がかかります。したがって、どこを、どんな場所を見るときでも、わたしたちは過去を見ていることになるわけです」

わたしたちはボトルを空け、彼は最後の一滴までグラスに注いだ。彼はグラスの縁をわたしのグラスに軽く当てて、鳴り響く音を立てた。「ここでは、あなたのスターを大切にしなくちゃいけません」と、彼は笑みを浮かべながら、このうえなく低い声でささやいた。そして、ぐっと前に身を乗り出したので、わたしには彼の眼鏡のレンズの両方に映っている自分の姿が見えた。

「神々がわたしたちを見張っているし、彼らは焼き餅焼きですからね」

暑い夏だった、ミセス・グレイとのあの夏は。記録が破られ、新しい記録がつくられた。何カ月も日照りがつづき、給水が制限され、街角に給水所が設けられて、じりじりした母親たちが、いつでも喧嘩できるように袖をまくって、文句を言いながら、バケツや鍋を持って行列したものだった。牧草地では牛が死んだり、狂ったりした。ハリエニシダの藪が自然発火して、山腹一面が黒こげになり、いつまでもくすぶりつづけて、何時間経っても町の空気がえがらっぽく、喉がひりひりして、人々を頭痛で苦しませた。車道や敷石の隙間のアスファルトが溶けて、サンダルの底にくっつき、自転車のタイヤがはまり込んだ。そうやって自転車で転倒し、首の骨を折った少年がいた。農夫たちは悲しげに大凶作を予告し、教会では雨乞いのための特別な祈りが捧げられた。

しかし、わたしにとっては、その数カ月は明るくて気持ちのいい日々だったという記憶があるだけなのだ。わたしの頭に浮かぶのは、当時あの地方でとても持てはやされた、丹念に描かれた風景画のイメージである——大きな空に白い綿雲が浮かび、はるかにひろがる黄金色の畑にはプリンの形をした干し草の山が並び、遠くには鋲みたいに細い尖塔がそびえ、地平線の彼方にかすかに加えられたコバルトブルーの一筆が海が見えることを暗示している風景画。ありえないことだが、わたしは雨のことまで覚えている——ミセス・グレイとわたしは、コッターの館の床に抱きあって黙って横たわり、雨がシトシトと木々に降りそそぎ、どこかすぐ近くで情熱的なブラックバードが胸が張り裂けんばかりに鳴くのを聞いているのが好きだった。そういうとき、わたしたちはどんなに安心していたことだろう。わたしたちを脅かす可能性のあるすべてからどんなに遠く離れていると感じていたことか。周囲の乾ききった世界が干からびて、いまにも燃え上がらんばかりになっても、わたしたちは愛に潤されつづけるだろうと思っていた。

この牧歌的な恋物語は永遠に終わらない、とわたしは思っていた。というよりはむしろ、終わりがありうるとは考えないようにしていた。若かったわたしは未来には懐疑的で、未来は可能性の問題にすぎず、起こるかもしれないが起こらないかもしれないこと、ひょっとするとけっして起こらないかもしれないことと見なしていた。もちろん、もっと差し迫った目印が目に入らないわけではなかった。たとえば、夏は確実に終わるにちがいなかったし、夏休みはやがて終わって、わたしはまた学校へ行く途中でビリーを迎えにいくことになるはずだった。だが、どうすればそんなことをやり遂げられるだろう？　夏の前にそうだったような無頓着な態度を維持できるだろうか？　のちには——黄金のミツバチの巣、すてきなブルーグレイの大理石の崖、谷間には裸の妖精たちという——イミトス山そのものになるもののふもとを、ミセス・グレイとわたしがまだ手に手を取ってぶらついていたころのあの態度を？　じつを言うと、若さゆえの大胆さや挑戦的態度にもかかわらず、わたしの頭上には不吉な雲が漂っていた。それは重さのない、形のはっきりしない、単なる雲にすぎず、裏側は悪意をたたえて銀色に光っていたが、外側は黒かった。だが、ほとんどのとき、わたしはなんとかそれを無視して、そんなものは存在しないかのような振りをしていた。愛という光り輝く太陽と比べれば、一片の雲など何だというのか？

　周囲の人たちがわたしたちの秘密を見抜けないのが不思議だった。ときには、彼らの洞察力のなさ、想像力の欠如——要するに、わたしたちを見くびっていること——を腹立たしく感じることさえあった。わたしの母やビリーやミスター・グレイは、恐怖を吹きこむほど恐ろしい存在ではなかった。頭上の険悪な雲の向こうに、チェシャーキャットみたいににやにや笑っているキティの顔が垣間見えるような気がすることはあったけれど、町のおせっかい焼きや、道徳の守護者たち、淡青色のあわれみの聖母会《レジオ・マリエ》の会員たちはどうしていたのだろう？　ミセス・グレイとわたしのような人間を嗅ぎあてる務めをなぜおろそかにしていたのだろう？　欲情と快楽の創意工夫に富む果てしない行為に、恥も外聞もなくふけっていたわたしたちのような人間を？　わたしたちはなんと危険な真似をしたことか。神でさえギョッとするような危険を。この点については、すでに言ったにちがいないが、ふたりのなかでも、ミセス・グレイのほうがはるかに無茶なことをした。これはわたしには説明できない、理解できないことだった。彼女には恐怖心がなかった、とわたしは言おうとしたのだが、じつはそうではなかった。一度ならず——たぶん、わたしといっしょにいるところを捕まるかもしれないという——恐怖に彼女が身を震わせるのを見たことがあるからだ。それでも、ほかのときには、彼女はそんな懸念など抱いたこともないかのように振る舞った。たとえば、あの日、ボードワークスで、わたしを連れて平然と練り歩いたり、真っ昼間に裸で森を走りまわったり——その光景を見て樹木たちは両手を上げて後ずさりし、ショックを受けて愛想をつかしたかに見えた。わたしはそういうことについてはあまり経験がなかったが、それが町の既婚女性にありふれた行動でないことは自信をもって断言できた。

わたしは、いま、あらためて自分に問いかける。彼女はわたしたちのことをわざと世間に知らそうとしていたのだろうか？　ある日、彼女は医者に行ったあと――「女の病よ」とぶっきらぼうに言って、顔をしかめたが――わたしと会う約束をしていた。そして、ステーションワゴンでハシバミの森の上の道路にやってくると、すぐにそこでセックスをしたいと言い張った。「さあ」と、わたしのほうに腰を振ってステーションワゴンの後部座席に這いこみながら、彼女はほとんど怒っているみたいに言った。「やってよ、さあ、早く」あまりにも恥知らずな言動にショックを受けて、このときだけはさすがにちょっと気が進まなかったが――剝きだしの欲望を見せつけられて意気阻喪しかけたが――、彼女は男みたいに逞しい腕をわたしの首に巻きつけて、わたしを荒々しく引き寄せた。すでに彼女の心臓がドキドキ鳴り、腹が震えているのがわかり、もちろん、わたしは彼女の要求どおりにした。それは一分間で終わったが、彼女は素っ気ないほどてきぱきした態度で、わたしを押しのけ、服を引っ張って、パンティで体を拭いた。わたしたちのあいだの革のシートにはてかてかする染みが残った。彼女が車を停めたのは道路から十ヤードも離れていない場所で、当時はあまり交通量はなかったとはいえ、通りがかりにスピードを落とした車からはわたしたちが――彼女のストッキングの両脚やそのあいだでピストン運動をしているわたしの剝き出しの白い尻が――見えたにちがいなかった。前部座席に這いもどったわたしたちは、日に照らされていた部分の革の熱さに大声をあげた。彼女は煙草に火をつけて、わたしからなかば体をそむけ、窓から肘を突き出して、こぶしを顎にあてがって黙っていた。わたしはむずかしい顔をして自分の両手を見つめながら、彼女の気分が変わるのをおとなしく待った。

こんなに気が立っているなんて、いったいどういうことなのだろう？　わたしがなにか怒らせるようなことをしたのだろうか？　ほとんどいつも、わたしは若者の無神経な自信に満ちていて、彼女に愛されていることに揺るぎない自信をもっていたが、そのくせ、つれない一言や蔑むような一瞥で、たちまちすべてが終わったと信じこんだりもした。彼女の愛を確信しながら、絶えずそれを失う不安に苛まれているのは、この官能的な女をある意味では支配しながら、同時に、彼女の意のままにされているのは、格別に刺激的なことだった。彼女は人間の心に関するそういう諸々をわたしに教えてくれたのである。その日も、いつもとおなじように、彼女の気が晴れるまでにあまり長くはかからなかった。彼女は身じろぎをして、半分吸い残した煙草を窓の外に投げ捨て——ハシバミの森やその奥のわたしたちの愛の巣を焼き払う原因になったかもしれないのに——、前かがみになると、スカートを引っ張り上げて、股ぐらを覗きこんだ。わたしが驚いて信じられないような顔をした——まさか、彼女はもう一度やる気になっているんじゃないだろうな！——のを見ると、彼女は喉の奥でクックッと笑った。「心配は無用よ」と彼女は言った。「あなたがわたしのガーターから引きちぎったボタンを捜しているだけだから」しかし、結局ボタンは見つからず、彼女はわたしから借りた三ペンス硬貨をその代用にしなければならなかった。わたしはその応急手段をよく知っていた。一度ならず母がおなじことをするのを見たことがあったからである。母はポンズのコールドクリームを使っていたが、いま、ミセス・グレイもそうしようとしていた。ハンドバッグから丸っこい小瓶を取り出して、小動物の首を巧みにひねるみたいに、すばやく手首をひねってふたを取ると、小瓶とふたをだらんとした左手に持ったまま、腰を揺すってシートの前に移動して、伸び上がってバックミラーを覗きこみ、指先で雪のように白いクリームを額と頬と顎に延ばした。私利私欲のない愛があるのかどうか知らないが、もしもあるとすれば、わたしがそれにいちばん近づいたのはこういう瞬間だったろう。あまりにもしばしばやっているので、もはや実際には意識せずに、彼女がこういう儀式をやっている瞬間。目ははっきり見ようと見ひらいてはいるが、集中してちょっぴりしわが寄った眉間を除けば、顔からすっかり力が抜け、いわば愛らしい放心状態に陥っている瞬間に。

彼女がしばらく留守にする——家族で毎年恒例の海辺の休暇に出かける——ことになると言ったのは、たぶん、その日だったと思う。初め、わたしは彼女が言っていることの意味が呑みこめなかった。いまから考えてみると、じつに興味深いことではあるが、わたしの頭は自分が不快だと思うことは——経験で打ち砕かれて充分柔らかく多孔質にならないかぎり——受けいれることを拒否していた。あの当時、自分にとって都合がよく、物事はこうあるべきだという自分の考えに合致してさえいれば、わたしにはどんなことでも信じたり信じなかったり、受けいれたり拒否したりできた。わたしたちが離ればなれになるなんてありえないこと、絶対にありえないことだった。わたしがひとり取り残され、彼女が二週間も——二週間も！——海辺で半裸で遊びたわむれるなんて、テニスやクロックゴルフをやって、つまらない夫とキャンドルライト・ディナーを楽しみ、ほろ酔い加減でよろよろ階段をのぼって、ホテルのベッドに笑いながら仰向けに倒れこむなんて——そんなことは絶対に、絶対に、絶対にありえないことだった。このじつに恐ろしい、けっして受けいれられない事態について考えていると、わたしは——親指の付け根にナイフの刃が差しこまれるか、酸が目に撥ねかかった直後の一瞬、すべてが宙吊りになり、苦痛といういずらな悪魔がこれから本格的な仕事に取りかかろうとして深呼吸している瞬間の——あの恐怖にみちた信じがたさの感覚にとらえられた。彼女がいないあいだじゅう、わたしはどうすればいいのか——いったいどうすればいいのだろう？　わたしのショックにショックを受けて、困惑しながらも面白がって、彼女はわたしを見つめていた。そんなに遠くに行くわけじゃないのよ、と彼女は指摘した。ロスモアは列車で十マイルしか離れておらず——実際、道路のちょっと先に行くようなもので、すこしも遠くへ行ってしまうわけではないのだと。わたしは首を横に振った。両手の指を組み合わせて彼女に嘆願することさえ辞さなかったかもしれない。わたしの内側で、大きく、軟らかくて、温かい、産めない卵みたいな、悲しいむせび泣きの塊がふくらみかけた。わたしには自分が彼女から切り離されることは考えられなかったし、自分がいない場所に彼女がいることは想像もできなかったが、彼女にはそういう基本的な事実が呑みこめないようだった。わたしはどうにかなってしまうだろう、とわたしは断言した、病気になるか、死んでしまうかもしれない。それを聞いて彼女は笑いだしたが、すぐにぐっと抑えこんだ。ばかなことを言わないで、と彼女は結婚している女の口調で言った。あなたは病気にはならないし、死ぬこともないだろうと。それなら、家出してやる、とわたしは目を細めて彼女をにらみつけながら言った。通学カバンに荷物を詰めて、ロスモアに行って、彼女が滞在している二週間ずっと海岸で暮らしてやる。そして、彼女やグレイ家の人たちが外に出てくるたびに、そこにいて、のろのろと悲しげにホテルの敷地やテニスコートやゴルフコースをうろつきまわる、目の落ちくぼんだ、悲嘆にくれた少年になってやる。

「いいこと、よく聞いて」と、ハンドルに片腕をかけたまま上体を横にひねり、顔を伏せて、険しい目でわたしをじっと見据えながら、彼女は言った。「わたしはこの休暇には行かなくちゃならないの——わかった？　行かなくちゃならないのよ」

わたしはふたたび首を振った。振って振って、しまいには頬がブルブル震えるまで振りつづけた。そのあまりの激しさに彼女は心配しはじめたが、わたしはそれを見て満足し、かすかな希望の光が射すのを感じた。太陽がフロントガラス越しに照りつけて、ガラスは灰色になり、革製のシートは強烈な動物臭を発していたが、ミセス・グレイとわたしの性交後の匂いも混じっていたにちがいない。なんだか自分の体が震えているような気がした。自分のなかのすべてが水晶になり、非常に速く均一な幅で振動しているかのようだった。もしも車が来る音が聞こえたら、わたしは飛び出して道路のまんなかに立ちふさがり、その車を止めて、運転手にミセス・グレイのことを告発したにちがいない——「見てください、この薄情なあばずれ女を！」わたしは悲嘆にくれるあまり、頭から湯気が立ち昇るほど憤激しており、自分を苦しませているこのひどい不公平の証人になってくれるなら、どんな人でも歓迎する気になっていた。恋する少年ほどみごとに人を傷つけ侮辱できる者はいないだろう。彼女をロスモアには行かせないし、この点については妥協の余地はない、とわたしは言った。母親とわたしがどんなことをしているかビリーに教えてやる。そうすれば、彼が父親に教え、ミスター・グレイが彼女を家から追い出すことになり、彼女はわたしといっしょにイングランドに駆け落ちするしかなくなるだろう。彼女が唇を引きつらせているのは笑いたいのを必死に抑えているからだと見て取ると、わたしはいちだんと激しく怒り狂った。行ったら、後悔することになるだろう、とわたしはかろうじて言った。戻ってきても、わたしはここにいないだろうし、彼女は二度とわたしに会えないだろう。そうなったら、どんな気持ちになると思っているのか？――そう、わたしはここから出ていくだろう。ここから姿を消してしまうだろう。そうすれば、見捨てられてひとりぼっちになることがどういうことか、彼女は思い知るだろう。

そんなふうにさんざんわめいたあと、わたしはエネルギー切れになってそっぽを向き、腕を組んで、駐車している車のわきのふぞろいな低木の列をにらんだ。わたしたちのあいだにガラスの障壁みたいな沈黙の壁が立ち上がった。しばらくすると、ミャス・グレイが動きだして、ため息をつき、そろそろ家に帰らなければならない、どこに行ったのか、なぜこんなに遅いのか、みんなが心配しているにちがいないと言った。へえ、みんなが心配しているの、そうだったの、とわたしは痛烈な皮肉のつもりで言った。彼女は片手をそっとわたしの腕の上に置いたが、わたしは気を緩めるつもりはなかった。「かわいそうなアレックス」と彼女はなだめるような口調で言った。そのとき、わたしは彼女がめったにわたしの名前を呼ばないことに気づいて、さらにいっそう腹が立ち、ひどい憤懣に駆られた。

彼女はエンジンをかけ、いつものようにギアをガリガリいわせて、ステーションワゴンをバックさせると、土埃の嵐を巻き上げ砂利を弾きとばして向きを変えた。そのときになって初めて、道路の反対側に自転車を持った三人の少年が立っていて、こっちを見ていることに気づいた。ミセス・グレイは小声で一言つぶやいたが、クラッチから足を外すのが早すぎたのだろう、エンジンがうなりをあげ、がたんと揺れて止まった。あたりには依然として土埃がゆっくりと渦巻いていた。少年たちは頭でっかちで、顔は薄汚れ、膝はかさぶただらけで、髪はばっさり切っただけだった――たぶん、町のゴミ捨て場の向こうのキャンプから来た浮浪者のこどもたちだろう。彼らはそのまま無表情にわたしたちを眺め、わたしたちはそこに坐ったまま、ほかにはどうすることもできずに、そのうつろな視線を受けとめた。やがて、彼らは　平然とした顔でばかにしたようにそっぽを向き、自転車にまたがって、ゆっくりと道路を遠ざかっていった。ミセス・グレイはちょっと頼りない笑い方をした。「まあ、心配はいらないわ」と彼女は言った。「あの子たちがわたしたちのことを言いつけたとしても、わたしはどこに行くわけでもないし、あなたもおなじことですからね、わたしのお若い人、少年院を別にすれば」

けれども、彼女は行ってしまった。最後の瞬間まで、彼女がわたしから別れ、苦しむわたしを置き去りにする決心はつかないだろうと思っていたが、それでも出発のときはきて、彼女は行ってしまった。十五歳の少年が愛の苦しみを知ることが可能だろうか？　ほんとうの意味で知ることが。喪失のほんとうの苦しみを味わうためには、死が避けられないという寒々とした事実を十二分に知っていなければならないが、その当時のわたしにとって、そのうちいつか死ぬということは非現実的な、ほとんど想像もできないことであり、ろくに覚えていない悪夢みたいなものにすぎなかった。しかし、わたしが感じたのが本物の苦痛でなかったとすれば、それは何だったのだろう？　それはいわば苦しい、全身的な震えとでも言うべき感覚だった。わたしは突然歳をとり、歳をとって衰弱し、苛立ちやすくなったように感じた。彼女の出発前の一週間かそれ以上のあいだ、あの日道路わきのステーションワゴンで初めて休暇のことを告げられたときにはじまった動揺の感覚が、内側の振動がずっとつづき、強まっていった。それはいわば悪寒のようなもの、心のなかの舞踏病みたいなものだった。外面的には、わたしはほぼ普段どおりだっただろう。だれひとり、母でさえ、わたしがおかしいことに気づいた様子はなかった。けれども、内面では、すべてが熱に浮かされ、混乱に陥っていた。わたしは、死刑を宣告された男みたいに、信じられない気持ちと純然たる恐怖のあいだで引き裂かれていた。遅かれ早かれ、たとえ一時的にせよ、彼女と別れなければならない場合があると考えたことはなかったのか？　そう、じつは、考えたこともなかったのである。ミセス・グレイの豊かな、すべてを包みこむ愛の膝にいい気分でもたれかかっているとき、わたしにとって存在するのは現在だけであり、どんな未来も——とりわけ彼女が出てこないような未来は——考えていなかった。だが、いまや、死刑が宣告され、最後の食事はすでに供され、わたしは死刑囚護送車のなかにいた。丸石の上をガラガラ引かれていく車輪の音が聞こえ、広場のまんなかに立てられた絞首台が、そのそばにいる黒いフードをかぶった処刑係の女がはっきりと見えるのだった。

彼らが出かけたのは土曜日の朝だった。小さな町の夏の日を想像してみるがいい。完璧な青空、桜の木の枝には小鳥たち、町外れの養豚場から流れてくる不快ではない甘ったるい糞尿《スラリー》汚泥の匂い、遊んでいるこどもたちのボールを打つ音やパタパタいう足音や叫び声。そして、わが青春の最初で最大の悲しみと情け容赦もなくまともに対面すべく、日に照らされた罪もない通りを、背を丸めて苦しみながら、こそこそ歩いていくわたしの姿。苦しみについて言えるのは、それが物事に厳粛な重みを付け加え、それまでになかったほどはっきりとすべてを照らし出す光を投げかけるということである。それは精神を拡張し、保護カバーを剝ぎとって、内なる自己をそのまま外界に露出させ、神経をすっかり剝き出しにして、風のなかでハープの弦みたいに鳴り響かせる。あの小さな広場に近づいたとき、わたしは最後の瞬間まで家から目をそむけていた。窓にダークブルーの日除けが下ろされていたり、空の牛乳瓶の首に牛乳配達へのメモが留められていたり、玄関のドアが冷たく閉ざされているのを見たくなかったからだ。その代わり、わたしは頭のなかで——想像力でそれを現実化できるかのように——猛烈に意識を集中して念じていた。あのおんぼろのステーションワゴンが、あの親切で忠実な古い友人が、いつものように縁石のそばに駐車しており、家の玄関も窓もあいていて、そのうちのひとつから悔い改めたミセス・グレイが身を乗り出して、にこにこしてこちらを見下ろし、両腕を大きくひろげて迎え入れてくれることを。だが、しかし、そこに行って、あたりを見まわすと、ステーションワゴンの姿はなく、家は閉ざされ、わたしの恋人は行ってしまい、わたしはそこに取り残されて、悲哀の水たまりのなかに立ち竦んでいた。

その日そのあと、わたしはどうやって過ごしたのだろう？　表向きは物憂げに、そのくせ内側ではブルブル震えながら、わたしはさまよい歩きつづけた。ミセス・グレイがいたきのうは、わたしの世界はふくらましたばかりのパーティ・バルーンみたいに軽やかで、艶のある緊張感があったのに、彼女が行ってしまったきょうは、すべてがふいにだらりとして、さわるとべとべとするような気がした。苦悩、絶え間のない、容赦ない苦悩がわたしを疲れさせ、疲労困憊させたが、どうすれば息をつけるのかわからなかった。全身が乾ききり、灼熱に焼かれたように熱をもって、目が痛み、指の爪までが痛んだ。わたしは秋の突風に吹かれて舗道をカサコソころがっていく、干からびた鉤爪の形をした、あの大きなシカモアの葉になったような気分だった。わたしは何を言っているのだろう？　季節は秋ではなく、夏であり、地面には枯れ葉なんかなかったのに。にもかかわらず、わたしには落ち葉が見え、側溝には土埃が渦巻き、悩み苦しむわたしは冬の到来を予告する冷たい風に立ち向かっていた。

　しかし、その日の午後遅く、わたしは思いもかけぬ発見をして、その結果、一大決心をすることになった。ふらふら歩きまわっているうちに、気がつくと、ミスター・グレイの眼鏡店の前に出ていた。一日中、行ってしまった最愛の人と関わりのある場所をうろついて、彼女がプレイしているのを一度見かけたテニスコートや、わたしたちが自分たちと自分たちの愛を傍若無人に見せびらかしたボードワークスに行ったりしたが、そこに行ったのは意図してのことではなかった。店は、経営者とおなじように、ぱっとしなかった。入ってすぐカウンターと椅子のある部屋があり、客はそこに坐って、カウンターにちょうどいい角度で据えられた丸い銀縁の拡大鏡を覗いて、新しい眼鏡をかけた自分を眺められるようになっていた。店の奥には診察室があることをわたしは知っていた。壁には眼鏡のフレームが入った浅い引き出しがびっしり並んでいる棚があり、ロボットの目みたいな、二個の大きな、丸い、見ひらいた目のようなレンズ付きの機械があって、ミスター・グレイがそれで患者の視力を検査するのだった。眼鏡の商売を補うため――この当時、眼鏡をかけている人がどんなに少なかったか覚えているだろうか？――、ミスター・グレイは高価な装身具や化粧品の類も扱っており、わたしの勘違いでなければ、いろんなサイズの蒸留器《レトルト》や試験管まで売っていた。そのウィンドウに目をやったとき、わたしはもはやそれほど極端な苦悩に苛まれてはいなかったので、いまだに欲しいと思っていたキティの誕生日プレゼントのことを思い出したが、それを思い出すと、わたしの苦しみは増し、傷ついた心がいちだんと疼いた。

　その午後は店が暇だったのだろう。ミスター・グレイのアシスタントのミス・フラッシングが、ドアをあけ放った入口に立ち、屋根の上ですでに急角度に傾きかけてはいるが、まだ強くて暖かい陽光を楽しんでいた。ミス・フラッシングは煙草を吸っていただろうか？　いや、あの当時、女性は大っぴらに煙草を吸ったりはしなかった。もっとも、大胆なミセス・グレイはときには通りでも煙草を吸ったけれど。ミス・フラッシングは骨太の金髪娘で、胸と腰が高く、真っ白な出っ歯がちょっと不気味なくらい印象的だった。全身が白とピンクという感じで、鼻腔のまわりやちょっと出目ぎみの目のふちがいつもかすかに光っていた。母親に編んでもらったか自分で編んだアンゴラのカーディガンがお気にいりで、きっちり喉元までボタンをかけていたので、完璧な円錐形をした胸のありえないほどとんがった先端が強調されていた。彼女は極端な近視で、瓶底みたいに分厚いレンズの眼鏡をかけていた。自分も近視だったミスター・グレイが自分よりさらに目が悪いアシスタントを雇うなどというのは驚くべきことではないだろうか？　彼女を一種の広告塔に、弱い視力をなおざりにすることに対する恐るべき警告にするつもりだったのでもないかぎり。ちょっと散漫なところはあったけれど、彼女は概して親切だったが、優柔不断でぐずぐずしている客にはときには短気を起こしたりもした。優柔不断の女王だったわたしの母は彼女が嫌いで、けっして認めようとせず、年に一度小銭箱から十シリング出して視力検査に行くときには、かならずミスター・グレイ――母はよく、物思わしげな笑みを浮かべながら、すてきな男性《ひと》だと言った――に診てもらいたいと言い張ったものだった。母がミスター・グレイの専門的な処置にみずからを委ねると考えると、わたしはなんだか不愉快で、胸がむかつくような感じさえした。彼らはミセス・グレイのことを話すのだろうか？　母は彼女が元気かどうか尋ねたりするのだろうか？　わたしの想像では、その話題が持ち出されても、束の間ためらいがちに取り上げられるだけで、眼鏡を絹の内張のケースに戻すように、すぐに慎重にしまい込まれ、そのあとにつづく沈黙のなかで、母がそっと低く咳払いするだけだったが。

　わたしはミス・フラッシングをよく知らなかった。もっとも、あまり人口が多いとは言えないわたしたちの小さな町では、だれもがだれとでも多かれ少なかれ顔見知りではあったのだが。その日、その通りに差しかかって、彼女が店の入口にいるのを見かけたとき、わたしは顎を上げ、眉間にしわを寄せて、ほかに大切な用事があるかのように急ぎ足で通りすぎようとした――わたしがグレイ一家、とりわけミセス・グレイと関わりのあるなんらかの理由でやってきたと思われないようにすることが肝心だった。ところが、ふいに彼女がわたしに声をかけてきた。驚いたことに、そしてちょっと恐ろしくさえなったことに、まさか知っているとは思ってもいなかったのに、彼女がわたしの名前を呼んだのだ。じつを言えば、少年らしい好奇心に目をぎらつかせていたわたしは、ミセス・グレイの豊満な魅力と比較するためのモデルが欲しいからでしかなかったが、最近になって何度となく、いつかけだるい午後にでもコッターの館みたいなところで、あのふわふわするカーディガンやレースと鯨のひげの尖った装身具を脱ぎ捨てるように説得できたら、ミス・フラッシングはどんなふうに見えるだろうと想像していた。そして、いま、彼女に自分の名前を呼ばれると、わたしは顔を赤らめたにちがいなかった――たぶん。彼女はそれには気づかなかっただろうけど。

　グレイ一家は出かけてしまった、と彼女は言った。わたしは依然として眉間にしわを寄せ、ほかに大切な用事があるのに引き留められたようなふりをしていた。彼女は近眼独特のやり方で、厚い上唇の真ん中をちょっと持ち上げて鼻にしわを寄せながら、わたしの顔をじっと見た。大きなレンズのなかの淡い色の出目ぎみの目は、萎んだスグリの実の大きさと色合いだった。「ロスモアに行ったのよ」と彼女は言った。「二週間の予定で。けさ、出発したんだけど」その言い方に憐れむような響きがあるような気がした。彼女もやはり取り残されたと感じているのだろうか？ そして、わたしとおなじように、悲しんでいて、わたしに同情しているのだろうか？ 太陽が店のウィンドウのなかの光るものに反射して、すでに悲しみで目がくらんでいるわたしの目をくらませた。「ミスター・グレイは毎日列車でこの町に通うのよ」と、いまやあきらかな悲嘆――にちがいないとわたしが確信しているもの――のなかから笑みを洩らしながら、ミス・フラッシングが言った。「ここで仕事をして、夜はみんなのところに帰るの」みんなのところに。「列車なら、遠くはないから」と彼女は付け加えたが、ふと声が震えた。「すこしも遠くないから」

そのとき、わたしは理解した。ミス・フラッシングが憐れんでいたのはわたしではなく、自分自身だったのである。彼女の声に悲しみがにじんでいたのは、わたしのせいではなく自分自身のせいだった。もちろん、そうだったのだ！ というのも、彼女はミスター・グレイに恋をしているからだ、と、その瞬間、わたしはふいに確信した。それで、彼は？――彼は彼女を愛しているのだろうか？ ふたりはミセス・グレイとわたしとおなじようなものなのだろうか？ そうだとすれば、いろんなことの説明がついた――たとえば、自分の鼻の先で妻とわたしがやっていることが見えないという、ミスター・グレイのもうひとつの近視眼。いや、もしかすると、それは近視眼ではなく、愛情がよそに移ってしまった人間の無関心だったのかもしれない、といまやわたしは考えていた。そうだ、そうだったのだ、そうだったにちがいない。自分の妻が言っていたとおり午後を買い物や主婦の友人たち――そもそもどんな主婦の友人がいたと言うのか？――とのテニスで過ごす代わりに、コッターの館でわたしと転がりまわっていたとしても、彼は気にしていなかったのだ。なぜなら、そのあいだに、彼はここの奥の部屋で、シェードを下ろして休業中の看板を出して、ミス・フラッシングにあの醜い眼鏡を外させ、体にぴったりまつわりつくカーディガンやワイヤー入りの下着類を脱がせるのに忙しかったからだ。ああ、実際、いまやすべてがあきらかになり、わたしは大得意だった。人生の可能性の風船がはち切れんばかりにふくらんで、つないでいる紐を引っ張っていた。どうすべきかはわかっていた。月曜日になって、ミスター・グレイが上り線で町にやってくるとき、わたしは下り線に乗って、蒸気と火花を噴き上げながら愛する人――そのすてきな手足はそのころにはすでに日射しを吸収してうっとりする赤みを帯びているにちがいない――のもとに駆けつけるのだ。しかし、母をどうすればいいだろう？母は何と言うだろう？　ふん、母がどうしたというのか？　いまはまだ夏休みなのだ。なにかしらの口実をつくって、夕方まで出かけると言えばいい。母は異議をとなえないだろう。いままでわたしのどんな嘘や口実も信じてきたのだから。かわいそうな鈍い母さん。

わたしはここで立ち止まる。ふいにわたしの母の記憶がどっとよみがえってきたからである。ある晴れた風の強い日、海岸でピクニックの食べ残しのまんなかに坐っている母。紙の皿やつぶれた紙コップ、大きなブリキのビスケット缶にはパンの屑、行儀悪く放り出したままのバナナの皮、ねじれた角度で砂に埋まっているミルクティーの飲み残しが入っている瓶。彼女は背筋を伸ばして坐り、剝きだしの、斑点のある脚をまっすぐ前に投げ出して、頭にはヘッドスカーフか形のない木綿の帽子をかぶっている。縫い物をしているのだろうか？――というのも、刺繡をしているときみたいにぼんやりとした薄笑いを浮かべているからだが。まだ死んでいなかった父はどこへ行ったのか？　姿が見えない。たぶん、いつものように、浅瀬に行ったのだろう。ズボンをまくって、豚脂《ラード》みたいな灰白色の、ごつごつしたくるぶしとふくらはぎを剝きだしにして、ピチャピチャ歩きまわっているにちがいない。そしてわたしは、わたしはどこにいるのだろう。それとも――わたしは宙に浮かんでいる目、空中から見守っている立会人にすぎず、そこにいながらいないのだろうか？　ああ、母さん、過去が過去でありながら、しかもすこしも変色せずに、あのブリキ缶みたいにきらきら光って、依然としてここにあるなどということが、どうしてありうるのだろう？　母さん、あの焼けつくような、腫れ上がった夏のあいだ、自分の息子がどんなことをやっているか、あなたは一度も疑ってみなかったのだろうか？　一人っ子の恋愛感情に母親がまさかそんなに盲目なはずはないだろう。あなたはなにも言わなかった。仄めかすこともなかったし、はっきり問い質そうともしなかった。それでも、あなたが疑っていたなら、知っていたならどうだろう？　知っていたけれど、あまりにも恐ろしく、あまりにも忌まわしくて、口にすることも、問い質すことも、禁じることもできなかったのだとしたら？　この可能性は、みんなが初めからすべてを知っていたのかもしれないという可能性よりも、もっとわたしを悩ませる。最初の犠牲者である母をはじめ、この人生で、わたしはなんとたくさんの人たちを裏切ってきたことか。

ほんとうにロスモアに行くつもりなのか？　土曜の夜から日曜日一日のあいだにかぞえきれないほど何度も、わたしの決意は揺らいでは消え、ふたたび奮い立ったかと思うと、またふらついて消えた。だが、自分でも驚いたことに、わたしは行った。出かける手筈を整えるのは、実際にはじつに簡単なことだった――人目を忍ぶ恋人たちの行く手の障害物を取り除くのを仕事にしている悪魔の弟子がいるにちがいない。悪魔にささやかれたとおり、ビリー・グレイから一日いっしょに過ごそうと誘われた、とわたしは母に言った。すると、母は疑うどころか、おおいに喜んだ。グレイ一家は彼女の言う専門職の家系であり、したがってわたしが一家と関係をもち、それを育むのは望ましいことだった。母はわたしに汽車賃とアイスクリームを買う余分の金をくれ、サンドイッチを作ってくれて、二枚あるいいシャツの一枚にアイロンをかけ、ズック靴を白色粘土《パイプクレイ》で磨いてくれようとさえした。わたしは早く出かけたかったので、そんなふうに騒ぎ立てる母がひどく腹立たしかったが、いつになく寛大に微笑んでくれた運命の女神の機嫌を損ねたくはなかったので、なんとかじっと我慢した。

列車に乗りこむと、刺すような不安を感じた。石炭の煙の匂いや座席のカバーのごわごわする感触はなぜかそういう不安を呼び起こす。そのとき、わたしは自分の母のことを思い出していたのだろうか？　その朝あんなにも滑らかに嘘をついたことを恥じていたのだろうか？　あのころ、そういう良心の痛みを感じることがいかに少なかったかを思うと――わたしはすべてをのちのため、いまのために取っておいたのだ――驚かずにはいられないが、それでもあのとき、列車がゼイゼイガタゴトいいながら駅を出ていったとき、わたしは猛火で焼かれる原野を、燃え上がる悲哀の湖を目にし、奈落から立ち昇る悲運の恋人たちの叫びを聞いたのだろうか？　〈これは重大な罪ですぞ、わが子よ〉とプリースト神父は言ったが、たしかにそのとおりだった。しかし、天罰が下されるなら下されるがいい。わたしはそれでもかまわなかった。わたしが座席から立ち上がり――その拍子に、シートから古びた埃が噴き出した――、太い革紐で吊られた重たい木製の窓を下ろすと、夏がそのあらゆる兆しといっしょにわたしの腕のなかに飛びこんできた。

わたしはむかしから列車が好きだった。もちろん、いちばん好きだったのは古い汽車である。

真っ黒い機関車が蒸気の塊を噴き出し、一定の形の白い煙を連続的に吐き出して、客車はガタゴト揺れ、車輪はガンガン激しい音を立てる――そんなに力をこめて奮闘しながら、その結果産み出されるのはこんなに陽気な、玩具みたいな効果なのだ。やがて、風景がゆっくりとまわる巨大な車輪みたいに回転し、扇のようにいつまでもひらきつづけ、電信線がたわんで滑り、小鳥たちは懸命に羽ばたきながら、捨てられたたくさんの黒いぼろ切れみたいに、窓の前を後ろ向きにゆっくりと飛び去っていく。

夏、列車が出ていったあと、駅のプラットホームにひろがる静寂はなんと広大で平板なことか。降りたのはわたしひとりだった。制帽とネイビーブルーのコートを着た駅長は、線路につばを吐き、運転手――それとも、車掌車の車掌だったか？――から受け取ったあの輪みたいなものを肩からぶらさげて、のんびりした歩調で立ち去った。線路の向こう側の草むらが日に焼かれてチリチリいい、カラスが杭に止まっていた。わたしは小さな緑色のゲートを通って道路へ出た。自分の内側に冷たい風に揺すられる重くて黒いカーテンみたいなうねりを感じながら、こんなふうにここに来たのがどんなにばかげたことだったかをぼんやりと悟った。だが、それでもかまわなかった。かまうものかと思っていた。引き返すには遠くまで来すぎていたし、いずれにせよ、上りの列車は数時間後にしかなかった。ポケットから母が作ってくれたサンドイッチを取り出して、自分の覚悟の、揺らぐことのない決意の証《あかし》として、線路の反対側の草むらに投げ捨てた。杭に止まっていたカラスは迷惑そうに一声鳴くと、黒い喪服の翼をひろげて、面倒臭そうに二、三度羽ばたき、期待はしていないがいちおう調べておくことにしたようだった。こういうすべてがすでに一度どこかで起こったことがあるような気がした。

グレイ一家が泊まっているビーチホテルは軒の低い、細長い、ガラス張りのベランダのある平屋の建物だった。ホテルというのは名ばかりで、下宿屋とたいして変わらなかった。もっとも、わたしの母がもっているむさ苦しい海の家よりはあきらかに一段上だったけれど。空が映っているガラスのほうにちらりと目を向ける勇気さえなしに、わたしは足早にその前を通りすぎた。もしもビリーが、いや、それよりもっと悪いことに、キティが出てきて、そこにいる自分の姿を見られたらどうなるだろう？　自分のことをどう説明すればいいのか？　アリバイづくりに必要な小道具、たとえば海水パンツやタオルさえ持っていなかったのだ。そのまま道路を歩いていくと、まもなくカフェと商店の隙間からビーチに出られる場所があった。この朝は暑かった。母がくれたお金でアイスクリームを買おうかと思ったが、この一日がまだどのくらいつづくかわからなかったので、いまは我慢することにした。わたしはさっき惜しげもなくサンドイッチを捨てたことをすでに後悔しはじめていた。

海岸に出て腰をおろすと、こぶしで漏斗をつくって砂を通しながら、憂鬱な顔で海を眺めた。上空に太陽のある海面は、ちらちら上下動を繰り返す古金色や銀色やクローム色の金属片でできた広大な平面だった。人々は犬の散歩に出てきており、すでに海に入っている人も何人かいて、水を撥ねかしながらキャーキャー叫んでいた。自分がみんなの注目の的になり、じろじろ見られているにちがいない、とわたしは思っていた。たとえば、あのブルドッグを連れた親父とか、麦わら帽のリボンにライラックの小枝を差している痩せた女が不審を抱いて、わたしに問い質したらどうだろう？　こんなところに何もせずにいることを、どう説明すればいいのだろう？　ミセス・グレイは、わたしを見たら何と言い、どうしようとするだろう？　ときどき、わたしにとって、彼女はもうひとりの大人にすぎなくなることがあった。うわの空で、予測不可能で、理不尽な怒りを爆発させたりする大人に。わたしとは違う、大人の世界のほかの大人たちとおなじ人間に。

そこの砂の上にしゃがみこんで、少なくとも一時間はじっとしていたような気がしたが、ビーチの背後にあるプロテスタント教会の鐘楼の時計を見ると、十分も経っていなかった。わたしは立ち上がって砂を払い、村のなかをぶらつきだした。目につくものを見てまわったが、ありふれたものしかなかった。幅広の半ズボンやばかげた帽子の休暇中の人たち、入口にはビーチボールが鈴なりで、アイスクリームの機械がブンブンゴトゴトいっている商店、袖無しの黄色いセーターに襞飾り付きの大きな靴でコースに出ているゴルファーたち。通りすぎる車のフロントガラスに太陽が跳ね返り、建物の出入口に鋭い影をつくっている。わたしは立ち止まって、三匹の犬の喧嘩を見物したが、それはすぐに終わってしまった。トタン葺きの教会の前を通ったとき、キティが自転車に乗って近づいてくるのが見えたような気がして、生け垣のかげに身を隠した。心臓が袋のなかで暴れる猫みたいに熱い塊になってのたうった。

そういう空虚な時間の反響のない洞窟のなかで、だれにも見られず気づかれずにいると、わたしはしだいに自分自身から引き離され、どんどん肉体から遊離していった。ときには、自分が幽霊になったような気がして、自分が人々に近づいて、彼らのなかを通り抜けても、人々はわたしの息づかいにさえ気づかないのではないかと思った。お昼には、ロールパンとチョコレート・バーを買って、マイラー食料品店の外のベンチに坐って食べた。退屈と照りつける太陽のせいで、すこし胸がむかむかした。やがてわたしは破れかぶれになり、ビーチホテルに行ってミセス・グレイを呼び出すための策略を考えはじめた。間違えてロスモア行きの列車に乗ってしまい、ここで立ち往生して困っているので、帰りの電車賃を借りなければならないとか。広場の彼等の家が泥棒にねらわれ、わたしが大急ぎで知らせにきたとか。ミス・フラッシングから別れると脅されて、ミスター・グレイが上りの列車から身を投げ、そのズタズタになった遺体を線路沿いにまだ捜索中だとか――何だろうとかまわなかった。わたしはどんなことでも言う気になっていた。けれども、動揺した侘しい心を抱えていつまでもうろつきまわるだけで、時間はどんどん遅くなっていった。

ビリーには実際に出くわした。ものすごく奇妙だった。角を曲がったとたんに、彼と鉢合わせしたのだ。ビリーは公営テニスコートから戻ってきたところだった。三、四人の仲間といっしょだったが、わたしの知っている顔ではなかった。わたしたちは、ビリーとわたしは一瞬ひるんで、立ち止まり、じっと顔を見つめ合った。スタンリーやリヴィングストンもこんなに驚いたことはなかったろう。ビリーは白いテニスウェアを着て、青いラインの入ったクリーム色のセーターを袖で腰に巻きつけ、ラケットを持っていた――ラケットを二本、そう、二本だった、どちらも新品の木製プレスに入れて持っていた。なんとも言えないぎごちなさのなかで、一瞬、彼は顔を赤らめ、もちろん、わたしも赤くなった。そして、同時になにか言いかけて、口をつぐんだ。それは起こるはずのないことだった。わたしたちがそんなふうに出会うなんてことはありえないはずだった――そんなところにいるなんて、わたしはどういうつもりだったのか？　どうしたらよかったのだろう？　ビリーは仰々しいプレスに挟んだ二本のラケットを隠そうとして、わざと投げやりに体のわきにぶらさげた。ほかの少年たちはちょっと先に行っていたが、いまや立ち止まって、たいして興味もなさそうにこちらを振り返っていた。わたしはミセス・グレイのことや自分がそこに来ている目的のことを考えていたわけではなかった。そのどぎまぎした感覚、困惑と鈍い恐怖と鋭い不快感の熱い混合物をつくりだしたのはそれではなかった。だとすれば、何だったのだろう？　たぶん、純粋な驚き、油断していたときに不意を突かれたせいだろう。なんだか不当に屈辱的なものに巻きこまれ、どうすれば抜け出せるのかわからないような気分だった。ジャングルの小道で鼻を突き合わせた二頭の獣みたいに、わたしたちはいまにも歯を剝きだしてうなりだしそうだった。それから、ふいに緊張が解け、ビリーがあの偏った、ちょっと弁解するような笑みを浮かべて、頭を片側にひょいと傾けた——一瞬、彼のなかに母親が見えた——。それから、目を伏せたまま、目の前に出現した棘だらけの障害物を通り抜けるかのように、慎重なしなやかな動きで、わたしを避けて通りすぎた。わたしには聞き取れなかったが、彼はなにか一言言って、海辺の新しい友人たち——自分たちが見たが理解できなかったものを訳がわからないまま面白がってにやにや笑っている——のほうへ行った。まだ赤らんだままのビリーのうなじがはっきりと見えた。友人のひとりが、油断ならない試練をよく無事に切り抜けてきたと言わんばかりに彼の肩をたたき、笑い声をあげて、いっしょに歩きだした。もうひとりはビリーの肩に腕をまわしながら、ちらりと後ろを振り向いて、いかにも悪意にみちた嘲笑のまなざしを投げつけた。すべてがあっという間のできごとで、わたしは何事もなかったかのように歩きつづけ、自分でも驚くほど平然として、ふたたびぶらぶら歩きをつづけた。

その日、不気味なくらい何度も、夏休みの人込みのなかからミセス・グレイが現れるのが見えたような気がした——いや、実際に見えた。彼女は至るところにいた。たくさんのなんの変哲もない影のあいだを輝かしいものがよぎって、わたしの気をそそった。喜ばしい認識の大波は、盛り上がったかと思うとたちまち砕け散り、その相手をするのはひどく疲れることだった。漂い流れる群衆のなかで、薄情ないたずら好きの妖精と隠れん坊をしているようなものだった。見つけたかと思うとすぐさま見失うことを繰り返せば繰り返すほど、彼女を求める気持ちは激しく狂おしくなり、しまいにはこのまま本物の彼女が現れなければ、気を失うか正気を失うのではないかと思った。それでも、いざ実際に彼女が現れると、あまりにも何度も彼女の姿を想像していたせいか、すぐには自分の目を信じられなかった。

そのころには、わたしはすっかり希望を打ち砕かれて、家に帰る最終列車に乗るために重い足取りで駅に向かっていた。あまりにも意気消沈していたので、ビーチホテルの前を通ったとき、ちらりと目を向けようとさえしなかった。彼女は駅のほうから太陽を背にして歩いてきた。燃え上がる黄金色をバックに浮き上がる動くシルエット。サンダルを履き、半袖の花柄のドレスを着て――わたしが最初に気づいたのはそのドレスだった――、髪を頭の後ろでピンで留めていたが、そうするととても若く見えた。ショッピングバッグを振りながら、サンダルをパタパタいわせてやってくる脚を剝きだしにした娘。初めは、彼女のほうも自分の目で見たものを信じられなかったようで、道の途中で立ち止まって、驚きと芽生えかけた警戒心をたたえた目でじっと見た。それはすこしもわたしが想像していた出会い方ではなかった。ここで何をしているのか、と彼女は訊いた――なにかまずいことがあったのか？　わたしは何と言っていいかわからなかった。日焼けについては、わたしが思っていたとおりで、額と喉のくぼみにうっすらとピンクに焼けたあとがあり、鼻の鞍部の両側にとても魅力的なソバカスがばらまかれていた。

彼女は首をかしげ、目を細めて、口をきっと結び、横目でわたしをにらんでいた。わたしを見たとき顔に浮かんだギョッとした表情は、いまや疑惑と腹立たしげな非難のしかめ面に変わっていた。彼女は頭のなかで、わたしの突然のショッキングな出現によって突きつけられた問題の大きさを大急ぎで計算しているにちがいなかった。いますぐにでも、百ヤードも離れていないホテルの入口から自分のこどもたちのひとりが現れて、わたしたちふたりがそこにいるのを見るかもしれなかった。だが、そうしたら、どうだというのか？　わたしは舗道の割れ目を爪先で蹴りながら、ふくれっ面をして彼女を見返した。わたしは失望していた——いや、それどころか、ひどく幻滅していたとさえ言えるだろう。たしかに、わたしは彼女にショックを与えた。たしかに、わたしたちは見つかる危険があり、見つかったら言いわけのしようがなかっただろう。けれども、彼女が何度もわたしに誓ったあの愛はどうなるのか？　どんなしきたりも問題ではなかったはずのあの愛は？　四月の午後、洗濯室でわたしと寝たり、夏の森のなかを裸で駆けまわったり、真っ昼間に公道のわきにステーションワゴンを停めて後部座席にもぐり込み、いきなりスカートを腰までめくって、有無を言わせずにわたしを、若い愛人を自分の上に引き寄せた、あの無頓着な情熱はどうなったのか？　彼女はいまやいかにも困惑した目つきになり、絶えずわたしの向こうのホテルに目をやって、舌の先を下唇に押しつけて前後に動かしていた。なんとかしなければならない、とわたしは思った。すぐになんとかして、彼女の注意を彼女自身や彼女が失うおそれのあるすべてから引き離して、わたしのほうに引き戻さなければならない。わたしはがっくりと肩を落として、神妙な態度で目を伏せると——そう、たしかに、わたしは俳優の卵だった——、かすかに涙っぽさが感じられる声で、自分がロスモアに来たのは、ほかにはどうしていいかわからなかったからであり、もう一日も、一時間も、彼女から離れていることに耐えられなかったからだと言った。わたしの言葉のうわべの強烈さに驚かされて、彼女は長いことわたしの顔をじっと見つめた。それから、あの彼女独特のうれしそうな、ゆったりした、焦点のぼやけた笑みを浮かべた。「まったくなんという子なの」と彼女はつぶやいたが、声が喉に詰まりかけて、首を振った。彼女はふたたびわたしのものだった。

わたしたちは彼女が来た道を引き返した。駅の横を通り抜けて、小さな太鼓橋を渡ると、ふいにあたりはすっかり田舎らしくなった。彼女がどこにいたのか、わたしは知りたかった、どこから戻ってきたところなのか？　彼女は笑った。一日中、町にいたのだという。ふくらんだショッピングバッグを見せて、「あそこにはなにもないのよ」と言いながら、頭をそらせて軽蔑したようにビーチホテルの方向を指した。「毎日毎日ソーセージとジャガイモ、ジャガイモとソーセージばかりで」それで、けさ出かけて、いまごろ、列車で戻ってきたのだろうか？　そう、わたしとおなじように、彼女はぶらついていた。わたしがどこにいるのだろうと思いながら、何時間も町を歩きまわっていたのだという。そのあいだじゅう、わたしはここにいたのに！　わたしが悔しがって顔をしかめたのを見て、彼女はふたたび笑った。わたしたちは道路わきを歩いていた。太陽が目に入り、夕方の光はくすんだ黄金色になっていた。側溝から長い雑草が伸びて、ものうげにわたしたちをたたき、わたしたちの脚に粉っぽい跡を残した。野原には足首ほどの深さの淡い白っぽい霧がひろがり、牛はひづめの見えない脚で立ち、下顎をあの機械的な飽き飽きしているようなやり方で上下や左右に動かしながら、通りすぎるわたしたちを見送っていた。夏、夕方の静けさ、自分のかたわらの恋人。

彼女が列車で戻ってきたのなら、とわたしは訊いた、ミスター・グレイはどうしたのか――彼はどこにいるのか？　彼は町で用事があるので、夜遅い郵便列車で来ることになっている。町で、用事がある。わたしはミス・フラッシングのウェーブのかかった金髪や、高い位置の腰、濡れて光っている二本の前歯を思い浮かべた。わたしはなにか言うべきだろうか？　ミスター・グレイの疚しい秘密についてわたしが知っていると思っていることをちらりと仄めかすべきだろうか？　まだその時期ではないだろう。その後、しばらくしてから、実際にわたしがそれを仄めかしたとき、彼女はどんなに笑ったことか――「ああ、たいへん、おしっこを洩らしちゃったみたい！」――。彼女は手をたたいて、金切り声をあげ、夫のことは自分のほうがわたしよりもよく知っている、と宣った。

　わたしたちは道の曲がり角の、カサコソいう木立の紫がかった茶色の木陰で足を止め、わたしは彼女にキスをした。彼女のほうがわたしより一インチくらい背が高かったことはもう言っただろうか？　考えにくいことではあるが、結局のところ、わたしはまだ発育盛りの少年だった。日に焼けた彼女の肌がわたしの唇には贅沢な熱さだった。かすかにふくれ、微妙に粘っこく、外側の皮膚というよりは隠された粘膜みたいだった。わたしたちが交わしたすべてのキスのなかでも、わたしはこのときのキスをいちばん鮮明に覚えている。たぶん、奇妙だったからだろう。ほかにはどうということもない夏の夕べ、日暮れどきに木立の下にあんなふうに立っているのは奇妙だった。わたしたちはわたしたちなりに無邪気だったが、それも奇妙だった。あの古風な田園風景の木版画のなかに自分たちがいるところが目に浮かぶ。年若い恋人とソバカス顔の花の女神《フローラ》が、スイカズラとあまい露の野バラが絡み合う東屋の下で、慎ましく抱擁し合っている図。キスが終わると、わたしたちは一歩後ろに下がり、咳払いをして、同時に体の向きを変え、礼儀正しい沈黙を守って歩きだした。わたしたちは手をつなぎ、紳士であろうとしたわたしは、彼女のショッピングバッグを持っていた。わたしたちはどうしようとしていたのだろう？　時刻はどんどん遅くなり、わたしは最終列車に乗り遅れていた。顔見知りのだれかが車で通りかかって、こんな遅い時刻に霧にかすんだ草原を手をつないでぶらついているわたしたちを、まだひげも生えていない少年と既婚女性だが、あきらかに恋人同士であるふたりを見たとしたら？　わたしはその場面を想像した。車が大きく道からそれ、ハンドルをにぎった運転手が信じられないという顔をして、大声でなにか言おうと口をひらく。ミセス・グレイはこどものころ、こういう晩に父親がキノコ狩りに連れていってくれた話をしはじめたが、やがて口をつぐんで、物思いに沈んだ。わたしは少女の彼女を想像しようとした。腕にバスケットを下げて、白い霧の漂う草地を裸足で足下に注意しながら歩いていく。前を行く男、彼女の父親はお伽噺の父親みたいに、眼鏡をかけ、頬ひげをたくわえて、ヴェストを着けている。わたしにとって、彼女にはお伽噺でない過去はありえなかった。なぜなら、わたしが彼女を発明し、呼び出したのは、わが心のたけり狂う欲望のなかからであり、それ以外のなにからでもなかったからである。

引き返して、ステーションワゴンを取ってきて、わたしを家に送る、と彼女は言った。だが、どうすればそんなことができるのか、わたしは知りたかった。どうすれば彼女が出てこられるのか？——わたしもようやく自分たちが陥っている苦境の重大さを理解しはじめていた。まあ、なにかしら口実を思いつけるでしょう、と彼女は言った。それとも、もっといい考えがあるとでもいうのかしら、と彼女は訊いた。わたしはその当てこするような言い方が気にいらず、よくそうしたように、むっとして黙りこんだ。彼女は笑って、大きなこどもなんだからと言い、両腕でぐっと抱き寄せて、なかば抱きしめなかば揺するようにした。それからまたわたしを突き放して、口紅を取り出すと、唇を突き出したり、歯がないかのように見えるまで唇を吸いこんだり、小さなパッという音を立てたりしながら、新しい口をつくった。跨線橋《こせんきょう》のところで待っていれば、戻ってきてひろってくれる。それまでのあいだに、ミスター・グレイの列車が到着するかもしれないから、注意しているようにという。もしそうなったら、どうすればいいのか、とわたしは訊いた。「排水溝の後ろに隠れるのね」と彼女はそっけなく言った。「こんなに夜遅くこんなところをうろついている理由を、彼に説明したいのなら別だけど」

ショッピングバッグをわたしから受け取って、彼女は立ち去った。見送っていると、薄闇のなか、その影がゆらゆらと橋を渡って、わたしたちのふたつの世界の隙間に滑りこんで消えた。こんなにも多くの記憶のなかで、なぜ彼女はいつもわたしから遠ざかっていくのだろう？　彼女が町で何を買ったのかは訊かなかった。べつに知りたくもなかった。だが、いまや、当時の明るい色の元気な広告のひとつみたいに、日焼けしてソバカスのあるサマードレス姿の彼女が、ビリーとキティがこぶしの上にバラ色の頬をのせ、ボタンみたいな目を輝かせてにこにこ顔で熱心に見守る前で、バッグの豊饒の角《コルヌコピア》（ギリシャ神話で、食べ物や花が望むままにあふれ出るとされる角）からあらゆる種類のうれしい食料品を取り出している姿が目に浮かんだ――ビスケットやボンボン、軸付きのトウモロコシ、パラフィン紙で包んだスライスされたパン、ボウリングのボールくらいもある大きなオレンジ、てっぺんに陽気な飾り結びのある鱗で覆われたパイナップル――そのあいだ、彼らの背後ではミスター・グレイが、夫であり、父親であり、こういうすべての豊かさのただひとりの提供者である人物が新聞から顔を上げて、鷹揚な笑みを浮かべているにちがいなかった。謙虚で、頼りになる、四角い顎をしたミスター・グレイ。けっしてわたしのものになることはない、彼らの世界。夏の終わりが近づいていた。

わたしは柵の踏み越し段《スタイル》のところへ行って、腰をおろした。足下では、一日の最後の明るみのなかでレールが光り、駅長室では無線機がブンブンいう音の針を静寂に突き刺していた。夜の帳《とばり》が下りて、一年のこの時期には暗闇と見なされる灰紫色の薄闇がひろがった。いまや、待合室の窓には明かりがつき、プラットホームの端のブーンとうなっているランプの下では、蛾が酔っ払いみたいにジグザグのパターンを描いていた。わたしの背後の野原では、ウズラクイナがしきりに木製のガラガラを振りはじめた。コウモリも現れて、ティッシュペーパーをそっとたたむようなかすかな羽音を立てながら、頭上の藍色の空気のなかをあちこちへかすめ飛んだ。まもなくどこかから巨大な、丸々とした、蜂蜜色の月が空に昇り、浮かれた訳知り顔をしてわたしを見下ろした。さらに、流れ星が見えた！——最後に流れ星を見たのはいつだったろう？　いまや、ミセス・グレイが行ってしまってから、心配になるほど長い時間が経っていた。なにかあったのだろうか、待ち伏せされて襲われたんじゃないか？　もしかすると、わたしを迎えに来ることができなくなったのではないか。わたしはしだいに寒くなり、空腹になってきた。寂しくなると、わたしはわが家を思い浮かべた。キッチンにいる母、窓辺で椅子に坐り、図書館から借りた探偵小説を読んでいるにちがいなかった。片方のつるを絆創膏で修理した眼鏡を鼻の先にのせて、親指を舐めてページをめくり、眠そうに目をしばたたいているだろう。いや、ひょっとすると、母は本を読んでいないかもしれなかった。窓のそばに立って、心配そうに外の暗闇に目を凝らし、なぜわたしがこんなに遅いのか、わたしがどこにいて、何をしているのか訝っているのかもしれない。

　橋の下の信号機の腕木がいきなりガタンと下りて、わたしを驚かした。信号灯が赤から青に変わり、遠くから郵便列車の明かりが近づいてくる。まもなくミスター・グレイが、ブリーフケースを下げ丸めた新聞を腋に挟んでホームに降り、一瞬立ち止まってあたりを見まわして、ここで降りてよかったのかどうか確信をもてないかのように目をしばたたくだろう。わたしはどうすればいいのだろう？　彼の注意を引こうとすべきなのか？　しかし、ミセス・グレイが言ったように、こんな夜遅く、こんなところで、ひとりで寒さに震えていることを、どう言いわけすればばいいのだろう？　そのとき、丘の頂からステーションワゴンが現れた。ヘッドライトの片方が曲がっているので、滑稽なやぶにらみの目で、手探りで進んでいるように見えた。車はこちらに近づいてきて、踏み越し段のそばで停まった。運転席側の窓があいていて、ミセス・グレイは煙草を吸っていた。彼女はわたしの向こうの、いまや月みたいに大きく黄色くなって近づいてくる列車の明かりに目をやった。「わあ」と彼女は言った。「ギリギリだったわね」わたしは彼女の横に乗りこんだ。革のシートが冷たくじっとりしていた。彼女が片手を伸ばして、わたしの頬にふれた。「かわいそうに」と彼女は言った。「歯がカチカチいっているじゃないの」彼女はガリッとギアを入れ、わたしたちはタイヤから白煙を上げながら夜のなかに飛び出した。

　こんなに長いあいだ待たせてすまなかった、と彼女は言った。キティがなかなか寝ようとせず、ビリーも友人たちと出かけていたので、帰ってくるのを待たなければならなかったのだという。友人たちとか、とわたしは思った。ああ、そうだろうとも、こっちへ来るなりたちまちつくった新しい友人たちとだろう。彼女は、ホテルに泊まっている老人のひとりが、一日中ビーチで少女たちが着替えるのを盗み見ているという話をしはじめた。話しながら、煙草を持った手で、まるでそれがチョークで空気が黒板であるかのように、大きな輪を描き、いななくように鼻で笑って、まるでこの世になんの悩みもないかのように見えたが、もちろん、それがわたしには不愉快だった。窓をあけたまま、月明かりの風景のなかを走っていると、夜が絶えず彼女の肘を打ち、髪が風に震えて、ドレスの肩のあたりが波打ってハタハタと音を立てた。わたしはどんなふうにビリーやその友人たちに出会ったかを話した。そのニュースはそのときまでずっと取っておいたのである。彼女は長いこと黙りこんで考えていたが、やがて肩をすくめて、息子は一日中出かけていて、朝からほとんど顔を合わせていないと言った。わたしはそんな話には興味はなかった。道路わきか、どこかの小道に入って車を停めることはできないのか、とわたしは訊いた。彼女は横目でわたしを見て、首を振り、ショックを受けたような顔をした。「あなたはほかのことを考えることはないの?」しかし、結局、彼女は車を停めた。

そのあと、町に到着すると、彼女はわたしの家の通りのずっと外れで車を停めた。見ると、家は真っ暗だった。結局、母は寝てしまったのだろう——わたしはそれをどう受け取るべきだったのか? 家に入ったほうがいい、とミセス・グレイは言ったが、わたしはぐずぐずしていた。フロントガラス越しの通りは、月明かりが彫刻した角の尖った立方体や円錐の寄せ集めのようで、すべてがうっすらと滑らかな銀灰色の埃をかぶっていた。また流れ星が、それからもうひとつ流れ星が見えた。ミセス・グレイは黙りこんでいた。こどもたちのことを考えていたのだろうか? 戻ったとき、自分の不在を夫にどう説明するか考えていたのだろうか? ミスター・グレイはガラス張りのベランダの暗闇のなかに坐り、指でコツコツたたきながら、眼鏡のレンズを非難するように光らせて、彼女を待っているのだろうか？　やがて、彼女はため息をつき、大儀そうに身をくねらせて体を起こすと、わたしの膝を軽くたたいて、もうとても遅いから家に入るべきだ、とあらためて繰り返した。彼女はおやすみのキスはしなかった。またロスモアに行くつもりだとわたしが言うと、彼女はきっと唇を結んで、まっすぐフロントガラスを見つめたまま、小さくすばやくかぶりを振った。わたしは本気で言ったわけではなかった。もう一度あそこへ行って、その日と似たような一日を過ごしたいとは思わなかった。わたしが家まで半分の距離に近づくのを待ってから、彼女は車を出した。わたしは立ち止まって振り返り、ステーションワゴンのふたつの宝石みたいなテールランプが小さくなって消えるのを見送った。わたしは思い出していた。ステーション・ロードを歩いていくわたしを見たとき、彼女がどんな顔をしたか、どんなに驚いてパニックに襲われ狼狽したか、そして、一瞬後、その目がどんなふうに細められ、抜け目なく計算する光を放ったか。いつか、最後の日には、ふたたびあんなふうになるのだろうか、とわたしは思った。わたしがどんなに懇願し泣きわめいても、どんなに悲痛な涙を流しても、彼女は冷たい目をして顔をそむけるのだろうか？　最後には、あんなふうになるしかないのだろうか？

それにしても、あのレリチの夜、雪に閉ざされたホテルで大草原《パンパス》からやってきた謎の男と出会ったあと、何が起こったのか、ミセス・グレイの言い方を借りれば、結局はどんな顚末をたどったのか、と諸君は尋ねるにちがいない。なぜなら、当然、なにかしら起こったにちがいないのだから。結局のところ、ドーン・デヴォンポートみたいな女を、救護を必要としているスターを、やさしく介抱されることを求めている女神を招きもせずに自分のベッドに迎え入れるというのは、少年時代に汗にまみれて夢想していたことそのものではなかったか？　少年時代が過ぎ去ったあとの一時期、そういうことが起こったときには、どうすべきかを正確に心得ており、一瞬たりともためらわなかった時代もあった。そういう若さと活力に満ちた時代でさえ――なかには異議をとなえる人たちもいるかもしれないが――わたしがほんとうに女たらしだったことはなかったけれど。むかしから危難に陥っている女優という誘惑には逆らえず、とりわけ地方巡業のときには、夜の活動が盛んになった。わたしたち小劇団が泊まるような侘しい宿屋や薄汚いホテル――わたしは下宿屋の息子だったので、いやと言うほど見馴れた場所だったが――では、部屋は寒かったし、ベッドは寂しかったからである。夜の興行の熱っぽい余波が収まりきらないなかでは、新聞の早版に悪意ある寸評が出るだけで、耳たぶの後ろにドーランを付けたままの女の子が泣きながらわたしの腕に飛びこんでくるのもめずらしいことではなかった。わたしは女の子にやさしいことで知られていた。リディアもそういうたまさかの交渉を知っていたか、推察していたはずで、それはわたしにもわかっていた。わたしがそんなふうに遊んでいたとき、彼女も横道にそれたりしたのだろうか？　もしそうだとすれば、わたしはいまそれをどんなふうに感じるだろう？　疼くはずの場所を押してみても、なんの反応も返ってこないとはいえ、わたしもかつては熱愛し、わたし自身熱く愛されたものだった。すべてはあまりにもむかしのこと、失われた古代のことかもしれないが。ああ、リディア。

じつは、ドーン・デヴォンポートはいびきをかく。このあまり美点とはいえない事実を暴露するのを、本人は気にしないでくれるといいのだが。これが彼女のイメージを損なうことはないとわたしは思う——女神にもひとつやふたつは人間的な欠点があったほうがいいのである。いずれにせよ、わたしは女のいびきを聞くのが好きだ。心が安まるからである。暗闇のなかに横たわり、かたわらで鳴り響くリズムを聞いていると、わたしは夜、穏やかな海に出て、右に左にやさしく揺すられながら小舟で運ばれていくような気分になる。あの夜、わたしがようやくまた自分の部屋に滑りこんだとき、街灯は相変わらず窓に汚れた光を放ち、雪は依然として絶え間なく降りつづいていた。ホテルの部屋がすべてベッドルームであることを奇妙だと思ったことはないだろうか？　たとえスイートルームといういちばん豪華な部屋でさえ、ベッドルーム以外の部屋は——まるで生贄を捧げる祭壇みたいな、気取った天蓋付きの荘厳なベッドが鎮座する——内なる至聖所の控えの間にすぎない。いま、わたしの部屋では、ドーン・デヴォンポートが相変わらず眠っていた。わたしは自分にどんな選択の余地があるか考えてみた。服を着たままあのイグサ張りのヴァン・ゴッホの椅子の上で体を丸めるか、それとも、おなじくらい気の進まないソファに首を引きつらせて横たわり、とても快適とは言えない数時間――いまや時刻はきわめて遅く、夜明けはもうそんなに遠くはなさそうだった――を過ごすか。わたしは椅子を見て、それからソファを見た。椅子はわたしに見られると縮んだように見えたが、ソファのほうはベッドと反対側の壁に背を押しつけ、詰め物入りの腕を床に突き出して、薄闇のなかからいかにも疑わしげにわたしをにらんでいた。生命がないはずのモノたちから、わたしはどんどん恨まれるようになるようだった。あるいは、それがこの親切な世界のやり方なのかもしれないが。わたしをだんだん家具に歓迎されない存在にしていって、少しずつ最後のドアに、わたしがまもなく最終的にそこから出ていくはずのドアに近づけようとしているのかもしれないが。

最終的には、リスクはあるがベッドを試してみることにした。ベッドのまわりをそっとまわって、習慣から腕時計を外し、小さなテーブルのガラス製の天板の上に置いた。金属がガラスに当たるコトリという音がして、わたしはキャスが小さいころ病床のかたわらで寝ずの番をしたときのことを思い出した。あの不安な暗闇とよどんだ空気、病に倒れたこども。眠っているというよりは、はるか彼方で、半分は苦痛の昏睡状態に陥っているような気がしたものだった。音を立てずに靴を脱いで、服を着たまま、上着のボタンまできちんとかけて、カバーをめくらずに、非常に気をつけて横になり――そうまでしたのに、マットレスの奥でスプリングがビューンと、うれしげに嘲笑する音がした――、眠っている女の横に仰向けに体を伸ばして、胸の上で手を組んだ。

彼女は身じろぎして、鼻を鳴らしたが、目は覚まさなかった。もしも目を覚ましてかたわらのわたしを見たら、眠っているあいだに葬式用スーツにぴっちり包まれた死体が横に置かれたと思って、どんな恐怖におそわれたことだろう。ぼんやり明るんだ窓をバックに描かれた彼女の腰の曲線は、黄ばんだ空を背景にはるかな暗闇のなかに浮き上がる優雅な丘の輪郭みたいだった。わたしはむかしから、記念碑的であると同時に家庭的でもある、この女体の曲線を讃美してきた。彼女のいびきは鼻孔を通過するときにかすかにカタカタいう音を立てた。睡眠は不気味だ、とわたしはむかしから思っていた。毎晩死ぬためのドレス・リハーサルをしているようなものではないか。なんの根拠もないけれど、いびきは夢見を妨げるというのがわたしの持論だが、それでも、ドーン・デヴォンポートがどんな夢を見ているのだろうと考えずにはいられなかった。わたし自身は、眠るという考え自体が荒唐無稽に思われる、深夜の幻覚を見ているような覚醒状態だったが、まもなく突然小道からそれたか足を踏み外したみたいに、ガクンとベッドを揺らして意識を取り戻したので、結局、いつの間にかうとうとしていたことに気づいた。

ドーン・デヴォンポートも目を覚ましていた。それまでとおなじ姿勢で横向きに寝たまま身じろぎもしなかったが、いびきはやみ、目覚めてなにかに意識を集中しているようだった。あまりにもじっと動かないので、恐怖で硬直しているのかもしれないと思った——自分がどうやってこんなところに来たのか、真夜中に、他人のベッドのなかにいて、窓はまがまがしく明るみ、外では雪が降りしきっているのか、彼女がまったく覚えていないというのはおおいにありうることだった。わたしはごく慎み深く咳払いをした。自分はベッドを滑り出て、この部屋から抜け出し、また階下に下りていくべきなのだろうか——セニョール・ソランはまだバーにいて、アルゼンチン産赤ワインをもう一本あけているかもしれない――そうすれば、彼女はわたしを夢の産物にすぎないと考えて、安心してまた眠りに戻れるのではないか？　わたしはそういう案を弄んでいたが、どれにもあまり説得力はなかった。と、そのとき、ベッドが震えだした、あるいは振動しはじめたが、すぐにはどういうことか理解できなかった。それから、その原因がわかった。ドーン・デヴォンポートが泣いていたのである。激しいすすり泣きを抑えて、ほとんど音を立てていなかったけれど。わたしはショックを受け、胸の上で組んでいた両手を恐怖で痙攣させながらにぎりしめた。暗闇のなかでひとり泣きじゃくる女の声は恐ろしかった。わたしはどうしたらいいのだろう？　どうやって慰めればいいのか――彼女を慰めてやる必要があるのだろうか？　わたしになにかが要求されているのか？　わたしはキャスが小さかったときよくうたったばかげた小曲の歌詞を思い出そうとした。ベッドに仰向けに横たわって、耳のなかに涙が流れこむというような歌詞だったが――キャスはどんなに大笑いしたことか――、ひどく緊張した状態だったので、ドーン・デヴォンポートがいきなり跳ね起きたりしなければ、わたし自身も泣きだしていたにちがいない。しかし、彼女はシーツと毛布を思いきりぐいと引っ張って、怒りらしき無言の叫びをあげながらベッドを文字どおり飛び出すと、ドアを大きくあけ放ったまま、部屋から走り出ていった。

わたしはランプを点けて、起き上がり、目をしばたたいた。そして、両脚をベッドのわきへぐるりとまわして、靴下の足を床に下ろした。がっくりと垂れたわたしの肩にたちまち疲労感が――外に降り積む雪のすべてが、夜そのものが、頭上の巨大な暗闇のドームが――覆い被さった。足が冷たかった。なんとか靴のなかにねじ込んで、前かがみになったが、そのままの姿勢で停止した。両腕をだらりと下げたまま、靴の紐を結ぶことさえできなかった。ほんのかすかな時間のずれや食い違いから、自分のいる場所がずれてしまったと、自分自身を追い越したかそれに遅れてしまったと感じる瞬間が、あまり頻繁にではないが、あきらかにある。道に迷ったとか、道を踏み外したという感じではなく、自分が不適切な場所にいると感じているわけですらない。ただある場所に、時間《タイム》のなかのある場所《プレース》という意味だが——言葉というのはなんと奇妙な言いまわしをすることか——、自分の意志ではないのに来てしまっているということなのだ。そして、その瞬間、わたしはどうすることもできない。あまりにもなにもできないので、次の場所に移ったり、前の場所に戻ることさえできない——まったく身じろぎできず、そこにとどまったまま、困惑の底に沈みこみ、この理解不能な休止《フェルマータ》に幽閉されているしかないのである。しかし、もちろん、いつものように、いまもそうだが、その瞬間は過ぎていく。わたしは立ち上がり、靴紐を結んでいない靴を引きずって、ドーン・デヴォンポートがあけ放しにしていったドアのところに行き、それを閉めて、戻ってくる。ランプを消して、あいかわらず服を着てネクタイまで締めたまま、ふたたび横になり、すぐさま幸せな忘却のなかへ滑りこんでいった。あたかも夜の壁にぽっかりと扉があき、厚板にのせられたわたしがそこから暗闇のなかにするりと入れられて、扉が閉ざされたかのように。

わたしたちは、ドーン・デヴォンポートとわたしは、結局ポルトヴェーネレには渡らなかった。あるいは、もともと行かなければならないとは思っていなかったのかもしれない。わたしたちはそこに行くこともできたし、それを押し止めるものはなにもなかった——もちろん、すべてが邪魔をしていたとも言えるけれど——。冬の嵐にもかかわらず、フェリーは運航していたし、道路も通じていたのだから。わたしの娘が死んだのは湾の対岸の小さな港だったが、彼女は初めからそれを知っていたことがわかった——ビリー・ストライカーか、さもなければトビー・タガートから聞いたのだろう。結局のところ、それは秘密でもなんでもなかったのだから。なぜわたしが直接彼女にそう言わなかったのか、なぜ旅の行き先を行き当たりばったりに選んだふりをしたのか、彼女は質そうとはしなかった。わたしには計画が、プログラムが、わたし自身の企みがあるはずで、それよりいい案がなかったので、それに付き合ってもいいと考えたのかもしれない。あるいは、べつになにも考えずに、まるで選択の余地がないかのように、それを歓迎するかのように、連れ去られるにまかせたのかもしれない。「キーツはここで死んだのよね」と彼女は言った。「そうでしょう？　溺れるかなにかして？」わたしたちはオーバーにマフラーという恰好でホテルの下の遊歩道を歩いていた。いや、それはシェリーだ、とわたしは言ったが、彼女は聞いていなかった。「わたしは彼とおなじなの、キーツとおなじなのよ」と、眼を細めて荒れ模様の水平線をじっと見ながら、彼女は言った。「わたしは死後の生を生きているの——彼はどこかで自分のことをそう言っていなかったかしら？」彼女は得意げに短く笑った。

朝だった。前夜の騒ぎや中断された睡眠のせいで、わたしは神経が苛立っている状態で、皮を剝かれたばかりの枝みたいに剝きだしになっていた。それとは逆に、ドーン・デヴォンポートは茫然自失状態とは言わないまでも、尋常ではないほど落ち着きはらっていた。病院から旅行用に精神安定剤をもらってきたにちがいない——彼女の担当医、あのすてきなインド人は、彼女が旅に出ることにそもそも反対だったのだけれど。彼女はよそよそしく、ちょっとぼんやりしている感じで、すべてが彼女を欺すために仕組まれているかのように、周囲を疑わしげな目で眺めていた。彼女はしばしばぐっと注意を集中し、起こるはずの重大なことが不可解にも遅れているかのように、眉をひそめ目を細めてじっと時計を覗きこんだ。わたしは彼女にフェドリゴ・ソランと出会った話をした。わたしは疲れていたし、旅行の熱に浮かされた状態だったから、彼のことは夢か想像ででっちあげたのかもしれなかったし、実際、いまでもまだそうだったのかもしれないと疑っているのだが。その朝、ホテルには彼の気配はなく、ほんとうに泊まっていたのだとしても、もういないにちがいなかった。彼女がわたしの部屋に来たことや、わたしたちが慎ましくいっしょに寝たこと、彼女が泣いて、そのあと唐突かつ荒々しく部屋から出ていったことについては、わたしたちはなにも言わなかった。きょうのわたしたちは、昨夜波止場のバーで知り合って、ほろ酔い加減で意気投合していっしょに船に乗りこんだが、いまや船は出帆し、わたしたちは二日酔いで、ぞっとすることに旅はまだはじまったばかりだという、見知らぬ人間同士みたいだった。

レグホーンからの帰り道で、乗っていた船が嵐で遭難したのだ、とわたしは言った。彼女はわたしの顔を見た。「シェリーのことさ」とわたしは言った。友人のエドワード・ウィリアムズと、いまは名前を思い出せない少年といっしょだった。彼らが乗った船はエアリアル号という名前だった。この詩人が自分で船底に穴をあけたという説もあり、彼は長詩『現世の凱旋行列』を書いている途中だった。彼女はもはやわたしの顔を見ていなかったので、聞いているのかどうかわからなかった。わたしたちは立ち止まり、そこに立って、湾の彼方を見つめた。ポルトヴェーネレは向こう側だった。わたしたちは、行くはずだったその場所から徐々に遠ざかっていく船の船尾に立っていたかもしれなかったのだが。海は荒れて猛烈な青に染まり、遠い岬の足下に砕け散る白波が見えた。

「あそこで何をしていたの、娘さんは？」とドーン・デヴォンポートが訊いた。「なぜあそこに行ったのかしら？」

実際、なぜだったのだろう？

わたしたちはまた歩きだした。驚いたことに、信じられないことに、昨夜降った雪はすっかり消えていた。あたかも舞台装置家がこれは推奨できないと判断して、きれいに掃き捨て、代わりに最小限の泥で汚れた雪の水たまりを配置するように命じたかのように。空はガラスみたいに硬質で、青白かった。澄みきった陽光のなかで、頭上の丘の中腹には小さな町がくっきりと浮かび上がり、黄土色や石膏の白や焼けたピンクという色合いの斜めの面が乱雑に配置されているのが見えた。ドーン・デヴォンポートは、毛皮の縁取りのある膝下までのコートのポケットに手を突っこんで、わたしの横の敷石の上をうつむいて歩いていた。巨人なサングラスと大きな毛皮の帽子で、完全に変装している。「わたしは思っていたの」と彼女は言った。「あれをやったとき、やろうとしたとき——錠剤を飲んだときという意味だけど——、わたしは自分の知っている場所に、自分が歓迎される場所に行くんだと思っていた」舌が厚くなり、動かしにくくなって、発音するのに苦労しているようだった。「故郷に行くんだと思っていたのよ」

そうだろう、とわたしは言った。それとも、アメリカへ。ピストルを頭にあてがって引き金を引く前のスヴィドリガイロフみたいに。

彼女が寒いと言うので、わたしたちは港に面したカフェに入った。彼女は小さな丸テーブルの上に上体をかがめ、あの大きな両手でカップをにぎりしめて、ホット・チョコレートを飲んだ。南の国のこういう小さなカフェが奇妙なのは、少なくともわたしの目には、このあいだまでなにか別の店だったように見えることだ。薬屋とか、小さな事務所とか、あるいは、家庭の居間だった部屋が少しずつ、そうとは意識しないうちに、新しい用途に供されるようになったかのように。非常に高くて狭いカウンターも、狭い空間に小さなテーブルや椅子が詰めこまれているのもふつうではなく、一時的な間に合わせの空間に見えた。退屈そうでぶっきらぼうな店員もどこか当座しのぎの感じで、人手不足を補うために一時的に採用されたのだが、じつはこんな仕事は早くやめて、以前やっていたもっとずっと面白い仕事に戻りたくてジリジリしているかのようだった。レジのまわりのチラシやビラ、カウンターの背後の鏡の枠に挟んである葉書、サイン入り写真や記事の切り抜きを見るがいい。そこにいる肥った経営者——禿頭に脂っぽい灰色の髪をまとわせて、口ひげを弓なりにひねり、肥った小指には大きな金の指輪をはめている——は、自分の商売の記事の切り抜きや思い出の品に囲まれたデスクに落ち着いている芸能エージェントみたいに見えた。

〈連れて戻ってくることはできませんからね〉とリディアは言った。〈こんなことをしたって〉もちろん、彼女の言うとおりだった。こんなことをしても、ほかのどんなことをしても。

スヴィドリガイロフというのは何者だったの、と眉間にしわを寄せて考えこみながら、ドーン・デヴォンポートは知りたがった。それは娘がいっしょにここへ来た、そのこどもを宿していた人物に彼女が与えた名前だ、とわたしはふたたび忍耐強く説明した。カフェのガラスのドア越しに、湾のはるか彼方を行く優雅な白い船が見えた。船首が高く、船尾が低くなった船で、紫色の大波を掻き分けて、いまにも空に飛び出して、胸に風を受けて魔法の船みたいに舞い上がりそうだった。ドーン・デヴォンポートは震える手で煙草に火をつけた。わたしはビリー・ストライカーから聞いた話を、わたしの娘とおなじ時期に、アクセル・ヴァンダーがここかこの近くに来ていたという話をした。彼女はうなずいただけだった。もしかすると、すでに知っていたのかもしれない。ビリー・ストライカーが彼女にも話したのかもしれない。彼女はサングラスを外してたたみ、テーブルの自分のカップの横に置いた。「そして、いま、わたしたちが、あなたとわたしがここに来ているのね」と彼女は言った。「詩人が溺れ死んだ場所に」

　わたしたちはカフェを出て、町の狭い通りを上っていった。ホテルでは、ラウンジにだれもいなかったので、わたしたちはそこに入った。天井の高い、狭苦しい部屋で、母の下宿屋の談話室《パーラー》ととてもよく似ていた。薄暗くて、静かで、漠然とだが、ぬぐい去れない不満げな空気が漂っている。わたしは背もたれが低く、座面の高い、ソファみたいなものに腰をおろした。カバーが太古の煙草の煙の強烈な匂いを放っていた。楕円形のガラス越しにせっせと動く内部機構を観察できるグランドファーザー時計が、片隅に衛兵みたいに直立して、熟考しながらチクタク鳴っていた。チックあるいはタックと鳴る前に、いちいち一瞬ためらっているかのようだった。部屋のど真ん中を背の高い、なぜか横柄な感じのする、ブラックウッド製のダイニングテーブルが占拠していた。がっしりした脚には彫刻が施され、縁に房飾りのついた分厚いブロケードのクロスがテーブルの端から下のほうまで垂れている。おせっかいな舞台美術家が、ごく自然にとでもいうように、こともあろうに、レオパルディの古い詩集を置いていた。小口は大理石模様、革装の背には型押しのあるその本を取り上げて、わたしは読もうとした――

Dove vai? chi ti chiama
Lunge dai cari tuoi,
Belissima donzella?
Sola, peregrinando, il patrio tetto
Si per tempo abbandoni?...

おまえはどこへ行くのか？
だれがおまえを呼ぶのか、
親しき者たちから遠く離れて、
このうえなく美しき乙女よ？
そんなにも早く、生家を見捨てて
ひとり、さまよっていくのか？

——けれどもまもなく、その詩の華麗な響きとむせび泣くような韻律に気圧されて、わたしは本をもとの場所に戻し、叱られた生徒みたいに、床を軋らせて自分の席に戻った。ドーン・デヴォンポートはグランドファーザー時計の向かい側の隅に置かれた、幅の狭い肘掛け椅子に坐って脚を組み、前かがみになって、膝の上のグラビア雑誌のページをパラパラ軽蔑したようにめくっていた。そうやって煙草を吸いながら、一口吸うごとに、顔を横に向けずに、口だけを笛を吹くようにねじ曲げて、横向きに細い煙の柱を吹き出していた。わたしは彼女を観察した。人に近づけば近づくほど遠ざかるような気がすることがよくあるが、それはどういうわけなのだろう。いっしょにベッドにいるとき、わたしは何度となくミセス・グレイをそういう目で見つめた。すぐ横に寝ているのに、なんだか遠くに行ってしまったように感じたものだった。ちょうど、ときおり、言葉がそれが指すものから切り離されて、シャボン玉みたいに虹色に輝きながらふわふわ漂い流れだして、どきまぎさせられるように。

ドーン・デヴォンポートはふいに雑誌をテーブルに投げ出して——重たいページがだらしなくパタパタめくれた——立ち上がり、部屋に行って横になると言った。それでもすぐには出ていかず、妙に探りを入れるような目でわたしを見た。「あなたはたぶん彼がスヴィドリガイロフだったと思っているんでしょう」と彼女は言った。「アクセル・ヴァンダーが。あなたは彼が彼だったと思ってるのよ」そして、なにか酸っぱいものを食べたかのように、ブルッと身を震わせて出ていった。

わたしはそこに長いことひとりで坐っていた。そして、ミセス・グレイが、ある日、死ぬことについて話したのを思い出していた——あるいは、いま思い出しているのかもしれないが、べつにどちらでもかまわないだろう。わたしたちはどこにいたのだろう？　コッターの館か？　いや、もっと別の場所だった。しかし、ほかにどこにいた可能性があるだろう？　奇妙なことに、わたしの記憶では、それはビリーとわたしが彼の父親のウィスキーを飲んだあの二階の居間だったことになっているが、もちろん、そんなことはありえない。それでも、あの部屋にいるわたしたちが目に浮かぶ。それにしても、彼女はどうやってわたしを家に——階下の洗濯室ではなく、二階の居間に――忍びこませたのだろう？　どんな口実を使って、どんな目的のために？　ふたりとも服を着ていたから、いつものことが目的でないのは確かだった。わたしの目に浮かぶのは、金属枠の長方形の窓の反対側に、ある角度でたがいのすぐそばに置かれた二脚の肘掛け椅子で、わたしたちはそこに礼儀正しく坐っていた。日曜日の朝だったと思う。夏の終わりの日曜日の朝で、わたしはツイードのスーツを着ており、暑苦しくてむずむずしていた。日曜日のよそ行きを着せられるといつもそうだったが、ひどく滑稽な感じで、服を着ているというよりむしろ裸に近いような感じがした。ほかの連中はどこに行ったのだろう？　ビリーやその妹やミスター・グレイは？　いったい何があったのだろう？　わたしはなにかの理由があってそこにいたにちがいない。ビリーといっしょにどこかに、学校の遠足かなにかに行くことになっていて、例のように、彼が遅れて、待たされていたのかもしれない。しかし、いまや彼を避けるために多大なエネルギーを費やし創意工夫を凝らしていたわたしが、わざわざ迎えにいったりするだろうか？　しかし、ともかく、わたしはそこにいた。それ以上なにも言うべきことはない。外の広場には太陽がさんさんと降りそそぎ、戸外のすべてが色とりどりのガラスでできているように見えた。あけ放たれた窓のレースのカーテンがいたずら好きのそよ風をはらんで、内側に高々とふくれ上がり、倦怠感がどこまでもふくらんでいった。若いころ、わたしはそういう日曜日の朝にはいつも強烈な疎外感を抱いていた――絞首刑の輪縄みたいに首を締めつけるシャツのカラー、小鳥たちは興奮してさえずり、遠くから教会の鐘が聞こえ――そして、いつも南方から、そう、ライオン色の土埃とレモン色の陽光の南方から、ふわふわ漂ってくる空気があった。それはわたしが予期していた未来、ちらちら垣間見えるその前兆にちがいなかった。というのも、わたしにとって、未来はいつも南方にあったからだ。いまから考えると、すでに未来に到達しているいまから考えると、到達している未来が現在というピンホールから絶えず過去に流れこんでいく、この最果ての地から考えると、奇妙なことではあるけれど。

ミセス・グレイはかなり地味な青いスーツ――コスチュームと彼女なら呼んだだろう――を着て、黒いハイヒールにシーム入りのストッキングを履き、真珠のネックレスをつけていた。髪はいつもと違って後ろに撫でつけ、耳のそばの言うことを聞かないカールもいまのところはなんとか押さえられ、わたしの母とおなじ匂いを漂わせていた。夏の日曜日の朝には、だれの母親でもそうだったが、香水とコールドクリームと白粉の匂い、ちょっぴり汗の匂い、肌で温められたナイロンとかすかにナフタリン臭いウールの匂い、それから、わたしには最後まで何かわからなかった、なんだか灰みたいな匂いがしたものだった。スーツの上着は当時の流行で肩が角張り、ウエストが――コルセットを着けていたにちがいないが――キュッと締まっていて、膝下までのスカートは細く、後ろにスリットが入っていた。それまではそんなフォーマルな恰好をした彼女を見たことはなかった。すべてを興味深くピンで留めたり困ったりした、非常に厳めしい装いだった。わたしはそこに坐って生意気な、ほとんど自分の妻を見るような目で、彼女を観察していた。もちろん、それは当時の女性向け映画、ミセス・グレイが嫌いな種類の映画のワンシーンから来ているにちがいなかった。なぜなら、わたしの目に浮かぶのは白黒、というよりは炭色と銀色の映像で、彼女が演じているのは年配の女、わたしの役を演じているのは生意気な笑みを浮かべ額に巻き毛を垂らした天才少年――こざっぱりしたツイードのスーツに、糊のきいたワイシャツ、クリップで留める蝶ネクタイといういでたちの、じつに小賢しい少年――だったからである。

初め、彼女が何の話をしているのか、わたしにはわからなかった。彼女の服のすばらしく豊かな胸の複雑な——たしかダーツとか呼ばれる——縫い目を観察することに気を取られていたからである。ごわごわした青い生地には人を興奮させる金属的な光沢があり、彼女が呼吸するたびにかすかにパチパチという音がした。彼女は横を向いて、物思わしげに窓のほうに、陽光に照らされた広場に目を向けていた。そして、一本の指を頬にあてがって、ここからいなくなるというのはどんな感じなのか——もしかすると、麻酔をかけられたような感じで、なんの感覚もなく、時間が過ぎていく感覚さえないのかしら？——ときどき考えると言っていた。どこかほかの場所にいるのがどんな感じかを想像するのはむずかしいし、どこにもいないのを想像するのはもっとむずかしいけれど。彼女の言葉がわたしの自己中心的な意識の光の届かない薄闇にすこしずつ浸透してきて、やがて、カチリという音がした。彼女が言っていることがはっきりとわかり、少なくともわかった気がして、わたしは突然真剣に耳を傾けだした。ここからいなくなる？ほかの場所にいる？それはどういうことなのか？もちろん、まもなくわたしと手を切ろうとしていることを遠まわしに伝えようとしているにちがいなかった。ほかのときならば、彼女がそんなことを仄めかしているというかすかな疑念が脳裏をかすめただけで、わたしはたちまち泣き声になり、わめき散らして、こぶしをたたきつけていただろう。なぜなら、お忘れかもしれないが、わたしはまだこどもであり、自分の安寧がすこしでも脅かされれば、ただちに涙ながらに騒々しく反応する、まさにこどもじみた有無を言わせぬ欲求に支配されていたからである。だが、その日は、どんな理由からだったにせよ、わたしはじっと我慢して、慎重に、警戒して、そのまま彼女をしゃべらせた。やがて、たぶんわたしが警戒して耳を傾けていることに気づいたのだろう、彼女は話をやめて、振り向くと、彼女独特のやり方で、目に見えない望遠鏡をぐるりとまわしてわたしに向けるみたいに注意を向けた。「あなたは考えたりしないの？」と彼女は訊いた。「死ぬことについて？」わたしが答えるより先に、彼女は自分がばかだったと言いたげに笑いだして、首を振った。「もちろん、考えたりしないわね」と彼女は言った。「そんなことなんか」

わたしの関心は別のことに移っていった。彼女がわたしとの別れを仄めかしているのでなく、ほんとうに死のことを話しているのだとすれば、それはミスター・グレイのことにちがいなかった。彼女の夫が死の病に侵されているという可能性は、わたしの想像力のなかでどんどん強くなり、その結果ミセス・グレイを長期的に自分のものにできる希望がふくらんでいった。もしもあの親父がくたばれば、わたしにようやくすばらしいチャンスがめぐってくることになる。もちろん、わたしは早まった動きをしてはならなかった。わたしたちは、わたしたちふたりは、わたしが成人するのを待たなければならないだろう。しかも、そのときでさえいろんな障害があるにちがいなかった。キティやわたしの母は言うまでもなく、ビリーだって自分と同年齢の、しかもかつては親友だった少年を、義父にもつというグロテスクな見通しを好ましくは思わないだろう。それでも、それまでのあいだ、わたしが成人に達するのを待っているあいだには、髪の毛のない、手足の曲がらない人形を抱いたり、世話したり、手術したりする代わりに、実物大の、温かい血のめぐっている、安全に未亡人になった女をすっかり自分のものにして、一日中でも、毎日でも、そしてもっと重要なことに、毎晩でも会うことができるようになり、わたしの戦利品として、いつでもどこでも好きなときに、堂々と世間に見せつけることができるようになるチャンスがめぐってくるはずだった。というわけで、いまや、わたしは耳を研ぎ澄まして、夫の死の見通しについて彼女がさらにどんなことを付け加えるかじっと耳を傾けた。だが、残念ながら、彼女はそれ以上なにも言おうとせず、すでに自分が話したことに当惑しているようだった。その半盲の眼鏡屋に医師がどのくらいの余命を宣告したのかなどと露骨に訊くわけにもいかなかったので、それ以上彼女からはなにも聞き出せなかった。

それにしても、その年の夏が終わりかけていた日曜日、彼女の家の居間で、チクチクするスーツを着て、わたしは何をしていたのだろう――いったい何を？　過去はあまりにもしばしば、いちばん重要なピースが欠けているパズルみたいに見える。

わたしは姿の見えぬ短期滞在者が跋扈する世界で育ち、やはりおなじ世界で育った女と結婚したにもかかわらず、いまだにホテルが、夜の静寂のなかだけでなく、昼間にも薄気味わるい場所だと感じる。とりわけ、午前のなかごろには、あの贋の温室みたいな静けさを隠れ蓑にして、いつも邪悪なことが行なわれているような気がする。デスクの背後の受付係は見たことのない顔で、わたしが前を通りすぎても、無表情に見送るだけで、にこりともしなければ挨拶しようともしなかった。人気のない食堂では、テーブルはすべて準備が整っており、キラキラするナイフ・フォーク類と真っ白なテーブルクロスがきちんと配置され、まもなく何件もの手術が行なわれる手術室みたいだった。上の階の廊下はなにかの意図を秘めて、息を殺し唇をギュッと結んでブンブンうなっていた。わたしは音もなく、肉体から離脱した目になり、移動するレンズになって通っていった。ドアは、すべておなじで、壁のくぼみに両開きの扉が並んでいるのだが、わたしがエレベーターから踏み出す一瞬前に次々にすばやく閉ざされたかに見えた。ドアの背後では何が行なわれているのだろう？　洩れてくる音、不平の言葉、咳払い、低い笑い声は、聞こえない平手打ちや、口にあてがわれた手でたちまちさえぎられた嘆願や、長広舌の出だしの部分だったのではないか。昨夜の煙草、朝食の冷めたコーヒー、糞便や石けんやシェービングローションの匂い。さらに、置きっぱなしになっている大きなワゴン。たたんだシーツや枕カバーを積み上げて、後ろにはバケツとモップがぶらさがっているが、それを押してきた部屋係のメイドはどこにいるのだろう、彼女はどうなってしまったのか？

ドーン・デヴォンポートの部屋のドアの外側でたっぷり一分は待ってから、こぶしでドアを撫でるようにそっとノックした。なかからはなんの返事もなかった。彼女はまた眠っているのだろうか？　ノブをまわしてみると、鍵はかかっていなかった。一インチだけあけて、聞き耳を立てながらふたたび待った。それから部屋のなかに入って、というよりは、音もなく斜めに滑りこんで、慎重にドアを閉め、息を詰めてカチリという音を聞いた。カーテンは引かれていなかった。空気はひんやりとしていたけれど、思っていたよりも明るく、ほとんど夏らしい輝きがあって、窓の片隅から太い陽光の柱がスポットライトみたいに射しこみ、レースのカーテンが白い霞みたいに輝いていた。すべてがきちんと整頓され――行方不明のメイドはすでにこの部屋を終えていたのだろう――、ベッドはだれも眠らなかったかのようだ。ドーン・デヴォンポートはベッドカバーの上に、またもや横向きに横たわり、片手を頬の下に当てて、両膝を引き上げて丸くなっていた。彼女の体がベッドにつけているくぼみがいかに浅いことか。彼女はおそろしく軽く、そこにあるのは彼女のほんの一部でしかないような気がした。コートを着たままで、毛皮の襟が顔を楕円形に取り囲んでいた。そうやって横たわった姿勢で、彼女はわたしのほうを見た。わたしを見上げるその灰色の目がかつてないほど大きく見ひらかれていた。怯えているのだろうか？　わたしが持ってまわった陰険なやり方で滑りこんできたので、警戒しているのだろうか？　それとも、たんに麻薬をやっているのだろうか？　彼女は頭を持ち上げずに、空いているほうの手を差し出した。わたしは靴を履いたままベッドに這い上がり、横向きに寝て、彼女と向かい合った。膝がふれあい、彼女の目はこれまでになく大きく見ひらかれているように見えた。「抱きしめて」と彼女はつぶやいた。「なんだかどんどん落ちていくような気がするの」彼女はコートの前をあけ、わたしはもっと近づいて、コートの内側に腕を入れ、彼女の体に腕をまわした。彼女の息が顔にかかり、わたしに見えるのはほとんど彼女の目だけだった。手首の下に彼女の肋骨が感じられ、心臓が鼓動しているのがわかった。「わたしがあなたの娘さんだと想像してみて」と彼女は言った。「そのつもりになって」

　その寒い、陽光の射す部屋のベッドで、わたしたちはしばらくそうしていた。わたしは鏡を覗きこんでいるような気がした。彼女の手は、小鳥の鉤爪みたいに、軽くわたしの腕の上に置かれていた。彼女は自分の父親のことを話した。どんなにいい父親で、どんなに陽気で、こどものときどんなふうに唄をうたってくれたか。「うたってくれたのはばかげた唄だったけど」と彼女は言った。「『はい、バナナは品切れです』とか、『ビア樽ポルカ』とか、そういう唄」ある年、彼はロンドン子の貝ボタンの王様《パーリー・キング》に選ばれた。「パーリー・キングを見たことある？　あのばかげたスーツを着て、父は得意満面だった——帽子にまで貝ボタンを付けていたのよ——わたしはものすごく恥ずかしくて、階段下の戸棚に隠れて、出てこようとしなかった。しかも、母が貝ボタンの女王《パーリー・クイーン》だったんだもの」彼女はちょっと泣いて、それから手のひらの付け根で焦れったそうに涙を拭いた。「ばかみたいだったわ」と彼女は言った。「ばかみたいだった」

わたしは腕を引っこめて、わたしたちは起き上がった。彼女は両脚をまわしてベッドから下ろしたが、ベッドに坐ったまま、わたしに背を向けて煙草に火をつけた。わたしはふたたび寝そべって、片方の肘で体を支え、ラベンダー色の煙が渦を巻いて、窓辺の陽光の杵のなかへ立ち昇っていくのを眺めていた。彼女はぐっと前かがみになった。脚を組み、その上に片方の肘をのせて、片手で顎を支えた。わたしは彼女を見守った。背中の斜面、両方の肩とたたんだ翼みたいな肩胛骨、煙に取り巻かれている髪。むかしレッスンを受けたことのある演技指導者から、いい俳優は後頭部で演技ができると言われたものだった。「ころがせ樽を」と彼女はハスキーな声でそっとうたった。「愉快に飲んで」

ほんとうに自殺するつもりだったのか、とわたしは訊いた、死にたいと思ったのか？　彼女は長いあいだ答えなかった。それから両肩を上げ、うんざりしたようにすくめて見せてから、また下ろした。そして、振り向かずに答えた。「わからないわ。失敗するのはそもそも本気じゃなかったからだと言われているんじゃない？　もしかすると、わたしたちが、あなたやわたしが、やっていることとおなじだったのかもしれない」首をまわして、肩越しに急角度でわたしの顔を見た。「演技にすぎなかったのかもしれない」

もう帰ろう、うちへ帰るべきなんだ、とわたしは言った。彼女は依然として首をひねって、頭を肩にのせたまま、髪の毛の下からわたしの顔を見つめた。「うちへ《ホーム》」と彼女は言った。そうさ、とわたしは言った、うちへ。

どういうわけか、それは雷鳴のせいだったような気がする。それがなんらかの邪悪な魔術によってわたしたちの破滅のもとになったのではないか。確かなのは、それが終わりの前兆になったことである。わたしたちが嵐に襲われたのはコッターの館でだった。この種の雨にはどこか報復的なところがあり、天によって仕組まれた復讐のような感じがある。あの日、雨はなんと容赦なく木々のあいだからたたきつけたことだろう。まるで身を寄せ合っている無防備な村の上に、砲兵隊が一斉射撃を浴びせるかのようだった。それ以前は、わたしたちは雨は気にしなかった。けれども、それはたいしたことのない雨だったからで、この弾幕射撃と比べればブドウ弾にすぎなかった。コッターの館では、わたしたちにとって、それはゲームみたいなものでさえあった。天井に新しい雨漏りの箇所が出現するたびに、わたしたちは鍋やジャムの瓶を持ってあちこち走りまわった。冷たい水滴が一筋すっとうなじに落ちて、花柄のドレスの下の肌に滑りこんだりすると、ミセス・グレイはなんという悲鳴をあげたことだろう。幸せな偶然から、わたしたちがマットレスを置いた片隅は、その建物のなかで濡れていないわずかな場所のひとつだった。わたししたちは満足げにそこに並んで坐り、彼女はスウィート・アフトンをふかし、わたしは――ある午後とくに激しい愛の営みのおりにあやまって引きちぎってしまった――彼女のネックレスのビーズでジャックストーンの練習をしたものだった。「森のなかの赤ちゃん（世間知らずのうぶな人間）というのはわたしたちのことね」とミセス・グレイは言って、あの愛らしい、重なり合った二本の前歯を見せて、にっこりわたしに笑いかけた。

彼女は雷をひどく怖がることがわかった。わたしたちの頭上の、ほとんど屋根くらいの高さのところで、最初の一撃が炸裂したとき、彼女はたちまち真っ青になり、大急ぎで十字を切った。館にあと一歩のところで雨が降りだし、くぐもった轟音とともに木のあいだから雨粒が吹きつけてきた。最後の何ヤードかを全力疾走したにもかかわらず、入口に転がりこんだときには、わたしたちはずぶ濡れだった。ミセス・グレイの髪は、あの耳元の言うことをきかないカールだけは別にして、ぴたりと頭に張りつき、ドレスは脚の前側に張りついて、お腹や胸の曲線がはっきり浮き彫りになっていた。彼女は床のまんなかに立ち、両腕を左右にひろげてパタパタさせて、指先から水滴をまき散らした。「どうしたらいいの？」と彼女は泣き叫んだ。「このままじゃひどい風邪をひいてしまうわよ！」

わたしたちがほとんど気づかないうちに、夏は終わり――雷雨が荒っぽいやり方でそれを思い出させてくれたが――、すでに学校がはじまっていた。わたしは新学期の一日目の朝にはビリーを迎えにいかず、そのあともまったく行かなかった。母親の目とあまりにも似ていたので、彼の目をまともに見ることがますますむずかしくなっていたからだ。いったい何があって、わたしがそんなふうに彼を避けているのだと彼は想像していただろう？　あるいは、ロスモアで、二本のラケットを真新しい高級なプレスに挟んで、テニス仲間たちといっしょにいるところに出くわした日のことを思い出していたのかもしれない。わたしたちは学校の運動場でもたがいに避けあい、帰りには別々の道から帰った。

わたしはほかにも問題を抱えていた。勉強をしなければならなかった春のあいだずっと恋愛で忙しかったため、本人以外のみんなが驚いたことに、試験の成績が惨憺たるものだったのである。わたしは優秀な生徒で、周囲の期待も大きく、母はわたしにとても失望した。小遣いが半額に減らされたが、それはほんの一週間か二週間――わたしの母には精神的な粘り強さというものがなかった――で、それよりはるかに深刻だったのは、今後は家にとどまって学校の宿題をするようにさせると脅されたことだった。この罰のことをミセス・グレイに話すと、驚いたことに、彼女はわたしを非難する側に立ち、わたしの母親の言うとおりだと言った。もっと真剣に勉強しなかったことを、こんなに哀れな成績しか取れなかったことを恥じるべきだというのだった。その結果、わたしたちは初めて本格的な喧嘩をした。わたしが絶えず嫉妬するのを彼女が面白がって無視すること以外のなにかが原因になった初めての喧嘩で、わたしはむきになって――と彼女なら言っただろう――、つまり大人みたいに、彼女に向かっていった。いまや、わたしは夏がはじまる前よりははるかに大人になっていた。わたしが彼女の顔のすぐ前に顔を突き出して、泣き声交じりに罵っているあいだ、ぐっとひそめた眉の下から彼女はどんなに険悪な、どんなに挑戦的な目でわたしをにらみつけたことか。こういう喧嘩はけっして忘れられることがなく、もろい瘢痕の下の目に見えない場所でずっと血を流しつづけることになる。だが、そのあと、わたしたちはどんなにやさしく仲直りをしたことか、彼女がわたしを抱きしめてどんなに愛おしげに揺すってくれたことか。

長くつづいたその夏の黄金色の輝きのなかでは、森のなかの古家よりちゃんと雨風をしのげる場所を早晩見つけなければならなくなるという考えは、わたしたちの頭には浮かばなかった。すでに、とりわけ太陽が大きく傾く夕方には、風に秋の爽やかさが感じられるようになっていた。雨が降ると、いちだんと肌寒くなり――「もうすぐオーバーを着たままやらなくちゃならなくなるわ」とミセス・グレイが憂鬱そうに言った――、床板や壁から人の気力をそぐ湿気や腐敗臭が立ち昇るようになった。あの雷鳴がとどろいたのはそういうときだった。「さあ、これで」と、震える声で指先から雨のしずくをしたたらせながら、ミセス・グレイが宣言した。「これでもう終わりね」しかし、ほかのどこに避難所を見つけられるというのか？　どう考えても、なんの見込みもなかった。わたしは母の家の屋根裏の、使われていない部屋のひとつを徴用することさえ考えた。裏庭から行けばいい、とそうする自分たちの姿をすでに目に浮かべながら、わたしは熱心に言った。家の裏口から入って、洗濯室から裏階段を上れば、だれにも気づかれないはずだった。ミセス・グレイはわたしの顔をじっと見た。わかったよ、とわたしはむっとした顔で言った、それじゃ、ほかにもっといい案があるのかい？

実際には、心配する必要はなかった。いや、心配する必要はあったのだが、そんなことを、自分たちのために新しい場所を見つけられるかどうかを心配する必要はなかった。その日、雷の最後の低いとどろきがやんで完全に収まる前に、怯えたミセス・グレイは、靴を手に持ち、あまり効果のない頭巾代わりにカーディガンを頭からかぶって、雨の降りしきる森の小道を走りだした。そして、ステーションワゴンにたどり着くと、エンジンをかけ、わたしが追いついて、なんとか隣に滑りこむ前に車をスタートさせた。そのころには、わたしたちはふたりともずぶ濡れだった。わたしたちはどこに行こうとしていたのだろう？　雨が金属製の屋根をたたき、フロントガラスの上で果敢に仕事をつづけるワイパーに押されて左右にバシャバシャ流されていた。ミセス・グレイは手が白くなるほどギュッとハンドルをにぎりしめ、顔を前に突き出して、白目をぎらつかせ、恐怖に鼻孔をふくらませて運転していた。「家に行きましょう」と、彼女は声に出して考えながら言った。「家にはだれもいないから、だいじょうぶだわ」わたしの横の窓は水浸しで、震える木々が車のライトに照らされてガラス質のグリーンになり、一瞬ぬっと現れては、わたしたちが通過することによって切り倒されるかのように姿を消した。信じがたいことに、それでも太陽がどこかに顔を出しているらしく、フロントガラスを洗う雨水がいまや火のように燃えさかり、濡れた火花を飛び散らせていた。「そうだわ」と、ミセス・グレイがもう一度言って、ひとりでさっとうなずいた。「そうよ、家に帰りましょう」

というわけで、わたしたちは家に戻った——彼女の家に、ということだが。車が広場に入ったとき、銀色のビーズのカーテンが有無を言わせずに引かれたかのように、ほとんどサーッという音が聞こえたような気がして、雨が瞬時に降りやんだ。びしょ濡れの太陽が前面に這い出して、桜の木やその下の光る砂利、すでに湯気を立てはじめている舗道に対する揺らいでいた権利をふたたび主張しはじめた。家のなかの空気は湿っぽく、冴えない灰色っぽい匂いがした。部屋の明かりは不安定で、家具たちがなにかやっていたかのような、それまで踊ったりはしゃいだりしていたのに、わたしたちが入っていった瞬間にやめたような感じがした。ミセス・グレイはわたしをキッチンに残して姿を消し、一分後に大きすぎるウールの部屋着《ドレッシング・ガウン》——ミスター・グレイのか？――に着替えて戻ってきたが、下にはなにも着ていないのが、少なくともわたしの目には、あきらかだった。「あなたは羊みたいな匂いがするわ」と彼女は陽気に言って、わたしを洗濯室に――そう、洗濯室に！――連れていった。

わたしたちがこの前そこでいっしょになったときのことを彼女は覚えていないだろうか、とわたしは疑った。つまり、そのとき、彼女はそのことを考えようともしなかったのではないかということだが。そんなことがありうるだろうか？　天井が妙に高く、壁の高い位置にひとつだけ窓があるその狭い部屋は、わたしにとっては聖なる場所、神聖な記憶が保存されている一種の聖具室だったが、彼女にとっては、ただ単に家族の洗濯をする場所に戻っていたのではないか。わたしはすぐに気づいたが、もはやそこには、窓の下には低いベッドないしマットレスはなかった。だれが、なぜ、片付けたのだろう？　しかし、それを言うなら、そもそもだれがそこにあんなものを置いたのだろう？

ミセス・グレイは鼻歌をうたいながら、タオルでわたしの濡れた髪を乾かしはじめた。服をどうすればいいのかわからない、と彼女は言った。ビリーのシャツを着たらどうかしら？　いいえ、だめよ、と彼女は言って眉をひそめた。それはたぶんいい考えではないわ。しかし、こんなにずぶ濡れで帰っていったら、わたしの母は何と言うだろう、と彼女は考えていた。彼女は気づいていないようだったが、わたしの頭を思いきりゴシゴシ拭いている――彼女はいままでに何度こどもの髪を乾かしたのだろう？――タオルに隠れて、わたしは少しずつ彼女に接近し、いまや手探りで腕を突き出して、彼女の腰をつかもうとした。彼女は笑って、一歩後ずさりした。わたしは追いかけて、今度はガウンの内側に両手を差しこんだ。彼女の肌はまだかすかに湿り気があり、すこしひんやりしていたが、そのせいでよけい完全に、ぞくぞくするほど裸に感じられた。「やめて！」と彼女は言って、また笑い声をあげ、さらに一歩後ろへ下がった。わたしがタオルの下から抜け出すと、彼女はそれをまるめてわたしの胸に押しつけ、気乗り薄にわたしを押し戻そうとした。背中が壁に当たっていたので、それ以上は下がれなかった。ベルト付きのガウンはわたしが手を掛けていた上半身がひらき、下半身も脚の付け根まで剝きだしになった。一瞬、彼女は生身のカイザー・ボンダー・レディ――もともとのレディはじつに冷静沈着だが、こちらは挑発的なくらい乱れていた――そのものだった。わたしは彼女の肩に手をやった。胸のあいだの広い谷間は銀色に光っていた。彼女はなにか言いかけたが、はたと口をつぐんだ。そのとき――じつに奇妙なことだが――わたしにはわたしたちの姿が見えた。自分が入口に立って部屋のなかを見ているかのように、実際にわたしたちが見えた。わたしは背中をまるめて彼女に寄りかかり、右肩を上げてちょっと左に傾いていた。シャツは濡れて肩胛骨のあいだに張りつき、ずぶ濡れのズボンの尻が垂れさがっていた。わたしは両手を彼女にかけ、彼女のすべすべの膝の片方が曲がっていて、わたしの左肩の上の彼女の顔は血の気を失って、目を見ひらいていた。

彼女はわたしを押しのけた。その瞬間からあとに起こったすべてのなかで、わたしがいちばん鮮烈に、いちばん鋭い痛みを伴う記憶として覚えているのが――荒っぽくはなく、やさしくないわけでさえなかったが――その一押しであり、そのショックだった。人形遣いが指から糸を外して、口笛を吹きながら小屋を出ていくとき、人形はこんなふうに感じるにちがいない。その瞬間、彼女は自分を――わたしの知っている彼女を――脱ぎ捨てて、見知らぬ他人としてわたしの横を通り抜けたかのようだった。

入口に立っていたのはだれだったのか？　いや、もちろん、言うまでもないだろう。諸君はすでに知っているにちがいない。ひょろ長いお下げ髪に、分厚い眼鏡、X脚。当時小さい女の子がよく着ていた、どことなくアルプスの少女風のドレス。それは全身に小さな花をちりばめて、プリーツを取り、胴の前部にしわを寄せて伸縮性をもたせたドレスだった。手になにか持っていたが、それが何だったのかは思い出せない――灼熱する剣だったかもしれない。マージもいた。誕生日パーティのときにいた肥った友だちで、わたしが気にいったようだったが、わたしは気にも留めなかった。ふたりはただそこに立って、わたしたちを見ていた。ほかのなによりも、好奇心に駆られて。それから、救急車が立ち去った事故現場から顔をそむける見物人の、あの鈍いぼんやりしたやり方で、ゆっくりと横を向き、不恰好な通学用シューズがキッチンへの木の階段をパタパタ上っていく音が聞こえた。キティがクスクス笑うのが聞こえたのだろうか？　ミセス・グレイはドアのところへ行って、廊下へ首を突き出したが、娘を呼び止めようとはせず、なにも言おうとしなかった。しばらくすると、彼女はふたたび部屋のなかへ、わたしのところに戻ってきた。眉間にしわを寄せて、下唇を嚙んでいた。なにかをどこかに置き忘れ、それがどこだったかを必死に考えているような顔だった。わたしはどうしたのだろう？　なにか言ったのだろうか？　彼女は一瞬困惑したようにわたしを見て、それから半分うわの空で笑みを浮かべ、わたしの頰に手をあてがった。「あなたは」と彼女は言った。「家に帰ったほうがいいと思うわ」それはじつに奇妙だった。それは単純な、断固たる、異論を差しはさむ余地のない最後通告だった。オーケストラの演奏がいま終わったかのように。あんなにも長いあいだわたしたちを浮遊させ恍惚とさせていたすべてが、その激しいエネルギーのすべてが、緊張と集中力が、輝かしい喧騒が、その瞬間、ふいに止まって、ただ中空に消えていくかすかな響きが残っているだけだった。わたしは抗議しようとも、嘆願しようとも、泣こうとも、叫ぼうともしなかった。ただ彼女に言われたとおり、なにも言わずに彼女のわきを通り抜けて、家に帰った。

そのあと起こったことは、呆気にとられるほど迅速かつ急激だった。夜までに、ミセス・グレイは逃げだしていた。わたしが聞いたところでは――だれから？――、彼女とミスター・グレイがもといた町、広い大通りや洗練された雰囲気を引き合いに出して彼女がわたしを冷やかすのが大好きだったあの町へ戻ったということだった。自分の母親の家にいるということだったから、そこが生まれた町なのだろう。ミセス・グレイに母親がいるというニュースは、わたしにとってはあまりにも驚くべきことで、一瞬苦しみを忘れるくらいだった。彼女から母親の話を聞いたことはなかった。彼女は話したのに、わたしが聞いていなかったのでないかぎり。それもありえないことではなかったが、たとえわたしでもそこまで不注意だったとは思えない。わたしはこの信じがたい人物を想像しようとした。しわだらけの、猫背になった、そしてなぜか目が見えなくなった、とてつもない年寄りのミセス・グレイが、夏の花々が咲き乱れる日当たりのいい田舎家の庭の小門に寄りかかり、悲しい寛大な笑みを浮かべて、目の見えない人たちがするあのどことなく嘆願するようなやり方で両手を差し出し、辱められ罪を悔いている娘を迎え入れようとしている。じつに奇妙な感じだった。いまでさえ、以前のミセス・グレイ――いや、彼女はミセスなにか別の名前だったはずだが――のことを考えると、じつに奇妙な気がしてならない。わが乙女の旧姓も、わたしがけっして知ることのないもののひとつだろう。

翌日、競売の看板が広場の家の前に立てられ、ヘイマーケットの店のウィンドウにも掲げられて、ミス・フラッシングの小鼻と目の縁がかつてなかったほど赤くなった。所帯道具を積んだステーションワゴンが広場から出ていくのを見た記憶があるだろうか？　ミスター・グレイとビリーとビリーの妹が——ミセス・グレイとわたしがあんなにもしばしば魔法のトランポリンみたいにその上で跳びはねた——前部座席に押し合って坐り、ミスター・グレイが、『正午の葡萄』のゲイリー・フォンダみたいに、苦々しげな顔をして顎をぐいと突き出しているところを？　あまりにもしばしばそうであるように、それもやはりわたしの想像にちがいない。

しかし、よく考えてみると、彼らの出発がそんなに急だったはずはなかった。というのも、わたしが最後にビリー・グレイに会ったのはその数日後、いや、一週間くらい経ってからだったからだ。わたしの記憶のなかではまたもや季節が入れ替わり、このときはまだ九月だったはずなのに、彼と顔を合わせたのは湿っぽい寒さの冬の日だった。そこはグレイ一家が住んでいた広場に近い、鍛冶場《フォージ》と呼ばれる場所で、そのむかしは鍛冶屋があったにちがいない。それはなかなかふさわしい場所だった。なぜなら、フォージはむかしから、そしていまも、わたしにとってはなんとなく不穏な場所だったからである。にもかかわらず、それはごく目立たない場所でもあった。広場に向かう丘の道がここで幅をひろげ、妙に傾いて曲がっており、もう一本の細い、あまり使われていない道路がそこから急角度で田園地帯に入りこんでいた。この道路がはじまる場所はこんもりとした暗い木立でおおわれ、その下には井戸があった。いや、それは井戸とは呼べないかもしれない。口のひろがった金属パイプが壁から突き出していて、そこから絶えず人の腕くらいの太さの、亜鉛の鋳造品みたいに滑らかでキラキラ光る水が噴き出していたのである。水は苔だらけのコンクリート製の飼い葉桶のようなものにそそぎこまれていたが、桶はいつもいっぱいなのにあふれることがなかった。夏のいちばん乾燥している季節にも水の流れが弱まることはなく、こんなに大量の水がどこから来るのだろう、とわたしは不思議に思い、ただひとつの単調な仕事にけっして手を緩めずに専念している様子が不気味だとも思っていた。そして、水はどこへ行ってしまうのだろう？　おそらく地下からソウ川——ほんとうにそんな名前だったのだろうか？——に流れこんでいるにちがいなかった。丘のふもとの排水溝に沿って流れている貧弱な薄汚い川だったが。こんなディテールがどうだというのだろう？　水がどこから来て、どこへ流れていこうと、それがどんな季節で、空がどんなふうに見えようと、風が吹いていようといなかろうと、それがどうだというのか——だれが気にするというのだろう？　とはいえ、だれかが気にする——気にかけるにちがいなかった。それはわたし、なのかもしれないが。

ビリーは坂を上りかけ、わたしは下りていく途中だった。わたしがなぜそこへ行ったのか、どこからそこへ行ったのかはなんとも言えない。たぶん、広場へ行ってきたのだろう。ミセス・グレイの寝室の窓の外側に、疫病船の旗みたいに掲げられていた厚紙の〈売家〉の看板を見ないようにあらゆる努力をしていたことははっきり覚えているのだが……。わたしが道路の反対側に渡ることもできたし、ビリーがそうしてもよかったはずだが、どちらもそうはしなかった。感傷的虚偽が嘆かわしいほど好きなわたしの記憶によれば、わたしたちのまわりでは冷たい風が小競り合いし、もちろん、舗道では枯れ葉がカサコソ音を立て、暗い木立の枝がブルブル震えながら揺れていた。またもやディテールだ。いつでも、非常に細かい、ありえないディテールである。そのくせ、ただ、この嫌らしいばか野郎とかなんとか罵られたことを除けば、ビリーから何と言われたのかはよく覚えていない。覚えているのは彼が泣いていたこと、憤激と恥辱と激しい悲しみで泣きじゃくっていたことである。彼はわたしを殴ろうとして、あの熊手みたいな腕をめちゃくちゃに振りまわしたが、わたしは曲芸師みたいに上体を後ろにそらして、小さく飛んだり跳ねたりしながら後ずさりした。そしてわたしは、わたしは何と言ったのだろう？　弁解しようとしたのだろうか、自分がやったことやわたしたちの友情の卑劣な裏切りを弁明しようとしたのだろうか？　どんな弁明ができたというのだろう？　わたしはその瞬間から妙に切り離されているような感覚があった。そこで起こっていることが、あたかも自分の目の前で演じられている劇であるかのような、不貞や肉欲や好色が不可避的にもたらす結果を説き明かす、十五、六世紀の道徳劇のとりわけ暴力的なシーンででもあるかのような気がしていた。だが、それと同時に――わたしがこんなことを言えば、軽蔑と不信の嘲笑が起きるだろうが――、それと同時に、わたしはその丘の道で感じたほどビリーに対して気づかう心を、同情心を、やさしい気持ちを、それほどの、そう、愛を感じたことはなかった。彼は泣きながら腕を振りまわし、わたしは上下左右に身をかわしながら、少しずつ後ずさりした。冷たい風が吹きつけ、枯れ葉が舗道を引っかさ、噴き出す太い水柱は底なしの飼い葉桶にバシャバシャそそぎつづけていた。ビリーがそれを許してくれると思ったなら、わたしは彼を抱きしめたにちがいなかった。苦痛の叫びをあげたり腕をめちゃくちゃに振りまわしたりして、そこで行なわれていたことは、わたしにとっては、ある意味では、わたしとミセス・グレイのあいだで演じられることのなかった別れの場面みたいなものだった。だから、起こることのなかったその場面の、それがなかったことをわたしが痛烈に悔やんでいた場面の、そんな哀れなまがいものでも、わたしは歓迎したのである。

ミセス・グレイが逃げだした直後の日々に、わたしがいちばん強く感じたのは恐れだった。わたしは見知らぬ場所に置き去りにされて途方にくれていた。そんな場所が存在するとは知らなかった場所、そこで深く傷つくことなく生き延びていくために必要な経験や精神力がまだ自分には備わっていない気がする場所。それは大人の領土、わたしが本来いるべきではない場所だった。だれがわたしを救済してくれただろう？　だれがわたしのあとを追ってきてわたしを見つけ、その魔法にかけられた夏以前にわたしが知っていた安全な場所に連れ戻してくれただろう？　わたしは小さいころ以来一度もなかったほどべったりと母にまつわりついた。ミセス・グレイとわたしの恥さらしなニュースが母の耳に届かなかったはずはないけれど——町の触れ役が大声で喧伝してまわったみたいに、このゴシップはたちまちのうちにひろまって、街角から教会の門へ、そこからキッチンの片隅へ、さらにもとの街角へと戻っていった——、母はそのことについては、わたしには、そしてもちろんほかのだれにも、一言も口にしなかった。もしかすると、母も恐れていたのかもしれない。母もやはり、わたしの好色な行為によって、見知らぬ恐ろしい領土に追いこまれていたのかもしれない。

ああ、しかし、いまやわたしはなんとよい息子だったことか。親切で、真面目で、勤勉で、求められるよりはるかに忠実だった。わたしはどんなに迅速に母の言いつけを実行し、どんな忍耐と同情心をもって母の愚痴や不平不満に耳を傾け、下宿人の怠惰さや、金銭上の無節操、衛生観念のなさを告発するのを聞いたことだろう。もちろん、それはすべて上辺だけの誤魔化しだった。もしもミセス・グレイが考えなおして、立ち去ったときとおなじくらい突然戻ってきたら——それは、わたしには、ありえないことではないと思えたのだが——、わたしは以前とすこしも変わらぬ熱烈さと無謀さで彼女にすがりついただろう。なぜなら、わたしを恐怖で震えさせていたのは暴露と不名誉でもなければ、町のゴシップでもなく、母の無言の非難でもなかったからだ。わたしが恐れていたのは自分自身の悲しみの深さ、その重み、その不可避な腐食性の影響力だった。それと、人生で初めて完全にひとりきりになったことをもろに意識したこと。わたしは遭難したロビンソン・クルーソー、果てしない無関心な大海原の、無限のゴミのまんなかに取り残されたクルーソーだった。あるいは、むしろ、アリアドネが無頓着に自分の用事にかまけているあいだ、ナクソス島に置き去りにされたテセウスとでも言うべきだった。

もうひとつやはり印象的だったのは、わたしの周囲の沈黙だった。町中がひそひそうわさ話をしていたが、わたしにだけはだれも話しかけようとしなかった。わたしがあの日フォージでのビリーの攻撃を歓迎する気になったのは、少なくとも彼は大声をあげ、他のだれでもないわたし自身に向かって吼え立てたからだった。町の人たちのなかには、純粋にショックを受け憤慨した人たちもいただろう。けれども、ミセス・グレイとわたしをひそかに羨んだ人たちもいたはずで、かならずしもこの片方のなかにもう一方が含まれないわけでもなかった。確かなのは、辱められ、すべてを奪われ、傷ついたわたしたちに同情したかもしれない少数の人たちを含めて、だれもがおおいに楽しんだことだった。プリースト神父がまた訪ねてきて、今度はわたしを遠くのアルプスかどこかの、羊が点在する山腹のトラピスト修道院に幽閉することを勧めるにちがいないと思ったが、彼ですら距離を保って、沈黙をまもった。もしかすると、神父は戸惑っていたのかもしれない。もしかすると、だれもが戸惑っていたのかもしれない。そう思うとあまりいい気分ではなかったが、手をすり合わせてこのスキャンダルを楽しみながら、だれもがどぎまぎしていたのかもしれない。わたしとしては、だれもが憤激してくれたほうがまだよかったが。そのほうがミセス・グレイとわたしがやった偉大なこと、いまや消え去ってしまったことに対して——何と言えばいいか？——敬意ある態度だという気がするからだ。

わたしは、初めは確信をもって、やがてしだいに苦々しい気持ちになりながら、ミセス・グレイがなにか一言、遠くから別れの言葉を送ってくるのを待ったが、なにも来なかった。しかし、どうすればわたしに連絡できたというのか？　わたしへの手紙をわが家宛に出すことはまず不可能だった。だが、ちょっと待ってくれ——関係がまだつづいていたとき、わたしたちはどうやって連絡を取っていたのだろう？　キッチンの隣の、母が家事室と呼んでいた、あの物のあふれた小部屋には電話があった。ハンドルをまわして交換手を呼び出さなければならない旧式の機械だったが、わたしがそれでミセス・グレイに電話することはなかったし、彼女もわたしを呼び出そうとは夢にも考えなかったろう。ほかのことはともかく、いつも交換手が聞き耳を立てていたので、彼女が電話で話す声が妙に揺らいだり興奮したしゃがれ声になったりするのを聞きつけないとも限らなかったからである。わたしたちはどこかにメモを残したにちがいない。たとえば、コッターの館に——いや、それはなかった。ミセス・グレイは森を怖がっていて、ひとりで館に行こうとはしなかったのだから。たまたまわたしより先に着くと、彼女は心配そうに入口にしゃがみ込み、いまにも逃げだしそうにしていたものだった。それならば、わたしたちはどうやっていたのだろう？　わからない。これもまた未解決の謎、たくさんの謎のひとつである。一度だけ、なにかの手違いで、来るはずの時刻に彼女が現れなかったことがあり、わたしは午後のあいだじゅう、彼女はもう二度と現れず、永久に失われてしまったにちがいないとしだいに確信を深めながら苦しんだことがある。わたしが覚えているかぎり、わたしたちのあいだの通信ラインが遮断されたのはその一回きりだったと思う――それにしても、それはどんな通信ラインで、どこに敷かれていたのだろう？

彼女が立ち去ったあと、わたしは彼女の夢は見なかった。あるいは、夢を見たのかもしれないが、どんな夢だったかは覚えていない。わたしの睡眠中の心は、倦むことなくわたしを苦しめつづける覚醒中の心より慈悲深かった。いや、この後者もやがてはその遊びに飽きてしまったのだが。あんなに強烈なものがそんなに長つづきすることはありえない。それとも、そういうこともありえたのだろうか。わたしが無私無欲の情熱でほんとうに彼女を愛していたのなら。むかしの人たちが愛したと言われるようなやり方で。そんなふうに愛していたなら、もちろん、わたしは破滅してしまったにちがいない。古の書物のなかで、主人公の男や女が最後にはいつも破滅するように。そうなったとしたら、わたしはきれいな死体になったことだろう。棺台にのせられた大理石の彫像になり、思い出の大理石のユリをにぎりしめて……。

なんとまあ、面倒なことか。マーシー・メリウェザーがわたしを訴えてやると言いだした。毎日五、六回も電話をかけてきて、ドーン・デヴォンポートをどうしたのか、彼女をどこに隠したのかとまくし立てる。憤激した彼女の電話の声は、オペラ風のトリルや甲高い震え声から急降下して、ギャングのドスのきいたつぶやきになる。肉体から離脱したメドゥーサの頭がエーテルのなかに浮かんで、脅したり、すごんだり、甘言を弄したりしているところが目に浮かぶ。あんたのスターの居場所は知らない、とわたしは繰り返し主張する。すると、彼女は耳障りな、痰が絡んだような笑い声をあげ、しばらくゼイゼイいいながら、そのあいだにもう一本煙草に火をつける。わたしが嘘をついていることを知っているのである。もしも撮影がこれ以上一日でも、たった一日でも中断したままなら、彼女はわたしとの契約を破棄して、わたしに弁護士を差し向ける。一週間前から毎日、彼女はそう言っている。わたしにはもはや一セントも、びた一セント払わないどころか、これまですでに支払われた分まで取り戻す措置を講じるつもりだとわめく。そんなふうにわめきちらし、どなりつけながら、彼女にはそれを楽しんでいるところがある。少なくとも、喧嘩が大好きなのはあきらかだった。彼女が受話器をたたきつけると、わたしの耳には数秒間ブーンという響きが残る。

イタリアから帰ってきた翌日、トビー・タガートからオステンテーション・タワーズでのランチに招待された。彼はコリンシアン・ルームズのプラッシュ張りのブースに坐って、もじもじしたり、ため息をついたりしながら、爪を嚙まないように両手を尻の下に入れていた。なんと機嫌をそこねた、傷ついた顔をしていたことか。オリーブ入りのマティーニを飲んでいたが、すでに三杯目だということだった。それまでは一度も彼が酒を口にするのを見たことはなく、それは非常に面倒なことになっている証拠だった。なあ、アレックス、と彼は穏やかな忍耐強い口調で言った、これは深刻な事態なんだ。もじゃもじゃの頭を伏せ、角張った手をマティーニの上で組んで、それを神に捧げるかのようなポーズを取っていた——映画全体が危うくなるかもしれないんだぞ、わかってるのかね、アレックス、ええ？　トビーは学校時代の同級生を思い出させた。よろよろ歩く、すごく頭の大きな男で、てかてか光るモップ状の黒髪が、カールのきつい針金みたいな髪が、額や耳の上に垂れていたので、頭がよけい大きく見えた。名前はアンブローズ。アンブローズ・アボット。もちろんバッドと呼ばれていたが、ときには、巧妙にも、醜男《ルー》とも呼ばれた——そう、名前の面でも彼はついてなかった。かわいそうなことに、まったくついていなかった。アンブローズは遠くから来るのがわかった。金属製のいろんなもの——鈍い刃の折りたたみ式ナイフ、錠のない鍵、もう使われていない光沢のないコイン、ろくなものがないときには、瓶の王冠まで——を熱心に収集していて、彼が歩くと、砂漠の民《ベドウィン》の荷物を満載したラクダみたいにチャリンチャリンという音がしたからである。喘息もちでもあり、絶えずため息みたいな息の音や、低いゼイゼイいう音、かすかな、ざらつく笛みたいな音のメドレーを持ち歩いているようなものだった。それでも、ものすごく頭がよくて、学校の試験や国の試験ではいつもトップの成績だった。いまから振り返ってみると、彼はわたしに惚れこんでいたのだと思う。わたしの尊大な強がりのポーズ——わたしはすでに颯爽たる主演男優という将来の役のリハーサルをしていた——や勉強や勤勉さに対する公然たる軽蔑を羨んでいたのだろう。ひょっとすると、わたしにまつわりついているミセス・グレイの麝香の香りのするオーラにも気づいていたのかもしれない。というのも、わたしが彼をよく知るようになったのは、ミセス・グレイとのことがあった時期だったからである。彼は心やさしい少年だった。よくわたしにプレゼント——自分のコレクションの宝物——を押しつけたが、わたしはしぶしぶ受け取って、ほかのものと交換してしまったり、なくしたり、捨ててしまったりした。その後、彼は死んだ。学校からの帰り道、自転車に乗っていてトラックに跳ねられたのである。死んだときには十六歳だった。哀れなアンブローズ。死者はわたしの暗黒物質であり、世界の空っぽの空間を手ではさわれないかたちで埋めていく。

わたしたちは、トビーとわたしは愉快にランチを取りながら、さまざまなことについて、彼の家族や友人たち、彼の希望や野心について話した。彼はじつに立派な男だと思う。食事を終えて別れるとき、わたしは言ってやった。なにも心配することはない、ドーン・デヴォンポートはただちょっと地下にもぐっただけで、もうすぐわたしたちのところに戻ってくるだろうと。トビーはタワーズに泊まっていたが、どうしてもわたしを外まで送ると言い張った。ドアマンがシルクハットをわたしたちのほうにちょっと傾けて、背の高いガラスのドアを引きあけ——ビョーン！——、わたしたちは十二月下旬の日射しのなかに出た。すばらしい天気だった。すっきりと晴れ上がって、清々しく、とても静かで繊細な日本の空のような空がひろがり、遠くからかすかに響いてくる音が、グラスの縁をずっと擦っているような音が聞こえた。詩人の言うとおり、真冬の春はそれ自身ひとつの季節である。マティーニにさらにワインのグラスを重ねて酩酊していたトビーは、ふたたびドーン・デヴォンポートのことを熱心に嘆願しはじめ、彼女が仕事に戻る必要性を訴えた。わかったよ、トビー、とわたしは彼の肩をたたいた、わかった、わかった。すると、彼はよろよろと建物のなかに戻っていった。よく眠って酔いを完全に醒ませればいいのだが。

わたしは公園を横切るように歩いていった。鴨の池には氷が張り、温かみのない太陽の細かいひびの入った反射光がぎらついていた。まもなく、前方に、見覚えのある人影が見えた。黒っぽい、きらきら光る木立の下の舗装された小道を、足を引きずるようにして歩いていく。しばらく姿を見かけなかったので、気になりはじめたところだった。そのうちまた酒をはじめて、結局は命を落とすことになるにちがいないと思っていたからである。その人影に追いつくと、わたしは歩調をゆるめて、すぐ後ろから付いていった。いつものようにむっとする匂いを撒き散らしていないのはいい兆候だった。実際、まもなく、彼がまたもやあの定期的な変身を遂げていることがあきらかになった——娘さんが彼の世話を引き受けて、すっかりチェックしてやったのだろう。これまでの復活のときほど意気揚々としてはいなかった——とりわけ足は、豪華なブーツを履いているにもかかわらず、もはや矯正するのはむりだった——し、右の肩胛骨の上にはっきりそれとわかるこぶができていた。それでも、すこし前の彼自身と比べると、別人みたいだった。ピーコートはきれいになり、カレッジ・スカーフも洗濯されて、ひげは刈りこまれ、デザートブーツは新品に見えた——娘が靴屋で働いているのだろうか、とわたしは思った。いまやわたしは彼と並んでいたが、慎重に距離を保って小道の反対側を歩いていった。足に欠陥があるにもかかわらず、彼はかなりの速度で進んでいた。いつものとおり、指なし手袋をした両手をなかばまるめて前に突き出していたが、ふたたび復活したいまの状態では、パンチをくらってふらついているボクサーではなく、チャンピオンお気にいりのスパーリング・パートナーに見えた。またもやどん底から帰還したこの小さな奇跡を祝して、わたしは彼になにかしてやるか、与えるか、言葉だけでもかけてやりたかった。だが、わたしに何ができ、何が言えただろう？　いちばんなんでもないこと、たとえば天気について、言葉を交わそうとしても、バツの悪い思いをするだけにちがいなかったし、しらふで威勢もよく喧嘩早そうだったので、ひょっとすると殴りかかってこないともかぎらなかった。それでも、こんなに元気そうな彼を見たことに勇気づけられて、すこし先で、彼がわたしから離れて、池のまわりの小道沿いに遠ざかっていったあとも、わたしの足取りはそれとわかるほど軽くなっていた。

彼を見たことを、もう一度復活したラザロみたいに元気になっていたことを、忘れずにリディアに報告しなければならない。リディアは彼のことは評判でしか、わたしの報告を通してしか知らないが、それでも彼の相継ぐ没落と復活にはとても興味をもっていた。彼女は、わたしのリディアはそういう人間なのだ。この世界の迷える人たちのことをいつも気にかけているのである。

キャスのこども時代、長くつづいた問題の多かった時期にも、ときおりキャスにだけでなく、ささやかなわが一家全体に平穏が訪れる瞬間が、間欠的な瞬間があった――不確かな平穏、根っこに心痛や不安が渦巻いている平穏ではあったけれど。ときおり、夜遅く、わたしが彼女のベッドのかたわらにいて、彼女が何時間もの混迷と無言の内心での苦悶のあと、ようやく眠りらしきものに滑りこむと、部屋が、いや部屋だけでなく、家とそのまわりの諸々がふつうの水位よりそれとわからないほどわずかに深い静寂と強いられた平穏の場所へ沈みこんだような気がした。そのけだるい、かすかに浮世離れした状態は、少年のとき、凪いだ午後の海で、空はどんよりと曇り空気は重苦しいなか、生ぬるいねっとりする海水に首まで浸かって、少しずつ徐々に口、鼻、耳、最後には全身すっぽりと沈んでいったときのことを思い出させた。淡い青緑色の、ぼんやりとした、ゆっくりと揺れている、水面のすぐ下の、それはなんと奇妙な世界だったことだろう。そして、それがわたしの耳のなかにどんな轟音をとどろかせ、肺をどんなふうに焼いたことだろう。すると、わたしはいわば陽気なパニックみたいなものに襲われ、息だけでなく、もっと野蛮な狂おしい歓喜の泡のようなものが喉元で急激にふくらんで、しまいには海面から跳ねる鮭みたいに、体をひねってあえぎながら、ヴェールのかかった爆発した空気のなかに飛び出したものだった。最近では、家に帰ってくるといつも、わたしは玄関で一瞬立ち止まり、触角をヒクヒク動かしながら耳を澄ます。そういうとき、わたしは夜、キャスの部屋に――病室に、と書きかけたが、その部屋があまりにもしばしば病室になったからだ――戻ったような気分になる。それほど空気はしんと静まりかえり、明かりは、いちばん明るいところでさえ、さえぎられしぼんやりとした薄暗がりになっていた――ドーン・デヴォンポートが、陰性の魔術によって、わたしたちの家に永遠の黄昏をもたらしたのである。わたしはそれに不平をとなえるつもりはない。じつを言うと、喜んでいる――そのほうが気分が落ち着くからである。胸をどきどきさせながら玄関のすぐ内側のマットの上に立って、水中にもぐって息を殺し、ぐっと意識を集中すれば、自分の精神力だけで妻とドーン・デヴォンポートが家のなかのどこにいるか正確に突き止められるような気がするのも悪くなかった。わたしがどうやってそんな予知能力を身につけたのかは説明できないが。最近では、このふたりは、双子の女神みたいにわが家の来世を支配している。驚いたことに――しかし、なぜ驚かなければならないのか？――ふたりはたがいに気にいっているようだった。少なくとも、わたしにはそう見える。当然ながら、彼女たちはこういうことについてはわたしになにも言おうとはしないけれど。リディアでさえ、そういうことを話していいはずのベッドルームという聖所でも、わたしたちのお客については、彼女が客だとすればだが――それとも彼女は捕虜なのだろうか？――、なにも言わない。少なくとも、彼女についてどんな感情や意見をもっているのかをうかがわせるようなことは言おうとしない。それはわたしの知ったことではないということなのだろう。ドーン・デヴォンポートとわたしがイタリアから帰ってきたとき、リディアはなにも言わずに彼女を受けいれた。一言の文句も言わず、愚痴もこぼさず、それが定めであったかのように。トラブルが生じると、女たちはたがいに便宜をはかろうとするということか？女同士は男同士より、あるいは女が男に、男が女に対するよりも、たがいに便宜をはかろうとするのだろうか？　わたしにはわからない。むかしから、わたしにはそういうことはよくわからなかった。ほかの人たちがどんな動機で動き、何を欲しがり忌み嫌うのかは、わたしにとっては謎だった。わたし自身のそれだっておなじだけれど。わたし自身の目から見ても、わたしは藪に邪魔され、イバラに行く手をふさがれる、お伽噺の哀れで間抜けな主人公みたいなもので、妨害されるなかを動こうとし、動けないのに動こうとしているように見えるのだから。

この家の、ドーン・デヴォンポートのお気にいりの止まり木のひとつは、わたしの屋根裏部屋の古い緑色の肘掛け椅子である。彼女は何時間も何時間もそこに坐って、なにもせずに、はるか彼方、われらが世界の果てに常在する山々の光の変化を眺めている。そこにある空の、空間の感じが好きなのだという。彼女はリディアがずっと前にわたしのために編んだセーターを借用している。リディアが編み物をしているところなどいまは想像もできないけれど。袖が長すぎるので、彼女はそれを間に合わせのマフ代わりにしている。暖房を最高に設定しているときでさえ、彼女はいつも寒いと言う。わたしはミセス・グレイを思い出した。夏が終わりに近づくにつれ、彼女もよく寒さを訴えたものだった。ドーン・デヴォンポートは両脚を椅子の上に引き上げて、体をまるめて坐っている。メーキャップはせずに、髪はリボンの切れ端を使って頭の後ろで束ねている。そういうすっぴんの彼女はとても若く見える。いや、若いというのではなく、形の定まらない、まだ形のできていない、彼女の初期的な、もっと原始的なバージョン――原型《プロトタイプ》とでも言うのだろうか？――に見える。わたしは彼女の存在をひそかに大切にしている。わたしは机の前の回転椅子に坐り、彼女には背を向けて、自分のノートに書きつけていく。ペン先がサラサラいう音を聞くのが好きだ、と彼女は言う。キャスがまだ幼かったとき、床に横向きに寝転んで、わたしが台本を持って歩きまわりながら、自分の台詞を声に出して読むのを、頭にたたきこむために何度も何度も読みあげるのを聞くのが好きだったことを思い出す。ドーン・デヴォンポートは舞台で演じたことは一度もない――「わき目もふらずにスクリーンへ、それがわたし」――けれど、山々は舞台の背景みたいに見えるという。演ずる仕事は完全にやめるつもりだ、と彼女は言っている。やめたあと、何をするつもりなのかは言わないが。わたしはマーシー・メリウェザーの脅しや、トビー・タガートの悲嘆にくれた懇願のことを話した。彼女はふたたび外の山々に、午後の、この季節らしくない陽光の下、灰青色に見える山々に目をやって、なんとも答えない。みんなが捜しまわっている逃亡者としての自分という考えが気にいっているのかもしれない。わたしたちは共犯者であり、リディアもそれに加わっている。キャスを愛することがどういうことだったかをわたしは思い出そうとする。愛という言葉、それを口にすると、年老いた哀れなわが心臓の鼓動が速まり、ドキンドキンと、小さな弾み車がさかんにまわる。わたしにはなにも見えないし、なにも、あるいは少ししかわからない。ほんの少ししか。だが、それは問題ではないように思える。理解することはもはやわたしの務めではないのかもしれない。ただそこにいること、椅子に坐った娘に背を向けて、この高い部屋にいること、いまのところ、わたしにはそれだけで充分なのだろう。

きょう、一通の手紙が机の上でわたしを待っていた。アーカディ大学の紋章が浮き出し加工された、クリーム色の長い封筒だった。それではたと思い当たった。もちろん――アメリカの日当たりのいい側の、アクセル・ヴァンダーの安全な避難所、マーシー・メリウェザーの地元である。わたしは高級な文房具が、その豊かなパリパリいう音が、表面の光沢のあるざらつきが、わたしにとっては金の匂いそのものである、膠《にかわ》のような匂いが大好きである。わたしはセミナーへ招待されていた。酔いも醒めそうなそのタイトルは〈無政府主義者・僭主——アクセル・ヴァンダーの著作における無秩序と抑制について〉だった。そう、わたしもやはり辞書を引かずにはいられなかったが、たいして役には立たなかった。とはいえ、ファーストクラスのフライトを含めて経費はすべて向こう持ちで、報酬——H・サイラス・ブランクとかいう手紙の署名者の繊細な言い方を借りれば、謝礼——が支払われることになっていた。このブランクというのはポール・ド・マン——またもや彼だ！——で、アーカディィ大学英文学部の応用脱構築の教授だった。文面からすると、彼は親切なタイプのようだったが、言っていることは曖昧で、わたしがどういう資格でこのアーカディィのお祭り騒ぎに招かれているかはっきりしなかった。ひょっとすると、足を引きずり、黒檀のステッキをもち、眼帯をして、あのペテン師本人として行かなければならないのかもしれない——ブランク教授やその同僚の脱構築主義者たちが、彼らが崇拝する人物に扮装する、一種の生きた蠟人形としてわたしを雇おうとしているというのも考えられないことではないのだから。わたしは行くべきだろうか？　ＪＢも招待されていて、これは愉快な小旅行になるかもしれない——あふれんばかりのもぎたての新鮮なオレンジを考えてみるがいい——が、わたしは警戒していた。人々は、実際の人々は、俳優が自分の演じている人物になることを期待するものだからである。わたしはアクセル・ヴァンダーではないし、彼の同類でもないのだが。違うだろうか？

ブランク。わたしがこの名前に出くわしたのはＪＢによるヴァンダーの伝記のなかだった。それは間違いないと思う。ブランクなる人物は、ヴァンダーの妻の死にまつわる不審な情況に関わりをもっていたのではなかったか？　索引をチェックしてみる必要がある。わたしのブランク教授はこのもうひとりのブランクの父親か、それとも息子だったりするのではないか？　世界のなかにひろがっていく、蜘蛛の巣のような結びつき。そのまつわりつく感触がわたしを身震いさせる。ブランク。

ドーン・デヴォンポートはそろそろこの世界に戻ってもいい頃合いだ、とわたしは思っていたが、それをどんなふうに本人に切りだせばいいのかわからなかった。リディアが手伝ってくれるとは思うが。ふたりは階下のキッチンで、煙草を吸ったり、お茶を飲んだり、おしゃべりをしたりして、いっしょに非常に長い時間を過ごしていた。リディアは、わたしの母みたいに、ひっきりなしにお茶を飲むようになっている。キッチンのドアに近づいて、反対側から彼女たちの話し声が、波のように寄せては返すふたりのボソボソいう声が聞こえると、わたしは立ち止まって、きびすを返し、忍び足で遠ざかる。ふたりがどんな話をしているのかは想像もつかなかった。ドアの背後の話し声は、むかしからわたしには、別の法律が行なわれている別世界から聞こえる声のように思える。

そう、リディアの協力をあおいで、われらのバラ色に輝く客人が、われらが曙の星《スター》が、ふたたび自分の役割を果たすように、自分の役柄に戻って、ふたたびこの世界に復帰するように説得しようと思う。この世界？　まるでそれが世界であるかのような言い方だが……。

わたしはＪＢと一杯やりに行った。どうしてそんなことをしたのかはわからないし、いままでは行かなければよかったと思っている。わたしたちは彼が選んだ場所のカクテルアワーに行った。横町にある一種の紳士のクラブのようなもので、奇妙な施設だった。外側は目立たないが、なかに入ると陰気な宮殿そのもので、柱列やポルチコがあり、眠気を催させる静けさのなかに沈んでいるように見えた。柱は白く、壁はアテナイ風の青で、ハイカラーに羊肉形の頰ひげをたくわえてこちらをにらんでいる、どれも似たような人物の油彩の肖像画がいくつもあった。わたしたちは巨大な暖炉の両側の、鋲止めした革製の肘掛け椅子に坐ったが、椅子はわたしたちの重みで軋み、うめき声をあげた。暖炉は奥が深く、不安になるほど真っ暗で、装飾付きの真鍮の炉格子や石炭バケツ、キラキラ光る薪のせ台があったが、火は焚かれていなかった。蝶ネクタイに燕尾服といういでたちの年配の男が、銀製のトレイにのせたブランデーを運んできて、ゼイゼイいいながら低いテーブルに置くと、なにも言わずに立ち去った。そこにいるのはわたしたちだけだと思ったが、しばらくすると、ずっと奥のわたしたちからは見えない場所にいただれかが、長々と耳障りな音を立てて咳払いをした。

JBはあきらかに奇妙だが、会うたびにますます奇妙になっていく。彼はいつもこそこそした態度で、心配そうにしているが、いまみたいに背の高いウィングチェアに脚を組んで坐り、ブランデーのグラスを手にじっとしているときでさえ、少しずつじりじり後ずさりしているように見える。トビー・タガートによれば、ヴァンダー役にわたしを推薦したのはJBだったという。何年も前のあの惨憺たる夜、わたしが舞台で台詞を忘れ、舌がもつれて目をぎょろつかせるアンフィトリオンになったとき、彼は観客席にいて、感銘を受けたというのだが、いったい何に感銘したのだろう？　わたしが終幕まで持ちこたえていたとしたら、わたしのために何をする気にならなかったというのか？　いま、彼はそこに坐って、ぼんやりしているくせに油断なく、しゃべっているわたしの唇を見つめていた。わたしの言葉が伝えようとするあまりにも罪がなさそうな話から、それとは異なる暗い部分を暴露するバージョンを読み取ろうとでもするかのように。いや、と彼は急いでわたしをさえぎった、いや、リグーリアでは、アクセル・ヴァンダーはだれともいっしょではなかった。わたしは口をつぐんだ。わたしが望むなら、ノートをチェックしてもいい、とブランデー・グラスを持っていないほうの手を憤激して振りまわしながら、彼はつづけた。ヴァンダーはポルトヴェーネレではひとりだった、完全にひとりだったと断言できると。それから、眉をひそめて顔をそらし、喉の奥でかすかに困惑したうなり声みたいな音を立てた。一瞬、間があいた。それじゃ、ヴァンダーは実際にポルトヴェーネレに行っていたのか、とわたしは言った。まるで健康の証明書をもらって病院から退院したのに、家に戻ると、すぐ外に救急車が待っていて、後部ドアを大きくあけ、退屈した顔の隊員がふたり、担架とあのまっ赤な毛布を持って待機していたようなものだった。わたしが質問すると、JBは振り返ったが、首の歯車が軋る音が聞こえたような気がした。彼は目を丸くして、しゃべる前にテストしようとするかのように口をあけたり閉じたりした。たしかに、と彼は言った、はるかむかしにアントワープで、ネブラスカ人学者ファーゴ・デウィンターと話をしたとき、彼がヴァンダーに関する論文の手伝いをしてくれたアシスタントのような人物についてふれたのを覚えている。JBは目をしばたたき、いまや凝り固まったかすかな苦痛に苛まれているような目でわたしを凝視した。わたしの印象では、と彼は言った、すぐに手放すに決まっている当てにならないものに必死にしがみつく男のひるんだような顔をしていた。これはあくまでも印象にすぎないし、かすかな疑念でしかないが、ヴァンダーと——控えめに言っても——疑わしいその過去に関する証拠を、ほんとうの、よくない証拠を掘り当てたのはデウィンター本人ではなく、このアシスタントだったのではないか、と彼はつづけた。わたしはふたたび待った。JBは顔を引きつらせながら、じっと見つめていた。いまや、壊れやすいものを落としそうなのはわたしのほうではないかという気がした。キャスはまだ小さかったとき、大人になったらすぐわたしと結婚して、自分とそっくりなこどもを産み、自分が死んでも、わたしが寂しくないようにしてあげる、と言ったものだった。十年、あの子が死んでからもう十年になる。わたしは悲しみながら、苦しみながら、もう一度彼女を捜そうとしなければならないのだろうか？　彼女はもうわたしの世界にやってくることはなく、わたしが彼女のほうに行くだけだろうが。

　ビリー・ストライカーから電話があった。わたしはこういう電話を恐れるようになっていた。わたしが話をすべき人がいる、と彼女は言った。その人は修道女だと言ったようだったが、聞き間違いだろうとわたしは思った。わたしはほんとうに耳をみてもらわなければならないだろう。耳を見るだって！――ハ！　ほら、まただ。言葉が言葉とじゃれ合っている。

　わたしはビリーを新しい目で見るようになった。あまりにも長いあいだわたしの不注意の影のなかに押しこめられていたので、彼女自身が影みたいな存在になっていた。けれども、彼女にも彼女のオーラがある。結局のところ、彼女こそわたしと密接な関わりをもつ多くの人たち――ミセス・グレイ、わたしの娘、さらにはアクセル・ヴァンダーまで――を結びつける存在なのである。単に結びつけているだけでなく、むしろ、彼らを相互調整《コーディネイト》しているのではないか、とわたしは思う。調整者《コーディネイター》？　奇妙な言葉だ。それがどういう意味かは知らないが、なにかしら意味があるような気がする。ずっとむかしは、さまざまな証拠にもかかわらず、わたしの人生を牛耳っているのは自分自身だと思っていた。生きることは演じることなのだからと。だが、わたしは決定的な語呂合わせに気づいていなかった。いまでは、わたしは自分が知らなかった力によって、隠された強制力によって演じさせられていたことに気づいている。ビリーは、わたしという——あるいはわたしだとされている——貧弱な作品を背後から操ってきた一連の劇作家の最新のひとりなのである。その彼女がこんどは筋書きにどんな新しいひねりをきかそうとしているのだろう？

　聖母修道院は、三本の道が合流する、風の強い地点を見下ろす吹きさらしの丘の上に建っていた。そこは郊外だったが、まるで人が行くことのない荒野に足を踏み入れたかのようだった。誤解しないでほしいが、わたしはこういう場所が、荒涼とした、一見なんの特徴もない場所が好きなのだ。好きというのが最適な言葉かどうかはわからないが。緑の谷間や光り輝く壮麗な峰々より、わたしはなんでもない街角を好む。わたしが見物のためにまわり道をすると、すぐにゴミだらけの通りを歩くはめになる。窓から洗濯物がぶらさがり、玄関の前にはスリッパを履いた入れ歯の老人たちが立って、じっとあなたを見送っているような通りである。犬どもはこそこそ歩きまわってかってなことをやっているし、泥まみれの顔のこどもたちは、黒こげの空の下、有刺鉄線の背後の荒れ地で遊んでいる。若者たちは顎を上げ、小鼻をふくらませて、獰猛な目でにらみつけ、ハイヒールにまとめ髪の娘たちはめかし込んで、しゃなりしゃなり歩きまわり、あなたには気づかないふりをして、オウムみたいな金切り声でたがいに呼び交わす。そこ以外の場所があることを知っているのはいつも娘たちであり、彼女たちはそこに憧れる。ごみ箱の臭い、くずれ落ちた漆喰や腐りかけたマットレスの臭い。あなたはそこにいたいとは思わないが、そこにはあなたに語りかけるなにかがある。なかば思い出され、なかば想像された、落ち着かないなにかが。

あなたでありながら、あなたではないもの。過去から取り出された兆しとでも言うべきものが。

思慮深い修道女たちがなぜこんな場所に修道院を——母院と呼ばれる修道院本部を！——建てたのだろう？　聖母マリアのマントの青に塗られた、窓の多い建物は、約束された天国の邸宅みたいにゆったりとしていたが、本来は別の目的のために建てられたのかもしれなかった。兵舎か、ひょっとすると精神病院か。この日は空が信じられないほど低く、ふくらんだ雲が煙突の先端の通風管の列にのっているように見え、長く深いアーチを描いて風に磨かれた草の上に舞い降りるミヤマガラスが、空の重みに押されて、ふぞろいな翼の先で舵を取っていた。

シスター・キャサリンは喫煙者特有の咳をする、小柄な、立ち居振る舞いのきびきびした人だった。知らなければ、まさか修道女だと思わなかったろう。髪はわたしとおなじように半白だったが、もっと短く、なにもかぶっておらず、修道服は灰色のサージを四角く切り抜いたもので、わたしが若かった時代の図書館員や野暮ったい秘書の装いに似ていた。修道女がふさわしい恰好をしなくなったのはいつごろからだろう？　最近では、本来の恰好をしている修道女——地面まである重たそうな黒いスカート、フードと顔の下半分をおおうヴェール、存在しないウェストあたりまで垂らしている大きな木製のロザリオ——を見つけるには、ずっと南にくだって、ラテン系の国に行かなければならない。この人の脚は剝きだしで、足首は太く、かなり努力してはみたが、母親と似ている部分は見つけられなかった。海外の伝道先から休暇で——というのが彼女の言葉だった——戻ってきたところなのだという。わたしはすぐさま白熱する容赦ない太陽の下の広大な砂漠を想像した。あたりには頭蓋骨や、白骨、塗装された棒に革紐で結びつけられたガラスや光る金属のかけらが散らばっている。彼女は修道女であると同時に医師でもあった——わたしはあの欲しくてたまらなかった顕微鏡を思い出した。彼女のアクセントには新世界的なところがあり、チェーンスモーカーで、ラッキー・キャメルズを吸っていた。依然として分厚いレンズの眼鏡をかけていたが、ひょっとすると父親の眼鏡店のものなのだろうか。わたしの娘もキャサリンという名前だった、とわたしは言った。「キティと呼ばれていたのかしら、わたしみたいに？」と彼女は訊いた。いや、キャスと呼んでいた、とわたしは答えた。

建物の内側に回廊があり、わたしたちはそこを歩いていた。板石敷きのアーケードのある回廊で、まんなかの屋根のない砂利敷きの中庭を四方から取り囲むかたちになっている。砂利の上には背の高いアリババ鉢にシュロの木が植えてあり、格子垣には冬咲きの蔓植物が青白い、元気のない花を咲かせていた。オーバーコートを着ていたにもかかわらず、わたしは寒かった。しかし、シスター・キャサリン――とこれからは呼ばなければならないのだろうが――は薄い灰色のカーディガンをはおっているだけなのに、冷たい空気にも、油断ならない氷のような風の指先にも気づかないようだった。

どうやらわたしはあらゆることを勘違いしていたらしい。彼女の母親とわたしのことはだれも知らなかったはずだという。あの日洗濯室で見たことを、彼女はだれにも言わなかったというのである。いま、彼女は両手でマッチをまるく囲って、煙草に火をつけながら、むかしの、あの嘲笑的な、面白がっているキティの目をキラリと光らせて、横目でわたしをちらっと見た。なぜみんなが知っていると想像したのか、と彼女は訊いた。わたしは困惑して、町中が夏のあいだ彼女の母親とわたしがいかに恥ずべきことをつづけていたかという噂で持ちきりだと思っていたと言った。彼女は首を横に振って、唇から煙草のカスをつまみ取った。しかし、父親にも言わなかったのか、とわたしは訊いた。「え——父さん？」彼女は咳きこんで、プッと煙を吐き出した。「父さんに言おうなんて思いもしなかったわ。それに、たとえ言ったとしても、信じなかったでしょう——父さんの目から見れば、マムサーが悪いことをするなんてありえないことだったから」マムサー？「ビリーとわたしは母さんをそう呼んでいたのよ。あなたはなにも覚えていないの？」どうやらそうらしかった。

わたしたちは歩きつづけた。石のアーケードを抜けて、風がうめき声をあげていた。わたしはそのむかしキティの嘲笑と陰険な浮かれ調子の前で感じたのとおなじ窮屈さを感じた。それはなんと奇妙な感じだったことか。こんなに長年経ったあと、彼女といっしょにいるなんて。旧式の蒸気機関車みたいに煙を吐きながら、わたしの無知や勘違いに驚いて、満足げに首を振っている、こんな逞しい小柄な女と。彼女は病弱だと言われていたが、それはあきらかに思い違いだった。たとえ、自分の妻が何カ月も十代——当時、あなたはいくつだったのかしら？——の少年といかがわしいことをやっていたことが証明されたとしても、父親はなにもしなかったろう、と彼女は言っていた。なぜなら、彼はマムサーを死に物狂いで愛しており、どうしようもなく崇め奉っていたので、彼女が何をやっても許したにちがいないからだ。そんなふうに言いながら、彼女はわたしには、当時のわたしにも、いまのわたしにも、恨みを抱いているようには見えなかった。わたしが悪いことをしたとすら思っていないようだった。それに反して、わたしは恥ずかしさとばつの悪さから冷や汗をかいていた。いかがわしいこと、か。

しかし、マージは、と突然思い出して急に立ち止まると、わたしは言った。彼女の友だちのマージはどうだったのか？　えっ、と彼女も立ち止まって聞き返した、マージはどうだったのか？

もちろん、彼女は見たことを言ったにちがいない、とわたしは言った。彼女は眉をひそめ、わたしが正気を失ったかのようにじっと顔を見つめた。「どういう意味?」と彼女は言った。「マージなんていなかったのに」そんなことは信じられなかった。わたしは彼女たちが洗濯室の入口にいるのを見た。そこにふたりが立っていたのをわたしははっきりと覚えていた。おさげに結って丸い眼鏡をかけたキティと鼻で息をしている肥ったマージ。ふたりともあのぼんやりした、かすかに困惑したような顔をして立っていた。あやまって磔刑の場面に降り立ってしまったふたりのキューピッド。しかし、そうではない、と修道女は断固として言いきった、そうではなくて、それはわたしの思い違いだ。マージはそこにはいなかった、ひらいたドアのところにいたのは彼女だけだったと。

わたしたちは長方形の中庭の角に立っていた。そこにはガラスのない、アーチ形の、細長い窓があった。たしか銃眼とか矢狭間とか呼ばれるものだと思うが、そこから三本の道路が合流する山腹の斜面が見下ろせた。ぎっしりと屋根が並んだ狭苦しい住宅団地、色つきの甲虫が群がっているみたいな駐車中の車、庭やテレビのアンテナ、キノコみたいにそびえている給水塔。石の隙間を絶えず吹き抜ける風が、小さな滝みたいに激しく冷たかった。立ち止まって深い狭間に首を差しこむと、思いがけないほど強い風が顔を打った。シスター・キャサリンは——いや、キティ、わたしは彼女をキティと呼ぼう、それ以外の呼び方は不自然だ——キティは丸めた手で煙草をおおいながら、わたしの思い違いの、記憶違いの途方もなさにあきれて、依然としてひとりで笑みを浮かべていた。そうよ、と彼女は陽気な口調であらためて言った、あなたはなにもかも、すべてを誤解していたのよ。彼女が洗濯室でわたしたちに出くわしたあの日に、ミセス・グレイが実家の母親のところへ戻ったわけではなかった。それは一カ月かそれ以上あとのことで、ミスター・グレイが店を閉じて、家を売りに出したのはさらにずっとあとの、クリスマスのころだった。そのころには、あの夏――わたしたちの、彼女とわたしの夏――のあいだじゅうずっと病気だった彼女の母親は急激に衰えていた。じつは、そんなに長く持ちこたえたことをだれもが驚いていたのだという。「たぶん、あなたのおかげね」と、わたしの上着の袖を指先で軽くたたきながら、キティが言った。「それが少しでも慰めになるならば」わたしは狭い窓に顔を近づけて、人口の密集する谷間を見下ろした。なんと多くの、なんと多くの人間たちが生きていることか！

彼女は、わたしのミセス・グレイは、長いあいだ死にいたる病を患っていた。それなのに、わたしはすこしもそれを知らなかった。死んだこどもが生まれたとき、彼女の体内のなにかが引き裂かれ、その裂け目に凶暴な細胞が集まって、じっと出番を待っていたのだという。「子宮内膜癌よ」とキティは言った。「ああこわい」――彼女はブルッと身震いした――「医者になるということは知りすぎるということだから」母親はその年の最後の日に亡くなった、と彼女は言った。そのころには、わたしの心の傷はすでに癒え、わたしは十六歳になって、ほかのことで忙しかった。「あの九月のあいだ、母さんはずっと寒がっていた」とキティは言った。「覚えているかしら？　あんなに暑かったのに。毎朝、パパが暖炉に火をおこし、母は毛布にくるまって一日中その前に坐って、炎を見つめていた」彼女はちょっと怒ったように鼻で笑うと、首を横に振った。「あなたを待っていたんだと思うわ」と彼女は言って、ちらりとわたしの顔を見た。「でも、あなたはとうとう来なかった」

わたしたちは後ろを向いて、中庭を横切って戻っていった。あの日フォージでビリーが、泣きわめいてこぶしを振りまわしながら、どんなふうにわたしに跳びかかってきたかをわたしは彼女に話した。そうよ、兄には話したの、と彼女は言った。話したのはビリーにだけだった。彼には教える義務があると感じたからだという。わたしはなぜかとは訊かなかった。いま、わたしたちはまたアーケードの下を歩いており、敷石に鋭い足音が響いた。「あれを見て」と彼女は言って、立ち止まり、煙草を持つ手で示した。「あのシュロの木。いったいどんなつもりなんでしょうね、こんなところに？」ビリーは三年前に亡くなっていた。脳の病気、動脈瘤だと彼女は考えていた。長いあいだ会っていなかったので、彼女もビリーのことはほとんど知らなかった。彼女の父親はそれより一年長生きした――「考えてもごらんなさい！」いまやみんなが亡くなって、彼女が最後の生き残りであり、彼女とともに家系が絶えることになるのだという。「それでも、まあ」と彼女は言った。「この世界からグレイという名前の家がなくなることはまずないでしょうけど」

できれば、彼女がなぜ修道女になったのか訊きたかった。まぐさ桶や十字架、奇跡の誕生、犠牲や贖罪や復活、そういうすべてを信じているのかどうか？　もしそうならば、彼女の物の見方によれば、キャスは永遠に生きている。キャスも、ミセス・グレイも、ミスター・グレイも、ビリーも、わたしの父や母も、ほかのみんなの父や母も、すべての世代を遡って、はるかエデンの時代まで、すべての人が生きていることになる。しかし、それだけが唯一可能な、最高の天国だというわけではないだろう。あの雪の夜レリチでフェドリゴ・ソランが語った奇跡のなかには、たくさんの世界という理論があった。学者によっては、複数の宇宙が存在し、それがすべて現に存在して、すべて同時的に進行しており、そこでは起こるかもしれないすべてが実際に起こっていると主張する人たちもいる。大勢が群がっているキティの天国の大草原みたいに、無限に層が積み重なり、果てしなく分岐しているそういう現実のどこかでは、キャスが死んでおらず、彼女のこどもが生まれていて、スヴィドリガイロフはアメリカに行っていないかもしれない。どこかでミセス・グレイも生きていて、ひょっとするとまだ生きていて、まだ若くて、わたしが彼女を覚えているように、まだわたしを覚えているかもしれない。わたしはどんな永遠の領域を信じ、どれを選ぶべきなのだろう？　いや、どれも選ぶべきではないだろう。というのも、わたしにとっては、わたしの死者たちはまだみんな生きており、彼らにとって過去は光り輝く、永遠につづく現在なのだから。わたしにとっては生きているが、こういう言葉の上での頼りない来世を除けば、やはり失われてしまっているのだが。

もしもわたしがひとつだけミセス・グレイの、わたしのシーリアの思い出を選ぶとすれば、あふれるほどたくさんあるなかからひとつだけ選ぶとすれば、それはこれになるだろう。わたしたちは森に、コッターの館にいた。わたしたちはマットレスに裸で坐っていた。というより、彼女が坐っていて、わたしは彼女の膝にもたれかかり、両腕をゆるく彼女の腰にまわして、頭を胸にもたせていた。そうやって上を見上げ、彼女の肩越しに、屋根の隙間から射しこむ陽光を眺めていた。ほとんど針穴みたいに小さい穴で、射しこんでいる光はとても細かったが、強烈で、あらゆる方向にスポークみたいに放射状にひろがり、わたしがほんのわずかでも頭の角度を変えると、震えながら激しく燃える車輪が、巨大な時計の黄金のホイールみたいに、まわったり、止まったり、またまわったりした。ふと思ったのは、この取るに足りない場所で世界の偉大な圏域が結合することで引き起こされているこの現象を目撃しているのは自分だけだということだった——それどころか、それを創り出しているのはわたしであり、それが生じているのはわたしの目のなかで、わたし以外のだれもそれを見ることも知ることもできないのだと思った。ちょうどそのとき、ミセス・グレイが肩を動かして、陽光の柱を消してしまい、放射状の車輪もなくなってしまった。わたしはくらんだ目を急いで調整して、陰になった彼女の体を仰ぎ見た。日食の瞬間はたちまち終わり、わたしの上にかがみこんだ彼女が、ひろげた三本の指で左の乳房を支えて、磨き上げた貴重な瓢箪みたいにわたしの唇の前に差し出した。しかし、わたしに見えたのは、いまわたしの目に浮かぶのは、目のすぐ前に迫った奥行きのない顔、いっぱいにひろがった動かない顔、まぶたが重そうで、口は笑っておらず、物思わしげで、憂鬱そうで、ちょっと虚ろで、わたしではなく、わたしの向こう側のなにかを、遠くの、はるか遠くのなにかを見つめている顔だった。

キティはわたしを回廊の角の通用口《ポスターン・ゲイト》、あるいは裏口《サリーポート》——そう、わたしは古い言葉が好きなのだ、それがどんなに慰めになることか——から出してくれた。わたしはふいにそわそわした老人になって、帽子を、手袋を弄んでいた。彼女に何と言っていいのかわからなかった。さっと握手を済ませると、後ろを向いて、あの丘の斜面をよろよろ下りていったのだと思う。まもなく、わたしはあの薄汚いつまらない通りに戻っていた。

わたしはアメリカに行くつもりである。向こうではスヴィドリガイロフに会うことになるのだろうか？　そうかもしれない。不釣り合いなペアになるのは承知だが、JBといっしょに行くことになっている。わたしたちはブランク教授の気前のよさを信じることにした。季節がないと言われるアーカディのアクセル・ヴァンダー祭りで、彼がホストを務めることになっている。飛行機は予約済みで、荷物は準備できており、わたしたちは出発のときを待っている。残されているのは映画の最後のシーン、ヴァンダーがコーラに、彼への愛ゆえに命を絶つ悲劇的なこの娘に、別れを告げに来るシーンの撮影だけだった。そう、ドーン・デヴォンポートは撮影現場に戻ったのである。結局は、彼女を説得して、ふたたび生きている人々のあいだに戻らせたのは、もちろん、リディアだった。あのキッチンの隠れ家で、お茶のお神酒が流れ、煙草の生贄の煙が立ち昇るなか、どんな取り決めが交わされたのか、わたしは訊くつもりはない。そんなことはせずに、スターが経帷子に包まれ、メーキャップの最後の仕上げが終わるのを光の縁で待つつもりである。そうやって待っているあいだに、そのあと前に進み出てかがみ込み、メーキャップした冷たい額にキスをする前に、わたしは思うだろう。映画のセットほどキリスト降誕図に似ているものはないと。仄暗い注意深い人物たちに取り巻かれた、あの小さく照らし出されたスペースに。

ビリー・ストライカーもまもなく旅に出ることになっている。アントワープ、トリノ、ポルトヴェーネレへ。そう、十年前にアクセル・ヴァンダーがこのルート上に残した痕跡を、どんなにかすかなものであれ、調べ上げるようにわたしが依頼したのである。未完の仕事がまた増えることになった。彼女が何を掘り起こすかを考えたくはないが、知りたくはある。埋もれているものがおそらくたくさんあるだろう。彼女は早く出発したがっている。たぶん、あの夫から離れられるのが待ち遠しいにちがいない。わたしはこの数週間ヴァンダーを演じることで得た金額を彼女に支払うことにした。こんな汚れた報奨金のこれ以上適切な使い道があるだろうか？　ビリーに、わたしの探偵に。

こどものとき、わたしはキャス同様に不眠症に苦しめられた。わたしの場合、意識的に眠らないようにしていたのだが、それは悪夢を見るからであり、また突然の死を恐れていたからだった――わたしは左側を下にしては寝なかったことを思い出す。そうしていれば、眠っているあいだに心臓が止まっても、目が覚めて、心臓が止まるのがわかる、自分が死ぬのがわかると思ったからだった。不眠症になったのが何歳ごろだったのかははっきりしないが、たぶん父が亡くなったころからだろう。そうだったとすれば、わたしは夫を失って苦しんでいる母に、わたしが毎晩眠らないという苦しみを付け加えたことになる。数分ごとに大声で呼んで、母が目覚めているのを確かめられるように、ベッドルームのドアをあけておいてほしいとわたしは懇願した。それでも、しばらくすると、自分自身の悲しみとわたしの容赦のない執拗な呼びかけに疲れきってしまうのだろう、母は眠りこんでしまい、わたしはひとり取り残されて、目をみひらき、ヒリヒリするまぶたのまま、夜の重苦しい黒い毛布の下にうずくまっていた。わたしは恐怖と苦痛にとらえられ、できるかぎり――といってもあまり長い時間ではなかったが――そのままじっとしていたが、やがて、起き上がって、母のベッドルームに行くのだった。むかしから変わることのないしきたりで、眠っているあいだに悪夢で目を覚まされた場合には、そうしていいことになっていたのである。かわいそうな母さん。母はわたしがベッドにもぐり込むのは許さなかった。それがなにひとつ強制することのなかったこの人がわたしに課したルールであり、わたしには毛布か羽根布団を渡して、それを床に敷いて横たわらせた。そして、布団の下から手を伸ばして、わたしに一本の指をにぎらせてくれるのだった。やがて、この儀式がふつうになり、毎晩途中から母のベッドのわきの床に寝るようになると、わたしは自分なりの工夫をするようになった。屋根裏からズック製の寝袋――宿泊客が置いていったものにちがいない――を見つけてきて、それを戸棚に入れておき、母親の部屋に引きずっていって、そのなかにもぐり込んでベッドのわきの自分の場所に横たわるようになったのである。これは何ヵ月もつづいたが、最後にはなんらかの障壁を乗り越えて、あらたなもっと逞しい成長段階に到達したのだろう、わたしは自分の部屋にとどまって、自分のベッドで眠るようになった。それから、何年も経ってからだが、ミセス・グレイが立ち去った直後の、苦しみ悶えていたある夜、ふと気がつくと、わたしは戸棚を掻きまわして、あの古い寝袋を捜していた。それを見つけると、すすり泣きを抑えながら母のベッドルームへ忍んでいき、むかしみたいに、床の上にひろげたものだった。母はどう思ったことだろう？　眠っているものと思っていたが、まもなく——わたしが泣いているのを知っていたのか？——衣擦れの音がして、シーツの下から手が伸びると、わたしの肩にふれ、むかしみたいに、わたしがつかまれるように一本の指を差し出してくれた。もちろん、わたしは体を硬くして、身をちぢめ、母との接触を避けた。母はほどなく手を引っこめて、寝返りを打ち、深いため息をついて、すぐにいびきをかきはじめた。わたしは頭上の窓を見つめていた。夜が終わりに近づき、夜明けがはじまりかけて、光が、まだ不確かではあったが、かすかな輝きがカーテンの端からにじみ出していた。泣いたせいで目がひりひりし、喉が腫れてずきずきした。終わるはずがないと信じていたことが終わってしまったいま、わたしはだれを愛せばいいのか、だれがわたしを愛してくれるのか？　わたしは母のいびきに耳を澄ました。部屋の空気は彼女の息でよどんでいた。ひとつの世界が、音を立てることもなく、終わりかけていた。わたしはふたたび窓を見た。いまやカーテンの向こう側の光は強くなり、身震いしながら強くなっていくように見えた。あたかも光り輝く存在が、灰色の芝生を越えて、苔むした中庭を横切り、ブルブル震える翼を大きくひろげて、家に近づいてくるかのように。わたしはそれを待っていたが、待っているうちに、いつの間にか眠りに落ちていった。

# 訳者あとがき

人生の終幕がもはやそれほど遠くはない穏やかな淡い時間のなかで、〈わたし〉は少年時の初恋を回想する。

といえば、だれもが『海に帰る日』（二〇〇五年）を思い出さずにはいられないだろう。はるかな少年時代のある夏、アイルランドの海辺でひとりの少女に寄せたほのかな思い。その思いに呼び寄せられるように海辺に戻っていった老年の〈わたし〉。読者は覚えているだろうか。あのとき、少年は同時に少女の母親にどうしようもなく惹かれていたことを。アザラシの皮みたいに黒光りする水着で、海から上がってくる成熟した女。その柔らかに揺れる胸や肉感的な太腿。少年の日の憧憬というにはあまりにもまざまざと描写された肉体の女神。あのときは、少年のひそかな渇望が外に現れることはなく、彼の心はいつしか娘の少女のほうに移っていったのだが、本書では、そんな少年の夢想がいきなり現実化してしまう。

いまや六十を過ぎて、老妻とひっそりと暮らしている元俳優の脳裏によみがえる初恋の記憶。そのとき、〈わたし〉はまだ十五歳の少年で、相手は三十五歳の人妻、しかも親友の母親だった。それこそ人生への入口で遭遇したあまりにも強烈な事件だったのだが……。

そもそも、〈わたし〉が性的なものに目覚めたのは、十歳か十一歳のとき、教会の坂を下りてきた自転車の女性が、春の突風にスカートをあおられて、ガーターと真珠色のサテンのパンティが剝きだしになるのを目撃したときだった。その瞬間、わたしは「女というものの世界を覗き見て、大いなる秘密を教えられたような気がした」。だが、それがわたしの記憶に深く刻みこまれたのは、形のいい脚やすばらしく複雑な下着が見えたからだけではなく、その女性がすこしもあわてず、鷹揚な笑い声をあげて、風でふくらんだスカートを手の甲で押さえつけた仕草、その無造作な、それでいて優雅な仕草のせいだった（それがわたしの親友の母親、ミセス・グレイだったのかどうか。はっきりとは断言できないが、わたしはそうであってほしいと思っている）。

それから数年後、ミセス・グレイは「きわめて重大なかたちで、わたしの人生に侵入して」くることになった。あるきっかけから、彼女は友だちの母親という衣装を脱いだひとりの成熟した女として立ち現れるのだ。しかし、それはほんとうに恋と呼べるようなものだったのか。性がまだ憧れでしかなく、出口を知らない欲望に悶々としていた思春期に、ふと差し出された成熟した肉体に熱狂しただけではなかったのか。それまでは古典的な絵画の豊満なピンクの裸女や映画館の暗闇でまさぐった少女の固い蕾のような胸しか知らなかったわたしの眼前に、いきなり突き出されたほんものの女の肉体。下着のゴムの跡のついた下腹や、腕の下側の魚の鱗みたいに青白くひんやりした肌。少年にとってそれは驚くべき宇宙の発見であり、当然ながら、わたしはすべてを忘れてその夢のような現実に没頭することになる。

だが、十五歳の少年の目には映らないものもあった。少年は無我夢中になりながらも罪の意識に苦しめられるが、自分の息子と同い年の少年に体を許したミセス・グレイは、すこしも屈託がないように見える。未成年者と秘密の情事にふける人妻の薄暗い罪悪感などというものは影もない。それどころか、ときにはすっかり服を脱ぎ捨てて川に入っていったり、裸のまま真昼の森のなかを走り抜けたり、その夏のあいだ、ふたりはまるで無邪気なこどもたちのように戯れるのだ。どうしてそんなことが可能だったのだろう。その謎が解き明かされる、とは言えないまでも、それにひとつのヒントが与えられるのは物語の終わりちかくになってからだが、じつは、このひと夏の恋愛事件は十五歳のわたしにとってだけではなく、相手の人妻にとっても、奇跡のような出来事だったのである。

いまその過去を反芻しているわたしには、しかし、それよりずっと近い過去の暗い記憶がある。娘が十年前に謎めいた自死を遂げ、わたしはいまだにその喪失感から立ち直れず、人生にあいてしまった巨大な穴を埋められずにいるのだった。しかし、生きているかぎり、日常の小さなあるいは大きな事件に巻きこまれ、他人の視線に取り巻かれ、それにいちいち反応する何人もの自分がいる。そのどれが本来の自分であり、どれが上辺を取り繕った外向きの顔にすぎないのか。疑念を抱きはじめると、なにひとつ自明なことはなく、わたしは自分の内側の螺旋階段をめまいを覚えながらどこまでも下りていくしかない。

なかば隠棲し、自分の内側ばかり眺めているそんな老俳優のわたしに、いきなり映画出演の話が舞いこんでくる。『過去の発明』という伝記映画で、なにやらうさん臭い影のある文学者・批評家のアクセル・ヴァンダー役として、いまをときめく女優、ドーン・デヴォンポートと共演しないかというのである。映画の経験はないとはいえ、ずっと俳優として生きてきたわたしがそれを断るはずはない。けれども、映画の撮影は必然的に断片化された作業になり、実際に撮影がはじまると、「わたしは俳優としての自己だけでなく、わたし自身の自己までが断片化されバラバラになっていくように」感じる。もちろん、これまで長年のあいだ、自分以外の人間のふりをするのを生業としてきたわたしは、自分がそんなに単一な、統一性のある存在だと思っていたわけではないが、舞台とは違って、映画の撮影では、自分が何人もの人間にではなく、いくつもの断片に分断されるような気がするのだった。それは面白い経験ではあったが、頭を混乱させられることでもあり、刺激的だったが、不安に駆られることでもあった……。

バンヴィルの近作に共通した特徴ではあるが、本作でも過去と現在が錯綜し、ひとつの事件が何度となく少しずつ違う光のなかに再現される。〈わたし〉の脳裏によみがえる（半分は想像力の産物かもしれない）過去の情景は、ミセス・グレイの鳥肌の立った銀白色の裸身から廃屋の屋根を通して射しこむ燃える黄金の輪みたいな陽光まで、ときには現在のわたしの現実以上になまなましく、それがわたしという存在を幾重にも内側から支えているように見える。ある意味では、生きるということはそんなふうに何度も過去を生きなおすことなのだというかのように。

二〇一三年十月

村松　潔

Ancient Light
John Banville

---

# いにしえの光《ひかり》


著 者
ジョン・バンヴィル
訳 者
村松《むらまつ》 潔《きよし》



発 行
2013年11月30日

発行者 佐藤隆信
発行所 株式会社新潮社
〒162-8711 東京都新宿区矢来町71
電話 編集部 03-3266-5411
読者係 03-3266-5111
http://www.shinchosha.co.jp

印刷所
株式会社精興社
製本所
大口製本印刷株式会社

乱丁・落丁本は、ご面倒ですが小社読者係宛お送り下さい。
送料小社負担にてお取替えいたします。
価格はカバーに表示してあります。



ISBN978-4-10-590105-9 C0397

# 海に帰る日

The Sea
John Banville

ジョン・バンヴィル
村松潔訳

遠い夏の日、謎の死を遂げた少女。病に倒れた、最愛の妻。
いくつかの記憶は互いに重なり合い、わたしを翻弄する。
荒々しく美しい、海のように。現代アイルランドを
代表する作家による、繊細で幻惑的なレクイエム。
ブッカー賞受賞作。

CREST BOOKS

# 無限

The Infinities
John Banville

ジョン・バンヴィル
村松潔訳
ああ、人間どもというものは！
全知全能の「神」から見た、不完全で愛すべき人間たちの姿。
深遠にして奇想天外。慈愛と思索とユーモアに満ちた、
ブッカー賞・カフカ賞受賞作家の新たなる代表作。

CREST BOOKS

# ディビザデロ通り

Divisadero
Michael Ondaatje

マイケル・オンダーチェ
村松潔訳

血の繋がらない姉妹。記憶を失った賭博師。
ジプシーの一家と小説家。いくつかの物語は、境界線上《ディビザデロ》で
かすかに触れ合いながら、時の狭間へと消えていく。
『イギリス人の患者』の著者が綴る、密やかな愛の物語。